JAMES WILLIS ROBB

El estilo de
ALFONSO REYES

IMAGEN Y ESTRUCTURA

FONDO DE CULTURA ECONÓMICA
MÉXICO

Primera edición, 1965
Segunda edición, revisada y aumentada, 1978

D.R. © 1965, Fondo de Cultura Económica
Av. de la Universidad, 975; México 12, D. F.

ISBN 968—16—0129—7

Impreso en México

SECCIÓN DE LENGUA Y ESTUDIOS LITERARIOS

EL ESTILO DE ALFONSO REYES

*Para
Donald A. Yates
con el saludo cordial de
James Willis Robb
Washington, Nov. 1979*

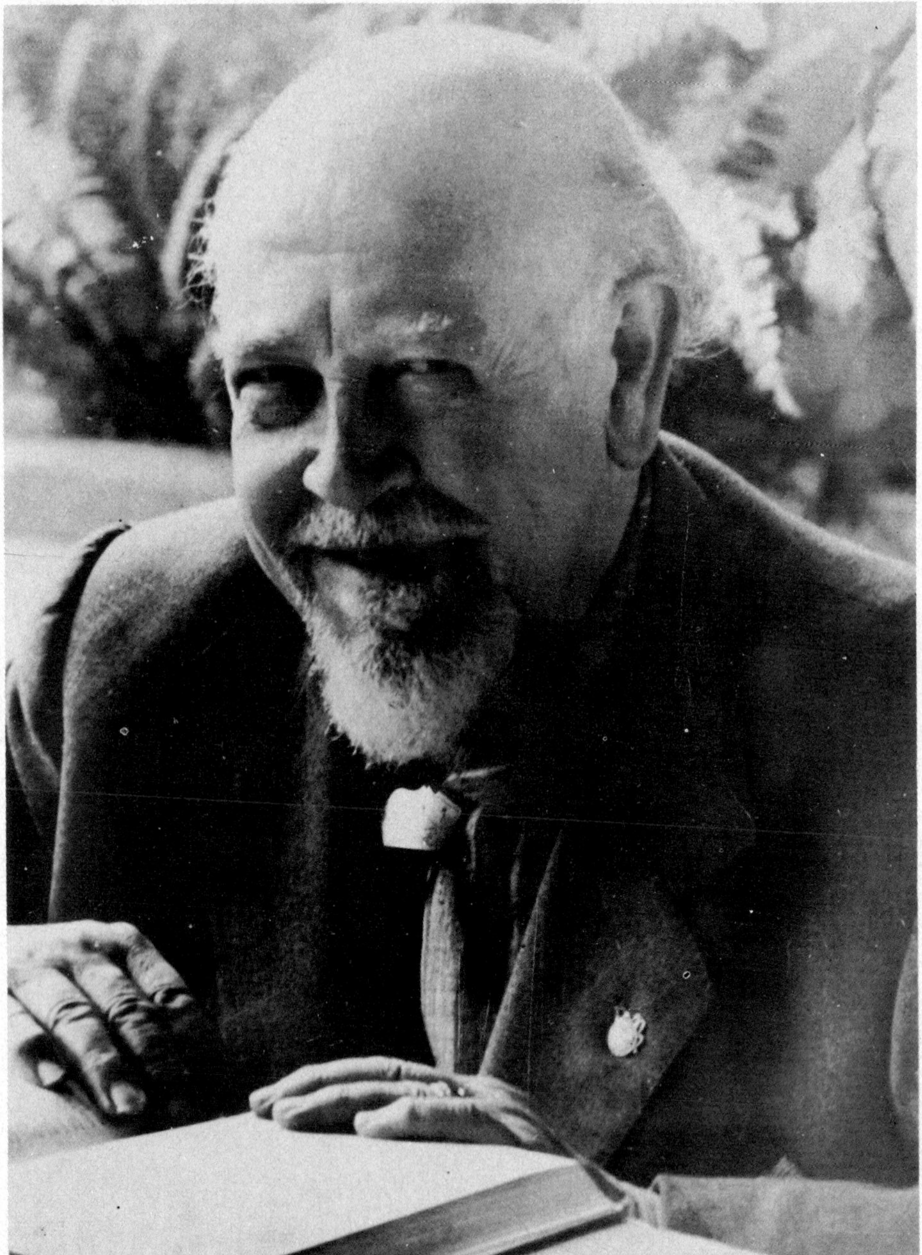

A
CECILIA

A
ALFONSO Y MANUELA

EN LA REGIÓN MÁS TRANSPARENTE DEL AIRE

ADVERTENCIA

Este libro proviene de un estudio presentado orginalmente en inglés como tesis doctoral a la Catholic University of America, Washington, D. C., en junio de 1958, en cumplimiento parcial de los requisitos del grado de doctor en Filosofía y Letras. Su condensación, traducción y adaptación al español por el propio autor forman la presente versión. Su intento es el de estudiar las características más sobresalientes del estilo artístico de Alfonso Reyes, manifiestas en la totalidad de su obra literaria pero que se revelan más sorprendentemente —a nuestro juicio— en su prosa ensayística. Por lo tanto, el enfoque central —especialmente en el aspecto estructural— se dirige al ensayo, pero se verá cómo la visión artística se desborda de los escritos más estrictamente ensayísticos hacia los tratados monográficos como *El deslinde*. Al mismo tiempo, se encontrarán frecuentes interrelaciones entre la prosa y los versos alfonsinos, y entre cuentos y ensayos. Como introducción estilística a la obra del ensayista-poeta, la función del presente estudio es complementaria a la de la monografía de Manuel Olguín, *Alfonso Reyes, ensayista (vida y pensamiento)*, que acentúa el aspecto biográfico e ideológico.

Nuestro punto de partida es una breve consideración de las bases teóricas para un estudio del estilo artístico de un ensayista y prosista diverso. De ahí pasamos al examen de las series de imágenes que nos parecen más significativas como componentes de la sensibilidad artística de Alfonso Reyes. Finalmente, estudiamos la realización estética completa en la estructura de los ensayos vistos como formas artísticas individuales.

Reconocemos muy sinceramente una gran deuda espiritual a ciertas personas que nos aconsejaron en este trabajo: muy notablemente, al querido maestro Helmut A. Hatzfeld, director de dicha tesis; luego a nuestro amigo y colega don Rafael Supervía, quien nos asesoró en la revisión final del texto de esta versión. Nuestro lamentado maestro don Jorge Mañach nos despertó la afición a la obra de los ensayistas y, ante todo, la de don Alfonso el Sabio, el mexicano universal. Don Alfonso y su digna y amable compañera doña Manuela M. de Reyes nos alentaron y ayudaron generosamente con innumerables cortesías.

En las numerosas ocasiones en que hemos querido servirnos de un adjetivo con el sentido de "relacionado con Alfonso Reyes y su obra", hemos preferido la forma *alfonsino,* a la vez más familiar y más fluida que la derivada de su apellido. La abreviatura *OC* en las notas se refiere a las *Obras Completas* de Alfonso Reyes, que edita el Fondo de Cultura Económica.

J. W. ROBB

The George Washington University
Washington, D. C.

PREFACIO A LA SEGUNDA EDICIÓN

EN NUESTRA "Advertencia" original explicamos el sentido del título *El estilo de Alfonso Reyes,* enfocado hacia el estudio de "imagen y estructura" en la prosa ensayística del gran humanista y artista literario mexicano.

Ya que se trata de un vasto tema inagotable dentro de las dimensiones de un solo libro, hemos seguido explorando otras facetas del estilo literario de Alfonso Reyes, recogiendo algunos de los resultados en el libro *Estudios sobre Alfonso Reyes* (Bogotá: Ediciones El Dorado, 1976), donde nos concentramos en aspectos del arte de Reyes como "narrador de lo vivido" y en sus interrelaciones con escritores como Vasconcelos, Arciniegas, Borges. Pensamos reunir una nueva serie de estudios bajo el título *La afición de Alfonso Reyes.* Además, hemos publicado una bibliografía y una antología de la obra de Reyes, de las que el lector encontrará noticias al final de este volumen.

Y como, en las palabras de nuestro Sabio, "Todo lo sabemos entre todos", otros han venido ocupándose de diversos aspectos de la obra alfonsina: así Concha Meléndez y don Tomás Navarro de los versos de Don Alfonso; Barbara B. Aponte, Raúl H. Mora y J. L. Morales de sus relaciones con España y los españoles; Paulette Patout de sus relaciones con los franceses; Zenaida Gutiérrez-Vega del Epistolario Reyes-J. M. Chacón. Y Alicia Reyes acaba de publicar su precioso *Genio y figura de Alfonso Reyes, summa* biográfica e iconográfica.

Mientras tanto, hace varios años que se encuentra agotado este primer libro nuestro; y el creciente interés por Reyes y los estudios alfonsinos parecería justificar una nueva edición. Las modificaciones aportadas a esta segunda edición incluyen la adición de un nuevo subcapítulo titulado "El modo musical" y una nueva Bibliografía Selecta puesta al día hasta 1977.

La afirmación por un comentarista de que "Alfonso Reyes casi nunca alude en su obra a la pintura o la música..." nos inspiró a formular, a modo de refutación póstuma, "El oído musical de Alfonso Reyes", que ahora se adapta como nuevo subcapítulo de este libro, dentro de la serie de "modos estilísticos": "el modo musical" (Cap. IV. V. la primera Nota, N° 32, a dicho subcapítulo). También sentimos la tentación de añadir uno titulado "El modo pintoresco", pero al lector de este estudio le saltará a la vista cómo abundan las imágenes "pintorescas" o pictóricas, y las alusiones a la pintura, en obras como las *Memorias de cocina y bodega (Descanso XIII:* Veronese, Diego Rivera, F. Snyders), los *Cartones de Madrid* (todo un enfoque principal en torno a Velázquez, Goya, J. Bosco, luego Picasso, Zuloaga, D. Rivera, el Greco) o en la *Visión de Anáhuac* (Breughel, Alsloot, Apiles...), y cómo el punto de vista pintoresco dirige las "estructuras eidéticas" u óptico-visuales, inspirando "galerías de cuadros ensayísticos".

En cambio, no resistimos la tentación de citar la reacción de Don Alfonso ante la primera versión de este estudio, en una carta de 9 septiembre 1958:

Estoy realmente deslumbrado, como la gallina que crió un pato. ¿Pero todo eso hay en mi obra? Lo leo con sorpresa y con anhelo que casi llega a la angustia, y siento lo que tal vez sintió Osiris cuando Isis iba juntando sus pedazos.

Lo cual nos recuerda también sus palabras sobre Cervantes en *Metafísica de la máscara:*

Si Cervantes se detiene a cavilar y a prever todas las exégesis posibles a que había de prestarse en más de tres siglos su novela inmortal, a estas horas no contaríamos con el *Quijote*. Lo que importa es lanzar la piedra al agua dormida...

Y así el propio Don Alfonso nos invita a la multiplicidad de las interpretaciones.

Entre las personas a quienes quedamos infinitamente agradecidos por su generosa ayuda e innumerables cortesías, contamos a otros dos miembros de la familia Reyes: el lamentado Dr. Alfonso Reyes Mota y Alicia Reyes ("Tikis"), hoy Directora de la Capilla Alfonsina.

J. W. ROBB

Washington-México, septiembre de 1977.

INTRODUCCIÓN

Sabor y simpatía: El ensayista-artista

En 1911 en París apareció el modesto volumen *Cuestiones estéticas,* obra del joven mexicano Alfonso Reyes, que tenía 22 años de edad. Abarcando temas literarios tan diversos como "Las tres Electras", Bernard Shaw, Goethe, Mallarmé y Góngora, fue aclamado como "el anuncio de una hermosa epifanía" por Francisco García Calderón, entonces vocero de la cultura hispanoamericana en Europa.

Allí se estrenó internacionalmente un talento formado en la capital provincial de Monterrey, Nuevo León, y madurado precozmente en la ciudad de México, culminando en una serie de emocionantes sucesos intelectuales que acompañaron el preludio y los primeros brotes de la Revolución Mexicana, entre 1906 y 1910: las actividades del Ateneo de la Juventud realizadas por los jóvenes de la Generación del Centenario, notablemente por Pedro Henríquez Ureña, Antonio Caso, José Vasconcelos y nuestro Alfonso, el "Benjamín".

Durante 50 años sin cesar, en prosa y en verso, fluyeron finas palabras de sabiduría, precisión y cristalina belleza de la ágil pluma de este hombre de "dos o tres mundos" o sea de plurales mundos, hasta un día en diciembre de 1959, cuando en plena labor, siempre creadora y superadora, se despidió con la pluma en la mano.

A la vez poeta y ensayista prolífico y proteico, sensitivo crítico y teórico literario, contribuidor al cuento y al drama poético, humanista de amplios horizontes universales, filósofo social y misionero cultural hispanoamericano: múltiples son las facetas de este artista de la palabra.

Sabor y simpatía: estas dos palabras clave resumen en una nuez la personalidad de Alfonso Reyes como escritor y como hombre. Las mismas calidades emanaban igualmente de su pluma y de su presencia física: que el lector saboreara con él alguna impresión personal de Madrid en *Las vísperas de España,*

13

algún suceso o fenómeno literario en *Simpatías y diferencias;* que asistiera a una de sus chispeantes conferencias, por ejemplo, sobre la literatura medieval francesa en el Colegio Nacional en México, o que tal vez le viera en tertulia en la "Capilla Alfonsina" de su residencia. En cada caso era el literato cuya vida se identificaba completamente con sus escritos y quien invitaba a las letras a salir de los polvorientos estantes para vivir nueva vida con la llama viva de la realidad personal, tendiendo puentes para atravesar todas las barreras de espacio, tiempo y diferencias entre hombres.

Su contagioso entusiasmo por la Edad Media francesa, o por Goethe o los cuentos enigmáticos de Jorge Luis Borges, se comunicaba entonces a su auditorio como se comunica siempre a sus lectores, trayéndoles los resultados quintaesenciados de su sensitiva erudición en forma digerible pero sin adulteración, abriendo nuevos horizontes de entendimiento y gozo intelectuales.

Sabor sugiere su actitud fundamental de "gustar y gozar", que sean los vinos y chocolates predilectos descritos con placer brillatsavarinesco en sus *Memorias de cocina y bodega;* las percepciones estéticas de la vida literaria en el Siglo de Oro Español en *Sabor de Góngora;* el estímulo intelectual de una charla filosófica imaginaria en *Transacciones con Teodoro Malio;* la artística recreación del pasado de México en *Visión de Anáhuac,* o una exploración por las novedades siempre jóvenes de la eterna Grecia en *Junta de sombras.*

Por detrás y por dentro de todo esto está no el pedante o el virtuoso, sino el amigo que comparte sus experiencias literarias más ricas, poniéndolas al alcance y a la disposición del que acepte su invitación.

Simpatía, con su calidad afín de cortesía, describe no sólo la actitud del ensayista familiar, la de comunicarse cordialmente con su lector, sino también la actitud central de Reyes para con todas las personas y cosas que resultan ser objeto de su mirada crítica: mirada de amistosa comprensión que toca de simpatía hasta su tratamiento de aquellos con quienes tiene alguna *diferencia.* Se refleja en su interés por todas las culturas y su sensibilidad hacia la afinidad e interrelación que existe entre ellas. Simpatía es identidad con toda clase de cosas y de hombres: el verdadero humanismo esencial, donde se unen conocimiento, belleza y amor.

En Alfonso Reyes dialogan crítica y creación, poesía y erudición, y se dan la mano prosa y poesía. En el fluido medio del ensayo se ven la íntima armonía y fusión de estos aspectos, motivo por el que enfocamos desde la perspectiva del ensayo nuestro estudio de su estilo artístico.

Puntos de partida

Intuitivamente hemos sentido que Reyes es tan poeta y artista en el ensayo como en sus versos, y que tiene un estilo literario tan interesante en tanto prosista como un novelista de la categoría de un Flaubert o de un Ricardo Güiraldes.

Para estudiar críticamente su estilo, sin embargo, hace falta plantearse esta pregunta: ¿Tendrá un ensayista un estilo, en el sentido en que lo tiene un novelista u otro escritor "creador", es decir un modo peculiar de expresión artística? Si contestamos afirmativamente, surge naturalmente esta otra pregunta: ¿Qué es un estilo ensayístico y cómo acercarnos a él para estudiarlo o definirlo?

Leo Spitzer, en un artículo sobre el ensayista francés Albert Thibaudet,[1] se dirige a un problema muy parecido al que consideramos, cuando se pone a "probar la posibilidad de analizar el estilo de un crítico literario". Esto se aplicaría igualmente bien a otros tipos de "escritor discursivo", inclusive las variaciones comunes del ensayista. Además, Spitzer ha escogido una figura que posee algunas de las múltiples características que encontramos en Reyes: crítico literario, historiador literario, filósofo, periodista, poeta, profesor y epicúreo.

Primero muestra Spitzer cómo Thibaudet trasciende la mera exposición de los hechos y conceptos mediante el uso de metá-

---

[1] Leo Spitzer, "Patterns of Thought in the Style of Albert Thibaudet", *Modern Language Quarterly*, IX (1948), pp. 259-72, 478-91.

foras y símiles. Ésta es una de las maneras más obvias en que un estilo discursivo puede llegar a ser "artístico" o un crítico-ensayista puede tener un "estilo" en el sentido artístico. Se da vida a ideas y relaciones proyectándolas imaginativamente o comunicando lo indefinido mediante comparaciones en otro nivel de experiencia. Thibaudet, un epicúreo gastronómico, emplea símiles de la vinicultura de su nativa Borgoña, usando la referencia sensual y materialista como puente a las interrelaciones intelectuales:

Thibaudet's materialistic similes..., in abstract context..., are... spiritualized... when Thibaudet sees an object he immediately perceives its relationship to the idea... anything can be a window to the spiritual, and all things may become ideograms.

Son importantes las asociaciones de ideas hasta en el habla discursiva, pues la lógica pura rara vez es el único factor en la discusión inteligente de un tema. Una vez que se toman los senderos de la asociación, se entra en el reino de las comparaciones, de los símbolos, con ricas posibilidades para el lenguaje artístico en los símbolos y las metáforas.

Thibaudet se sirve constantemente de símiles o metáforas geográficas y gastronómicas para referirse a las obras literarias, como por ejemplo la novela de Proust como "Une carpe à la Chambord".

También muestra Spitzer cómo Thibaudet se sirve hábilmente de un símbolo clave humorístico como punto de enfoque para una idea, luego cambiará de enfoque para lograr una nueva perspectiva de ideas: un queso (holandés, luego suizo) simboliza la organización internacional que se muda de Holanda a Suiza, en una continuación imaginada de una fábula de La Fontaine. Pero Thibaudet no tratará de llevar demasiado lejos esta metáfora, sacando de ella conclusiones lógicas. En vez de eso, la imagen del queso, "reducción caricaturesca a contornos esqueléticos", se usa como instrumento de múltiple sugerencia: "el lector está obligado a pensar... o ver... en términos de formas... [la] típica extracción francesa de *esprit* de la percepción sensual".

Lo que resultará aún más significativo tal vez será ver qué sutiles procedimientos estilísticos se vuelven modos de crear efectos por parte del artista-crítico-ensayista sin el uso de símbolos tan obvios. Thibaudet va más allá de la idea del "queso" como símbolo, sugiriendo relaciones metafísicas o filosóficas por la mera agrupación de palabras, o por las peculiares selecciones gramaticales, sintácticas o aparentemente casuales de vocabulario, etc. Por ejemplo, agrupa "la vie internationale, les cadres et les points de rencontre", como para sugerir que la idea platónicamente pura no existe en aislamiento, sino sólo con la necesaria contaminación de tierra y de ambiente.

La simple referencia de Thibaudet a "nos quatre vicomtes" (Chateaubriand, Bonald, Tocqueville, Vogüe) es un procedimiento sintetizante y simbólico que establece una nueva categoría ideológica en la mente del lector: hasta un mero detalle de puntuación puede crear un símbolo o "ideograma", cuando Thibaudet visualiza a "Austria-Hungría" como "un guión".

Finalmente, no sólo encuentra Spitzer que un crítico o ensayista puede hacer uso muy esencial de los instrumentos artísticos o "estilísticos", de expresión, sino que además puede encontrar detrás de sus rasgos expresivos toda una motivación estilística o sea un mundo de estilo y pensamiento que puede caracterizarse, definiendo así el estilo del crítico:

The plenitude of our world, joyfully accepted by the writer, is what informs Thibaudet's patterns of thought. His world in its variety and whimsicality has as its primordial principle, not the Heraclitean flux but the Eleatic "being". This world is there for Thibaudet to muse upon... and all existing historical entities are seen by Thibaudet as patterned on that unquestionable and most enjoyable reality of realities: France.

Spitzer nos ha contestado que se puede estudiar a un ensayista por su estilo artístico. Queda por aclarar o enfocar un aspecto final de esta cuestión: ¿hasta qué punto trasciende o puede el lenguaje del ensayo trascender el lenguaje corriente para volverse lenguaje artístico especial?

Otro teorista estilístico que puede darnos alguna iluminación sobre esta cuestión es el estructuralista danés Stender-Petersen, que estudia el problema de un lenguaje artístico en su artículo "Esquisse d'une théorie structurale de la littérature",[2] basándose en la "Théorie du langage" de Hjelmslev.

Stender-Petersen empieza con la premisa de que la lengua artística o literaria necesariamente debe ser distinta de la lengua diaria:

La langue de l'oeuvre d'art représente un plan d'expression auquel correspond un plan de contenu étranger à celui de la langue quotidienne...
Entre les éléments linguistiques choisis à intention particulière, par exemple les sons, et les éléments du plan de contenu artistique, quels qu'ils soient, on trouvera donc un rapport de signe ou de commutation (rapport sémiologique) qui correspondra à celui établi par M. Hjelmslev pour l'expression et le contenu de la langue quotidienne. ... Si nous échangeons par exemple une série de mots choisis à intention, renfermant tous des a ou des s, avec une autre série de mots choisis parce qu'ils contiennent tous des i ou des k, nous verrons qu'un échange correspondant aura lieu à l'interieur du plan du contenu... Cette instrumentalisation... qui s'opère ainsi dans le plan de l'expression de l'art littéraire, est accompagnée d'un phénomène dans le plan du contenu que je serais tenté de regarder comme une chaîne d'émotions, non pas de notions d'émotions, mais justement comme une chaîne des émotions elles mêmes.

Hay, entonces, una lengua artística especial cuya función primaria no es comunicar intelectualmente sino transmitir una emoción estética:

Pour autant que la langue d'un texte artistique n'est pas seulement un phénomène linguistique servant à la communication intellectuelle d'un individu à l'autre, mais aussi la substance d'une activité artistique dont le but est tout autre que la communication intellectuelle pure, nous pourrons désigner cette langue comme une langue *fictive*. En effet, ce qui est artistiquement pertinent dans cette langue, n'est pas la communication de notions intellectuelles qui semblent évi-

---

[2] Ad. Stender-Petersen, "Esquisse d'une théorie structurale de la littérature", Travaux du Cercle Linguistique de Copenhague, Vol. V: *Recherches Structurales,* 1949, pp. 277-87.

demment avoir lieu sur un plan à part, mais la chaîne d'émotions plus ou moins marquées qui accompagnent la chaîne linquistique sur le plan artistique. C'est dans ce sens que nous parlons de fiction.

Uno de los aspectos de nuestro estudio del ensayo artístico en Reyes podrá ser, entonces, la medida en que, y las maneras en que trasciende el mero "lenguaje de todos los días", comunicativo y expositivo, pasando a la creación de emociones estéticas con *langue fictive* o "lengua de ficción".

...la langue dite littéraire se distingue souvent de la langue non-littéraire par le fait que certains mots... qui font partie du vocabulaire non-littéraire sont remplacés par d'autres mots qui, il est vrai, appartiennent aussi à ce vocabulaire, mais que le contexte donné n'exigerait normalement pas.

Esto quiere decir que el "lenguaje artístico" no implica necesariamente la creación de un extenso número de raros neologismos poéticos para formar un vocabulario especial para el uso exclusivo de los poetas. Este fenómeno de usar palabras corrientes y "ocasionales" para peculiares efectos poéticos, artísticos, simbólicos y sugeridores, etc., es algo que ya vimos en el análisis spitzeriano de Thibaudet y que pronto veremos en Alfonso Reyes.

Stender-Petersen llama la atención especialmente, y no es de extrañar, sobre el uso de la metáfora y de la metonimia como vehículos significativos de la *langue fictive* y explica su función como sigue:

Le mot métaphorique ou métonymique choisi perd... peut-on dire, son contenu propre au bénéfice d'éléments secondaires ou périphériques du contenu, mis en relief par le contexte, mais puisque le contenu propre d'un tel mot est présent à l'état latent, bien qu'effacé, la représentation du contenu verbal exigé par le contexte devient imprécise. Or, une telle imprécision est justement accompagnée d'éléments émotifs qui appartiennent exclusivement au plan du contenu littéraire, et alors on peut dire que la langue sert à exprimer autre chose et plus que ce qui est du ressort du plan de son propre contenu. Le résultat en est une langue qu'on pourra appeler fictive.

Pasa a explicar que en el plano de la expresión artística, en la *langue fictive,* las palabras y las combinaciones de palabras se vuelven *temas* artísticos:

Tout texte littéraire avec toute sa matière de mots est dominé par un système de nature thématique, d'un caractère foncièrement différent du système linguistique. Ce thème motivant ou ce système thématique motivant sera identique à ce qu'on appelle d'ordinaire *motif.* Ce motif prend forme dans l'oeuvre d'art et n'existe en dehors d'elle que comme une substance amorphe.
... le motif lui-même peut être étudié du point de vue de la fiction, le motif pouvant être caractérisé par différents degrés de fiction.

Desde este punto de vista, el concepto de "ficción" adquiere nuevos matices de significación y podrá conducirnos a algunas perspectivas iluminadoras en los escritos ensayísticos de Alfonso Reyes no presuntamente ficticios. Quizá hasta llegaremos a ver su obra ensayística en el conjunto como una grandísima "novela" o un grandísimo "poema" en donde las estructuras, los motivos, los sistemas de pensamiento y familias de imágenes convergen en el todo estructural que es el ensayo alfonsino, determinándolo artísticamente.

Tercera y finalmente, es posible que encontremos algunas perspectivas útiles respecto a la naturaleza del estilo en la carta de Amado Alonso dirigida, muy oportunamente, a Alfonso Reyes ("Carta a A. R. sobre la estilística"), donde vemos que caracteriza el estilo como la totalidad de los medios de expresión artística de un autor:

La estilística estudia, pues, el *sistema expresivo* de una obra o de un autor, o de un grupo pariente de autores, entendiendo por sistema expresivo desde la estructura de la obra (contando con el juego de calidades de los materiales empleados) hasta el poder sugestivo de las palabras. El sistema expresivo de un autor sólo se puede entender como funcionamiento vivo, como manifestación eficaz y en curso de esa privilegiada actividad espiritual que llamamos creación poética.[3]

[3] Amado Alonso, "Carta a Alfonso Reyes sobre la estilística", *Materia y forma en poesía* (Madrid: Gredos, 1955), p. 101.

Definiciones y límites

Al enfocar nuestro estudio sobre Reyes como ensayista-artista, lo hacemos sin intentar establecer limitaciones artificiales de géneros literarios. No pensamos separar al "ensayista" del "poeta", antes bien, veremos siempre al poeta a través del ensayista; diferencia de perspectiva simplemente.

Nuestra definición del "ensayo" será necesariamente arbitraria. En la formación de nuestro concepto del ensayo hispanoamericano debemos mucho a los críticos Medardo Vitier, Mariano Picón-Salas, Enrique Anderson Imbert, al propio Alfonso Reyes y Jorge Mañach, éste en sus cursos de Middlebury College entre 1946 y 1950.

El ensayo tenemos que considerarlo como una unidad flexible que abarca las siguientes características: 1) Es un escrito en prosa, de breves proporciones, sobre temas fuera del campo de la ficción. Al hablar aquí de "ficción" queremos simplemente referirnos a la novela, el cuento, la obra dramática y el poema en prosa puramente lírico. 2) Trata de materias básicamente "reales" o de hecho, pero que están sometidas a una interpretación distintivamente personal o artística. 3) Permite numerosas modulaciones dentro de la amplia esfera deslindada por dos extremos: *a)* el extremo didáctico-expositivo de la monografía formal, el tratado o estudio científico y "objetivo"; la mera comunicación de informes, de escuetos conceptos o hechos, como en la pura crónica o el reportaje; *b)* el extremo poético-creador: sea puro lirismo no-narrativo, sea pura ficción narrativa de sucesos ficticios con personajes ficticios.

Esta última referencia a "ficción" (en el corriente sentido popular) no quiere decir que el ensayo no pueda contener *langue fictive* en el sentido Stender-Peterseniano: muy al contrario. De eso precisamente podrá tratarse en la interpretación artística y personal que es característica de la perspectiva ensayística.

No sólo eso, sino que el ensayo, que tiende a una hibridez de naturaleza, podrá incorporar elementos de uno u otro de los dos polos o extremos; podrá acercarse a uno u otro extremo, pero su característica central queda siempre como se acaba de indicar. Esto quiere decir, además, que podemos trazar una extensa serie de tipos ensayísticos de acuerdo con los relativos énfasis o "acentos": habló don Jorge Mañach, por ejemplo, de "ensayo de acento filosófico", "de acento histórico-social", "de acento cultural", "de acento didáctico-crítico", "de acento poético".

La definición de Mariano Picón-Salas parece especialmente apuntar hacia Alfonso Reyes:

La función del ensayista... parece conciliar la Poesía y la Filosofía, tiende un extraño puente entre el mundo de las imágenes y el de los conceptos... [4]

La caracterización del propio Alfonso Reyes llama la atención al dinamismo y a los infinitos horizontes del ensayo y su carácter de hibridez como el del "saco en donde cabe todo" aplicado por Pío Baroja a la novela:

La literatura se va concentrando en el sustento verbal: la poesía más pura o desasida de narración, y la comunicación de especies intelectuales. Es decir, la lírica, la literatura científica y el ensayo: este centauro de los géneros donde hay de todo y cabe todo, propio hijo caprichoso de una cultura que no puede ya responder al orbe circular y cerrado de los antiguos, sino a la curva abierta, al proceso en marcha, al "etcétera" cantado ya por un poeta contemporáneo preocupado de filosofía.[5]

La descripción de Anderson Imbert, por acentuar la poetización de ideas y la función sintetizante del ensayo, también recuerda especialmente las ricas calidades del ensayo de Alfonso Reyes (como ya lo ha notado Robert G. Mead): [6]

El ensayo es una composición en prosa, discursiva pero artística por su riqueza en anécdotas y descripciones, lo bastante breve para que podamos leerla de una sola sentada, con un ilimitado registro de temas interpretados en todos los tonos y con entera libertad desde un punto de vista muy personal. Si se repara en esa definición más o menos corriente se verá que la nobilísima función del ensayo con-

[4] Mariano Picón-Salas, "En torno al ensayo", *Cuadernos,* París, 8 (Sept-Oct., 1954), p. 32.
[5] A. R., "Las nuevas artes". *Los trabajos y los días, OC,* IX, p. 403.
[6] Robert G. Mead, Jr., *Breve historia del ensayo hispanoamericano* (México: Ed. de Andrea, 1956), p. 109.

siste en poetizar en prosa el ejercicio pleno de la inteligencia y la fantasía del escritor. El ensayo es una obra de arte construida conceptualmente, es una estructura lógica, pero donde la lógica se pone a cantar... "Donde hay concepto no hay poesía." Pero el conferir unidad a algo es ya un acto poetizador. Cualquier construcción está animada con un toque de poesía cuando su unidad interior se ha hecho visible, fácil y placentera. Hay sistemas filosóficos, enrollos matemáticos, hipótesis científicas, caracterizaciones históricas, que se convierten en poemas por obra y gracia del espíritu unificador. Y el ensayo es, sobre todas las cosas, una unidad mínima, leve y vivaz donde los conceptos suelen brillar como metáforas.[7]

Para considerar más extensamente el asunto, se invita al lector a consultar especialmente las argumentaciones de Medardo Vitier, "El ensayo como género";[8] el ensayo sobre el ensayo de Germán Arciniegas;[9] el libro de Zum Felde sobre los pensadores y ensayistas;[10] la nueva *Historia del ensayo hispanoamericano* de Earle/Mead;[11] y, sobre el ensayo en México, la antología crítica de José Luis Martínez.[12]

Para los efectos de este estudio, nos concentraremos en la producción propiamente ensayística de la vasta obra de Alfonso Reyes, y en sus ejemplos más interesantes desde el punto de vista artístico. Tenemos muy en cuenta, sin embargo, la presencia de sus obras monográficas, sus ficciones narrativas y sus obras en verso, con todas las cuales veremos constantes interrelaciones.

[7] Enrique Anderson Imbert, "Defensa del ensayo", *Ensayos* (Tucumán, Arg., 1946), pp. 123-24.
[8] Medardo Vitier, *Del ensayo americano* (México: Fondo de Cultura Económica, 1945), pp. 45-61.
[9] Germán Arciniegas, "El ensayo en nuestra América", *Cuadernos*, París, 19 (julio-agosto 1956), pp. 125-30. Y "Nuestra América es un ensayo", *Cuadernos*, 73 (junio 1963), pp. 9-16.
[10] Alberto Zum Felde, *Índice crítico de la literatura hispanoamericana*, I: *Los ensayistas*, México: Guarania, 1954.
[11] Peter G. Earle y Robert G. Mead, Jr., *Historia del ensayo hispanoamericano*, México: Eds. de Andrea, 1973.
[12] José Luis Martínez, *El ensayo mexicano moderno*, 2 vols., México: Fondo de Cultura Económica, 2ª ed. refundida y aumentada, 1971.

I. LA CRÓNICA SE VUELVE "MOTIVO" ARTÍSTICO

> Sôbre a nudez forte da verdade — o manto
> diáfano da fantasia.
> EÇA DE QUEIROZ [1]

LA CRÓNICA periodística en su esencia rudimentaria puede ser mero reportaje rutinario de sucesos, de interés documental o informativo, o de interés pasajero como noticia simplemente. Sin embargo, a medida que estos sucesos se relatan de una manera cada vez más personal, con comentario que conduce a la meditación e interpretación subjetiva infundida de la sensibilidad artística y hasta lírica de un escritor de verdadera calidad, la crónica se transforma en algo de genuina categoría literaria. Esto es lo que ha pasado con una proporción muy considerable de los comentarios en prosa circunstancialmente escritos sobre temas generales o literarios y publicados por Alfonso Reyes en numerosos periódicos y revistas a lo largo de su carrera literaria, y que generalmente han acabado por recogerse en volúmenes de ensayo de diversos tipos.

Los dos extremos del proceso se verán en esta observación de L. A. Sánchez respecto del tempranero alcance de esta transición en Reyes:

Ya desde 1911, este entonces joven cazador de sustancias hacía el peligroso y bello tránsito entre la comprobación documental y la prolongación de sueño.[2]

El propio Reyes distingue tres valores o propósitos fundamentales en el lenguaje, como sigue:

Las tres notas del lenguaje y sus valores...
1ª La nota comunicativa, significativa o intelectual, que admite el

[1] J. M. Eça de Queiroz, *A reliquia* (Porto: Lello e Irmão, 1950), p. 3.
[2] Luis Alberto Sánchez, "El ensayo y la crónica", *Américas,* Unión Panamericana, Washington (julio 1957), p. 28.

nivel humilde de la práctica cotidiana y el nivel superior o técnico en todos sus grados...
2ª La nota acústica, de sonido en los fonemas y sílabas, de ritmo en las frases, de unidades melódicas en los trozos, de cadencia general en los períodos. Tal es el dominio de la fonética...
3ª La nota expresiva, la humedad de afecto que ni la estrecha aplicación práctica ni la pretendida fijeza lógica logran siempre absorber; nota de patetismo o modalidad sensitiva presente en los estímulos genéricos del habla, acarreada en las peculiaridades de la charla común, manifiesta en las superabundancias del juego verbal, palpitante en las realizaciones de la lírica. Tal es el dominio de la estilística, cuya soberanía es extensísima y siempre fue más o menos reconocida, o sospechada siquiera, aunque sólo ha poco estudiada debidamente...
...Desde ahora vemos que sólo la literatura intenta, de un modo general, poner en valor las tres notas.[3]

La tercera cualidad es algo como el equivalente alfonsino de la *langue fictive* de Stender-Petersen, estudiada en nuestra introducción, siendo la segunda cualidad otra fuente potencial de efectos artísticos. Reyes también es sensible a la presencia de estas cualidades en grados diversos en sus propios escritos, como puede verse en su disculpa por ceñirse a un lenguaje más sobrio en *El deslinde:*

Ya, a lo largo de una vida consagrada a las letras, nos han sobrado ocasiones para cantarlas con acento más placentero. Aquí no era caso de cantar, sino definir.[4]

El lenguaje artístico sería, entonces, como cantar, acentuando las notas 2 y 3, mientras la crónica documental o tratado discursivo quedaría enfocado en el nivel 1, con sólo un mínimo en el nivel 2. Reyes, según se supondrá por las palabras que acabamos de citar, se quedará en *El deslinde* cerca del nivel 1, reduciendo al mínimo el nivel 3, para concentrarse en el esfuerzo de definir, deslindar, aclarar. Sin embargo, como ya lo veremos en ejemplos subsiguientes, ilumina hasta estas páginas

[3] *El deslinde, OC,* XV, p. 232.
[4] *Ibid.,* p. 281.

expositivas con frecuentes metáforas, aprovechando muy ricamente su repertorio de imágenes en sus ilustraciones o ejemplos.

¿Qué es lo que sucede cuando Reyes hace la transición de crónica documental a *prolongación del sueño?*

En *Madame Caillaux y la ficción finalista*,[5] un comentario-crónica parisiense, Reyes comenta un *fait divers* contemporáneo, elaborándolo hasta hacer de él un comentario psicológico-filosófico que refuta el concepto "finalista" de la motivación humana.

Al mismo tiempo, sus "argumentos" o consideraciones están filtrados a través de sus impresiones sumamente personales, comunicadas artísticamente en el "nivel tercero" como lo vimos describir.

Hace vivir el mundo intangible de las ideas, expresando sus conceptos en fluidos términos visuales y espaciales, proyectados en dos niveles espaciales: 1) el nivel de la vida diaria y de sus actos rutinarios u ocasionales; 2) el nivel de la vida interior, la vida del espíritu y de la mente que va más allá, hasta las profundidades metafísicas del Universo. Flota la mente en un mar indefinido de espacio, luz y sombra. Al mismo tiempo va construyendo, ligando y haciendo hilos de sutura, intentando tejer un tejido, un tejido de espacio y de tiempo y de actos que compongan un todo vital y significativo: esto sigue siendo, sin embargo, un constante buscar y luchar, pareciendo en el conjunto algo como una figuración artística de la vista orteguiana del hombre que crea su propia existencia:

...Ciertos actos, ciertas situaciones aisladas son explicables; también lo es la trayectoria que deja nuestra vida en la tierra: su gran rasgo general. Pero lo que sigue siendo arcano es la continuidad con que se enlazan los instantes de una existencia. Sé por qué me he desayunado hoy; ignoro por qué, después, me eché a la calle en vez de encerrarme en la biblioteca, aunque sé también por qué, una vez afuera, preferí el lado de la sombra al lado del sol. Así vamos urdiendo una trama de momentos lúcidos y momentos ciegos. Aparte de la gran inconsciencia de la fatalidad, en que estamos sumergidos, hay ciertos parpadeos de la inconsciencia cotidiana de donde resulta "inasible" la generación de los hechos. Aun para repetir una charla

[5] *El cazador, OC,* III, pp. 118-22.

o para describir una escena callejera necesitamos suprimir y añadir: suprimir algunos elementos oscuros, absurdos, verdaderos ripios que nada ponen al suceso, o caminos laterales que lo desvían a uno y otro lado, y entre cuyas fluctuaciones buscamos una media proporcional; y añadir procesos o hilos de sutura que, de hecho, no existieron, pero que, en estricta lógica, deberían haber existido.[6]

La conciencia se siente como un cuerpo flotante que se mueve, un ojo que ve, una fuerza que busca. Reyes esencialmente no hace una investigación dialéctica de una cuestión filosófica: más bien está captando un estado de alma, una actitud, una vista subjetiva de la vida interior y de su relación con el mundo exterior a la manera intuitiva del poeta, a la manera íntima del ensayista personal que sólo aprovecha un "pretexto" circunstancial para presentar una iluminación parcial, un nuevo "ángulo" o perspectiva sobre la situación. De acuerdo con esto, su lenguaje trasciende el plano del frío lenguaje científico o "reproductivo" para llegar a ser lo que se ha llamado *langue fictive*, donde el lenguaje entra a formar parte de un proceso artístico creador. Es un factor "catalítico" la selección de palabras con valor adicional de sugestión emocional o sensual.

Esta sensación del flotar de la conciencia está insinuada por palabras fluido-dinámicas como *sumergidos, fluctuaciones*. Se sugiere la dimensión visual de la conciencia por las palabras pictóricas que pintan efectos de luz y siguen el movimiento de los ojos: *momentos lúcidos y momentos ciegos, parpadeos de la inconsciencia cotidiana*. Se subraya el proceso de la busca con algunas imágenes clave de sendero y movimiento: *trayectoria, caminos laterales que lo desvían*. El proceso constructivo-creador se sugiere mediante metáforas de "tejedura": *vamos urdiendo una trama, añadir procesos o hilos de sutura*. Todo este proceso de transfusión artística está prefigurado dentro del desarrollo del ensayo en los ejemplos dados por Reyes en el nivel de la escena cotidiana, los cuales funcionan de modo a contribuir valor metafórico-sugerente adicional al conjunto: he aquí otra sugestión espacial del buscar o errar, de liberación contra la constricción de la mente o de la personalidad, o bien la suge-

[6] *Ibid.*

rencia de un "sendero" en el uso del ejemplo de la "calle": "me eché a la calle en vez de encerrarme en la biblioteca".

Una vez fuera en la calle, el ejemplo se vuelve a la esfera visual de luz y sombra: "preferí el lado de la sombra al lado del sol". El ejemplo de la calle está anclado otra vez al desarrollo del conjunto por la alusión "Aún para repetir una charla o para describir una escena callejera..."

Considérese la observación: "Un juicio es una reconstrucción inversa de la vida. Mas la vida ¿es reversible?" Aquí de una manera aún más sutil el lenguaje de Reyes se extiende artísticamente más allá del plano de la exposición de los hechos.

Sin servirse directamente de coloridas metáforas poéticas, sugiere una metáfora o un símil artístico por indirección. Con la abrupta pregunta "Mas la vida ¿es reversible?" y la combinación de "inversa" y "reversible" que sigue una acumulación anterior de sugestiones de la vida como proceso fluido-fluyente, el lector moderno recibe la sugerencia de una vida en términos cinemático-panorámicos, como si le dijera: "La vida sigue fluyendo como una película cinematográfica, pero difiere de ella en que no puede volverse al revés y ser vista inversamente según la voluntad del espectador." Reyes ha usado una metáfora atenuada o escondida. La imagen cinemática se presenta directamente en un tratamiento posterior de tema parecido, en *Cosas del tiempo*,[7] donde se discute si el "tiempo vital" será reversible o irreversible:

Aún falta quien nos venga a decir que el tiempo vital es reversible, como las cintas cinematográficas en que el nadador sale de pies por el agua y sube fantásticamente hasta el trampolín...

Así la crónica ha dado paso al comentario interpretativo personal, el cual a su vez ha conducido a la sugerencia y creación artística mediante el mágico poder transformador de la *lengua de ficción*.

---

[7] "Cosas del tiempo", *Marginalia, Primera serie (1946-1951)*, páginas 125-26.

II. DE LA IDEA A LA IMAGEN

El factor más inclusivo del estilo de Alfonso Reyes, responsable de su diferencia radical del puro tratadista o escritor de crónicas y monografías, es su propensión y capacidad para experimentar y expresar ideas en términos de imágenes artísticas, por sentir las ideas a través de impresiones visuales, auditivas u otras impresiones sensoriales estéticas. Vive y se mueve en el mundo de la palabra, en donde la palabra es el elemento transformador que liga sujeto y objeto, realidad y expresión, concepto e imagen. Las palabras son ideas; las imágenes son ideas y las ideas se vuelven imágenes. Las ideas se visualizan o de otro modo se estetizan, perdiendo o no sus conexiones lógicas o discursivas, tendiendo en el ensayo informal e impresionista más libre a dejar que las conexiones lógicas cedan el paso a la conexión estético-asociativa. Esta "visión artística", entonces, puede estudiarse en términos de algunas de las imágenes estéticas individuales o series de imágenes típicas y frecuentes con que Reyes ilumina sus escritos.

Las ideas puras, si hay tales cosas, no son más que vaguedades. Para comunicar las ideas a otros, y aun para fijarlas en la mente de uno mismo, necesitan tomar forma, encarnar. Necesitan cristalizarse en palabras, siendo éstas los moldes en que pueden captarse, dice Reyes:

Las nociones cuajan en palabras. La palabra engendra un molde, una manera de cárcel ideal para las nociones, en cuanto logra captarlas dentro de su trampa misteriosa. Las impresiones que recibimos del mundo tienen un carácter de fluidez: el mundo, para la impresión humana, es la selva cambiante de las *Metamorfosis* de Ovidio. En ese continuo heterogéneo, las necesidades de la acción recortan nociones, y luego la palabra las fija.[1]

Sólo el ángel o el puro espíritu es capaz de la idea pura: el Hombre, rodeado de materialidades y cuya experiencia del mun-

[1] *El deslinde, OC,* XV, p. 218.

do a su alrededor le viene a través de los sentidos físicos —por la conciencia que funciona solamente en la presencia del cuerpo— siente las ideas como cosas concretas. El pensar por las imágenes, para Reyes, no es sino una economía necesaria, la única manera efectiva de asirse de las ideas:

...a poco que nos interroguemos, descubrimos en los fondos de nuestra conciencia, a manera de perduración o de larva, un hormigueo vagaroso de sombras —Aquiles, Don Quijote, Hamlet, Arlequín y hasta el Tío Sam— que siguen sirviéndonos para dar asidero a las abstracciones mentales. Este pensar por imágenes es un mundo de economía a que conduce la inercia natural del espíritu. A nadie le ha sido vedado; aunque muchas veces, por esa desconfianza para la poesía que es el mayor pecado de la inteligencia contemporánea, usemos, al expresarnos, términos sexquipedales y abstrusos, vaciedades léxicas (mitología exangüe y nada más), creyendo así emanciparnos del pensar metafórico a que sin remedio estamos condenados y cortar el invisible cordón que nos pega al suelo, cuando la verdad es que hacemos de simios del ángel, único capaz de la idea pura.[2]

Por lo tanto creamos galerías de imágenes, sean de figuras humanas, sean de otros seres vivos o inanimados del Universo, que para nosotros representan o simbolizan estas ideas: que representan otros seres u objetos o relaciones entre ellos.

En esta sección intentaremos acercarnos al mundo artístico-estilístico de Alfonso Reyes sólo desde una de las varias perspectivas posibles, la perspectiva de su galería o repertorio de imágenes individuales predilectas, vistas selectiva y resumidamente.

Al hablar de imágenes, incluimos los conceptos de metáfora, símbolo, símil y otras formas de representación figurada y pensamos en la imagen unida con el "tema" que representa, el cual se vuelve motivo estético, del que un extremo es *significante,* el otro *significado,* en los términos estructuralistas de Dámaso Alonso.

---

[2] "La estrategia del 'gaucho' Aquiles", *Junta de sombras, OC,* XVII, pp. 254-55.

A) Figuras simbólicas humanas

La figura humana es central en Reyes el humanista. Reyes humanista ve siempre al hombre a la vez en su dimensión universal o genérica y en su dimensión individual y personal. El mismo Reyes, poeta y visualizador, se identifica con ciertos tipos humanos o "héroes simbólicos" de su predilección. Estos héroes poéticos alfonsinos —cazador, acróbata, nadador, jinete, conquistador— se verán como íntimamente relacionados, contribuyendo cada uno con una faceta a la configuración total.

El cazador

El cazador es una de las figuras principales de esta galería alfonsina de héroes poéticos.

Recordando las palabras de don Alfonso sobre el gran significado de los "títulos" como condensaciones simbólicas de esencias estéticas,[3] no nos sorprenderá encontrar alto contenido simbólico en los títulos de sus poemas *Cazadores* (1939) y *Cacería divina* (1931),[4] así como en el de su tomo de "ensayos y divagaciones", *El cazador* (1921).

Adentrándonos un poco más, la misma imagen del cazador aparece en una de las caracterizaciones más vivas del proceso literario hechas por Alfonso Reyes en *La experiencia literaria*, sirviendo para iluminar su sentido general como símbolo estético a través de su obra:

Cazador sutil el que entra en la selva para cazar palabras. Y donde sorprende al árbol que canta, como aquel escriba del Louvre, prepara su estilo y sus tablillas de cera, anula su voluntad, y espera calladamente el dictado.[5]

El folklorista literario está buscando tesoros de la expresión popular. Como el cazador que caza su presa en los bosques es el artista-estudiante-crítico que busca y se esfuerza por captar

---
[3] "Tres diálogos", *Cuestiones estéticas*, OC, I, pp. 119-26.
[4] OC, X, pp. 190, 130.
[5] "Marsyas o del tema popular", *La Exp. Lit.*, OC, XIV, p. 81.

presas estéticas. Podrá ser como el puro cazador de caza mayor, matando de veras su presa; aun entonces, eso podrá conducir en la esfera estética a una nueva creación o a una resurrección como la del Fénix. O, en cambio, su caza podrá conducir como lo hace aquí a una busca pasiva y receptiva de la presa, la cual será a su modo una actividad creadora o recreadora. El fotógrafo cazador que no mata necesariamente su presa pudiera ser otro paralelo.

Aquí actúa la sensibilidad intensamente vital de Alfonso Reyes por las palabras y los fenómenos lingüístico-literarios como presa selecta para buscarse sutil, no crudamente. Su héroe estético es el buscador, el buscador refinado y sensitivo, el cazador de caza mayor elevado hasta el alto plano de la discreción, del discernimiento, la fina selección y apreciación de los delicados matices, los grandes valores eternos de la herencia cultural.

En este ejemplo, muy típicamente, se ensancha la imagen para presentar el escenario completo de la selva en que se mueve el cazador, incorporando en él el concepto del árbol que canta, derivado por Reyes del mito griego del sátiro Marsyas.

En el tomo de ensayos o de crónica novelada titulado *El cazador,* está siempre presente el autor, visible o invisiblemente, directa o implícitamente, como el cazador estético que va buscando presa nueva, nuevos tesoros, bocadillos de interpretación y de placentera aventura en medio de sus variadas lecturas y diversos contactos con personas y acontecimientos, así como don Alfonso concibe a su amigo don Tomás Navarro que busca tesoros auditivos para su "archivo de la palabra":

...una voz dulce que precisamente el fonetista Tomás Navarro Tomás soñaba con registrar en sus aparatos como quien caza un ave rara.[6]

En un caso, el poeta-cazador se vuelve pescador empeñado en "captar en nuestras penumbrosas redes de atisbos unos cuantos de sus pececillos de oro".[7] En otro caso, Diana la cazadora es

---

[6] "De la traducción", *La experiencia literaria, OC,* XIV, p. 154.

[7] "El viaje de amor de Amado Nervo", *Tránsito de Amado Nervo, OC,* VIII, p. 39. *Cf.* el Pito Pérez de José Rubén Romero en la primera página de *La vida inútil de Pito Pérez.*

símbolo de la vida casta y severa de aspiración a los más altos ideales.[8]

Muchas veces la situación y el escenario de la caza o algún elemento componente surte un medio evocador de gran potencia para estimular la memoria, poniendo en movimiento toda una cadena de asociaciones en la mente. Muy expresivo elemento, por ejemplo, es el cuerno, que vemos en la forma del cuerno de Rolando en Roncesvalles,[9] donde sirve, como en *Le cor* de Alfred de Vigny, para resucitar todo un sector del pasado medieval. Otro insigne ejemplo es el de la escena de caza inglesa, medio en que se evoca la presencia del ángel en "Los ángeles de París", una de las divagaciones de dicho tomo, *El cazador*.[10] Dentro de una riqueza de estímulos estético-visuales, suena repetidamente el cuerno del cazador con su eco reverberante, expresando auditivamente una busca y aspiración a través del tiempo y del espacio: la busca de lo bello o de lo "angélico", del punto de contacto entre el hombre y lo divino. Resuena el cuerno hasta el más allá, y vuelve trayendo una imagen fugitiva de belleza, de maravilla y de otro mundo, de aquel mundo del ideal platónico buscado e indefinido.

El libro póstumo *Al yunque* presenta dos nuevas variaciones de la imagen del cazador:

La inteligencia procede como el cazador que, para captar la presa, comienza por matarla. Enfoca su blanco, y sobre él dispara su flecha, y sólo consigue apropiársela una vez que le ha dado muerte.

La poesía seguirá volando, indemne, por su cielo enrarecido y alto. Para darle caza hay que ser poeta.[11]

El acróbata

Otra de las imágenes humanas más prominentes en el repertorio alfonsino es el del acróbata, casi tan importante como héroe es-

---

[8] "Sea la vida casta y feroz: Hipólito y Diana": V. *El suicida*, *OC*, III, p. 290.
[9] "Roncesvalles", *OC*, II, pp. 184-7.
[10] "Los ángeles de París", *El cazador*, *OC*, III, pp. 92-95.
[11] *Al yunque*, pp. 12-3; 81.

tético para Reyes como para el poeta parnasiano francés Théodore de Banville.[12]

La imagen del acróbata, como la del cazador, se usa muy a menudo para simbolizar al artista o sea al aventurero intelectual creador: siendo ambas expresiones de la preocupación central de Alfonso Reyes por la vida del espíritu interior en sus dimensiones literario-culturales.

Tres aspectos del carácter y experiencia del artista se insinúan a través de la imagen del acróbata: 1) peligro y heroísmo, 2) juego, y 3) exuberancia y actividad creadora.

1) El que abandona la tradición prosódica..., contrae compromisos todavía más severos y camina como por una vereda de aire abierta entre abismos. Va por la cuerda y sin balancín. A sus pies no hay red que lo recoja.[13]

El poeta es el acróbata atrevido, que rechaza todas las ayudas normales de seguridad y confía enteramente en su propio equilibrio para seguir derecho por el aire sin caerse en un abismo a uno u otro lado, donde no hay red para recogerlo. El artista que rechaza la tradición será entonces el aventurero atrevido que necesitará la diestra habilidad y el delicado equilibrio del cirquero que se enfrenta con todos los peligros: A las muletas y a los bastones de equilibrio se sustituirán entonces las más rígidas disciplinas impuestas desde adentro.

Y así, aquí y allá, ese paradójico ir y venir, entre la escena y las bambalinas, entre la verdad —si no práctica— crítica, y la verdad poética. Seguramente que no cualquier novelista sabe danzar sobre esta cuerda de cirquero, con un abismo a cada lado.[14]

El ser novelista o poeta [15] o ensayista del tipo de Reyes implica cuestiones de delicado equilibrio, tan delicado como el del

---

[12] V. Théodore de Banville, "Le saut du tremplin", "La corde roide", en *Odes Funambulesques*.
[13] "Jacob o idea de la poesía", *La Exp. Lit., OC,* XIV, p. 101.
[14] "Una paradoja novelística", *Marginalia, Primera serie (1946-1951),* p. 52.
[15] "La poesía es combate contra el lenguaje. De aquí, su procedimiento esencial, la catacresis, acrobacia de captar lo que no está aún denominado", *El deslinde, OC,* XV, p. 272.

equilibrista del circo, cuando el escritor se esfuerza por mantener el equilibrio en la fina frontera entre verdad poética y verdad de hechos. Otra vez hay al menos un doble peligro posible, un abismo que se asoma a cada lado:

... en todo hay su más y su menos. Sálvenos el justo medio de Aristóteles. Muy peligroso el justo medio, contra lo que algunos se figuran. El justo medio es la cuerda floja del cirquero: no es reposo, no es comodidad, no es abandono... Antes heroicidad suma, suspendida sobre el abismo. La mente camina, en sus construcciones, con ese delicado equilibrio que por estos días admiramos en Robledillo, el volatinero del circo Atayde.[16]

La función del artista o pensador en parte es la de mantener el equilibrio entre los extremos, pero este equilibrio no es el de quedar sentado fijamente en una silla. Es el equilibrio dinámico del aventurero-acróbata, el supremo heroísmo del que se adelanta suspendido encima de un abismo. La imagen clave —o *significante*— que ilumina este ensayo se empareja con su *significado* para formar el título.

2) El primer aspecto, el de peligro y heroísmo, combinando destreza, atrevimiento y equilibrio, era un aspecto de seriedad. El segundo aspecto contrasta con esta nota seria, siendo un aspecto de juego o de acción juguetona.

Al fin vuelve Poussecafé a su lado. Salta como un clown en el alambre, salta, salta. Salta sobre Benedictine, vuelve al aire.[17]

La actividad acrobática se originó sin duda como puro juego. Los niños gustan de dar saltos y de hacer acrobacias diversas. Vemos el acrobatismo en su estado más puro en los niños y en animales como los pajaritos del "Ventanillo de Toledo".

Una actividad más intelectualizada, sin embargo, como el hablar, en el dar y tomar de la plática, podrá volverse juguetona, pareciéndose a las juguetonerías de los payasos y acróbatas:

[16] "El justo medio y la cuerda floja", *Marginalia, Primera serie (1946-1951)*, pp. 72-3.
[17] "Las dos golondrinas", "En el ventanillo de Toledo", *Las vísperas de España, OC*, II, p. 95.

VALDÉS: Bien veo que te portas como Fedro y quieres sacar discursos de mi boca interminablemente, como esos saltimbanquis que sacan cintas de la boca de los espectadores.[18]

La fascinación por las palabras y sus formas y valores semánticos podrá expresarse en la actividad verbal del juego de palabras, teniendo su analogía con los movimientos del acróbata mientras salta, mudándose de un trapecio a otro:

Los juegos de palabras se fundan a veces en el sonido, a veces en el sentido, o en ambas cosas a la vez; se deslizan sobre la homonimia, sobre la sinonimia que casi siempre es imperfecta, como va el cirquero de un trapecio a otro aprovechando el instante en que se juntan.[19]

3) Desde este movimiento juguetón hay apenas una ligera transición a la exuberancia, a la misma exuberancia de la actividad creadora pura:

Pensemos, ahora, que el derrumbe desde la cima de la realidad hasta la página muda... no sea ya necesariamente una angustia, sino un grávido y acelerado placer, por cuanto encierra en sí el propio dibujo de una esperanza, el sentimiento de una ascensión ulterior, de un rebote hacia arriba y, lo que es mejor, hacia más arriba que antes. Así el cirquero que se vale del trampolín para poder saltar más alto. O el nadador, cuya zambullida respira ya la victoria de un delicioso retorno a la superficie, donde el bien perdido del aire recobre un valor de creación reciente y anhelada. El ángulo de incidencia hacia abajo lleva ya, en preñez geométrica, el ángulo de reflexión hacia arriba... Imaginemos un nadador que, al salir de nuevo a flote, se encontrara en sitio distinto; como si, durante su rauda ausencia, un encantador hubiera mudado el paisaje y los espectadores. Pues esto ha hecho, para el poeta, el resorte de la palabra.[20]

El poeta experimenta la exuberancia del equilibrista que se cae hacia el abismo pero que rebota del trampolín hasta nuevas

---

[18] "Tres diálogos", *Cuestiones estéticas*, OC, I, p. 137.
[19] "Marsyas o del tema popular", *La Exp. Lit.*, OC, XIV, p. 66.
[20] "Meditación sobre Mallarmé", *Ancorajes*, pp. 38-9.

alturas aéreas. Para el poeta las palabras son resortes o trampolines que le impulsan siempre más alto hacia la infinidad y lo absoluto.

El nadador y el buzo

Del acróbata pasamos fácilmente al nadador, casi una variación de la misma imagen. Ambos caen hacia abajo pero es para luego saltar hasta más alto que antes. Ambos actúan en ambientes de exuberancia, uno en el aire, el otro en el agua. Además el nadador o zambullidor aprecia tanto más las calidades renovadoras y refrescantes del aire después de haberse sumergido un rato en el agua: está doblemente refrescado, primero en el agua, luego en el aire cuando emerge. Su renuncia temporal del aire por el agua da al aire la calidad de creación nueva a medida que vuelve a él recobrando lo perdido.

Refrescadura, renovación, nueva creación: éstos son algunos de los productos de la experiencia del nadador. También es una experiencia renovadora y transformadora en que se zambulle en el agua en un sitio y emerge en otro, donde le rodean nuevas escenas, nuevos paisajes, como si se hubiera efectuado una mutación mágica. Además de esto, hay el dinamismo de la trayectoria parabólica del movimiento del acróbata o nadador, expresivo de la polaridad, la tensión, el ritmo y el impulso de toda experiencia creadora: el negativo que da en un positivo intensificado; angustia, lucha, nueva aspiración y realización superior hacia metas siempre más altas, nuevos horizontes. Otras cualidades sugeridas por la figura del nadador, o sea por la del buzo, son las de movimiento fluido-cinemático y la exploración submarina de lo desconocido.[21]

Los verbos que más a menudo expresan la actividad del buzo para producir esta imagen son *sumergirse*, *zambullirse* (con su sustantivación *zambullida*) y *bucear* (y su sustantivo *buceo*).

[21] Véanse "cómo las cintas cinematográficas en que el nadador sale de pies por el agua y sube fantásticamente hasta el trampolín" ("Cosas del tiempo", *Marginalia, Primera serie (1946-1951)*, pp. 125-6; "El conocer no es comparar, sino un sumergirse de buzo..." *(El suicida, OC*, III, p. 283); también "Detrás de los libros", *La experiencia literaria, OC*, XIV, p. 126; "Teoría de la antología", *Ibid.*, p. 141; *El suicida, OC*, III, p. 247; "Marsyas", *La Exp. Lit., OC*, XIV, p. 76.

El jinete

El jinete es una figura humana que aparece como imagen en Alfonso Reyes con una expresividad múltiple. En su caracterización de los estilos de dos poetas americanos, Ángel Aller y Eugenio Florit,[22] vemos un símbolo complejo de los principios de ritmo y vigor en la poesía combinados con dominio y equilibrio e incluyendo un matiz del jinete como símbolo de "nuestra América", del americano mestizo que funde las sangres y herencias europeas e indígenas. Tan ricas son las sugerencias de esta imagen, que sería inadecuada una cita parcial y referimos al lector al texto completo de estos dos retratos ensayísticos.

El conquistador

No habrá de sorprender al lector de la *Visión de Anáhuac* la mención de nuestra quinta figura humana:

El deslumbramiento causado por Góngora fue máximo y como de un descubridor o conquistador.[23]

La *Visión de Anáhuac*, en efecto, es en cierto modo una expansión ideológico-estética de esta sola imagen del conquistador, un símbolo magno de la reacción del español ante América o del europeo frente a América y a la promesa de América para el mundo —o del americano (de herencia europea) frente a la América indígena, etcétera. El mismo ambiente de deslumbramiento y de asombro que está elaborado y reelaborado a través de la *Visión de Anáhuac* se insinúa en este breve uso de la imagen para indicar la impresión que hizo Luis de Góngora en sus contemporáneos.

El conquistador o descubridor, con el asombro deslumbrante que experimenta ante el Nuevo Mundo, es el símbolo no sólo del

---

[22] "Trote y galope", "Soberbio juego", en "Compás poético" (3, 4), *Ancorajes*, pp. 14-17.
[23] "Sobre la estética de Góngora", *Cuestiones estéticas*, OC, I, pp. 62-3.

europeo frente a América, del Hombre ante la Utopía (V. la *Última Tule* de nuestro autor): el conquistador también es otra encarnación estética del poeta Alfonso Reyes y de su actitud ante los tesoros y las maravillas descubiertas o reveladas por un genio poético de la calidad de Góngora.

Estas potencialidades del tipo del conquistador-descubridor para inspirar símbolos se relacionan claramente con el interés de Alfonso Reyes por varios verdaderos descubridores del período de las grandes conquistas y exploraciones americanas: Colón, los hermanos Pinzón y Américo Vespucio,[24] Juan de la Cosa [25] y otros, así como Cortés en la *Visión de Anáhuac*, etc.

Nos parece que Reyes ha anticipado tanto a Stefan Zweig como a Germán Arciniegas en su interés especial por la figura de Américo Vespucio.[26]

La actitud del conquistador como símbolo de la concepción humanística del carácter y del propósito de la literatura se ve en la afirmación de Don Alfonso, "y es así, la literatura, el camino real para la conquista del mundo por el hombre".[27]

También se relaciona en parte con este tipo del descubridor-explorador el de Robinson Crusoe, prototipo igualmente del hombre que se encuentra al crucero de la civilización y de la naturaleza salvaje, tipo mítico que exploraremos en otro capítulo.

[24] "La leyenda de Colón", "La historia de Colón", "Comedieta de Colón", "En la cabeza de Colón", "La jettatura de Colón", "Epístola de los Pinzones", "Colón y Américo Vespucio" (este último originalmente en *Retratos reales e imaginarios*, 1920), todos en *Última Tule*.
[25] "Los viajes de Juan de la Cosa", *Simpatías y diferencias*, OC, IV.
[26] Stefan Zweig, *Amerigo, a Comedy of Errors in History* (N. Y.: Viking Press, 1942; la edición en alemán es posterior). Germán Arciniegas, *El estudiante de la mesa redonda*, 1932 (B. A.: Losada, 1952, pp. 41-4); *Amerigo y el Nuevo Mundo* (México: Hermes, 1955).
[27] *El deslinde*, OC, XV, p. 190.

B) Eslabones vivos entre hombre y universo:
la flor y la planta

Uno de los símbolos y encarnaciones más perfectas de la belleza es la flor. Luego, en Reyes como en Keats, la belleza de la poesía se simbolizará en la flor, creación divina y única que podrá ser analizada pero nunca explicada del todo:

El poeta, como un santo jardinero, cuida en el huerto de Dios, una por una, las flores diminutas...[28]

Así como hay algo inefablemente divino en la flor, también hay una chispa de lo inefablemente divino en el poema; por lo tanto la función del poeta, a medida que cultiva y cuida sus poemas como el jardinero sus flores, tiene algo de lo sagrado o divino: el poeta tiene un encargo y una misión especial; es el "santo jardinero".

Pero hay una flor perdurable, y es la de las artes o las letras, la que se nombra o la que se figura, la ausente de todo ramillete, que decía el maestro Mallarmé.[29]

Las bellezas de las artes y de las letras, pues, son una flor, pero una flor más duradera y quintaesencial que podrá eternizarse más allá de la vida de una flor mortal individual:

Conforme la flor se traslada de la tierra al espíritu, gradualmente se va trocando menos mortal.

El espíritu podrá desempeñar una función en la escala platónica, elevando la flor mortal hacia el prototipo de la perfección eterna, el objeto hermoso que es una alegría para siempre:

Pero si es bello 'es' para siempre: "Es un goce eterno..." Imagen de amor y poesía, la flor, como la sensitiva, se cierra apenas se la

[28] "Joaquín Arcadio Pagaza", *OC*, I, pp. 273-4.
[29] "Por mayo era, por mayo...", *Ancorajes*, p. 72. Las próximas citas son del mismo ensayo.

toca, apenas se la disfruta. Gran privilegio humano, magia concedida al hijo de Adán, es perpetuarla en su adoración. Y tal es la historia, la fantasía árabe, de la flor que no ha muerto nunca.

Aquí se ha ensanchado la imagen de la flor hasta formar dos imágenes: la flor de la belleza perecedera en el nivel material, más la flor de la belleza imperecedera en el nivel espiritual. Luego la doble imagen floral —"imagen de amor y poesía"— se resimboliza por una tercera imagen floral, la de la sensitiva que cierra cuando se la toca. De ahí pasa a ver en la flor un símbolo del ciclo de la vida y finalmente del pueblo mexicano y su sensibilidad:

La flor nos acompaña en vida y en muerte, con aquella fidelidad renaciente del ciclo de las estaciones. Somos una raza prendada de la flor; y acaso la mejor enseñanza y la más pura experiencia contra los ímpetus de la baja sensualidad está en que la flor se disfruta con los ojos y con la mente, o por su aroma a lo sumo, sin que nos sea dable acariciarla, a riesgo de deshacerla entre las manos. Hay que amarla con desinterés: casi, casi, como a una idea. Porque ¿quién ha poseído nunca una flor? Y, sin embargo, "la inconsciente coquetería de la flor prueba que la naturaleza se atavía a la espera del esposo".[30]

La flor simboliza ahora lo que hay de más noble y puro en la sensibilidad mexicana: una tendencia a la pureza platónica, al amor desinteresado y sublimado como el de una idea. Los ojos y la mente son conductos para este tipo puro y noble de adoración que no alcanza el punto del toque físico y por ende corrupción. Los mexicanos desde sus tiempos prehispánicos siempre han adorado las flores y han hecho de ellas una parte íntima de sus vidas individuales y colectivas en la más honda dimensión cultural. De esto Reyes deriva implicaciones simbólicas que son para un mexicano prometedoras e inspiradoras.

En la circunstancia personal del amor de Alfonso Reyes por su tierra natal, Monterrey, la amapola se hace símbolo de este íntimo afecto que le liga a su patria chica mexicana, en uno de

---

[30] Véase también toda la Sección III de la *Visión de Anáhuac*.

sus poemas más amados, la *Glosa de mi tierra*, poema que chispea a la vez de policromo esteticismo y de vigoroso sabor popular:

> *Amapolita morada*
> *del valle donde nací:*
> *si no estás enamorada,*
> *enamórate de mí...* [31]

En otro caso, distintas flores simbolizarán distintos matices de temperamento, con la violeta que representa la modulación alarconiana de delicadeza, atenuación, moderación y lo que Pedro Henríquez Ureña llamó "tono crepuscular" de la sensibilidad poética mexicana manifestada en Ruiz de Alarcón.[32]

Finalmente, la flor en su brotar exuberante desde el lecho representa la dinámica manifestación de la creatividad estética:

En las cápsulas explosivas de sus décimas, el teólogo poeta (Calderón), venido al mundo cuando el rosal de nuestra habla literaria ha dejado reventar ya todos sus capullos, logra concentrar vastas especies universales.[33]

De la flor a la planta sólo hay un paso:

¿Pero por qué hablar de la flor y no de la planta? [34]

De un símbolo más concentradamente estético pasamos a un símbolo más general de crecimiento vital, y sirve la imagen de la planta para comparar la relativa "salud" de otros organismos o hasta de una actitud o gesto psicológico:

...la sonrisa es una risa marchita, que ha crecido falta de luz y de aire, planta blanquecina sin sol anémica, raquítica... [35]

---

[31] "Glosa de mi tierra", *OC*, X, p. 74.
[32] "Pero entre todo aquel vistoso parterre no escoge la rosa de fuego, no el clavel de sangre que lanza desde los florones de Lope sus gritos de pasión, sino la violeta suficiente que se ha dado en llamar modesta...", "Tercer centenario de Alarcón", *Capítulos de literatura española*, *OC*, VI, p. 319.
[33] Prólogo, *Trazos de historia literaria*, *OC*, VI, p. 410.
[34] "Por mayo era, por mayo...", *Ancorajes*, p. 74.
[35] "El coleccionista", *Calendario*, *OC*, II, p. 353.

Y de la planta se pasa a su presencia colectiva en la selva, ambiente para el cazador como ya lo hemos visto, y simbólica de confusión y complejidad como lo vemos en las combinaciones "selva enmarañada" y "maraña arborescente".[36]

Insectos

Entre los seres animados, los insectos ocupan un lugar prominente en la sensibilidad de Alfonso Reyes y ofrecen una fuente muy rica de imágenes. Para su tratamiento de insectos como materia temática primaria, véanse sus fascinadoras descripciones de las hormigas en "Descanso dominical"[37] y de las cucarachas en "Los estudios y los juegos".[38]

Uno de los preferidos insectos alfonsinos como motivo estético es la cigarra:

CASTRO: Me haces pensar, con tu fresca alegría y tu inspiración para los discursos, en aquellas cigarras que cantaban mientras Sócrates dialogaba con Fedro...
VALDÉS: Recuerda que hoy cantan las cigarras de mi alma.[39]

En el hermoso ensayo recreador sobre Frédéric Mistral,[40] este insecto es un símbolo fundamental del canto del poeta que siempre canta, teniendo además ciertas aplicaciones especiales al gran poeta de Provenza. ("Una cigarra fue Mistral, bebedor de sol. Cantó en el estío: murió en el invierno." "Una sola nota canta la cigarra: es una vieja canción materna.") El canto de la cigarra representa la alegría e inspiración del poeta, inclusive

---

[36] "Selva enmarañada de fraude y charlatanería...", "Hermes", *La experiencia literaria, OC*, XIV, p. 23; "Aquí entramos en la enmarañada selva utópica...": *Ibid.*, p. 36; "Entre las lianas del bosque", *Ibid.*, p. 40; "Una excursión por la selva", *El deslinde, OC*, XV, p. 417; "En esta maraña arborescente", "Marsyas", *La Exp. Lit., OC*, XIV, p. 59.

[37] "Descanso dominical", *Quince presencias*, pp. 88-9.

[38] "Los estudios y los juegos", *Ibid.*, pp. 151-65.

[39] "Tres diálogos", *OC*, I, pp. 136, 140.

[40] "Las hazañas de Mistral", *El cazador, OC*, III, pp. 111-2.

aquí los goces de la conversación en el diálogo. También el insecto cantante forma aquí un acompañamiento musical de fondo, parecido al chillar menos musical del grillo que acompaña las actividades de la familia en la ficción narrativa, *La casa del grillo (sátira doméstica)*.[41]

La cigarra era atractiva por sus asociaciones auditivas. Otro insecto atractivo es la mariposa, interesante por sus calidades visuales, sus colores, junto con sus habilidades para volar. A ella se parece la más exótica libélula. Así, el sentido griego-andaluz es "libélula de color, querubín del alma"; el alma andaluza al morir "flota, al aire con sol, como mariposa azul y dorada..."[42]

Libélula y mariposa simbolizan la gracia y color mediterráneos de los andaluces, junto con perfumes, flores y otras sustancias aromáticas. Su movimiento de vuelo es el vuelo final del alma hacia el sol.

Las mariposas también simbolizarán el movimiento leve, rápido y libre de unas niñas que

corrían sobre nosotros y nos cercaban; amontonadas y en racimo como vuelan las mariposas.[43]

Las mariposas al mismo tiempo son un paso de transición en la transfusión poética de las niñas en ángeles:

Las niñas desaparecieron revoloteando, llevándose a las alturas del aire el cesto colmado de cerezas, como vuelan los ángeles con la corona en las apoteosis de los Reyes.[44]

Por contagio de esdrújulos, *libélula* lleva a *luciérnaga*, insecto que sugiere vida y luz palpitante:

allá, muy al fondo, en la parte liminar del alma, estuve viendo que se encendían y se apagaban, como luciérnagas, los ojillos vivos del poeta [Mallarmé], iluminando aquella sonrisa cóncava, absorbente...[45]

---

[41] "La casa del grillo", *Verdad y mentira*, pp. 191-227.
[42] "Fronteras" (V. "La gracia"), *OC*, II, p. 161.
[43] "Las mariposas", *Horas de Burgos, OC*, II, p. 113.
[44] *Ibid.*
[45] *Mallarmé entre nosotros*, 2ª ed., pp. 15-6.

Fuera de estas tres o cuatro imágenes de insectos atractivos, los insectos generalmente son símbolos de enojo u obsesión, o bien de vigoroso movimiento o sonido.

El ensayito *Los objetos moscas* presenta un ejemplo notable del insecto como símbolo de la obsesión enojosa: las moscas representan las cosas obsesionantes y pegadizas de las que es imposible desprenderse en la vida:

¿Espantáis la mosca? Ella vuelve. Antes, hace un giro en el aire, dibuja letras, alardea con todas las suertes del aeroplano; pero vuelve... La mosca de Roncesvalles, espantada, salta sencillamente sobre el mismo sitio, sube y baja como un mecanismo de resorte, sin entretenerse en vuelos volubles, sin el disimulo de la mosca civilizada. Es aquélla una mosca alargada y gris, que muerde hasta la sangre en el cuero de las reses y enloquece a los nerviosos caballos. También hay objetos moscas, que se nos pegan sin remedio.[46]

En otro caso, las incisivas greguerías de Ramón Gómez de la Serna son "como un ejército de hormigas voladoras que pueden comerse una ciudad" o "una polilla voraz que ha caído sobre las cosechas de la tierra".[47] O en otra ocasión el insecto será mero símbolo de ruido y actividad.[48] Finalmente, en *Huéspedes indeseables*[49] vemos el uso cómico-irónico-caricaturesco de los gusanos de libros como símbolo de vinculación, que será tratado más adelante en su función estructural. Los gusanos en el repertorio de Reyes generalmente son grotescos símbolos de vida animal amorfa, aplicable hasta a los hombres como en el caso de *Proust y los gusanos de cuatro dimensiones*.[50]

Invirtiendo la relación de insecto y hombre, encontramos que en el cuento *Descanso dominical* las hormigas se ven "como los conquistadores españoles".[51]

---

[46] "Los objetos moscas", *Tren de ondas, OC*, VIII, p. 373.
[47] "Ramón Gómez de la Serna", *Simpatías y diferencias, OC*, IV, p. 190.
[48] "Aparece Rubén Darío", *Tren de ondas, OC*, VIII, p. 349.
[49] *A lápiz, OC*, VIII, pp. 291-3.
[50] *Grata compañía, OC*, XII, p. 69-70.
[51] *Quince presencias*, pp. 88-9.

Aves

El interés y la sensibilidad estética de Reyes hacia los pájaros y las aves son muy acentuados, inclusive empáticamente a través de su apreciación crítico-recreadora de la sensibilidad de otros artistas literarios. Pensemos sólo en su ensayo "De volatería literaria" en *El cazador,* donde traza el uso del cisne, del buho, del águila, del cóndor, de la cigüeña y del fénix en poetas desde Darío en vaivén hasta Quevedo. Este propio ensayo se puede ver dentro de la obra de Reyes en relación de motivo simbólico-estético respecto al título del volumen, *El cazador.* A través de este libro, el "cazador" sigue cazando tesoros estéticos e intelectuales; en este ensayo individual, está cazando presas volátiles literarias.

Típica reacción simpática y recreadora de Reyes ante una imagen de pájaro en otro escritor es su reelaboración de la golondrina que aparece en las descripciones de Rousseau, como símbolo de una nueva sensibilidad, la sensibilidad a la naturaleza que se asoma al horizonte literario en los albores prerrománticos. Dos veces desarrolla Reyes este símbolo de la "primera golondrina", la segunda vez como una de tres ventanas poéticas a tres mundos estéticos de distintas épocas.[52]

Otro sentido dado por Reyes a la golondrina es el de afiliación becqueriana de los recuerdos que vuelven nostálgicamente a la memoria:

Y otra vez, golondrina de los recuerdos, vuelves como siempre.[53]

Como la golondrina fue símbolo de la sensibilidad rousseauniana hacia la naturaleza, el halcón que aparece en una descripción de Góngora ("Templado pula en la maestra mano el generoso pájaro su pluma") simbolizará el cambio de sensibilidad estética del Renacimiento al Barroco y la sensibilidad

---

[52] "La primera golondrina", *El suicida, OC,* III, pp. 292-3; "Aristarco o anatomía de la crítica", *La experiencia literaria, OC,* XIV, p. 114.
[53] *El suicida, OC,* III, p. 302.

gongorina de nobleza, elegancia cortesana, brillo deslumbrante, rica ornamentación y transformación estética del mundo prosaico por las imágenes:

Perspectiva de brillantes imágenes y voluptuosidades lingüísticas, y aquel gusto de recrear la fantasía con nobles alusiones.[54]

Otra ave de presa que se ve con calidades de nobleza es el águila. Para Reyes el águila tendrá especialmente su sentido heráldico nacional, simbolizando la leyenda y el destino de México: como parte de la configuración de águila-serpiente-nopal y paisaje mexicano, o separadamente como ave de augurio:

A poco andar, Maximiliano descubre el colibrí, lo que al triste le parece de buen agüero. Otra ave fatídica y justiciera, el águila caudal de México, pronto comenzaría a trazar sus círculos mágicos para aprisionar en ellos el retoño de los Habsburgos.[55]

O bien el águila será epítome de agudeza de espíritu en el "cazador" estético, diferenciado del espíritu sacrificador o "pelícano" del poeta romántico:

hay naturalezas de pelícano, románticas y de sacrificio; alimentan con dolor los hijos de su espíritu. Y hay naturalezas de águila, aves de presa del espíritu, poetas de alegría superior para quienes la felicidad es la belleza.[56]

Un ejemplo muy notable de la elaboración sintetizante propiamente alfonsina de una serie de imágenes de ave recogidas de otros autores es su encadenación de cuatro descripciones de la grulla —en Hesíodo, Dante, Virgilio y Garcilaso— asociadas con el tiempo y los cambios de estaciones. Como la golondrina

[54] "El halcón", en "Aristarco...", *La Exp. Lit., OC*, XIV, pp. 115-6.
[55] "Maximiliano descubre el colibrí", *Norte y sur, OC*, IX, p. 97. También el colibrí aparece como símbolo estético-visual, como Reyes lo encuentra en la propia sensibilidad indígena mexicana, en su *Visión de Anáhuac*.
[56] "Los libros de notas", *El cazador, OC*, III, p. 155.

anunciaba el verano, así la grulla podrá anunciar el invierno, muestra Hesíodo. Una vez más, el concepto simbólico de esta ave y la caza de la misma forman una relación funcional estética dentro del marco y tejido estructural del volumen *El cazador*.

Virgilio... no se cansa de hablar del tiempo. ¡...Entonces se cazan las grullas con lazo y los ciervos con redes, y se corren las orejudas liebres! Ya se ve que, de cierta manera literaria, podemos decir que hablar del tiempo es "hablar de las grullas". También Albanio, un pastor de Garcilaso, cuenta cómo solía, en mejores tiempos, cazar la grulla...[57]

La grulla llega a ser un símbolo vinculador de los cambios del tiempo y del evasivo tema conversacional del tiempo.

Otras aves o pájaros, muy usados en el romanticismo español, como la paloma y el ruiseñor, están usados por Alfonso Reyes con una frescura propia y peculiar, especialmente como símbolos generales de la poesía y la imaginación, con matices de anhelo o ansiedad, por ejemplo:

la emoción particular que hace desplegar al poeta las alas imaginarias de la fantasía y echa a volar una ansiedad, como una paloma...[58]

El ruiseñor será un ley-motivo de melodía y encanto estético para una evocación romántico-juvenil de ambiente de cuento de hadas y de trovadores:

Nos anocheció debajo del cielo. Íbamos como trovadores. Dormimos bajo los brazos abiertos de los árboles. Toda la noche estuvo cantando el ruiseñor. Nosotros confundíamos su canto con el resplandor de la luna. De esto ha mucho tiempo.[59]

La golondrina que vimos usada por Reyes a través de la evocación de otro autor también recibe varias elaboraciones puramente alfonsinas. Ya seguimos a Reyes en el *Ventanillo*

---

[57] "Las grullas, el tiempo y la política", *El cazador*, *OC*, III, p. 86.
[58] "El paisaje en la poesía mexicana del siglo xix", *OC*, I, p. 217.
[59] "El canto del ruiseñor", *El cazador*, *OC*, III, p. 206.

de Toledo [60] frente a dos golondrinas reales que se veían como acróbatas, volviéndose también símbolo de la exuberancia creadora del poeta.

Ejemplo magistral de la imagen ornitológica en la prosa poetizadora de Reyes es esta evocación de las cigüeñas de España:

Las cigüeñas telegráficas, luciendo y bañándose en el sol de la tarde, hacen signos de una torre a otra, de una a otra ciudad. Les contesta desde el lejano Escorial la cigüeña de Théophile Gautier; les contestan las cigüeñas de Ávila, las de Segovia y Santiago, las de Cáceres y Plasencia —todas las cigüeñas que practiqué en España. Ellas forman, por sobre la vida de los pueblos, una diadema de aleteos que suenan más hondos que las campanas. Flechadas en las agujas de las torres o extáticas como figuras de piedra, abren de súbito el ángulo de las alas o calcan, sobre el horizonte de la tarde, su cruz de ceniza. Góngora diría que escriben letras japonesas. Castañetean con el pico, repiquetean los crótalos, sueltan su estridor de carracas. De tanto vivir a la intemperie se han quedado afónicas. Se quieren caer. De tal modo las arrastran las alas, de tal modo les vienen grandes, que aterrizan siempre, bamboleándose, más allá de donde calculan, y todavía dan unos saltitos para matar la inercia del vuelo... A veces se juntan en parejas; se "empuñan" una a otra el pico con el pico, la una dobla el cuello hacia arriba como la interrogación cuando empieza, la otra dobla el cuello hacia abajo como la interrogación cuando acaba; y así, en vasos comunicantes y en suerte de estrangulación, oímos caer como un chorro de piedras, volcado de ánfora a ánfora; —el himno de amor de las cigüeñas rueda como un motor por el aire.[61]

Símbolo de gracia decorativa en Guillermo Valencia, las cigüeñas de Reyes desde el primer momento se convierten en símbolo intensamente dinámico de la comunicación. En un ambiente de severidad española teñida de esteticismo gongorino y parnasianismo francés, los gestos y acciones de las cigüeñas forman signos visuales y auditivos de los instrumentos de comunicación: telégrafos, cartas japonesas, signos de puntuación ti-

---
[60] *Las vísperas de España*, OC, II, p. 95.
[61] "Las cigüeñas", *Horas de Burgos*, OC, II, p. 116.

pográficos; y en sus movimientos traducen las formas más violentas de comunicación entre los individuos y los pueblos, íntima intercomunicación que se vuelve lucha y se vuelve amor en una nota de vibrante armonía que es la del vehículo moderno de transporte y comunicación, el avión. Comunicación que se expresa según el ritmo básico de pregunta y contestación y luego interiormente en el nivel fisiológico por los *vasos comunicantes* del cuerpo humano.

Finalmente, las aves y pájaros en el repertorio imaginístico de Reyes a menudo desempeñan una función caricaturesca, acentuando aspectos feos y grotescos en los seres humanos, a veces con ricas y sutiles reminiscencias picarescas de Quevedo, el *Lazarillo de Tormes* o sea el *Periquillo Sarniento* de Lizardi. Así varias aves de presa —el muchacho del campanario que tiene "la mirada penetrante del gavilán, porque siempre mira a la humanidad de arriba, como se descubre a la presa"—[62] o el rey Carlos III que es un guacamayo —periquillo—[63] o bien el gorrión que simboliza la lucha por la sobrevivencia.[64]

Serpientes y caracoles

Reyes utiliza muy poco para sus imágenes los miembros mayores del reino animal. Tiene un interés pronunciado por los perros, reflejado en algunos ensayos en que ellos forman el tema central, especialmente en perspectiva con el hombre, como en "Tiko" (*A lápiz*) y "La casta del can" (*Ancorajes*). Cuando trata de los animales mayores, generalmente es en la forma de modernas fábulas lafontaineanas o esópicas, como en *San Jerónimo, el león y el asno*,[65] y *La asamblea de los animales*[66] que también plantean perspectivas de animal a hombre. Rara vez, sin embargo, usa estos animales exactamente como imágenes para simbolizar.

Fuera de los insectos y pájaros, las principales imágenes

---

[62] "En el campanario", *Horas de Burgos, OC,* II, p. 114.
[63] "Jardines carolingios", *Ibid.,* p. 107.
[64] "Los gorriones", *Árbol de pólvora,* pp. 13-7.
[65] *Marginalia, Primera serie (1946-1951),* pp. 63-8.
[66] *Marginalia, Segunda serie (1900-1954),* pp. 135-38.

alfonsinas de animales vienen de tales miembros "marginales" del reino animal como serpientes y caracoles. La serpiente se verá también (más adelante) en su aspecto de ondulación y como parte de la combinación heráldica de águila y serpiente. Uno de los animalejos que a Reyes le parecen más sugeridores es el caracol.

Una vez simboliza el carácter a la vez retraído y asomador de Azorín:

"Azorín" es un hombre a la ventana. Su obra toda exhala el misticismo de la celda y la claraboya. Concentrado, pero curioso, tímido: de su cama más que de la calle; pero inteligente, abierto al espectáculo del mundo: tal un caracol que, desde su hendedura, arriesga los palpos filosóficos y meditabundos.[67]

El carácter simbolizado por el caracol, a su vez, sintetiza y trasciende todos los conceptos indicados en las parejas *celda-claraboya* (semejantes), *concentrado-curioso* (contraste), *cama-calle* (contraste), ligadas a él por aliteración.

Más impresionante aún es la intuición poética de la personalidad de la ciudad de Burgos, captada en términos de la imagen del caracol, que también sugiere retraimiento y expansión:

Animal perfecto con su alma y su casa a cuestas, Burgos —caracol acampanado ha siglos— deja tras sí la baba brillante del Arlanzón, y empina en un éxtasis los cuernos de sus torres. Cuando la visita el turista-aventurero ya sin amores ni terrores, viajero ya sin roce humano —el caracol se amedrenta, se recoge todo en la Catedral. Y el turista, que sólo ve el caparazón, habla doctamente de la piedra enroscada y de la piedra derecha. Pero, al saberse otra vez secreta y sola, la Catedral deja chorrear hacia afuera una vida fluida abundante; una exhalación que va más allá de las veletas y ciega, al rodar, los ojos de los puentes: el alma de Burgos. Se la oye retumbar en la noche con profundidad y confianza.[68]

Ahora la catedral representará el sitio de retiro interior de la ciudad-caracol, en que se recoge cuando se la espanta pero

---

[67] "Apuntes sobre 'Azorín'", *Simpatías y diferencias, OC*, IV, p. 244.
[68] "El secreto del caracol", *Horas de Burgos, OC*, II, p. 101.

del que emerge silenciosamente cuando se la deja sola. La forma circular-espiral de la concha del caracol también sugiere el aspecto de arreglo y organización complejos y compactos. "Su casa a cuestas" simboliza el aspecto de concentración en sí misma. Todos los detalles anatómicos y funcionales del cuerpo del caracol tienen su equivalente en la ciudad: las torres sus cuernos, el río Arlanzón su "baba brillante" para expresar el dinamismo de retraimiento y vida fluida y secreta.

C) Se anima lo inanimado

Junto con las plantas y los animales, la naturaleza inorgánica también adquiere a menudo un carácter muy vivo como material para las imágenes de Alfonso Reyes. Un ejemplo sobresaliente es su uso de la imagen del canto rodado que acaba por quebrarse en granos de arena, para visualizar el proceso seguido típicamente por la elaboración de la literatura popular:

El aura estética popular, es decir, cierto sabor artístico que da al tema las condiciones de equilibrio del canto rodado... La falsa literatura popular consiste en fabricar cantos rodados en el taller... Entre los casos recogidos por Francisco Rodríguez Marín... considérese este guijarro original de autor artístico...:
Y ahora, este canto rodado que nos devuelve el pueblo...:
La frase hecha puede finalmente ser un despojo de algún estado anterior... El canto rodado se ha convertido en grano de arena.[69]

Esta misma imagen pasa a ser un modo muy eficaz de elucidar la teoría de la fragmentación de la poesía épica española:

Pongamos que el guijarro o poema épico original tenía mil versos cuando, desde lo alto de la montaña, cayó en el río de la memoria. Pues el canto rodado que encontramos abajo, en la desembocadura del río, puede haberse reducido a cincuenta versos, concentrándose en el episodio saliente y en las fórmulas verbales más expresivas que andaban antes diseminadas. Tal es el origen de algunos romances populares derivados de la primitiva épica castellana.[70]

[69] "Marsyas o del tema popular", *La Exp. Lit.*, *OC*, XIV, pp. 57, 64.
[70] *Ibid.*, p. 61.

La geografía dinámica

Si los seres vivos y las creaciones inanimadas pueden ser vínculos simbólicos entre el hombre y su universo o "circunstancia", todo el universo físico a su vez podrá ser simbólico de la vida espiritual y de los procesos humanos interiores. Así, en un escritor que tiene un fuerte sentido geográfico como Reyes, la geografía se vuelve dinámica, y los ríos, los mares, las islas, las selvas, los vientos, las estrellas se animarán de vida simbólica.

Manantiales, ríos, mares, islas

El río, en su forma inicial como fuente o manantial, está estrechamente ligado al concepto del agua como simbólica de las fuerzas creadoras. En el ejemplo siguiente también aparece el verbo *brotar,* el verbo "explosivo" del crecimiento creador y de la espontaneidad:

En una o en otra forma, la vida cuando rebosa, se abre paso por la expresión artística, y el arte, así... es siempre una surgente, un manantial que brota con la riqueza y la mucha plétora vital.[71]

Trascendiendo en mucho el uso casi desmetaforizado ya de los conceptos de *corriente, flujo, fluir, acarrear*[72] para expresar movimientos abstractos, Reyes presentará en minucioso detalle la imagen de una civilización vista como un río en todo su ciclo de evolución de fuente a mar:

Porque toda civilización adelanta modificándose, y las aguas que entran al mar no son ya las mismas que habían bajado con los deshielos de las cumbres. ¡Y todas son el mismo río! Acrecido al paso con afluentes, batido con otras sales del suelo, alterado con otros

---

[71] "Tres diálogos", *OC,* I, p. 139.
[72] e.g. "Que la poesía acarree, en su flujo...", 'Apolo'...", *La Exp. Lit., OC,* XIV, p. 86.

regímenes de climas y lluvias, pero siempre en el saldo de su corriente y las erosiones que trazan por la tierra —el mismo río.[73]

Las civilizaciones y las infiltraciones culturales también pueden ser como ríos que inundan, como en el caso del teatro alarconiano que influye en la comedia francesa de carácter y de costumbres del siglo XVII:

[Alarcón] Es el primer mexicano universal, el primero que se sale de las fronteras, el primero que rompe las aduanas [74] de la colonia para derramar sus acarreos en la gran corriente de la poesía europea... Y rebasando todavía los diques de la lengua, el teatro alarconiano alarga su señorío sobre extrañas tierras fertilizándolas de manera que... deja, más allá de los Pirineos, los limos en que ha de brotar [75] la comedia de costumbres francesa.[76]

Como el río inundador, el carácter indomable del mar no puede ser sometido a una disciplina de cultivo ordenado y así sugiere la naturaleza de la conversación como actividad lingüística libre, en comparación con la disciplina poética o técnica:

Y entre los dos polos, crece y retumba la casualidad del coloquio, ahogando en sus marejadas a la pobre gramática preceptiva, esfuerzo por jardinar el mar.[77]

Contra el aspecto fluido de las aguas del río o del mar, la isla podrá representar un elemento de resistencia obstinada:

Pues todo aquel hacinamiento de errores que la rutina ha amontonado sobre Góngora... parece un islote que se cristalizase en el

[73] "Discurso por Virgilio", *Tentativas y orientaciones,* OC, XI, p. 159.
También V. las aguas de los mares que traen civilizaciones: "Las únicas aguas que nos han bañado son... las aguas latinas...", *Ibid.,* p. 161.
[74] La geografía natural también se vuelve geografía política, como lo veremos en "Aduana lingüística", *La experiencia literaria.*
[75] *Brotar* sigue siendo el verbo de las fuerzas creadoras y recreadoras.
[76] "Tercer centenario de Alarcón", *Capítulos de literatura española,* OC, VI, p. 318.
[77] "Apolo...", *La Exp. Lit.,* OC, XIV, p. 91.

mismo corazón del mar, y se mantuviera contra la fluidez de las olas, por no sé cuál milagro de resistencia.[78]

Algo como una isla flotante es el glaciar, que esconde más de lo que muestra, y así es un símbolo impresionante de la porción escondida o secreta de la creación artística, sumergida en las profundas aguas de la subjetividad del poeta:

Intente un escritor recordar todo lo que se esconde detrás de uno solo de sus párrafos, y verá que la tarea sería inacabable. La porción visible y flotante no es más que la sexta parte del glaciar, y las otras cinco están sumergidas en las aguas.[79]

En comparación con el dinamismo fluyente del río, el lago puede indicar una fluidez relativamente estática:

la personalidad de cada escritor naufragaba y se disolvía positivamente en el ancho lago de los encomios insustanciales.[80]

Vientos, nubes, estrellas

Los vientos y las brisas, siendo movimientos o corrientes de aire, se relacionan con las ondas de aire (y de agua) y los soplos y alientos:

Bañando así todos sus versos [los de Pesado] como en las ondas sagradas que bajan desde las cumbres de la Biblia; como en la brisa, cargada de aromas y de polen, que viene desde los jardines de Italia; como en el soplo de oración transparente y de alta contemplación espiritual con que llega, desde el Monte Carmelo, el aliento de la poesía mística española.[81]

Las brisas, las ondas, los alientos son elementos transmisores como lo son las corrientes de agua que traen influencias espirituales y culturales, teñidas a su vez de diversas asociaciones multisensoriales.

[78] "Sobre la estética de Góngora", *OC*, I, p. 61.
[79] "Detrás de los libros", *La Exp. Lit.*, *OC*, XIV, p. 124.
[80] "Antología del Centenario", *OC*, I, p. 278.
[81] "El paisaje en la poesía mexicana del siglo xix", *OC*, I, pp. 214-5.

Las nubes también serán a veces un símbolo efectivo de los procesos fluidos y fluctuantes, comparable a la equivalencia azoriniana de nubes-tiempo en *Las nubes*.[82]

Tales son las crisis, ora totales o parciales, ora verdaderas o aparentes, logradas o fracasadas: que a veces la nube simplemente pasa tronando, o se diafaniza sola, o se desfleca en tenue llovizna.[83]

Las estrellas interesan sea como símbolos de alta distinción o realización, sea como posible fuente de efectos ópticos, perspectivistas, que también son elementos simbolizadores significativos para Reyes:

Dos escuelas enemigas de cerca [Cultismo y conceptismo], y casi gemelas a la distancia de los siglos, a manera de esas falsas estrellas dobles que nuestra visión arbitrariamente empareja, aunque estén entre sí tan lejos como nosotros lo estamos del sol.[84]

Esta imagen astronómica, reflejando ahora la visión de la ciencia moderna, tiene realzado valor como la vemos contra la perspectiva de los poetas de los tiempos de Góngora que hicieron lujoso uso simbólico de los orbes celestes para hiperbolizar sus objetos humanos.

Parecida imagen de estrellas gemelas forma el título y la concepción estructural del ensayo "Cástor y Pólux" *(El cazador)*, doble retrato literario de Anatole France y Rémy de Gourmont, llamados "Héroes de la misma constelación: Cástor y Pólux...".

D) Procesos físicos vitalizados

Aire, agua, sangre

Hemos visto como la geografía nos lleva a menudo a los procesos fisiológicos en general, sea en el cosmos, en la atmósfera o en el cuerpo humano. Los mismos elementos fluidos y vitales del

---

[82] J. Martínez Ruiz ("Azorín"), "Las nubes", en *Castilla*.
[83] "Prólogo a Burckhardt", *Grata compañía, OC*, XII, p. 126.
[84] "Sabor de Góngora", *OC*, VII, pp. 187-8.

aire, del agua y de la sangre se vuelven interesantes por sus asociaciones simbólicas, como medios comunicativos o ambientes en que funciona la vida y se inspira el alma. Reyes tiene una delicada sensibilidad a estas sugerencias.

El aire empieza siendo símbolo de pureza, limpieza y nobles aspiraciones hacia lo alto, y entonces de claridad y brillantez. De ahí pasa Reyes a desarrollar en "El paisaje en la poesía mexicana" y en la *Visión de Anáhuac* los conceptos inspiradores de "la extremada nitidez del aire... la despejada atmósfera... el paisaje claro y despejado, el fulgor maravilloso del aire"[85] y finalmente "la región más transparente del aire",[86] símbolo clave del ideal alfonsino que será estudiado más adelante en relación con "el espectro alfonsino".

Ya se han visto aire y agua como elementos de exuberancia y recreación al tratar del acróbata y del nadador.

La sangre es el medio dinámico y pulsante por el que se trasmiten y circulan dentro del cuerpo humano los procesos vitales. Para Reyes sirve de materia simbólica para iluminar los procesos espirituales, así como las interrelaciones orgánicas que existen en la comunicación intelectual:

Cuando la metáfora mística servía de lenguaje universal, se dijo que Israel era el corazón de donde recibían su sangre las naciones... Y cuando por último la fuerza se concentró en Pera la macedónica, cansadas las arterias del pueblo entre tanta y tan diseminada reacción, Grecia se preparó al vasallaje...

Pero, en esa palpitación de sangre, la bomba del corazón no elabora el riego. El riego ha de venir de todas las zonas del organismo. En materia como en espíritu, el sustento se extrae y se hace homogéneo en todas partes, menos en el corazón mismo...

...Y entre todas ellas, otorguen el torrente de sangre. Ya podrá arrullarse el corazón, en el tic-tac de su relojería laboriosa.[87]

Como la sangre en el organismo humano es la esencia espiritual de la vida cultural: necesita haber fresca creación y recreación, circulación libre y abundante, riqueza de color y sus-

---

[85] "El paisaje en la poesía mexicana", *OC,* I, pp. 197-8.
[86] *Visión de Anáhuac, OC,* II, p. 13.
[87] "Haz de provincias", *A lápiz, OC,* VIII, pp. 288-90.

tancia para nutrir, cierta higiene o limpieza interior, pero no todo debe emanar exclusivamente de la bomba central. Hay vehículos de estímulo y trasmisión en el campo intelectual análogos al corazón y a los vasos implicados en la actividad del fluir de la sangre: corazón, arterias, etc. (Para ver otras partes de la anatomía humana usadas en función simbólica, véase por ejemplo "Anatomía espiritual", en *A lápiz*.)

Vasos comunicantes es una imagen estrechamente relacionada. Todo el fenómeno de la circulación de la sangre se usa repetidas veces al tratar de la comprensión y la resolución de los problemas culturales, como por ejemplo en las discusiones de ideales culturales contenidas en *Tentativas y orientaciones*:

La tierra no unificada, en que hoy vive una humanidad partida en discordias, es un organismo con la circulación entorpecida: la sangre no llega a todas partes y... se producen asfixias e intoxicaciones.[88]
Así, pues, una sola rama del saber puede conducirnos al más ancho contacto humano, a poco que nos mantengamos en el propósito de abrir los vasos comunicantes.[89]
La naturaleza está hecha de vasos comunicantes, y no hay que temer al libre cambio en el orden del espíritu.[90]

También análogo a la sangre en el cuerpo humano es la savia en el árbol, que puede representar el libre fluir de la expresión cultural, en lo lingüístico por ejemplo:

La lengua rompe las amarras lógicas y deja escapar la savia vital que la alimenta.[91]

Mientras en muchos casos la sangre se presenta en su plena función en el sistema circulatorio, en otros es un símbolo estético más aislado, fusionándose a veces con otras imágenes y elementos sensoriales como en este ejemplo donde mar=san-

---

[88] "Atenea política", *OC*, XI, p. 184.
[89] "Homilía por la cultura", *Ibid.*, p. 220. (Véase también p. 207 "vena" y "sangría".)
[90] "A vuelta de correo", *OC*, VIII, p. 444.
[91] "Marsyas...", *La Exp. Lit., OC*, XIV, p. 67.

gre=cordial para comunicar toda la reacción simpática sentida por un individuo ante un paisaje:

La dulzura del país vasco entró por mis ojos como un cordial. Esa sangre nuestra que es el mar, se hinchaba a lo lejos, con voluptuosidades de espacio y de luz clara. Una onda de fuerza subió hasta mi corazón, un ímpetu de fuerte esperanza.[92]

En otro caso la sangre se identifica con una luz y un rubí en un símbolo estético-religioso de sufrimiento vuelto alegría. La luz será otro proceso vital fuente de imágenes expresivas:

Los aires me llevan —de noche— a la calle alta y penumbrosa donde brilla, por entre rejas, una lucecita devota. Es la Virgen de la Alegría, frágil corazón anichado. La lucecita es rubí perfecto, coágulo luminoso de sangre. Una limosna, viajero; una moneda en el cepillo de la Virgen. Y sientes caer en tu frente, para toda la vida, una primorosa gota de sangre de la alegría de Burgos.[93]

E) Direcciones seguidas

Senderos y caminos, viajes, redes, laberintos

Una de las calidades fundamentales del estilo de Alfonso Reyes es su dinamismo. Sus frases casi siempre tienen movimiento y van a alguna parte. Este sentido constante de dirección y de movimiento se expresa, por ejemplo, en un concepto poético como "Vaivén de Santa Teresa" (*Romances del Río de Enero*) o en el concepto de un ensayo como paseo, viaje, exploración con las ideas, dando a veces la satisfacción de la complicación, la de atacar un problema o de enmarañarse en una red, o buscar su camino por un laberinto.

Estos conceptos darán lugar a veces a efectos metafóricos sorprendentes, y éstos estarán apoyados constantemente por un repertorio léxico que acentúa —a veces con imágenes ordina-

---

[92] "Fronteras", *Las vísperas de España, OC,* II, p. 147.
[93] "La luz roja interior", *Horas de Burgos, OC,* II, p. 103.

rias [94] pero hábilmente encadenadas— los elementos básicos de viaje y movimiento.

Así la idea de dirección será subrayada constantemente por las palabras *rumbo* y *camino;* o los caminos serán sugeridos como *senda, sendero, vereda, trayectoria.* Se rastrearán *huellas.* Se señalarán *derroteros* y *cauces. Amarras, eslabones, puentes* y *cadenas* conducirán y vincularán de un punto a otro. Habrá que encontrar el camino o será posible perderse o enmarañarse en *redes, telarañas, tejidos, fibras, túneles, laberintos.*

Se encontrarán obstáculos como los *abrojos, escollos, sirtes, tremedales;* o en cambio, la exploración llegará a ser un viaje amenamente ordenado. Con el poeta González Martínez, Reyes seguirá los "senderos ocultos", o con el cuentista Jorge Luis Borges las sinuosidades de un laberinto. Podrá tratarse de un viaje marítimo, y entonces experimentamos los incidentes de la navegación: navíos que visitan *puertos, escalas, ancorajes,* guiados por la *brújula.* O tal viaje podrá terminar en *naufragio.*

Dichos sustantivos expresivos de direcciones y de viajes se complementan por verbos característicos de movimiento como *caminar, adelantar, correr, seguir, rastrear, encauzarse, enlazarse, entretenerse, enredar.*

Algunos de estos conceptos evocadores de viajes y de caminos aparecen como títulos importantes en la obra de Alfonso Reyes: "Rumbo a Goethe", *Trayectoria de Goethe, Los dos caminos, A campo traviesa, Huellas, Sirtes, Ancorajes.* Muy apropiadamente Xavier Villaurrutia llamó a Alfonso Reyes, "Hombre de caminos".[95]

Unos cuantos ejemplos de estas imágenes en sus contextos servirán para sugerir algo de su infinita riqueza y variedad:

---

[94] Las llamadas *metáforas fósiles,* metáforas ya idiomatizadas como parte normal del lenguaje, señaladas por Reyes en Góngora, en *El deslinde, OC,* XV, p. 246.
[95] "Un hombre de caminos", *Páginas sobre Alfonso Reyes,* I, páginas 68-74.

Senderos y caminos

Por esta senda de abrojos gráficos caminan, no sólo la matemática propiamente tal, sino la nueva lógica, lógica matemática o logística...⁹⁶

En alivio de la confusión de las lenguas, se acude a varios expedientes que podemos clasificar en tres grupos: el paso subterráneo, el paso a nivel, y el paso elevado. El paso subterráneo es el retroceso a la mímica. El paso a nivel es el uso de intérpretes o traductores. El paso elevado es doble: o la lengua de uso internacional, o la lengua auxiliar *ad hoc*.⁹⁷

Cuerdas, eslabones, cadenas

Hernán Cortés... usará una cadena de traductores, cuyo primer eslabón es un español... Y sin duda el eslabón de oro es la princesa Malinche.⁹⁸

La lengua rompe las amarras lógicas y deja escapar la savia vital que la alimenta.⁹⁹

Redes y tejidos

La telaraña interior, vivificada en todas sus fibras, lleva mensajes a todos los puntos del espíritu, y todos se enlazan con puentes insospechados.¹⁰⁰

El tejido o la tela de Penélope con su tejer y destejer es una imagen sumamente expresiva que reocurre numerosas veces en elaboraciones variadas:

Así, pues, la misma pericia que servirá de día para tejer la tela, sirvió para destejerla de noche... En suma, la rebeldía espiritual, la crítica, es la misma mano de Penélope y posee los dones opuestos: ya aniquila el mundo; ya crea un mundo artificial y gracioso.¹⁰¹

⁹⁶ *El deslinde*, OC, XV, p. 251.
⁹⁷ "Hermes...", *La Exp. Lit.*, OC, XIV, pp. 32-3.
⁹⁸ *Ibid.*, p. 34.
⁹⁹ "Marsyas...", *La Exp. Lit.*, OC, XIV, p. 67.
¹⁰⁰ *Trayectoria de Goethe*, p. 49.
¹⁰¹ *El suicida*, OC, III, pp. 286-7.

Visión de la vida que no deja de tener placidez, ella contempla los hilos que teje y desteje la creación, con la confianza de que no puede haber ruptura en la hamaca que nos sostiene.[102]

Laberintos

El ser poeta exige coraje para entrar por laberintos y matar monstruos.[103]
Tenemos que avanzar como el samurai, con dos espadas... Estos haces paralelos no siempre coinciden en sus respectivas anchuras, y aquí y allá, aun se entrecruzan. ¡Dédalo nos asista! [104]

En el tejido de *El suicida* hay todo un conjunto orgánico de imágenes de laberinto que sugieren el concepto del ensayo como exploración:

Pero eso no quita que el autor picaresco... nos conduzca... de uno a otro extremo en ese laberinto de hambre e ignominia...
Planto aquí una cruz, y me alejo — el hilo de Ariadna entre los dedos...
Nueva excursión nos solicita. Vamos a seguir al desaparecido por sus misteriosos caminos, e iremos urdiendo nuestro libro como un razonamiento oriental, en cuyo hilo se ensartan las cuentas de sus diversas fábulas...
Siento que mis fábulas se entrecruzan, y el hilo de Ariadna, que ha de conducirnos por el laberinto, tiembla entre mis dedos.[105]

Viajes

Finalmente, es interesante notar la amplia variedad de tipos de viajes que pueden desempeñar el papel de escenario para el tratamiento de las ideas, lingüístico-literarias u otras.

Se alude, por ejemplo, a diversos modos de locomoción, como en este caso donde se combinan el caballo y el ferrocarril para representar el trabajo del traductor:

[102] "Atenea política", *OC*, XI, p. 196.
[103] "Jacob...", *La Exp. Lit.*, *OC*, XIV, p. 102.
[104] *El deslinde*, *OC*, XV, p. 32.
[105] *El suicida*, *OC*, III, pp. 223, 236, 242, 248.

Luis Ruiz Contreras me repetía siempre que el traducir es una tarea humilde y dócil como el servir, y a la vez un peligroso viaje sobre dos carriles; yo diría, sobre dos carriles de desigual carrera.[106]

A primera vista parecerá más tentador el viaje laberíntico, por su complicación y posible misterio. En cambio, nos sorprende ver lo que hará Reyes, realzando con sugerencias de imágenes contrastantes (a veces a la manera gongorina), para que adquiera encanto un viaje ordenado:

Y así se explica que, no siendo una Odisea sin fondo, ni un rosario árabe de aventuras, este que he llamado, en Alarcón, el viaje por mares interiores tenga cierto encanto matemático, de hazaña disciplinada y medida con el reloj, de "record" deportivo: no es naufragio, sino regata; y mucho más que duelo a muerte, prueba a resistencia. No lo busquéis entre las luces siniestras de la tragedia: más bien en la lenta medialuz de los encantos caseros, la charla junto al Manzanares, el leve deliquio de una fantasía temperada que va resaltando con una ceja luminosa los contornos mismos de la realidad: vuelo de salón y no aeróstato; jardín, que no selva; sufrimiento envuelto en sonrisas; moderación, urbanidad, cortesía.[107]

Hasta las posibilidades rechazadas por el espíritu sereno en las contraposiciones gongorinas —"no es naufragio, sino regata..., vuelo de salón y no aeróstato, jardín, que no selva"— ofrecen cierto encanto paradójico. Reyes al mismo tiempo está atraído por el viaje laberíntico hacia lo desconocido, lo peligroso, hasta la orilla del abismo; y por el paseo simétrico, contenido dentro de ciertos límites y dirigido sistemáticamente en forma de minueta. La polaridad orden-desorden forma una fusión alfonsina u *orden desordenado*.

De todos modos, la misma idea esencial del viaje podrá representar la alegría o felicidad por la renovación, mediante el cambio de ritmo y de escenario. De ahí la fascinación poética que siente Reyes, sin caer en extremos neuróticos, por la fuga:

---

[106] "De la traducción", *La Exp. Lit.*, OC, XIV, p. 147.
[107] "Tercer centenario de Alarcón", *Caps. de Lit. Esp.*, OC, VI, p. 320.

Todo viaje es un alivio moral. Pone tregua a las obligaciones habituales, a las costumbres que se han vuelto tiránicas; desarma el sistema de trabazones entre el individuo y el ambiente, permitiendo una cierta huelga biológica. Viajar, por eso, es ser feliz. Partir es revivir un poco.[108]

El pausado paseo marítimo como ameno símbolo de viaje está epitomado en el título *Ancorajes* de una significativa colección de ensayos. Desarrollado extensamente en el ambiente geográfico de los archipiélagos griegos, forma una escénica tela de fondo para los estudios de cultura helénica que componen *Junta de sombras*.[109]

El viaje marítimo aventurero terminando en naufragio podrá volverse experiencia odiseana o eneana, prestando recuerdos grecolatinos a una aventura moderna: Así, dirá Reyes de su mexicana *Generación del Centenario:*

Cada cual, asido a su tabla, ha sobrenadado como ha podido; y poco después los amigos dispersos, en Cuba o Nueva York, Madrid o París, Lima o Buenos Aires... renovaban las aventuras de Eneas, salvando en el seno los dioses de la patria.[110]

F) Objetos predilectos

Reyes utiliza a menudo como imágenes clave cierto número de objetos inanimados específicos e individuales. Muchos de éstos se interrelacionan estrechamente con campos temáticos o grupos de imágenes vistos en otros lugares. Tomados conjuntamente, constituirán una especie de colección alfonsina de imágenes *bibelós*.

---

[108] "Sentido de la fuga a Italia", *Trayectoria de Goethe*, p. 53. V. también *El suicida, OC,* III, pp. 243-8.
+ N. B. la afinidad con J. E. Rodó, *Motivos de Proteo*.
[109] V. especialmente "La cuna de Grecia", *Junta de sombras,* y en *OC*, XVIII, pp. 191-196.
[110] *Pasado inmediato, OC,* XII, p. 211, + *El suicida, OC,* III, p. 302.

Joyas

En un ejemplo citado arriba, vimos el rubí y la gota de sangre reunidos como símbolo duplo de belleza y de alegría (por el sufrimiento):

La lucecita es rubí perfecto, coágulo luminoso de sangre... Y sientes caer en tu frente, para toda la vida, una primorosa gota de sangre de la alegría de Burgos.[111]

El rubí es un resplandeciente objeto de perfección estética, de rico color encarnado. Es una obra de la naturaleza pulida y cortada, cuya perfección está revelada por el hombre. Pero en sí mismo no posee más que la belleza fríamente perfecta, sin el calor humano palpitante. Al ampliarse la imagen por la semejanza de forma y color entre rubí y gota de sangre, se logra la fusión de belleza perfecta con alegría humana cálida y pulsante. La vinculación de la joya con la sangre y el corazón palpitante recuerda las creaciones de joyas artísticas realizadas por Salvador Dalí.

Rosarios

El propio Reyes nos revela una inspiración al menos indirectamente gongorina para esta imagen:

Porque el conocer es un traducir el concreto heterogéneo de la realidad en cortos discretos homogéneos: resolver el río en rosario de cuentas, diría Gongora.[112]

Generalmente el rosario, para Reyes, tiene un sentido menos religioso que estético. El rosario será una cadena, un collar de cuentas, de joyas. En varios casos se refiere a una cadena de relatos, o de aventuras fabulescas, sobre todo de sabor oriental:

---

[111] "La luz roja interior", *Horas de Burgos, OC,* II, p. 103.
[112] "Apolo...", *La Exp. Lit., OC,* XIV, p. 91; V. también "Palinodia del polvo", *Ancorajes,* p. 32.

No siendo una Odisea sin fondo ni un rosario árabe de aventuras...[113]

...entre las fábulas del Arcipreste... las hay de procedencia oriental, así como oriental es también el método de desarrollar toda la obra como en un rosario de cuentos incluidos en el argumento principal.[114]

Esto se enlaza también con los conceptos de mosaico, red, tejido, ya descritos, y con la caracterización que hace Reyes del estilo de la *María* de Isaacs en términos de tapicería oriental.[115]

Abundan otros ejemplos de la imagen del rosario como motivo artístico-ornamental, como en esta descripción de la poesía indígena mexicana:

La sensibilidad de aquel pueblo es aguda; se reparte entre la ternura y la violencia, se transporta fácilmente de la risa al llanto y fluye en rosarios de primores minúsculos.[116]

Campanas y cascabeles

La campana y el cascabel forman uno de los símbolos predilectos de Alfonso Reyes, por sus cualidades auditivas y evocadoras. A través de las visiones plásticas de *Las vísperas de España* oímos campanas que repican, campanas que resuenan, campanas en los campanarios que participan de efectos estéticos y que actúan como imágenes auditivas cristalizadoras. Ejemplo obvio es el cuadro "En el campanario".[117]

Luego otras cosas semejarán campanas o cascabeles, aun el canto del sapo, que en cierta ocasión a Reyes le parece muy musical:

---

[113] "Tercer centenario de Alarcón", *Capítulos de literatura española, OC,* VI, p. 320.
[114] "El Arcipreste de Hita", *Ibid.,* p. 19.
[115] "Tapiz persa", "Miniaturismo oriental", etc.; "Algunas notas sobre la 'María' de Jorge Isaacs", *A lápiz, OC,* VIII, pp. 271-2.
[116] "Poesía indígena", *Letras de la Nueva España, OC,* XII, p. 296. V. también "Silueta de Lope de Vega", *Caps. de Lit. Esp., OC,* VI, p. 64; y otros.
[117] *Horas de Burgos, OC,* II, pp. 114-5.

Los sapos sueltan dos campanillazos purísimos, como dos burbujas musicales que revientan entre la sombra, y fingen un tañir de cascabelillos de plata, prendidos a la collera de unos bueyes sonámbulos...[118]

Tan musical es el efecto, que sugiere dos fuentes de sonido musical, las campanillas y los cascabeles, aquéllas más grandes y sonoras, éstos más ligeros. Las campanas sugieren pureza estética y melodiosidad. Los cascabelillos presentan eco, ritmo, repetición y evocan alegre exuberancia, como en este otro ejemplo en que *cascabel* se convierte en verbo, *cascabelear*:

El mismo amor que cascabelea en el ruido de las pesuñas de Pan...[119]

Campana también se puede convertir en verbo, y del verbo *campanillear* se deriva a su vez el nuevo sustantivo *campanilleo*:

A cada piedra caía otro más y cantaba, desprendiéndose, con un campanilleo festivo.[120]

Relojes

En el campanario podrá haber un reloj, cuyas horas anuncian las campanas. Eslabón al Salvador Dalí de los primeros tiempos superrealistas:[121] es la fascinación que siente Reyes por el reloj como protosímbolo del Tiempo, cuyos misterios son tema de numerosas meditaciones ensayísticas suyas.

Una de sus evocaciones más impresionantes de relojes es la que forma parte de su retrato impresionista de Valle-Inclán:

¡Cuántas tardes así! Desde la terraza del Regina, hemos visto, juntos, morir las tardes, desmenuzadas en el telar de dos relojes públi-

---

[118] "Zaldívar", *Fronteras, OC,* II, p. 174.
[119] "Alocución...", *OC,* I, p. 319.
[120] "Tres diálogos", *OC,* I, p. 133.
[121] Respecto a las afinidades poéticas de Reyes con algunas corrientes vanguardistas como el superrealismo, V. Eugenio Florit, "Alfonso Reyes... La obra poética", *Revista Hispánica Moderna,* XXII: 3-4 (jul.-oct. 1956), pp. 232-3.

cos... A medida que anochece, las dos esferas se van congestionando de luz; y es una gloria ver morir el tiempo bajo la lanzada de Longinos. Y la urdimbre, recia y maciza, de la conversación, que anula el Espacio y el Tiempo, para que sólo exista la Causa.
Los ojos de los relojes parpadean. Ya no reparamos en los transeúntes. Don Ramón explica el misterio del Paracleto, y lo pinta con el índice —palpablemente, yo lo he visto— sobre la mesa de mármol del café...
Pero ¿a qué hora escribe Valle-Inclán? A la hora veinticinco, sin duda. Una hora que él se ha encontrado por las afueras del tiempo, como quien encuentra un escondite. A ella llega solo, de puntillas, "temblando de deseo y fiebre santa". Se encierra en ella, y... sus últimos meses de Madrid han sido de una hermosa fecundidad.[122]

Los relojes aquí no sólo son obsesionantes símbolos visuales o recuerdos del Tiempo fugitivo, sino también encarnaciones personificadas del Tiempo, de quienes Reyes parece deleitarse en vengarse estéticamente, al paso que muere la tarde y el arte de la buena charla en compañía de don Ramón logra trascender Tiempo y Espacio a la vez, llevándolos a otro mundo de eternidad, "donde reina la alegría suficiente", como ha dicho en otro contexto...[123]

Los relojes se animan, y a medida que se intensifica su luz con la caída progresiva de la noche, son como dos caras que se congestionan, de vergüenza o de enfermedad. O bien, los dos relojes son ojos que pestañean vigilándolos, mirándolos, obsesionándolos (o tratando de hacerlo) como lo suele hacer el Tiempo, y sin embargo los dos hombres están tan absortos en su coloquio que están inconscientes de todo lo que les rodea. Logran trascender el tiempo, poniéndose en contacto con el absoluto. Así Valle-Inclán trabaja para producir sus escritos, en una dimensión especial, más allá del tiempo "a la hora 25" como lo hacen Stravinski y Diaghilev ("entre paréntesis"), en "La Improvisación" *(Calendario)*.

En el obsesionante cuento de fantasía psicológica, *La cena*,

---

[122] "Apuntes sobre Valle-Inclán", *Simpatías y diferencias, OC*, IV, pp. 276-8.
[123] "Aristarco...". *La Exp. Lit., OC*, XIV, p. 115.

se encuentran imágenes de relojes muy parecidas: "La hora de la cita palpitaba ya en los relojes públicos... Los relojes de los torreones me espiaban, congestionados de luz..."[124]

Cámaras y telescopios

El reloj era una ventana hacia los misterios del Tiempo y del Tiempo-Espacio. La "cámara" fotográfica es una ventana hacia el mundo visual con sus repercusiones mnemónicas:

Como si ya... el poeta no tuviera más que enfocar los paisajes, seguro de que ellos se registrarían automáticamente a través de su "cámara". Nuevos signos, de mucho color y carácter, van ya impresionando la placa fotográfica.[125]

Asimismo, el telescopio y otros instrumentos ópticos podrán ser canales muy expresivos para concretar ideas de visión abstracta:

A nuestro anteojo ecuatorial le faltaba nada menos que el mecanismo de relojería y las lentes, de suerte que valía lo que vale un tubo de hojalata...[126]

Estos objetos nos llevan al campo de la conciencia óptico-visual en la estética de Alfonso Reyes, que será estudiado de varios modos más adelante.

Veletas

Símbolo de movimiento es la veleta, sea de libertad aventurera, sea de vacilación e inconstancia:

Y si me dejo guiar como las veletas, los aires me llevan... a la calle alta y penumbrosa donde brilla... una lucecita devota.[127]

[124] Véase la elaboración completa en "La cena", *El plano oblicuo*, OC, III.
[125] "El paisaje en la poesía mexicana", OC, I, p. 217.
[126] *Pasado inmediato*, OC, XII, p. 189.
[127] "La luz roja interior", *Horas de Burgos*, OC, II, p. 103.

Pero he aquí que la estatua es giratoria. He aquí que la Fe es una veleta. Gran enseñanza, gran lección. ¡Ay, Castilla, ay...![128]

Navíos

De los vientos a las veletas, del mar a los navíos, pasamos del medio al vehículo, de la abstracción al objeto concreto imbuido de cierta personalidad:

Los poetas lo saben bien, ellos que trabajan su poema como quien va cortando las amarras de un barco, hasta que la obra, suficiente ya, se desprende, y desde la orilla la vemos alejarse y correr las sirtes a su modo.[129]

El navío es una imagen inspiradora de la creación del poeta que se separa del creador y se embarca solita en el mundo: símbolo de libertad e independencia artística, del espíritu de la independencia, así como de la separación unamunesca de creación y creador.

Reyes recurre muchas veces al barco o navío para simbolizar el aventurero espiritual, y especialmente para caracterizar a un poeta mexicano predilecto como Luis G. Urbina:

En tanto que Urbina cruza la marea en su esquife, y alcanza la orilla transportando su dulce carga. Cruza la marea, porque sobrevive en longevidad, y también en la fidelidad a su modo lírico... Alcanzó la orilla con su esquife...[130]

Finalmente, el navío podrá ser símbolo de la migración y trasmisión de las culturas:

La nave de Demetrio Faléreo conoció todas las bonanzas y las tempestades; pero el día que zarpó de la costa griega rumbo al Nilo es un día que amaneció para siempre en la historia de la cultura.[131]

---

[128] "La gracia", *Fronteras, Ibid.*, p. 161.
[129] "Discurso por Virgilio", *OC*, XI, p. 157.
[130] "Recordación de Urbina", *Pasado inmediato...*, *OC*, XII, pp. 271-272. También Ortega está caracterizado en términos de una imagen de navío como buscador intelectual en "Apuntes sobre Ortega y Gasset", *Simpatías y Diferencias*, *OC*, IV, p. 265.
[131] "La nave de Demetrio Faléreo", *Junta de sombras*, *OC*, XVII, p. 452.

Ánforas griegas

En muchos lugares veremos escenas, personalidades y objetos de la Grecia antigua que han inspirado a Reyes como recuerdos nostálgicos o arquetipos de una gran civilización madre. Típica de los objetos de esta esfera que aparecen con valor de imagen simbólico-evocadora es el ánfora:

Y nuestra charla será como una loa dialogada, como una oración en los amebeos de las églogas antiguas, como un ánfora de dos asas que llevemos, por manos de ambos, hasta el altar de nuestros recuerdos.[132]

El ánfora, llena de ungüentos sagrados o de inciensos aromáticos, es traída ante el altar. La conversación, entendida a la alfonsina en su forma más ideal, será como una ofrenda sagrada en el altar de nuestros recuerdos, nuestro instrumento para conservar lo digno de conservar del pasado.

De ahí toda una familia de objetos griegos evocados como elementos de deleite estético como *mieles* y *panales*, y otros, encontrados sobre todo en sus ensayos de inspiración helénica y en sus tempranos poemas helénicos.

La caja de Pandora

El hilo de Ariadna, la tela de Penélope: éstos son objetos pertenecientes a ciertos personajes legendarios griegos que en numerosos casos han servido a Reyes como señales simbólicas, leyesmotivo e imágenes iluminadoras. Otro de este tipo es la caja de Pandora:

Todo esto recuerda que la obra literaria —caja de Pandora en cierto modo— tiene su doble fondo secreto donde se esconde, si no la esperanza como en el mito, al menos el recuerdo.
Cuando el volumen abierto y leído ya *ad umbilicos* ha dejado escapar

---

[132] "Tres diálogos", *OC*, I, p. 127.

todos sus fantasmas, la trampa que lleva oculta el volumen guarda todavía otras esencias.[133]

La caja de Pandora sugiere misterios ocultos y tesoros escondidos que pueden ser abiertos y soltados. La obra literaria podrá librar tales tesoros, pero siempre quedarán algunos por descubrir en un doble fondo secreto. La asociación de esperanza y recuerdo con estos misterios introduce en la obra literaria la dimensión temporal que se zambulle en la herencia del pasado o proyecta la mirada proféticamente hacia el futuro. Esta idea también se liga a la del tesoro escondido, idea encontrada en diversas formas en otros ensayos de Reyes, como por ejemplo en la leyenda del tesoro enterrado de Hudson en "Rip".[134]

---

[133] "Detrás de los libros", *La Exp. Lit., OC,* XIV, p. 124.
[134] "Rip", *A lápiz, OC,* VIII.

III. LOS EJES IMAGINÍSTICOS

A) El espectro alfonsino: de explosión a ondulación

Ordenando en ciertas casillas temáticas el repertorio de imágenes específicas usadas por Alfonso Reyes, ya las hemos visto formar una especie de sistema suelto, sistema que corresponde, sin embargo, a una sola dimensión estilística. Lanzando una mirada más amplia a las sucesiones de imágenes, profundizamos en una nueva dimensión que nos revelará un sistema todavía más significativo, en términos del proceso creador.

Esta nueva perspectiva nos pone al descubierto toda una serie de imágenes que parecen seguir cierta ordenación estética, orgánica y dinámica, de procesos que llamaremos *explosión, reverberación, refracción, irisación* y *ondulación*. Es una configuración íntegra, una serie continua en que una imagen se resuelve en otra, de matiz en matiz, como formando un "espectro" de matices o imágenes: daremos a todo este proceso el nombre de "espectro alfonsino" pues, según creemos, son procesos imaginísticos fundamentales que fluyen por la visión artística total de Don Alfonso y en torno a los cuales parece girar toda la galaxia de sus imágenes, de modo que constituyen los *ejes* imaginísticos de su sensibilidad artística.

Además de esta serie central del espectro, encontraremos también una serie complementaria, desarrollándose como extensión lateral desde *refracción* o *prismatismo* por *perspectivismo* hasta *ilusionismo* y *vislumbramiento*.

Explosión

Entre estas imágenes tan amplias como significativas, una de las más impresionantes es la que llamaremos la *imagen de explosión*, o *imagen explosiva*.

Una clave para descubrir la significación de este tipo de

imagen en la sensibilidad de Reyes, la encontramos en su breve caracterización del poema como *cápsula explosiva*. Hablando de las antologías como necesarios complementos de las historias literarias, Reyes sugiere concentrarse primero en las colecciones de poesías:

¿Por qué? Ante todo, por sus dimensiones más breves. Luego, por su mayor condensación estética. El poema es cápsula explosiva que junta en pequeñas dosis grande concentración de energía.[1]

Para Reyes como para Benedetto Croce el poema representa, en cierto sentido especial, la unidad artística quintaesenciada. Es una unidad de energía estética concentrada o condensada, comprimida como en una cápsula, y que luego podrá ser liberada, con efecto dinámico de explosión, para fertilizar o enriquecer la imaginación o sensibilidad de quien lee el poema con ondas y ritmos de sucesivas impresiones estéticas. La "explosión" es, pues, una experiencia creadora, recreadora y fertilizadora en el nivel estético. En un nivel material, las explosiones de un motor son el elemento dinámico que lo pone en marcha. La explosión es elemento del dinamismo de la vida, donde la aparente destrucción conduce a una nueva creación y a una nueva energía propulsora. Así es también en el nivel estético-verbal del poeta, quien siente, no el mero equilibrio o contraposición estática de las imágenes sino el dinámico flujo e interrelación que sigue sus ritmos de concentración y dispersión, sus movimientos culminantes y sus "explosiones". Para Reyes el ensayo podrá ser poema o desempeñar la misma función que el poema, análogo a la *glosa* de Eugenio d'Ors o la *greguería* de Ramón Gómez de la Serna, que funden las funciones discursiva y poemática de la prosa en breves unidades de dimensiones sumamente flexibles.

Véase además la exposición que hace Reyes en *El deslinde* de la explosión como principio que está a la base del proceso creador, siguiendo líneas bergsonianas,[2] e incluyendo su aplicación literaria:

[1] "Teoría de la antología", *La Exp. Lit., OC,* XIV, p. 138.
[2] *El deslinde, OC,* XV, pp. 387-8.

La explosión literaria hace saltar los tabiques, y es así como la literatura realiza un ajuste "intensivo".[3]

La explosión está en el corazón del proceso verbal, como agente que convierte el pensamiento en acción mediante la voluntad:

La cápsula verbal no sólo encierra aromas de intelección, sino también explosivos de intención... En el campo ético y social, por ejemplo, la intención irradiada por la palabra impulsa un juicio o una acción...[4]

En su nivel más básico, la palabra, sin contenido semántico específico, es pura exuberancia o explosión, como la vemos en la vaga exclamación lírica o en la palabra auditiva asemántica, bautizada por Don Alfonso con el nombre de *jitanjáfora*:

La jitanjáfora pura es de carácter popular, y muchas veces infantil... Ignora sus propias virtudes, y sube sola hasta la superficie del lenguaje como una burbujilla del alma. Muy bien puede ser una explosión individual...[5]

Por otro lado, la explosión se presenta como típica manifestación del proceso creador en la naturaleza en esta asimilación de la flor con el poema, a propósito de Calderón de la Barca:

En las cápsulas explosivas de sus décimas, el teólogo poeta, venido al mundo cuando el rosal de nuestra habla literaria ha dejado reventar ya todos sus capullos, logra concentrar vastas especies universales.[6]

El mismo aspecto explosivo del proceso creador artístico se ve en la expresión poética de Enrique González Martínez, con una dimensión astronómica:

---

[3] *Ibid.*, p. 254.
[4] *Ibid.*, p. 219.
[5] "Las jitanjáforas", *La Exp. Lit.*, *OC*, XIV, p. 200.
[6] Prólogo, *Trazos de historia literaria*, *OC*, VI, p. 410.

El riesgo es que el poeta así dotado consienta en permanecer pasivo; en dejar que los versos crucen por la nebulosa de su alma, sin hacer de su parte nada porque esa misma nebulosa se condense y brote una estrella. Tal obra de condensación comenzó por fortuna a tiempo en el caso de González Martínez. En Los *senderos ocultos* ya la nebulosa se halla animada de una fuerte rotación propia, y todos los puntos del alma están irisados: el alma está ardiente, la estrella no tarda en brotar.[7]

La creación poética se ve a través de la imagen explosiva de la nebulosa que se condensa, haciendo que brote una estrella. La imagen es principalmente visual y espacial. La condensación o compresión necesaria para dar ímpetu al proceso es la misma que se da en la cápsula explosiva que ha pasado a ser la caracterización alfonsina del verdadero poema. El proceso de compresión o condensación conduce a una etapa de gestación o calentamiento marcada por la "rotación" en que "todos los puntos del alma están irisados: el alma está ardiente...": como efectos laterales tenemos el movimiento circular, la irisación y la ignición. Estas sugerencias imaginísticas de puras abstracciones psicológicas añaden dimensiones cinéticas, cromáticas y térmicas al carácter básicamente óptico-espacial de la imagen. La irisación en este caso es el preludio visual del proceso explosivo. Quedamos suspensos, más acá de la consumación final de esta explosión presentada como inminente, cuando la estrella está a punto de brotar de la nebulosa. El empleo de una imagen astronómica da una dimensión cósmica al proceso creador del artista. La vida creadora es dinámica.

Hay que pasar por una compresión y expansión, por una explosión que nos arrastre a un nuevo nivel de creatividad, para vivir de veras.

En los ejemplos anteriores, se han visto varios típicos verbos clave que estructuran el concepto explosivo: *hace saltar, reventar, brotar. Brotar y estallar* serán dos de los verbos explosivos de más expresividad en el léxico alfonsino. Otros verbos explosivos frecuentes son *romper, disparar, estrellarse*. Entre los sus-

[7] "Los senderos ocultos", *OC*, I, p. 304.

tantivos de frecuente valor explosivo están *cápsula (explosiva)*, *cohete* y el sustantivo verbal *estallido*.

La explosión estructurada

Veamos cómo la imagen de explosión se infiltra en la propia estructura de fondo de un pasaje señalado por Reyes como "punto de arranque de mi prosa".[8] El joven Alfonso, en su exuberancia, quería

Suscitar entusiasmos, sacudir torpores y despertar, en fin, en las inteligencias... ese movimiento, esa inquietud, ese temblor que precede a las gestaciones todas; que comienza, en los seres, por ayuntar los sexos; acaba por resolverse en la alta producción intelectual, y no es sino remedo del eterno movimiento, de la eterna inquietud, del temblor eterno con que los gérmenes infinitos, calentados en la entraña laboriosa de la tierra, se hinchan primero, fecundizados, y rompen a poco el suelo, irguiendo al aire tallos que acaban en estallido de flores y frutos.

Esta imagen explosiva vincula tres niveles de experiencia: el proceso de la inspiración y creación intelectuales se confunde con las dos esferas de creación o reproducción física humana y de nacimiento y crecimiento de la vida en la planta, expresiones, todas ellas, del ritmo cósmico trascendente de la vida y la existencia en este Universo.

El proceso vital en cualquiera de estos niveles comprende un ritmo de sucesivas creaciones y recreaciones; un temblor preliminar en medio de la vaga inquietud del estado de sueño, luego un contacto fertilizador que culmina en el brote de una nueva vida, o sea en explosión creadora. Lo que estaba escondido o dormido sale a la luz en un impulso intensificado de profusión y de crecimiento. Recorre tres etapas este ritmo: (1) El vago temblor, ebullición o vibración; (2) la explosión o estallido que lleva a un nuevo nivel; (3) un crecimiento creador, en dirección ascendente, desde el nuevo ideal.

[8] "Alocución en el aniversario de la sociedad de alumnos de la Escuela Nacional Preparatoria", 1907, *OC*, I, 313.

Sintácticamente, este ritmo ternario de la creatividad se estructura en el movimiento ternario del párrafo, un movimiento ternario espiralizante de grupos de tres elementos que encajan uno dentro del otro.

El eco explosivo

Al final de la misma Alocución que se acaba de citar, vemos cómo la explosión podrá prolongarse e intensificarse mediante el efecto reiterativo del eco o reverberación auditiva:

y quise también decir mi amor a la Escuela, más que eso mi amor a la vida. El mismo amor que cascabelea en el ruido de las pesuñas de Pan cuando van quebrando la hojarasca; el mismo que suena en las carcajadas de Anacreonte, remedando gorgoritos de vino, rumor de tazones de plata y canciones de fiestas báquicas; el mismo que fluye de los consejos de Horacio como un aroma penetrante de frutos melíferos y sazonados; el mismo que suspiraba la avena rural bajo el haya de los idilios clásicos. ¡El amor a la vida! [9]

Las dos primeras partes contienen efectos auditivos de gran fuerza, que llevan a una nivelación en la tercera y en la cuarta partes; primero en la esfera olfativo-gustativa y luego de nuevo en la auditiva.

Los efectos explosivos se dividen aquí en dos cadenas continuas. Las dos se orientan en la dirección del eco y poseen una calidad fragmentaria parcial que se extiende por evocación a otros niveles de experiencia, sugiriendo en Anacreonte toda una constelación de imágenes en visión tridimensional y multiplicativa. La *carcajada* y el *cascabeleo* son típicas expresiones imaginísticas de la explosión multiplicativa que se da en el eco.[10]

---

[9] *Ibid.*, p. 319.
[10] Otro ejemplo notable de este tipo es la carcajada de Zeus en el cuento "Una aventura de Ulises", *OC,* I, pp. 331-2.

Explosión destructiva y constructiva

En la culminante exposición explosiva de los efectos de la maldición de Tántalo, encontramos una explosión de fuerza destructiva. La imagen explosiva germinal es rudamente fisiológica: "Tántalo insolente y punido; Tiestes vomitando a sus hijos" [11] y pone en movimiento toda una erupción de frases reiterativas que evocan la caótica destrucción provocada por la fatalidad, con sus sucesivas víctimas. Pero la destrucción no tiene la última palabra. Se trata más bien de una especie de purificación que nos prepara para concentrarnos en la sola figura casta e inspiradora de Electra. Catarsis preliminar para llegar a la exaltación e iluminación de la virtuosa y heroica Electra, para realzar el aspecto ennoblecedor de su tragedia. La imagen y enumeración explosivas han sido una fuerza negativa precipitadora de un contra-movimiento positivo. Creación, destrucción, recreación: éste, simplemente, es el ritmo vital esencial, el ritmo de todos los seres vivos y de todos los procesos vitales. Estilísticamente, la unidad de la imagen explosiva es un dinámico mecanismo de enfoque que dará fuerza pulsante al movimiento de la prosa.

Polaridades negativas y positivas en la explosión

Otra modalidad rítmica que se siente muy a menudo en el dinamismo de la explosión es la de una especie de polarización magnética, de separación negativa seguida de atracción positiva.

En el rico panorama plástico-multisensorial de los tejados de Toledo vistos desde el "Ventanillo" de Alfonso Reyes y sus compañeros Américo Castro, Antonio Solalinde y José Moreno Villa, el poeta tiene esta sensación:

En el orbe cristalino y vibrátil, voltea el alma, henchida de olvido. Y, de pronto, estalla como cohete, da en el campanile de la Ermita y estremece frenéticamente la campana.[12]

[11] "Las tres Electras...", *OC*, I, pp. 16-7.
[12] "En el Ventanillo de Toledo", *Las vísperas de España, OC*, II, p. 94.

La explosión sigue un nuevo ritmo ternario, subrayado por tres verbos *voltea, estalla* y *estremece* que corresponden a su vez al orden natural de los componentes de la sensación auditiva. El alma se zambulle en las ondas del aire y llega a identificarse con la explosión del repique de la campana. Pero primero (1) se aleja volando, en ese éxtasis negativo que es el olvido. Entonces (2) vuelve atraída al campanario, produciendo una explosión como de cohete. Finalmente (3), la sencilla explosión está seguida de un efecto repetitivo-reverberante que continúa la explosión en prolongación difusa, en eco.

El mismo ritmo ternario se reproduce en miniatura más adelante, cuando se enfoca la vista en dos pajaritos llamados Benedictine y Poussecafé:

Benedictine y Poussecafé —las dos golondrinas del Ventanillo— están, desde el amanecer, con casaca negra y peto blanco. A veces, se lanzan —diminutas anclas del aire—, y reproducen sobre el cielo, con la punta del ala, el contorno quebrado, la cara angulosa de la ciudad.
Benedictine vuelve la primera, y se pone a llamar a su enamorado. Dispara una ruedecita de música que lleva en el buche. La ruedecita gira vertiginosamente, y acaba soltando unas chispas —como las del afilador— que le queman toda la garganta. Por eso abre el pico y tiembla toda, víctima de su propia canción, buen poeta al cabo.
Al fin, vuelve Poussecafé a su lado. Salta como un clown en el alambre, salta, salta. Salta sobre Benedictine; vuelve al aire. Y Benedictine sacude las plumas, y dispara otra vez la ruedecita musical que tiene en el buche.[13]

Una vez más el proceso explosivo sigue un ritmo ternario que consiste en (1) un vuelo de alejamiento, (2) la explosión propiamente dicha, (3) una reiteración de la explosión: todo lo cual produce una alternancia de ritmo centrífugo y centrípeto.

Fuego y juego explosivos

Otro aspecto que resalta en este ejemplo de reacción explosiva es el elemento de juego amoroso de los pájaros, que tal vez se

---
[13] *Ibid.,* p. 95.

considere como una de las expresiones simbólicas del fenómeno de la exuberancia creadora en general. La "ruedecita de música" es parte del repertorio de los símbolos amorosos en el cual hay elementos de fuego y explosión como llamas y chispas, que nos hacen pensar, por ejemplo, en los símbolos del amor *a lo divino* pintado por los poetas místicos. *(Cf.* "Vuélvete, paloma" en Santa Teresa, y "Llama de amor viva" de San Juan de la Cruz.)

En la frase "víctima de su propia canción, buen poeta al cabo", se siente al pajarillo como símbolo del poeta con su exuberancia creadora en la esfera estética. Luego el ritmo explosivo ternario se entrelaza con el ritmo ternario de la imaginística amorosa: (1) el amante, (2) la amada, (3) los dos unidos que se hablan y se responden: los dos pajarillos, primer pájaro, segundo pájaro, y luego los dos reaccionando mutuamente. La explosión, en su calidad de imagen estética, siempre será un proceso exuberante y revitalizador.

Explosión eléctrica

El concepto de rechazo y atracción magnéticos, visto anteriormente como preludio a la explosión, tiene su expresión más directa y literal en la forma de explosión eléctrica, con su repulsión y atracción, negativa y positiva. Esa fuerza se ve en el centro del alma humana:

Somos acción y contemplación; somos actor y espectador; somos ánodo y cátodo, y chispa que los polos se cambian, lucha y conciliación de principios antagónicos... Y esto viene a ser nuestra alma: la región de las atracciones y repulsiones, la región del rayo.[14]

Se presenta de nuevo un ritmo ternario, afín al del simbolismo amoroso: positivo (1) más negativo (2) produce fusión (3). El propio Reyes lo formula también en la ecuación: Creación más Crítica es Vida, en este magistral ensayo sobre lo que es la crítica.

---

[14] "Aristarco...", *La Exp. Lit., OC,* XIV, p. 105.

Fuerza generadora de la explosión

Finalmente, notamos que la fuerza dinámica de la explosión tiende a poner en movimiento otros efectos, y así la imagen explosiva será una imagen germinal o generadora de otros efectos estéticos y de otras imágenes.

Véase, por ejemplo, cómo los múltiples elementos líquidos y plásticos se combinan con un efecto explosivo auditivo:

De aquel parque brota un sopor sutil que se apodera completamente de los sentidos y que, el primer día, se parece al sueño. El parque es un sueño. Por la noche, el rumor del agua, el croar rasgado de las ranas, el chirrido familiar de los grillos, suenan sobre el fondo sinfónico de los sapos. Los sapos sueltan dos campanillazos purísimos, como dos burbujas musicales que revientan entre la sombra, y fingen un tañir de cascabelillos de plata prendidos a la collera de unos bueyes sonámbulos, que araran —invisibles— en mitad de la noche.[15]

Aquí se funden el mundo líquido y el de los sonidos en un ambiente onírico transfusor, donde los sonidos explosivos producidos por los sapos se vuelven campanas resonantes; éstas sugieren burbujas musicales contra el fondo del cuasisilencio, con sus sonidos de fondo más débiles, pero más constantes, y la fantasía pasa a dibujar un cuadro de cascabeles que acompañan a mitológicos bueyes sonámbulos que van arando. La explosión en medio de un ambiente de vaguedad tiende a poner en marcha una serie de sugerencias de otras impresiones sensoriales. La explosión tiende hacia la *irradiación* o la *reverberación*, y veremos producirse una cadena de tales reacciones. Todas las etapas de este proceso se hallarán en la *Visión de Anáhuac,* polifacética evocación artística del eterno pasado mexicano, de la que se escogerán muchos de los ejemplos que han de seguir.

---

[15] "Fronteras", *Las vísp. de Esp., OC,* II, pp. 173-4.

Deslinde de los conceptos:
"irradiación", "reverberación", "refracción"
e "irisación"

La diferencia entre *irradiación* y *reverberación,* consideradas en su aspecto visual, parece ser sobre todo una diferencia de intensidad y de reiteración o reflejo, si hemos de seguir las definiciones de estas palabras españolas dadas por la Real Academia: "*Irradiación.* Acción y efecto de irradiar. *Irradiar:* despedir un cuerpo rayos de luz, calor u otra energía en todas direcciones." "*Reverberación.* Acción y efecto de reverberar. *Reverberar:* hacer reflexión la luz de un cuerpo luminoso en otro bruñido." [16]

Veremos, además, que la *reverberación* por extensión podrá traer connotaciones de calor o de sonido. Visualmente, se verá una posible progresión desde la *irradiación* a la *reverberación,* a la *refracción* y luego a la *irisación*. Podrá haber excursiones laterales en lo auditivo por el camino de la reverberación. La irradiación implica una fuerte emisión de luz (en todas direcciones); la reverberación implica repetición o reiteración, reflexión o eco. La *refracción* indica el hacer pasar la luz blanca por un prisma para que se quiebre en los distintos colores del espectro.[17] La *irisación* sugiere el aspecto multicolor, con el posible cambio de colores en efecto de vibración.[18] Todos estos fenómenos pueden concebirse como difusiones del proceso explosivo, que sea en forma visual o en forma auditiva.

---

[16] Real Academia Española: *Diccionario de la Lengua Española,* 16ª ed., Madrid, 1939.

[17] R. A. E.: "*Refracción:* Acción y efecto de refractar o refractarse. *Refractar(se):* Hacer que cambie de dirección el rayo de luz que pasa oblicuamente de un medio a otro de diferente densidad." *Ibid.* "*Prisma.* 2. Prisma triangular de cristal que se usa para producir la reflexión, la refracción y la descomposición de la luz."

[18] "*Irisación:* Acción y efecto de irisar. *Irisar:* Presentar un cuerpo fajas variadas o reflejos de luz, con todos los colores del arcoiris, o algunos de ellos." *Ibid.*

Irradiación

En el temprano estudio paisajístico que hizo Reyes en 1911, *El paisaje en la poesía mexicana del siglo xix*,[19] anticipa algo de su interpretación del paisaje de Anáhuac que se encontrará en la *Visión de Anáhuac* (1917), especialmente el concepto de la "transparencia del aire" como símbolo del valle de Anáhuac:

Pero si algo tiene de original... la visión de nuestro paisaje..., es... la extremada nitidez del aire, el brillo inusitado de los colores, la despejada atmósfera...
... en el fulgor maravilloso del aire, en la general frescura y placidez, es donde aparece el signo peculiar de nuestra naturaleza...
Así nosotros, como los griegos... pudiéramos sin hipérbole, escribir, a la entrada de nuestra alta llanura central: *Caminante: has llegado a la región más transparente del aire.*[20]

Las notas clave aquí son los elementos de claridad y brillo, con elementos relacionados en las dimensiones espacial y térmica, y otros asociados con la atmósfera.

La palabra *fulgor,* con su definición de "resplandor y brillantez con luz propia" (y su verbo *fulgurar,* "brillar, resplandecer, despedir rayos de luz")[21] corresponde muy de cerca a nuestro concepto ya deslindado de *irradiación*. El énfasis está en la intensa claridad, en la transparencia y en la brillantez deslumbradora más que en los colores específicos, pues éstos sólo están aludidos de paso, sin enumeración. El efecto de deslumbramiento tiene afinidad con el efecto subjetivo de la sorpresa o asombro y con el efecto explosivo ya descrito.

El aire, el espacio y la luz son medios conductores para la trasmisión de una impresión de intensidad y de exuberancia revivificante, hasta inclusive una paradójica combinación de claridad y de belleza deslumbradora. Estas cualidades se revelan como "el signo peculiar de nuestra naturaleza"; es decir, Reyes en ellas siente un valor simbólico especial, siendo el valle de

[19] *OC* I, pp. 193-245.
[20] *Ibid.,* pp. 196-8.
[21] R. A. E., *op. cit.*

Anáhuac como imagen de la aspiración estética e intelectual y de la aspiración de América del pasado al presente, del presente al futuro. También podremos sentir una correspondencia entre esta moderna poetización efectuada por Reyes y la antigua sensibilidad indígena mexicana que nombró la ciudad del valle de Anáhuac *Tenochtitlán,* Tierra del Cielo.

Las diversas cualidades relacionadas, "extremada nitidez", "brillo inusitado", "despejada atmósfera", "fulgor maravilloso", "general frescura y placidez", forman una reiteración intensificadora y luego se telescopian en un solo concepto sintetizante, "la región más transparente del aire".

Una verdadera unidad del paisaje se ha convertido en aspiración idealizada, en quintaesencia platonizada de lo noble y puro y bello, mediante su visualización a través de estas sutiles cualidades de luz, aire y atmósfera, sentidas en múltiple dimensión poética.

El brillo deslumbrante de la luz llama dramáticamente la atención. Los adjetivos hiperbólicos *extremada, inusitado, maravilloso* añaden un fino colorido de maravilla y de sorpresa, como se hacía con la palabra *peregrino* en el español cervantino.

De irradiación a reverberación

De aquí pasamos a la *Visión de Anáhuac,* en que figura este concepto de la "región más transparente" como punto de partida, en forma de epígrafe con el pequeño cambio de "caminante" en "viajero":

Viajero: has llegado a la región más transparente del aire.

El mismo concepto seguirá sirviendo de frecuente punto de retorno a medida que avanza el ensayo.

Este es un ensayo mucho más logrado y perfeccionado artísticamente que el anterior.[22] Está más centralmente cristalizado

---

[22] Desde "El paisaje en la poesía..." hasta *Visión de Anáhuac* notamos una evolución en la forma ensayística: desde una enumeración un poco descosida de discusiones del paisaje para el comentario literario, hasta el uso del paisaje como punto de enfoque central y marco para una evocación histórico-estética, organizada artísticamente.

en torno a una sola evocación del paisaje, y a éste se le visualiza y revisualiza a través de una serie de imágenes hábil y sutilmente tejidas dentro de la estructura del ensayo, realzada por matizaciones preliminares e intermedias de léxico o de situación.

El desarrollo inicial nos prepara para el primer contacto con el paisaje de Anáhuac, pintando el ambiente evocado por la vista de antiguas cartas de marear del periodo de los descubrimientos americanos, con el tono de sorpresa realmente sentida por los exploradores e historiadores:

Los historiadores del siglo XVI fijan el carácter de las tierras recién halladas, tal como éste aparecía a los ojos de Europa: acentuado por la sorpresa, exagerado a veces.

Se sugiere irradiación en el medio pictórico y cartográfico, al llamarse atención a la estrella náutica o rosa de los vientos: "y en el ángulo irradia picos una fabulosa estrella náutica".

La primera visión sintetizada del paisaje de Anáhuac lo muestra, en comparación con la meseta castellana, resplandeciente como un espejo:

Les sorprenderíamos hablándoles de una Castilla americana más alta que la de ellos, más armónica, menos agria seguramente..., donde el aire brilla como espejo y se goza de un otoño perenne.

La larga y vaga enumeración de cualidades que apareció en el ensayo anterior se ha reducido a tres elementos ligados por aliteración, *alta-armoniosa* con una negación *menos agria*, reminiscente de un "esto, si no eso" gongorino, y la imagen se precisa mucho entonces al llevársela al solo punto de referencia que es el espejo. Aquí está presente la irradiación de la luz en el aire, con el deslumbramiento y la reflexión sugeridos por el espejo (principio de reverberación). Es feliz el uso del espejo, tanto por sus posibilidades de sugerencia óptica cuanto en su valor potencial como múltiple símbolo ambiguo: ¿no será Anáhuac espejo del México de ayer, de hoy y de mañana?, ¿o podrá ir también aún más lejos en sus posibilidades simbólicas evocadoras?

Luego, en contraste con el concepto habitual de una América tropical, el no tropical Anáhuac impresiona al visitante por estos rasgos:

Lo nuestro, lo de Anáhuac, es cosa mejor y más tónica. Al menos, para los que gusten de tener a toda hora alerta la voluntad y el pensamiento claro. La visión más propia de nuestra naturaleza está en las regiones de la mesa central: allí la vegetación arisca y heráldica, el paisaje organizado, la atmósfera de extremada nitidez, en que los colores mismos se ahogan compensándolo la armonía general del dibujo; el éter luminoso en que se adelantan las cosas con un resalte individual; y, en fin, para de una vez decirlo en las palabras del modesto y sensible Fray Manuel de Navarrete:
"una luz resplandeciente que hace brillar la cara de los cielos". Ya lo observaba un grande viajero, que ha sancionado con su nombre el orgullo de la Nueva España; un hombre clásico y universal...: en su *Ensayo Político,* el barón de Humboldt notaba la extraña reverberación de los rayos solares en la masa montañosa de la altiplanicie central, donde el aire se purifica.[23]
En aquel paisaje, no desprovisto de cierta aristocrática esterilidad, por donde los ojos yerran con discernimiento, la mente descifra cada línea y acaricia cada ondulación; bajo aquel fulgurar del aire y en su general frescura y placidez, pasearon aquellos hombres ignotos la amplia y meditabunda mirada espiritual. Extáticos ante el nopal del águila y de la serpiente —compendio feliz de nuestro campo— oyeron la voz del ave agorera que les prometía seguro asilo sobre aquellos lagos hospitalarios. Más tarde, de aquel palafito había brotado una ciudad, repoblada con las incursiones de los mitológicos caballeros que llegaban de las Siete Cuevas —cuna de las siete familias derramadas por nuestro suelo. Más tarde, la ciudad se había dilatado en imperio, y el ruido de una civilización ciclópea, como la de Babilonia y Egipto, se prolongaba, fatigado, hasta los infaustos días de Moctezuma el doliente. Y fue entonces cuando, en envidiable hora de asombro, traspuestos los volcanes nevados, los hombres de Cortés ("polvo, sudor y hierro") se asomaron sobre aquel orbe de sonoridad y fulgores —espacioso circo de montañas.
A sus pies, en un espejismo de cristales, se extendía la pintoresca ciudad, emanada toda ella del templo, por manera que sus calles radiantes prolongaban las aristas de la pirámide.

[23] Aquí, como en el caso del epígrafe *La región más transparente,* se trata de las propias palabras de Reyes, no de Humboldt, como se ha supuesto.

Hasta ellos, en algún oscuro rito sangriento, llegaba —ululando— la queja de la chirimía y, multiplicado en el eco, el latido del salvaje tambor.

Ahora la visión se ha ensanchado panorámicamente, incorporando algunas de las mismas frases usadas en la elaboración anterior de *El paisaje en la poesía mexicana*: *extremada nitidez, general frescura y placidez,* con *en el fulgor maravilloso* sustituido por el más dinámico *bajo aquel fulgurar del aire,* pero al mismo tiempo sale mejor concretado y organizado. Conviene notar también lo hábilmente que Reyes incorpora en sus propias descripciones los epítetos de Fray Manuel y de Humboldt hasta hacerlas suyas.

En el primer párrafo, la irradiación se expresa por el "éter luminoso". *Éter* como variante por *aire* sugiere a la vez pureza e indefinidad o infinidad, creando de nuevo el equilibrio paradójico contra la claridad, contra los contornos agudos y los ordenados elementos "heráldicos" de la naturaleza. Detrás de esto siempre está presente el Reyes dúplice del orden, claridad y estilización frente al enamorado de la indefinidad estética y aspirante hacia los ideales. Se alude aquí más dinámicamente que en *El paisaje*... a los colores ("el brillo inusitado de los colores"), pero no están enumerados individualmente y están borrados por la aguda nitidez. La luz irradiante, sin embargo, acentúa linealmente hasta producir un efecto de relieve. Esta claridad y brillantez del aire vuelve a ser una experiencia estimuladora y exuberante, indicada por la palabra *tónica*.

El segundo párrafo acentúa la reverberación, eso es, el brillo resplandeciente que se vuelve múltiple reflejo: "la extraña reverberación de los rayos solares en la masa montañosa de la altiplanicie central, donde el aire se purifica". El adjetivo *extraña* sirve para presagiar otro enfoque sobre el elemento de sorpresa. La reverberación de los rayos va acompañada de "purificación" como para sugerir dinámicamente una continuación del proceso purificador.

El tercer párrafo vuelve a subrayar la irradiación —"bajo aquel fulgurar del aire", y especialmente efectúa la transición desde la esfera visual a la auditiva—: "oyeron la voz del ave"; "aquel orbe de *sonoridad* y fulgores", preparando el camino para un efecto auditivo final en la última frase del pasaje. Acentúa a la vez el efecto de panorama o "paseo visual", insistiendo en seguir directamente los ojos a medida que se pasean por el paisaje: "los ojos yerran con discernimiento, la mente descifra cada línea y acaricia cada ondulación; pasearon aquellos hombres ignotos la amplia y meditabunda mirada espiritual". Luego, siguiendo siempre el camino de los ojos, da un salto retrospectivo en el tiempo, y paseándose en el tiempo con una ojeada a la dimensión mitológica, avanza al dramático momento culminante de la llegada de Cortés que se asoma al horizonte para mirar el valle de Anáhuac.

Irradiación y sorpresa

El elemento de admiración ya se había insinuado en los dos párrafos anteriores, en la "extremada nitidez", el "éter luminoso", "la extraña reverberación". Ahora se intensifica, a medida que el lector va identificando sus percepciones con las de la serie de pasados contempladores de Anáhuac: "Extáticos ante el nopal del águila y de la serpiente —compendio feliz de nuestro campo— oyeron la voz del ave agorera". *Extáticos* forma el eslabón culminante en la triple serie *"ex*tremada... *ex*táticos... *ex*traña"*, aliterativamente ligados por la primera sílaba. Éste a su vez es un trampolín para una nueva serie triple cuando el recuerdo cinemático nos hace ver 1) brotar una ciudad, 2) ensancharse la ciudad en imperio, y 3) asomarse Cortés por el horizonte para dar nuevo ánimo al moribundo Anáhuac:

Más tarde..., había brotado una ciudad..., más tarde, la ciudad se había dilatado... Y fue entonces cuando, en envidiable hora de asombro, traspuestos los volcanes nevados, los hombres de Cortés... se asomaron sobre aquel orbe de sonoridad y fulgores... espacioso circo de montañas.

Ésta es "la hora de Anáhuac", como dice Reyes en un poema,[24] presagiadora de la hora nueva. Es el momento culmi-

---

[24] "La hora de Anáhuac", 1912, *OC*, X, pp. 61-3. ("Última hora de Anáhuac: llora sobre las naciones, ¡hora que tiendes el cuello a la hoz de las horas nuevas!")

nante del capítulo, el momento de máxima sorpresa y admiración: "hora de asombro", en que están concentrados todos los motivos estéticos y facetas imaginísticas esenciales: 1) el elemento del *tiempo*: hora, 2) el elemento de *sorpresa*: asombro, el elemento del *ver*: se asomaron, ramificándose en irradiación con sus equivalentes auditivos: "Orbe de sonoridad y fulgores", todas estas palabras vinculadas por aliteración.

Reverberación visual y auditiva

Luego, el proceso visual adquiere su tercera dimensión, cuando los conquistadores miran desde arriba la ciudad. La irradiación se vuelve de nuevo múltiple reflexión o reverberación pues regresamos al espejismo deslumbrante, con nuevos matices de sugerencia simbólica: "A sus pies, en un espejismo de cristales, se extendía la pintoresca ciudad..." *El espejismo* indica no sólo el propio espejo brillante, sino la ilusión visual, la visión de una tierra maravillosa en la frontera entre realidad e idealidad. La irradiación toma también (como antes, en los mapas) una forma geométrica en el plan de la ciudad: "la pintoresca ciudad, emanada toda ella del templo, por manera que sus calles radiantes prolongaban las aristas de la pirámide".

Finalmente, la reverberación visual hace eco y vuelve a reflejarse en una doble y múltiple reverberación auditiva:

Hasta ellos, en algún oscuro rito sangriento, llegaba —ululando— la queja de la chirimía y, multiplicado en el eco, el latido del salvaje tambor.

Refracción

En la extrema reverberación, donde la luz da contra el vidrio (como arriba se sugirió en el *espejismo de cristales*), hay una transición al fenómeno óptico llamado refracción o prismatismo, en que la luz, pasando por un prisma, se quiebra en el espectro de distintos colores. Una excursión lateral desde la *Visión de Anáhuac* a otros textos alfonsinos mostrará lo fundamental de esta imagen de refracción o prismatismo en su sensibilidad.

Sobre todo, encontraremos en Reyes un uso muy abundante del propio prisma —con sus manifestaciones relacionadas— como imagen clave, para visualizar numerosas cosas no literal o exclusivamente visuales:

Una lengua materna, por ejemplo, se ve refractarse en diversas lenguas hijas, así como la luz se refracta en los diversos tintes del espectro: es decir, el latín pasa por el prisma de la Iberia occidental para producir el portugués, por el de la Iberia central para producir el castellano:

La luz del latín cae y se refracta en los dos prismas. Ambos efectos de refracción, conjugados y comparados, nos ayudan a mejor percibir el primitivo sabor latino...[25]

Esta imagen no sólo tiene el atractivo de darnos una concepción poética de las lenguas, trayéndonos a la conciencia luz, iluminación, brillo y color, sino que concreta y aclara, proporcionando una vista comprensiva de las lenguas en su relación orgánica una con otra. Aquí la imagen da con la misma verdad lograda por la investigación erudita y la expresa más acertadamente. Las calidades estilísticas son tanto mayores cuando la imagen coincide con la verdad erudita pero pasa más allá para expresar algo que el erudito por sí solo no puede expresar.

La vida misma se puede visualizar como un proceso prismático, una breve refracción momentánea de luz contra la infinita oscuridad de la muerte:

El devenir sólo es morir, y la vida es una serie de altos, de contrastes en la silenciosa corriente de la muerte. El haz de luces invisibles quiebra un instante sobre el prisma, tiene un sobresalto en su camino, y sólo entonces deja ver sus tintes y primores secretos.[26]

Notaremos que el primer poema que aparece en su *Obra poética* (y en el volumen *Constancia poética, OC*, X) es el titulado "De mi prisma",[27] acentuado por Eugenio Florit[28] como punto de partida esencial para estudiar su *ars poética*.

[25] "Aduana lingüística", *La Exp. Lit., OC*, XIV, p. 167.
[26] "Estética estática", *Tren de ondas, OC*, VIII, p. 356.
[27] *Huellas*, 1906; *Obra poética*, p. 3; *OC*, X, p. 17.
[28] E. Florit, *Op. cit.*, pp. 244, 246.

Otro tipo de imagen prismática ve las personas y los acontecimientos de la historia y nuestros juicios cambiantes sobre ellos como colores y formas que se pueden ver en distintas configuraciones o desde distintos ángulos. El calidoscopio, el prisma y el telescopio serán entonces los tres medios de enfoque para esta imagen tan ricamente óptica:

Travesuras del tiempo, jugar al calidoscopio con los prismas de la realidad; volver de revés el anteojo, ver un día grande lo pequeño y otro día pequeño lo grande; acercar lo lejano, distanciar los primeros términos, invertir las perspectivas.[29]

El calidoscopio y el prisma sugieren el juego de distintos colores y tintes. Luego se ensancha la imagen para abarcar espacio y tamaños, distancias y dimensiones. El prismatismo lleva al perspectivismo, otro camino que se explorará más adelante.

Los instrumentos y fenómenos ópticos relacionados con éstos —desde prismas y prismatismo hasta linternas mágicas, proyectores, diversos efectos de luz y sombra— proporcionarán un sinnúmero de ricas imágenes. *Las tres "Electras"* y el tercero de los *Tres diálogos*, por ejemplo, son verdaderas minas de tales tesoros.

Sorpresa e irisación

En la segunda sección de la *Visión de Anáhuac,* que pormenoriza desde más cerca la nota descriptiva "A sus pies... se extendía la pintoresca ciudad", el concepto de sorpresa se ensancha convirtiéndose en una nota de deslumbrante exuberancia en el espectáculo de riqueza visual y multisensorial que se despliega hasta la infinidad. Aquí, como en la siguiente sección enfocada hacia el sitio de las flores y las aves en la sensibilidad poética indígena de México, se elaboran muy extensamente las imágenes de irisación. Aquí *tornasol* será palabra clave, con variantes como *arco iris*.

---

[29] "Urna de Alarcón", *Caps. de Lit. Esp., OC,* VI, p. 324.

Irisación y refracción

Refracción e *irisación* serán conceptos parcialmente sinónimos, pues aquélla implica descomposición en los distintos colores del espectro y ésta implica "presentar un cuerpo fajas variadas o reflejos de luz, con todos los colores del arco iris, o algunos de ellos".[30] En la irisación puede haber un elemento adicional de visos o tintes cambiantes, o sea de movimiento en el efecto de brillar.

Exuberancia iridiscente

En el despliegue del vestuario de la gente que rodea al emperador Moctezuma, el brillo de la irradiación se convierte en plena exuberancia iridiscente:

El pueblo se atavía con brillo, porque está a la vista de un grande emperador. Van y vienen las túnicas de algodón rojas, doradas, recamadas, negras y blancas, con ruedas de plumas superpuestas o figuras pintadas. Las caras morenas tienen una impavidez sonriente, todas en el gesto de agradar. Tiemblan en la oreja o la nariz las arracadas pesadas, y en las gargantas los collaretes de ocho hilos, piedras de colores, cascabeles y pinjantes de oro. Sobre los cabellos, negros y lacios, se mecen las plumas al andar. Las piernas musculosas lucen aros metálicos, llevan antiparas de hoja de plata con guarniciones de cuero —cuero de venado amarillo y blanco. Suenan las flexibles sandalias. Algunos calzan zapatones de un cuero como de marta y suela blanca cosida con hilo dorado. En las manos aletea el abigarrado moscador, o se retuerce el bastón en forma de culebra con dientes y ojos de nácar, puño de piel labrada y pomas de pluma. Las pieles, las piedras y metales, la pluma y el algodón, confunden sus tintes en un incesante tornasol y —comunicándoles su calidad y finura— hacen de los hombres unos delicados juguetes.[31]

Ha empezado a centellear la variada colección de colores, aunque de éstos sólo algunos están enumerados específicamente,

---
[30] R. A. E., *op. cit.*
[31] *Visión de Anáhuac, OC*, II, pp. 18-9.

habiendo una concentración sobre el rojo, el dorado (amarillo), el negro, el blanco, el color de plata: se incluye sólo un color fuerte del espectro; el amarillo está diluido con el blanco. Se podría ver un ligero toque gongorino en la combinación de rojo y blanco. El rojo está reforzado anticipadamente en el párrafo anterior:

El pueblo va y viene por la orilla de los canales, comprando el agua dulce que ha de beber: pasan de unos brazos a otros las rojas vasijas.

Se sugiere una escala más amplia de colores, no sólo por la vaga designación "piedras de colores" o el ya más vigoroso "abigarrado", sino por una sustancia iridiscente por excelencia, el nácar: —"culebra con dientes y ojos de nácar". El nácar precisamente presenta esos efectos típicos de la irisación: los tintes cambiantes de distintos matices. El mismo cambio y confusión de colores en movimiento se intensifica en el *tornasol* [32] de la oración final:

Las pieles, las piedras y metales, la pluma y el algodón confunden sus tintes en un incesante tornasol y —comunicándoles su calidad y finura— hacen de los hombres unos delicados juguetes.

Los seres humanos, identificándose con su vestuario como detrás de máscaras, se vuelven partes estilizadas del juego iridiscente de colores y de formas. El concepto dinámico de la irisación está intensificado por la serie de verbos que expresan movimiento: vaivén, temblor o palpitación, vibración, etc.: "Van y vienen..., tiemblan..., se mecen..., suenan..., aletea..., se retuerce." La nota auditiva completa la nota visual. Los individuos se pierden en la unidad o totalidad caótica o calidoscópica de la masa de colores palpitantes. Por este fenómeno de irisación se sugiere una exuberancia de infinita variedad y riqueza, en constante dinamismo siempre cambiante.

Sigue la exuberancia de detalles en una descripción enume-

[32] "Cambiante reflejo o viso que hace la luz en algunas telas o en otras cosas muy tersas", Real Academia Española, *op. cit.*, "Cambiante o viso, reflejo de color distinto *(los tornasoles de una tela)*", *Pequeño Larousse Ilustrado* (1948), p. 903.

rativa reelaborada de Cortés,[33] inclusive una fuerte nota gustativa en los tres tipos de "miel" ("miel de abejas y cera de panal; miel de caña de maíz..., miel de maguey") y la unión de lo olfativo con lo visual en "olores... colores" ("Hay canutos de olores con liquidámbar, llenos de tabaco. Colores de todos los tintes y matices...").

Antes se había sugerido la escala completa de colores, y ahora se ensancha hasta su máximo punto de dinamismo, el de la explosión:

El zumbar y ruido de plaza —dice Bernal Díaz— asombra a los mismos que han estado en Constantinopla y en Roma. Es como un mareo de los sentidos, como un sueño de Breughel, donde las alegorías de la materia cobran un calor espiritual. En pintoresco atolondramiento, el conquistador va y viene por las calles de la feria, y conserva de sus recuerdos la emoción de un raro y palpitante caos: las formas se funden entre sí; estallan en cohete los colores; el apetito despierta al olor picante de las yerbas y las especias. Rueda, se desborda del azafate todo el paraíso de la fruta: globos de color, ampollas transparentes, racimos de lanzas, piñas escamosas y cogollos de hojas. En las bateas redondas de sardinas, giran los reflejos de plata y de azafrán, las orlas de aletas y colas en pincel; de una cuba sale la bestial cabeza del pescado, bigotudo y atónito. En las calles de la cetrería, los picos sedientes; las alas azules y guindas, abiertas como un laxo abanico; las patas crispadas que ofrecen una consistencia terrosa de raíces; el ojo, duro y redondo, del pájaro muerto. Más allá, las pilas de granos vegetales, negros, rojos, amarillos y blancos, todos relucientes y oleaginosos. Después, la venatería confusa, donde sobresalen, por entre colinas de lomos y flores de manos callosas, un cuerno, un hocico, una lengua colgante: fluye por el suelo un hilo rojo que se acercan a lamer los perros.

Ya vemos que se puede variar el orden original de *explosión, irradiación, reverberación, refracción, irisación.* Puede ocurrir al revés, o con la explosión en el centro como culminación, sirviendo entonces para revitalizar y redifundir.

[33] La rica síntesis alfonsina se arraiga en parte en algunas crónicas de Cortés, Bernal Díaz, Gómara y el historiador Humboldt, pero salvo en algunos casos donde hay citas directas, Reyes digiere y reforma completamente tales materias germinales con sus propias palabras y estructura.

En este caso, empezamos con un zumbido auditivo que se va intensificando, llegando a un vértigo completo y una confusión sensorial pulsante, dando en la explosión visual que tiene rasgos de fonismo sinestésico (el estímulo visual parece tener efecto en lo auditivo); se añade un fuerte estímulo olfativo, sugestivo de una variedad de sabores; luego resulta una proliferación plástico-visual, primero de frutas en abundancia cornucópica, no nombradas pero presentando una profusión de formas variadas —seguidas de pescados, granos y animales de caza muertos en un panorama que incluye toques de naturalismo sangriento. A la explosión sigue el efecto de perfecta irisación comunicado por los trémulos reflejos de las sardinas —plata y azafrán— en la estela de una abundancia de formas redondas y globulares —más algunas agudas y picudas. El vasto repertorio de colores específicos continúa concentrándose en lo rojo, blanco, negro, amarillo, plata, con la adición de azul —pero vuelve a acentuarse doblemente lo rojo, en forma de sangre, en la nota final fluida y punzante. Se ha realzado el elemento multisensorial en tales combinaciones como "relucientes y oleaginosos". Se ha avivado la impresión de difusión dinámica por el uso de claros cuadros como los del azafate que se desborda, del abanico que se despliega ("las alas... abiertas como un laxo abanico"), la lengua colgante, seguida de la sangre que se derrama.

Irisación y la sensibilidad indígena

En la tercera sección del ensayo, por si acaso nos inclinamos a pensar que estos efectos estéticos de irisación vengan sólo de fuentes europeas —sea de Góngora, sea de los simbolistas franceses. Reyes nos descubre esta misma nota de sensibilidad a través de la poesía mexicana indígena, precolombina. Recordaremos las varias aseveraciones alfonsinas de que América en sus pueblos y en su escenario natural ya era gongorista muy antes de Góngora.

En un hermoso pasaje de poesía *nahoa* citada en traducción española, se funden las aves, las flores y las joyas en una sinfonía musical y visual, con una nota de fragancia olfativa. Los verdes y azules (además del amarillo) aquí subrayados sirven dentro del contexto de la *Visión de Anáhuac* de Alfonso Reyes para equilibrar su propia acentuación del *rojo* con amarillo y otros. La palpitación muchas veces característica de la irisación está sugerida en el pájaro, la mariposa, las aguas y los cantos o gorjeos:

brillante pájaro zumbador, trémula esmeralda... amarilla mariposa, aguas lucientes y murmuradoras; la fuente azulada canta, se estrella, y vuelve a cantar [explosión]... y muchos pájaros... esparcen en derredor sus gorjeos...

Veis aquí el efecto iridiscente completo del arcoiris:

Vi dulces y perfumadas flores cubiertas de rocío, esparcidas en derredor a manera de arcoiris.

Ahora Reyes pasa a asimilar esto dentro de su propia sensibilidad, comentando:

De manera que el poeta, en pos del secreto natural, llega hasta el lecho mismo del valle. Estoy en un lecho de rosas, parece decirnos, y envuelvo mi alma en el arcoiris de las flores. Ellas cantan en torno suyo, y, verdaderamente, las rocas responden a los cantos de las corolas. Quisiera ahogarse de placer, pero no hay placer no compartido, y así, sale por el campo llamando a los de su pueblo, a sus amigos nobles y a todos los niños que pasan. Al hacerlo, llora de alegría. (La antigua raza era lacrimosa y solemne.) De manera que la flor es causa de lágrimas y de regocijos.

También se refiere Reyes al ave iridiscente, el quetzal, "el pájaro iris", y a otros, el "pájaro zumbador" o colibrí.[34] La breve sección final del ensayo (IV) ve la emoción histórica en términos de irradiación y reverberación en la memoria visual y auditiva:

la emoción histórica es parte de la vida actual, y, sin su fulgor, nuestros valles y nuestras montañas serían como un teatro sin luz. El

[34] También mencionado en relación con Maximiliano en "Maximiliano descubre el colibrí", *Norte y sur, OC,* IX, pp. 95-9, así como en el poema de A. R., "Glosa de mi tierra", *OC,* X, p. 75: "Donde no la mariposa, tornasola el colibrí."

poeta ve, al reverberar de la luna en la nieve de los volcanes, recortarse sobre el cielo el espectro de Doña Marina, acosada por la sombra del Flechador de Estrellas; o sueña con el hacha de cobre en cuyo filo descansa el cielo; o piensa que escucha, en el descampado, el llanto funesto de los mellizos que la diosa vestida de blanco lleva a las espaldas...

Expansión y contracción

La progresión efectuada en este ensayo ha sido la de irradiación a reverberación, luego a plena refracción e irisación multicolores, alcanzando la explosión al punto máximo de expansión; luego más irisación multisensorial, luego una contracción hasta el último destello o eco en la memoria, de irradiación y reverberación: es decir una trayectoria de expansión y contracción.

Visualización y la recreación del pasado

¿Qué sentido tendrán estos efectos imaginísticos?

Representan un medio estético de visualización multidimensional, para hacer revivir un sector del pasado, dentro de la perspectiva del presente y del futuro: un sector del pasado que es una cultura entera y un mundo entero, toda una tradición cultural con su dimensión de eternidad y de misión para el futuro, un mundo cuya presencia y esencialidad se siente en mágica intensidad como un mundo de belleza y de maravillosa extrañeza, de vivacidad y de aventura.

Marcel Proust, en su novela sumamente subjetivizada, hizo su peregrinaje estético muy personal e individual en busca del tiempo perdido *(A la recherche du temps perdu)*, encontrando claves por caminos bergsonianos [35] a la liberación de los tesoros escondidos de la memoria. Así Alfonso Reyes, en el ensayo creador y en una escala orientada más socioculturalmente, ha recobrado el pasado de su México, encontrando claves a su uni-

---

[35] V. Emeric Fiser, "Le Rôle de la mémoire dans l'oeuvre de Marcel Proust et dans celle de Henri Bergson", *L'esthétique de Marcel Proust* (París: Librairie de la Revue Française, 1933), pp. 192-3, 195, 196-217.

cidad y universalidad cuando proyecta este pasado multidimensionalmente en el presente y en el futuro por su lente prismático-estético.

Visualización iridiscente y la animación de las ideas

Este fenómeno de irisación, con su imagen clave del *tornasol*, afecta no sólo sus poemas y sus ensayos más altamente artísticos, sino hasta una monografía formal como *El deslinde:*

El círculo, forma de las formas a que los antiguos concedieron un respeto casi religioso, ha venido siendo interpretado en un tornasol de la imaginación matemática.[36]

Los más sobrios de los hechos abstractos, entonces, están iluminados por la imaginación visualizadora alfonsina que lleva al lector por un espectro completo de efectos ópticos, desde la irradiación hasta la refracción y la irisación, y desde el sentido visual hasta los otros sentidos de percepción, los cuales son los canales para establecer contacto con nuestro mundo ambiente, para concretar lo abstracto.

Ondulación

Desde el ligero movimiento ondulatorio muchas veces asociado con la irisación, se puede ver una progresión hacia el fenómeno más amplio de la ondulación. Este es otro camino que conduce de lo visual al campo dinámico y vital en general, con expresiones en diversas esferas sensoriales.

La caracterización estilística que hace Concha Meléndez de Reyes como poeta —"flechador de ondas"— [37] demuestra cómo la sensibilidad poética alfonsina tiende a funcionar en relámpagos ondulatorios de brillantez intensificante. La propia teoría de Alfonso Reyes del "impulso lírico" [38] lo confirma.

[36] *El deslinde*, *OC*, XV, p. 303.
[37] Concha Meléndez, "Alfonso Reyes: Flechador de ondas", *Páginas sobre A. R.*, I, pp. 286-311.
[38] *El deslinde*, *OC*, XV, pp. 203-5, 273-6. *Marginalia, Segunda serie (1909-1954)*, pp. 185-7.

La ondulación como principio muy vital de la idea creadora viva se ve en la caracterización que hace Reyes de las imágenes de Mallarmé:

las imágenes de Mallarmé... anuncian una alta virtud lírica, a la que un diario castigo y larga premeditación obliga a presentarse rígida, pero que amenaza, según es el palpitar de la idea, romperse y escapar ondulando, como la cultura bíblica que vivía en la vara de Moisés.[39]

En este caso, la ondulación se expresa en términos de otra imagen concreta, la de la culebra, recordando la serpiente bíblica mítico-simbólica de Moisés y así sugiriendo algo de la calidad mágica metamorfoseante relacionada con la ondulación.

Aquí se ve un arraigo aún más profundo en el proceso rítmico y ondulatorio, en los procesos físicos vitales:

El ritmo, el metro, la rima, la estrofa, la combinación de estrofas, no sólo tienen el valor estético que todos saben. También responden a los vaivenes respiratorios, a las oscuras ondas vitales, en manera de pulsación, de latido; alternancia con que la naturaleza —como el año sus estaciones— pone en movimiento sus virtudes.[40]

Una forma muy fundamental en que suele aparecer la ondulación como imagen estética es simplemente una sucesión de ondas, o sea *tren de ondas*. En la colección de ensayos así titulada, encontramos el siguiente ejemplo individual, que se refiere a las posibilidades de traducir el fluido medio del aire o del agua en términos esculturales:

Pues cuando yo era niño compraba en mi tierra unos juguetitos de barro que representaban las figuras del divino pesebre... En su candor verdaderamente temerario, los pobres indios escultores no se resignaban a prescindir del aliento, del cálido vaho de los animales que vino a acariciar y a arropar la desnudez del Niño y que es casi, en el grupo, un personaje más. Los animales tenían en el hocico un

---

[39] "Sobre el procedimiento ideológico de S... Mallarmé", *OC*, I, p. 94.
[40] "Ritmo y memoria", Marginalia, *Primera serie (1946-1951)*, p. 38.

aspa, un rígido abanico de barro, propia escultura del vapor, y del vapor invisible: escultura de una vibración térmica, escultura de un tren de ondas.[41]

Si las ondas fluidas pueden visualizarse por el medio congelado de la escultura, los fenómenos duros y rígidos podrán en cambio sentirse en términos de movimientos fluido y ondulatorio.

Ondulación y círculos concéntricos

Otra forma, tomada por la tendencia ondulatoria es la de la serie ondulatoria concéntrica producida en el agua por un estímulo como la caída de una piedra, o sea el efecto de "reflets dans l'eau" traducido a la música por Debussy y que Reyes encuentra visualizado muy apropiadamente por Zorrilla de San Martín; luego lo aplica en su propio modo metafórico al proceso de la creación e interpretación literarias:

Si Cervantes se detiene a cavilar y a prever todas las exégesis posibles a que había de prestarse en más de tres siglos su novela inmortal, a estas horas no contaríamos con el *Quijote*. Lo que importa es lanzar la piedra al agua dormida. Ya se encargarán después de ir propagando la ondulación, a su modo, "los temblorosos círculos concéntricos" de que nos hablaba el *Tabaré*.[42]

El movimiento ondulatorio es una expresión imaginística del ritmo continuo de renovación y estímulo sucesivo, repetición con variaciones, del que se componen la vida y el proceso estético.

Las mareas tienen un movimiento parecido y una significación figurada de comparable amplitud:

Veinte repúblicas hermanas descargan todos los días sobre la playa del cuitado (cronista) sus mareas de tinta fresca.[43]

---

[41] "La escultura de lo fluido", *Tren de ondas, OC*, VIII, pp. 388-90.
[42] "Metafísica de la máscara", *Ancorajes*, p. 52.
[43] "Categorías de la lectura", *La Exp. Lit., OC*, XIV, p. 160.

En un caso, los círculos concéntricos no representan la líquida ondulación renovadora, sino al contrario un sucesivo constreñimiento de diversas circunstancias históricas:

Pero todavía la inmediata generación precedente se sentía nacida en el centro de varias fatalidades concéntricas: ... 2º Dentro de éste, venía el segundo círculo, que consistía en haber llegado muy tarde a un mundo viejo... 3º Era el tercer círculo, encima de las desgracias de ser humano y ser moderno, la de ser americano... 4º Y ya que se era americano, otro handicap... era ser latino... 5º Ya que se pertenecía al orbe latino, nueva fatalidad dentro de él pertenecer al orbe hispánico... 6º... 7º... 8º...[44]

Lo cual nos indica que la imagen semánticamente es reversible, siendo susceptible de un significado afirmativo o negativo.

Ondulación, baile y poesía

Porque la creación es una manera de cataclismo artístico que adelanta en paso de danza.[45]

La ondulación en el movimiento rítmico del cuerpo humano se puede ver como parte de la danza, un sistema coordinado de movimientos rítmicos de posible sentido tanto artístico como ritualista. La tendencia muy fuerte en Reyes de pensar visual y cinéticamente, le hace agudamente sensible a las relaciones entre la poesía y el baile:

El libertador Simón Bolívar, en la carta sobre la educación de su sobrino, dice que "el baile es la poesía del movimiento". Invirtiendo, la poesía es el baile del habla.[46]

[44] "Las fatalidades concéntricas" (en "Un paso de América"), *Sur*, I: 1 (verano 1931), pp. 151-154; también "Notas sobre la inteligencia americana", *OC*, XI, pp. 88-9.
[45] *El deslinde*, *OC*, XV, p. 413.
[46] "Apolo...", *La Exp. Lit.*, *OC*, XIV, p. 90. Hay parecida referencia en *El deslinde*, *OC*, XV, p. 230. " 'El baile es la poesía del movimiento..., la poesía es el baile del lenguaje."

Así como el cuerpo humano no perece mientras pulsa o vibra, funcionando según su ritmo vital, la poesía no perecerá si pulsa o "baila":

No perecerá la poesía, danza de la palabra. Mientras exista una palabra hermosa, habrá poesía.[47]

La concepción alfonsina de la verdadera poesía, teniendo cierta afinidad con la noción francesa de "poesía pura" o con la "poesía desnuda" de Juan Ramón Jiménez, ve la poesía no como arte de narrar o de contar cuentos; más bien, es puro movimiento o ritmo estético, es decir danza, pura esencia del espíritu artístico, que tiene algo del libre impulso rítmico:

Y la crítica recuerda las palabras del maestro Mallarmé... sobre la danza entendida como escritura corporal o poema emancipado de los instrumentos del escriba.
...lleguemos a la depuración máxima: ya no quiero historias, sino danza. Danzas cuyos temas, en fin, se conserven dentro de la especie filosofía de la Danza pura, del poema muscular...[48]

Esto tal vez explique parcialmente las limitaciones de Alfonso Reyes en el campo narrativo a los cuentos breves y a las fantasías ensayísticas: es decir, tiene una concepción más bien poemática que novelística de la prosa.

Cuando Reyes analiza la esencia del espíritu lírico en Góngora, la ve como inevitablemente expresiva de una "invitación para la danza":

Lo lírico, más vital que toda otra manifestación artística; más acorde con el dinamismo del alma, por su embriaguez de sonidos y de luces y su invitación para la danza, constituye el propio secreto de las obras del cordobés, quien dejó estallar en el aire toda su fuerza y su muy extraña animación, anheloso de manifestarla o necesitado tal vez de expresar, de arrojar de sí, tanta virtud lírica, producto del ser exuberante.[49]

[47] "Apolo", *OC*, XIV, p. 99.
[48] "Motivos del 'Laoconte'", *Calendario*, *OC*, II, pp. 293, 294.
[49] "Sobre la estética de Góngora", *OC*, I, p. 84.

Este breve pasaje al mismo tiempo ilustra la íntima relación que existe entre el espíritu de la danza y la serie de efectos artísticos anteriormente descritos: el juego calidoscópico o iridiscente de las luces y los sonidos; la explosión de una concentrada cápsula de energía estética bajo la presión de la exuberancia lírica que alcanza el punto de la intoxicación.

Si en la esencia del impulso lírico hay algo de la danza, no será de extrañar si Reyes siente en la simetría de la tragedia helénica un movimiento de baile:

todo aquello, en fin, que hacía de la tragedia... algo como una escena de danza, de marchas, de diálogos de personajes... Aquello... es rítmico, como una perpetua danza, como movimiento concertado y musical —musical en las marchas del coro, musical en la colocación de las figuras, y en sus decires y aun en sus gestos— que todavía sabe a los antiguos bailes de caprípedos en redor de Dionisos.[50]

Así entonces se verá la simetría goethiana en términos de la danza:

Por fin aparece todo el cuadro central de las *Afinidades electivas,* que yo no concibo sino como en danza... como un ejercicio de simetría en función de la naturaleza.[51]

A través de la simetría goethiana se hace la transición a autores modernos como Meredith, cuyo *Egoísta* (en afinidad con la *comedia* española) también se ve en términos de la danza:

baile donde las parejas de amantes convienen, más o menos, en cambiarse la dama, para avenirse según la vieja ley que Goethe llamó: *Afinidades electivas.*[52]

En *La danza de las esfinges,* los dos tipos de mujer representados por la Cándida y la Miss Proserpina de Bernard Shaw están visualizados por Reyes en términos de una danza de dos coros:

[50] "Las tres *Electras...*", *OC,* I, pp. 44-5.
[51] "Sobre la simetría en la estética de Goethe", *OC,* I, p. 86.
[52] "Al margen de Meredith", *A lápiz, OC,* VIII, p. 254.

Las mujeres aparecen mudas, con unas largas colas de silencio arrastrando. El escenario podría ser un salón de baile, terso como un espejo, puro como hielo...
El Coro de Señoras que nos admiran y el Coro de Señoras que nos aman se dividen por mitad el salón, para comenzar una danza gladiatoria.[53]

En los ejemplos anteriores, vemos la danza presentada de acuerdo con tres distintas modulaciones: 1) pura exuberancia ondulatoria, 2) simetría, 3) simetría convertida en oposición o polaridad.

La escala del espectro

Ahora veremos o vislumbraremos la plena extensión de este espectro alfonsino de imágenes, el cual —con ciertas flexibilidades posibles— se podrá concebir como extendiéndose desde la *explosión* a través de la *irradiación,* la *reverberación,* la *refracción* y la *irisación,* hasta la *ondulación,* constituyendo así el eje imaginístico probablemente más importante de la expresión estética alfonsina.

Los cuatro "tintes" centrales de este espectro, *irradiación, reverberación, refracción* e *irisación* —son predominantemente visuales en su énfasis. Es verdad que una impresión sensorial conduce fácilmente a otra: la reverberación en particular tiende a tornarse auditiva. Todo apunta hacia el sentido visual como el sentido primario por el que llegamos a los demás. La sensibilidad auditiva y la olfativo-gustativa mixta son muy pronunciadas en Reyes, y sin embargo la visual sigue siendo la primaria y más inclusiva, con la mayor riqueza de posibilidades:

Los primeros datos de los sentidos son sagrados. No importa que luego resulten rectificables o interpretables. Precioso don el de los ojos, divino presente el de la luz, sin el cual sería imposible disfrutar de las "veinte atmósferas", condensadas —según Gautier— en el ambiente de las *Meninas* de Velázquez, también sería imposible re-

---

[53] "La danza de las esfinges (pesadilla)", *El cazador, OC,* III, p. 96.

presentarse la figura del universo, ya en la antigua imagen de Newton, ya en la actual imagen de Einstein.[54]

Los sentidos entonces serán caminos necesarios a la idea, o vínculos del mundo exterior al concepto puro o a la experiencia subjetiva de ese mundo, siendo la vista el sentido clave en el hombre, quien ha desarrollado más agudamente ese sentido.

La faja central de nuestro espectro es esencialmente visual, teniendo las dos extensiones a cada lado —*explosión* y *ondulación* el papel de "infrarrojo" y "ultravioleta" en este espectro estético: aunque éstas tienen sus expresiones visuales, tienden en general a alejarse de la esfera inmediatamente visual en el reino del dinamismo puro y podrán sostener y dar fuerza dinámica vital a toda la faja central del espectro.

Estructuración verbal del espectro

Será útil en este punto recapitular brevemente los típicos vocablos usados para estructurar las fases sucesivas del espectro estético, es decir, por el momento, sólo darles su sustancia básica o esqueleto, hablando lingüísticamente.

El esqueleto básico de las palabras clave que formarán la estructura verbal de la *explosión*, por ejemplo, incluyen especialmente elementos verbales y nominales: los principales verbos clave son *brotar, romper, disparar, reventar, (hacer) saltar, estallar, estrellarse*, algunos de los cuales recordarán el vocabulario del unanimismo de Jules Romains. Los nombres principales son *estallido, cohete, cápsula explosiva, chispas, caja de Pandora*.

La típica estructuración verbal de la *irradiación* incluye elementos verbales, adjetivales y nominales: los verbos principales de la irradiación son *brillar* y *fulgurar*, con la aparición ocasional de *irradiar* o de *derramar* aplicado a la irradiación de la luz. Los adjetivos más usados para expresar la irradiación son *luminoso, reluciente, resplandeciente*. Los nombres clave son *brillo, fulgor,* y para la variedad auditiva, *sonoridad*.

La *reverberación* emplea una rica variedad de verbos y de

---

[54] "Tres reinos de México", *De viva voz, OC,* VIII, p. 105.

sustantivos en las esferas visual, auditiva y combinadas. En el campo puramente visual tenemos los nombres *reflejo*, *espejo* y *espejismo*. El verbo *reverberar* y el nombre *reverberación* sirven en las esferas visual, visual-auditiva mixta o en la exclusivamente auditiva.

En el campo puramente auditivo hay una riqueza de verbos —*sonar*, *resonar*, *zumbar* y otros como *cascabelear*— así como de nombres —*eco*, *resonancia* y nombres de acciones o fenómenos específicos de reverberación como *carcajada*.

Los verbos básicos para la *refracción* son simplemente *refractarse* y *quebrarse* (en el sentido de descomponerse la luz). Este fenómeno tiende a expresarse más efectivamente por los sustantivos, inclusive los nombres de instrumentos o vehículos ópticos (tales como *prisma* y *calidoscopio*), y los que se refieren a elementos o aspectos de la luz (e.g. *tintes*, *haz de luces*).

La *irisación* tiene su verbo *tornasolar*, aunque podrá alcanzar su efecto mediante una combinación de verbos más sencillos. Los nombres *nácar*, *arcoiris* y sobre todo *tornasol* son más específicamente expresivos de la *irisación*, aunque también el efecto podrá lograrse cumulativamente por medio de componentes más sencillos, verbigracia una serie de tintes o colores como para la refracción. Las formas adjetivales como *abigarrado* y *tornasolado* también son típicas de la estructuración léxica de la irisación.

La *ondulación* suele canalizarse por uno de los verbos como *ondular*, *pulsar* y *palpitar*. También hay adjetivos muy comunes, sin embargo, como *palpitante* y *rítmico*; y especialmente una rica variedad de sustantivos típicamente expresivos de la ondulación: *onda*, *tren de ondas*, *ondulación*, *latido*, *vibración*, *vaivén*, *ritmo*, *impulso*, *pulsación*, *marea*, *círculos concéntricos*, además de figuras como la de la culebra ya mencionada.

Esta armadura o superestructura léxica es la mera materia esquelética básica que podrá servir de fundamento para la elaboración de estas progresiones imaginísticas. Éstas están sujetas, además, a infinitas variaciones, pues no será raro que algún vocablo o combinación léxica no aisladamente expresiva de estos fenómenos adquiera en cierto contexto una nueva aplicación relacionada con este espectro imaginístico.

B) A través del prisma mágico

De prismatismo a ilusionismo y vislumbramiento

Si lo que hemos denominado "el espectro alfonsino" (extendiéndose de la explosión a la ondulación por el camino del espectro visual interior) se puede considerar como el eje central de la sensibilidad imaginística en el estilo de Alfonso Reyes, podremos discernir al menos un eje complementario importante que se extenderá desde el fenómeno de *refracción* o *prismatismo* en una dirección y dimensión distintas, para formar otra progresión predominantemente visual u óptica: de *prismatismo* por *perspectivismo* a *ilusionismo* y *vislumbramiento*.

Es decir, pasamos por el prisma a nuevas dimensiones de ilusión, fantasía o superrealidad. Pasamos por el prisma a lo desconocido, donde vemos a medias cosas sólo adivinadas, expresadas por el concepto hispánico *vislumbrar*.

La primera transición, de prismatismo a perspectivismo, se verá en este pasaje ya citado anteriormente:

Travesuras del tiempo, jugar al calidoscopio con los prismas de la realidad; volver de revés el anteojo, ver un día grande lo pequeño y otro día pequeño lo grande; acercar lo lejano, distanciar los primeros términos, invertir las perspectivas.[55]

La vida misma es una complejidad que no podremos conocer ni ver en su totalidad en un solo momento dado; sólo la podremos ver a medida que se refracte de vez en cuando a través de diversos prismas individuales o enfocada de varios modos por el anteojo o telescopio, cada uno de los cuales nos presenta su ángulo o perspectiva peculiar. Estas perspectivas podrán mezclarse, confundirse o torcerse. Sin embargo, sólo podremos ver y conocer más completamente mediante la adición de todas estas perspectivas, así como nos lo enseña Ortega en su "doctrina del punto de vista".[56]

[55] "Urna de Alarcón", *Caps. de Lit. Esp.*, *OC*, VI, p. 324.
[56] J. Ortega y Gasset, "La doctrina del punto de vista", *El tema de nuestro tiempo*, *Obras*, Madrid: Espasa-Calpe, 1932, pp. 783-8.

Luego, el prisma y el telescopio nos ensanchan la vista en el espacio, en los tamaños, en las distancias y dimensiones distintas.

Por el prisma del ilusionismo

Mientras en un caso el prisma será una mera ventana o mirador para enfocar más claramente la vista o ver nuevas perspectivas, en otro caso un efecto prismático será un sendero que conduce al ilusionismo y al espejismo estético, mágico mecanismo transformador que estimulará la fantasía y la imaginación, llevando desde el mundo real y tangible a mundos mágicos de dramática y obsesionante superrealidad o de fascinadora belleza. Aquí en muchos de los bosquejos ensayísticos de Alfonso Reyes nos acercamos a sus cuentos de fantasía o ficciones visionarias que muy bien pueden incluirse en la categoría literaria que se ha llamado "realismo mágico".[57]

Para la obsesionante visión cósmica que brota de la realidad geográfica corriente por vía del "prisma mágico" de los efectos ópticos ilusionistas, véase esta sensitiva descripción impresionista del lago desecado y temporalmente desaparecido de Cuitzeo en el estado mexicano de Michoacán:

Para encontrar el lago de Cuitzeo hay que ir a buscarlo. Y se queda después, en la fantasía, como un lento balanceo de bruma, cortado por centelleos de sol y poblado con la palpitación de las garzas.
El auto iba salvando una y otra suave colina. Aunque pasaba el tiempo, Cuitzeo no se descubría por ninguna parte. Se alejaba por maravilla, y el suelo corría más de prisa que las ruedas. De pronto, al dominar un alto, se ofreció a la vista una inmensa llanura de aspecto extraño y un si es no es pavoroso. Parecía que íbamos a descender sobre un océano lunar. Conforme bajábamos, mudaba el color de la llanura a efectos de la distinta reflexión. El amarillo irreal

---

[57] Véase, por ejemplo, Ángel Flores, "Magical Realism in Spanish American Fiction", *Hispania, XXXVIII: 2* (mayo, 1955), pp. 187-192; o "El realismo mágico en la ficción narrativa hispanoamericana", *Et Caetera*, Guadalajara, México, 1958. Luis Leal diferencia "realismo mágico" y "literatura fantástica" (*Historia del cuento hispanoamericano*, México: Andrea, 2ª ed., 1971, p. 130).

se iba opacando en oro macizo, en ocre, en café. Pronto comprendimos que aquello era el lecho del lago desecado, la corteza del cataclismo. Al cruzar la cintura del lago por la calzada que conduce a los poblados de la banda opuesta, nos dimos cuenta de que, con la reverberación solar, las lejanías a izquierda y a derecha se emborrachaban de espejismo. Los términos del horizonte, insolados, flotaban sin aplomo; las montañas navegaban al aire. Los hechiceros indios nos habían escamoteado el lago y nos rodeaban de encantamientos.
El suelo era todo de barro, cuadriculado como una masa morena sobre la cual se hubiera estampado un molde en forma de parrilla. Pero los terrones cúbicos aún estaban duros, aún no reventaban con el calor. A la menor escasez de lluvias, aquello podía estallar como un volcán de polvo, exhalando sus torbellinos hasta la ciudad de Morelia. Y acababa de confirmar la impresión de una catástrofe súbita el descubrir aquí y allá unas canoas abandonadas. La imaginación las pintaba agarradas en el fondo por una repentina sumida de las aguas que no había dado tiempo a retirarlas, entre el pánico de los pescadores que huyen como pueden. El rumor de una absorción geológica los ensordece. Los brazos líquidos se les abrazan a las piernas como queriendo arrastrarlos. Se los ve escapar, azorados, entre los embudos giratorios, a grandes zancadas y contorsiones, como el héroe homérico que pelea contra el río indignado.
Nos sofocaba el olor de muerte lacustre. Era inevitable pensar en una invasión creciente de la seca; en los pueblos que se mustian poco a poco por las márgenes, privados de su elemento vital; que en vano sacan procesiones, cruz alzada e imágenes milagrosas, a las que comienzan por implorar con cantos rituales, y acaban por profanar con resucitadas supersticiones de crueldad primitiva. Era inevitable ver venir a las caravanas exhaustas y sedientas, que se arrojan sobre los viajeros para exprimirlos como esponjas, y al fin van cayendo de inanición entre las grietas de la montaña. Inevitable figurarse el avance de la onda estéril que siega gradualmente árboles y hombres, lava invisible y quemadora... Y de repente, uno que logra evadirse y sobrevivir: el joven de los ojos hundidos y ardido corazón; el que llega un día, seco y reptante como una serpiente, hasta los muros de la ciudad vecina. Va a arrojarse ya sobre ella con el resorte de los apetitos contenidos, acusador inexorable de los hombres, de la naturaleza y del cielo.
(Bailan ante nuestros ojos unas manchas rojas y azules. El sol, dios condenatorio, ha obrado sus estragos. Tal ha sido la pesadilla de la

seca. Por unos instantes, la ráfaga de la novela nos había azotado la frente.)[58]

Los dos breves párrafos que abren y cierran este pasaje sirven de prismas verbales o prismas del pensamiento para enfocar la atención del lector en la importancia y el significado del efecto ilusionista como medio transformador. El lago primero se difunde en una suspensión deslumbrante de niebla y de sol con garzas que palpitan en el vuelo. Más tarde se vuelve masa de manchas rojas y azules que bailan. (Al principio, más bien irradiación; al fin, más bien irisación o efecto calidoscópico.)
Hay dos efectos intermedios de enfoque, contenidos dentro de los otros dos, coincidiendo ambos con momentos de movimiento o de cambio de posición geográfica, 1) de reflexión, 2) de reverberación (reflexión intensificada):

1) Conforme bajábamos, mudaba el color de la llanura a efectos de la distinta reflexión. El amarillo irreal se iba opacando en oro macizo, en ocre, en café.

Ahora hay un cambio progresivo de color, o matización, de tintes más brillantes o tintes más apagados, coincidiendo con la idea de descenso, de noche, pesadilla, aproximación a un paisaje y cosmos lunar.

2) Al cruzar la cintura del lago por la calzada que conduce a los poblados de la banda opuesta, nos dimos cuenta de que, con la reverberación solar, las lejanías a izquierda y a derecha se emborrachaban de espejismo. Los términos del horizonte, insolados, flotaban sin aplomo; las montañas navegaban el aire.

En este caso se nos regala la vista con un espectáculo progresivamente deslumbrante de efecto multidimensional. Notaremos también la emergencia de efectos visuales que forman la cadena *irradiación-reverberación-irisación:* los dos ejes se complementan.

Se nos señalan las posibilidades estéticamente transforma-

---
[58] "De Cuitzeo, ni sombra", *Verdad y mentira*, pp. 327-31.

doras y estimuladoras de tales efectos ópticos que podrán llegar a cambiar enteramente la perspectiva interior y trasladar la mente a otros periodos históricos, prehistóricos o poshistóricos —en una observación que aparece anteriormente en este mismo texto:

El vetusto reino, que se mantenía alejado del imperio azteca como una unidad suficiente, parece brotado de los lagos. Un raro prestigio lo envuelve. En los juegos de la luz y el agua, pierde el presente su densidad, su bulto, y se deja atravesar radiosamente por las ensoñaciones históricas.[59]

Las posibilidades de resurrección del pasado personal o de una porción limitada de un pasado histórico nacional, a través de un estímulo estéticamente evocador, parecen casi tan ricas en estas excursiones recreadoras ensayísticas de Alfonso Reyes como en las exploraciones novelísticas de Marcel Proust.

Por estos estímulos sucesivos, Reyes nos lleva a asomarnos a un mundo fantástico de tres dimensiones:

1) Un hipotético paisaje lunar: "Parecía que íbamos a descender sobre un océano lunar." 2) El mundo indio de los hechiceros y encantamientos. Además, esto tiene alguna semejanza parcial con el mundo mítico-fantástico de Don Quijote que explora Reyes en "Frestón" *(El cazador),* mundo de hechizos, en donde Dulcinea es encantada por Merlín y los libros de Don Quijote se los lleva "el sabio Frestón". 3) El mundo helénico del héroe homérico: "Se los ve escapar, azorados entre los embudos giratorios, a grandes zancadas y contorsiones, como el héroe homérico que pelea contra el río indignado."

Las esferas 1) y 3) se dan la mano, entrelazándose con un extraño mundo geológico de aterradoras proporciones y de alguna hipotética era prehistórica, o bien poshistórica, sugiriendo algo de la pavorosidad futurista de la ficción de H. G. Wells o del sensitivo futurismo estético del Pedro Salinas de *La bomba increíble.*

Cada uno de los dos primeros enfoques ópticos resulta en su

[59] *Ibid.,* p. 325.

efecto transformador o conclusión meditativa específica: 1) el primer centelleo de niebla y sol, seguido de un movimiento de retardación ("Cuitzeo no se descubría por ninguna parte") lleva a la visión del paisaje lunar. 2) La próxima reflexión y reverberación con matizaciones de color, etc., lleva a la visión mítica india. 3) La visión ahora ha ganado impulso cósmico y brota en la más amplia dimensión futurista-legendaria, cristalizando en la insinuada reacción explosiva: "A la menor escasez de lluvias, aquello podía estallar como un volcán de polvo...", extendiéndose hacia adelante y hacia atrás hasta la leyenda homérica. 4) Con un ritmo de fatalidad acentuado por la triple reiteración "Era inevitable... Era inevitable... Inevitable...", el drama cósmico rueda hasta su conclusión: "Va a arrojarse ya sobre ella con el resorte de los apetitos contenidos, acusador de los hombres, de la naturaleza y del cielo." 5) El enfoque se retrae y se refiltra por un efecto vibratorio final de movimiento y de color, la última incandescencia morosa, parecida al último efecto visual de la *Visión de Anáhuac*. Reenfocamos hasta volver a la realidad, pero dejando el eco de la excursión por la fantasía, con la posibilidad de alguna futura reevocación y reexploración en tales direcciones o en direcciones nuevas.

Vislumbramiento

Vislumbramiento es la faceta o modulación peculiarmente hispánica del *ilusionismo* y que podrá convivir o entrelazarse con el tipo de ilusionismo anteriormente descrito (que lleva de la realidad superficial a los mágicos reinos de la fantasía), o que podrá existir independientemente. Donde el *vislumbramiento* es el punto terminal, se deja la visión del lector en un estado de suspensión y de ambigüedad mientras él se aventura por el camino de lo desconocido, donde ve a medias, adivina, forma visiones, pero queda en los temblores de la duda, la contradicción, la paradoja, la hipérbole vacilante. Es el equivalente artístico de la *fe dudosa* de Miguel de Unamuno, que afirma frente a la incertidumbre. Es el equivalente estético-lingüístico del sentido de la existencia vital de la atmósfera en Velázquez o de la corporificación de las formas espirituales en El Greco.

Del latín *vix* equivalente al español *apenas,* más *luminare (iluminar, alumbrar)* recibimos la palabra española *vislumbrar:* "ver débilmente, conjeturar por algunos indicios"; [60] "ver tenue o confusamente... por la distancia o falta de luz; conocer imperfectamente o conjeturar por leves indicios".[61]

La inclinación peculiarmente hispánica al *vislumbramiento* encuentra en la sensibilidad del estilo de Alfonso Reyes un eco muy fuerte. En el mismo pasaje que se acaba de analizar para entrar por la puerta prismática en el ilusionismo mágico, percibimos algunos de los rasgos muy característicos de este entrever y esta ambigüedad visionaria hispánicos:

En los juegos de la luz y el agua, pierde el presente su densidad, su bulto, y se deja atravesar radiosamente por las ensoñaciones históricas.

Miramos hacia el lago y entrevemos este lago, sin saber exactamente lo que vemos: si es un lago o no, si es luz o agua o ambas, si estamos en el presente, en el pasado o en ambos o ni uno ni otro. Luz-agua, presente-pasado están en suspensión, polarizados uno contra el otro.

Y los ecos de la silvestre música ruedan sobre las aguas y se van quebrando por las colinas, como si los lagos espejaran, no sólo la luz: también el son; no sólo el movimiento que se ve: también el *movimiento que se oye,* de que mucho hablaron los filósofos griegos.

En este hermoso efecto duplo de reverberación y ondulación, también se puede ver el desbordamiento sinestésico del *vislumbramiento* en el campo auditivo. Vemos y oímos, pero sólo vemos y oímos a medias. Vemos oscuramente, no enteramente seguros de si vemos u oímos, o de lo que vemos y oímos, etcétera.

Para encontrar el lago de Cuitzeo hay que ir a buscarlo. Y se queda, después, en la fantasía, como un lento balanceo de bruma, cortado por centelleos de sol y poblado con la palpitación de las garzas.

[60] *Pequeño Larousse Ilustrado* (París: Lib. Larousse, 1948).
[61] Real Academia Española, *op. cit.*

Buscamos el lago: ahí está. ¿Pero está? Ora lo vemos, ora no lo vemos. Ora está ahí, ora se ha ido. ¿Es un lago? ¿O sólo una niebla reluciente? ¿No fue más que una fantasía?

Cuitzeo no se descubría por ninguna parte... De pronto..., se ofreció a la vista una inmensa llanura de aspecto extraño y un si es no es pavoroso. Parecía que íbamos a descender sobre un océano lunar... Pronto comprendimos que aquello era el lecho del lago desecado, la corteza del cataclismo...

El lago se evade, se esconde. De pronto vemos: pero es algo indefinido, misterioso y desconocido, "un si es no es pavoroso" —algo un tanto espantoso, vagamente aterrador, "un si es no es",— lo es, pero no lo es —luego *parece* tratarse de un paisaje oceánico lunar—. Ahora hemos saltado la frontera, quedando en plena fantasía. Un momento después, de repente nos damos cuenta de la verdad puramente objetiva de que éste es el lecho de un lago desecado, pero la verdad objetiva no basta para mantenernos en el plano de las realidades superficiales, sobrias y claramente definidas, y el *vislumbrar* abre el paso al pleno fantasear cuando llegamos al *cataclismo,* seguido de cerca de *encantamientos* y el libre vagar de la imaginación.

Reyes se ha revelado no sólo como un gran visualizador en el sentido más elemental sino un gran *vislumbrador,* en la línea de Santa Teresa y Cervantes.

Los dos ejes

Ahora podemos ver uno contra el otro los dos ejes imaginísticos alfonsinos. Lo que hemos llamado el espectro alfonsino, extendiéndose de la explosión a la ondulación, puede considerarse como el eje horizontal que abarca la amplia y diversa latitud de sus reacciones imaginísticas. El segundo eje, comprendiendo la serie que se extiende del prismatismo al perspectivismo, ilusionismo y vislumbramiento, puede considerarse como el eje vertical o eje de profundidad que se proyecta en múltiples dimensiones.

IV. FACETAS DEL PRISMA

Modos estilísticos

Hasta ahora nos hemos acercado a las imágenes de Alfonso Reyes desde dos perspectivas: 1) desde la de las categorías temáticas, 2) desde la de los "ejes" estéticos formados por ciertas cadenas de imágenes orgánicamente relacionadas.

Todavía hay una tercera manera de ver las imágenes de Alfonso Reyes: en términos de una serie de "modos" o modulaciones estilísticas constituidas no sólo por grupos de imágenes temáticamente relacionadas sino por distintas actitudes estilísticas complementarias expresadas cada una por su propio repertorio de imágenes.

Sin pretender agotar las posibilidades, destacaremos diez de estos modos estilísticos sobresalientes, diez "temperamentos" que se agregan en la personalidad estilística del escritor Alfonso Reyes: el *científico*, el *culinario*, el *plástico*, el *musical*, el *popular*, el *heráldico*, el *mitológico*, el *dramático*, el *cinemático* y el *metamórfico*.

El modo "científico"

El ver y el sentir el mundo como poeta de ningún modo excluye para Reyes la posibilidad de mirarlo analíticamente como científico. Por otro lado, el poeta podrá proporcionar materia lingüístico-verbal o imaginística que ayudará al científico a ver claro. Y en cambio, la actitud científica facilita al poeta otra perspectiva metafórica.

Una de las maneras más sencillas en que Reyes aplica la visión científica al campo artístico, es su frecuente caracterización del análisis literario en términos de mirar un espécimen bajo el microscopio:

Así, en el párrafo que tenemos sobre la platina del microscopio,...[1]

---

[1] "El revés de un párrafo", *La Exp. Lit.*, *OC*, XIV, p. 130.

Tal es el universo que el microscopio descubre en el interior de una sola célula literaria.[2]

Reyes realiza en *El deslinde* uno de los análisis más sistemáticamente rigurosos de los límites del fenómeno literario. Pero la posible sequedad de una investigación concentrada y exhaustiva está estilísticamente aliviada e iluminada por imágenes que parecen surgir de la propia situación tratada, tomadas especialmente del campo científico. En este pasaje, por ejemplo, la química está elevada a las dimensiones de la poesía al usarse como imagen para una exposición de semántica literaria:

... Y antes de confrontar la literatura con la no-literatura, tenemos que emprender una decantación previa que separe el líquido del depósito. Nuestro objeto será reconocer el líquido como tal líquido y el depósito como tal depósito, pero en manera alguna negar el derecho, y menos la existencia de las distintas mezclas... Hecha la levigación, más de una vez volveremos a remover los pozos, que nos servirán como reactivos para la expresión de ciertas virtudes implícitas.[3]

Las imágenes "científicas" podrán derivarse de la astronomía, la geometría, la fisiología y especialmente, para Reyes, de la medicina. La reaparición persistente de los errores de imprenta le afecta como una plaga imborrable de evasivos microbios.[4]

Otra proyección de la actitud científica en el mundo literario la efectúa Reyes para diagnosticar los males del estancamiento literario:

Un tratado de microbiología literaria tendrá que identificar algún día, tendrá que cazar con treta y maña, esa inaprensible mosca tsetse que produce, en la mente y en las palabras, el mal del sueño, la parálisis y, al cabo, la muerte...[5]

[2] "Un tema de *La vida es sueño*", *Caps. de Lit. Esp., OC*, VI, p. 242.
[3] *El deslinde, OC*, XV, p. 44. La imagen está ampliada todavía más en la p. 45.
[4] "Escritores e impresores", *La Exp. Lit., OC*, XIV, pp. 184-5.
[5] "De microbiología literaria", *Simp. y Dif., OC*, IV, pp. 375-7.

Finalmente, Reyes ha escrito todo un ensayito familiar y caprichoso basado en la expansión de las operaciones higiénicas incidentales que componen la *toilette* diaria en una "ojeada de la vida diaria por el científico", en que la atención documental al detalle linda con la fantasía y desarrolla algunos paralelos interesantes entre las costumbres humanas y animales.[6] La perspectiva del científico aquí funciona al servicio del humanismo multiperspectivista de Alfonso Reyes que constantemente está tratando de entender al hombre desde distintas facetas.

Pero como la Verdad suele resultar más extraña que la Ficción, y las perspectivas literarias alfonsinas descubren paralelos y contrastes entre las hormigas y el Segismundo calderoniano, o implicaciones antropológicas de las actitudes del Cid o de Julián el Apóstata hacia las barbas, todo esto parece algo sacado de los cuentos árabes:

—Me parece que su día vale por las Mil y Una Noches.[7]

De tales maneras Reyes muchas veces pasa del Hecho a la Fantasía, así como en otros ensayos descubre "la poesía del archivo"[8] o "la musa de la geografía".[9]

El modo "culinario"

Un epicúreo literario se revela nuestro Don Alfonso, comparable con un Brillat-Savarin, un Albert Thibaudet, con el Alphonse Daudet de los *Paisajes gastronómicos*. Gocemos con él las deliciosas reminiscencias alfonsinas de sus aventuras en el variado saborear, en esas sus *Memorias de cocina y bodega;* o sea en sus chispeantes variaciones sobre un menú en verso, la incomparable *Minuta*. No nos extrañaremos, por otro lado, de encontrar toda su prosa ensayística llena de imágenes culinarias, de interpretaciones de sus saboreos gustativos con los literario-culturales.

[6] "El 'Petit lever' del biólogo", *Marginalia, Primera serie (1946-1951)*, pp. 19-26.
[7] *Ibid.*, p. 21.
[8] "La poesía del archivo", *Simps. y Dif.*, OC, IV, pp. 74-7.
[9] "La musa de la geografía", *ibid.*, pp. 70-3.

El procedimiento de enseñar una lengua se parecerá al fino arte del bien cocinar, donde hace falta la práctica directa y no bastará sacar las recetas del libro:

El secreto de la enseñanza, aquí como en todo, es el ejercicio. Los libros de recetas no hacen a los buenos cocineros, sino sólo la continua práctica en el fogón.[10]

Como un vino distintivo, poseerá la poesía o la prosa un sabor estético característico, peculiar de una época o de un escritor individual:

De todos ellos, Urbina es el único cuyo vino guarda el resabio inconfundible del odre romántico.[11]

El tiempo que obra sobre un arte popular será quizá como la sazón para un plato suculento:

El ingrediente de tiempo que al principio dijimos, algo como una sazón o cocinamiento que el producto adquiere al correr las épocas y los pueblos.[12]

Un elemento cultural nacional o extranjero será como condimento doméstico o exótico:

El condimento mexicano —creedlo— es lo bastante fuerte para que no nos alarme la adopción de una que otra liebre extranjera.[13]
Yo no hubiera comprendido entonces que R... Poincaré encontrara encanto en el saborcillo de la prosa francesa de Francisco García Calderón...; el encanto que yo mismo he encontrado más tarde en algún regusto catalán de Eugenio d'Ors...; bebidas fermentadas que hoy paladeo con agrado indecible.[14]

Una de las más abarcadoras de las imágenes alfonsinas de esta índole, y que se repite en diversas formas en distintos sitios,

[10] "Discurso por la lengua", *Tent. y Orient.*, *OC*, XI, p. 325.
[11] "Recordación de Urbina", *Pasado inmediato...*, *OC*, XII, p. 271.
[12] "Marsyas...", *La Exp. Lit.*, *OC*, XIV, p. 58.
[13] "A vuelta de correo", *OC*, VIII, p. 445.
[14] "De la traducción", *La Exp. Lit.*, *OC*, XIV, pp. 143-4.

es la que muestra la moderna civilización como un banquete al que llegó tarde la América Hispana, teniendo su aspecto a la vez afirmativo y negativo:

Si validos de nuestro leve peso histórico y hasta de haber sido convidados al banquete de la civilización cuando ya la mesa estaba servida lo cual nos permite llegar a la fiesta como de mejor humor y más descansados . . . [15]
Llegada tarde al banquete de la civilización europea, América vive saltando etapas, apresurando el paso y corriendo de una forma en otra, sin haber dado tiempo a que madure del todo la forma precedente. A veces, el salto es osado y la nueva forma tiene el aire de un alimento retirado del fuego antes de alcanzar su plena cocción.[16]

En otro caso, una vívida imagen culinaria —la de una "cocina de palabras"— constituye un breve ensayo entero: basado en algunos datos filológicos, llega a ser una divertidísima fantasía semántica a la vez que meditación simbólica que alcanza las orillas de la metafísica:

El cocinero —hombre gordo y de buen humor— iba cociendo aquellos bollos crudos, aquellas palabras a medio hacer, con mucha paciencia y comedimiento.
Metí al horno una palabra hechiza y la espolvoreaba un poco, con polvo de acentos locales, y la devolvía a su inventor, que se iba tan alegre, comiéndosela por la calle y repartiendo pedazos a todo el que encontraba.
Un día entró al horno la palabra "artículo", y salió del horno hecha "artejo". "Fingir" se metamorfoseó en "heñir"; "sexta" en "siesta"; "cátedra" en "cadera".
. . . Y una mañana . . . se presentaron en la cocina con un vocablo enorme, como una inmensa tortuga, que apenas cabía en el horno. Y echaron el vocablo al fuego. Este vocablo era "Dios".
. . . Y no sabemos lo que saldrá, porque todavía sigue cociendo.[17]

En los ejemplos anteriores, nuestro tema *(o significado)* ha sido la cultura o la educación o la lengua o la literatura, y las

[15] "Discurso por Virgilio", *OC*, XI, p. 174.
[16] "Notas sobre la inteligencia americana", *Última Tule, OC*, XI, pp. 82-3.
[17] "El cocinero", *Calendario, OC*, II, p. 328.

imágenes culinarias hacen el papel de *significante;* la proyección figurada de lo abstracto hasta otro mundo concretamente visualizado o sentido gustativamente, etcétera. ¿Qué ocurrirá cuando volvamos la mirada a las *Memorias de cocina y bodega,* libro entero en que ahora nuestro tema primario es el de las cosas del buen comer y del buen beber?

Pues he ahí, lo más lógica y naturalmente, que se invierten los términos y ahora se usarán las manifestaciones lingüístico-literarias como imágenes para describir o realzar las delicias gustativas. Podrá empezar Reyes por uno u otro de estos dos campos de su predilección —lengua-literatura y cocina— proyectándose imaginísticamente hasta el otro.[18] Entre sus imágenes más sorprendentes y refrescantes se encuentran precisamente ciertas de estas "imágenes culinarias al revés", que empiezan con lo gustativo y luego se proyectan hasta el reino literario-lingüístico:

Un Saumur, transparente como un topacio, chispeante como un chorro de humorismo lírico, frío sin llegar a helado, es lo mejor para comenzar una comida.[19]
En Europa el chocolate corría de tierra en tierra, cambiando de fórmula y de sabor a modo de una lengua que se va esparciendo en dialectos.[20]

Así Reyes constantemente salpicará sus experiencias y discusiones culinarias de referencias literarias. Ahí no se detiene, sin embargo: desde el eslabón lingüístico-culinario, se extenderá en profundidad y en altura hasta la psicología del carácter nacional mexicano, por ejemplo, o hasta los misterios metafísicos y también se irradiará en anchura, alcanzando las interrelaciones con todas las demás artes, notablemente la pintura:

El guiso mexicano y la jícara pintada con tintes disueltos en aceite de chía obedecen a un mismo sentimiento del arte. Y se me ocurre

---

[18] Dámaso Alonso describe la reversibilidad de las imágenes en su "Poesía arábigo-andaluza y poesía gongorina" ("Imágenes reversibles"), *Estudios y ensayos gongorinos* (Madrid: Gredos, 1955), pp. 48-9.
[19] *Memorias de cocina y bodega,* p. 92.
[20] *Ibid.,* pp. 123-4.

que la manera de picar la almendra o triturar el maíz tiene mucho que ver con la tendencia a despedazar o "miniaturizar" los significados de las palabras mediante el uso frecuente del diminutivo... Pero el sentido suntuario y colorista del mexicano tenía que dar con ese lujoso plato bizantino, digno de los lienzos del Veronés, o mejor, los frescos de Rivera... "mole de guajolote"... "Entre los pucheros anda el Señor" —dice Santa Teresa—; y las monjitas preparan el mole con la misma unción que dan a sus rezos.[21]

El fluido sentido del artista que ve interrelaciones en todas las cosas nos lleva de la mano por una cadena de asociaciones infinitas: desde lo culinario por entre lo pintoresco-plástico, hasta lo lingüístico, lo sociológico-comparativo, de vuelta a lo culinario hasta lo metafísico... de nuevo lo pintoresco, lo culinario, lo lingüístico, lo metafísico, lo antropológico y al fin, para descansar en lo teológico-culinario, con ecos del hispánico espíritu teresiano. ¡Cuántas miradas nos ha proporcionado Don Alfonso, por cuántos caminos nos ha llevado a través de lo culinario!

El modo "plástico"

No hay habla melódicamente neutra. Todos cantamos y sólo percibimos la canción ajena. La propia se nos borra como un perfume habitual. Oímos la tonada en la voz del vecino y no la sinfonía en la propia.[22]

La sensibilidad artística de Alfonso Reyes incluye una acentuada sensitividad a los placeres y valores estéticos de las impresiones sensoriales, sean visuales, auditivas, olfativas, gustativas, táctiles, o espaciales y cinéticas, individualmente y en combinaciones.

El propio Reyes ha catalogado las diversas impresiones sensoriales como posibles estímulos literarios en *Los estímulos literarios*.[23] Amado Alonso ha citado ejemplos de la transmisión de impresiones visuales por Reyes en *Horas de Burgos*, como

---
[21] Léase todo el pasaje, *Ibid.*, pp. 126-31.
[22] "Aduana lingüística", *La Exp. Lit., OC,* XIV, pp. 163-4.
[23] *Tres puntos de exegética literaria, OC,* XIV.

típicos del estilo "impresionista" que resulta ser "desimpresionista".[24]

Estas múltiples impresiones sensoriales en Alfonso Reyes muy a menudo se fusionan y pasan por los canales del sensorio y de la memoria para producir reacciones evocativas y cadenas de asociaciones de una impresión sensorial a otra y entre diversas ideas e impresiones sensoriales, de un nivel temporal o espacial a otro, etc., en casi infinitas permutaciones posibles, creando una fusión plástica sumamente móvil que representa uno de los aspectos fundamentales del estilo alfonsino. La impresión inmediata sobre el lector es la de una prosa fluida, manejable, dinámica, siempre flexible y capaz de conducir sin transición desmañada de una cosa a cualquier otra.

Aunque Reyes niega su adhesión explícita a la teoría estética de la *sinestesia* ("¡Oh sinestesia, cuántos crímenes se habrán cometido en tu nombre!")[25] y no caerá en los extremos epitomados por las "vocales de color" de Rimbaud o las sinfonías en licores del Des Esseintes de Huysmans, sin embargo, sus fusiones dinámicas de diversas impresiones sensoriales constituyen un multisensorialismo muy afín a la sinestesia. Una impresión sensorial en un campo llevará fácilmente a una impresión o reacción en otra, aunque no haya correspondencia específica de nota-por-tinte o lo que sea. En el poema "Yerbas del Tarahumara",[26] Reyes habla de los indios de Chihuahua que beben una infusión de cierta yerba que produce una experiencia sinestésica transformando lo auditivo en visual: "sinfonía lograda que convierte los ruidos en colores"; y de ahí la especulación sobre "el día que saltemos la muralla de los cinco sentidos".[27]

Este fluido mezclar y movimiento de las impresiones senso-

---

[24] Amado Alonso, *et. al.*: *El impresionismo en el lenguaje* (Buenos Aires: U. de B. A., Inst. de Filología, 2ª ed., 1942), pp. 67-68, 96, 208-11.
[25] *Memorias de cocina y bodega,* p. 165; y todo el "Descanso XVII", pp. 156-65.
[26] "Yerbas del Tarahumara", *OC,* X, pp. 121-3.
[27] *Ibid.*, p. 122. V. otras referencias al *Peyotl* o *Mezcalina* en "Ofrenda al Jardín Botánico de Rio-Janeiro", *Norte y sur;* "Interpretación del peyotl", *Los trabajos y los días;* "La mezcalina", *Las burlas veras* (II), Nº 133, pp. 78-81.

riales de efecto estético es lo que nombramos "modo plástico" en el estilo. Entendemos *plástico* en un sentido amplio, para abarcar más que los campos pictórico y escultórico, es decir para acentuar la plena plasticidad y fusionabilidad de "todos los sentidos" [28] en el estilo del escritor. Nótese la definición (2ª acepción) de la Real Academia Española, *"plástico:* ... dúctil, blando, que se deja modelar fácilmente".[29]

Abunda en ricos ejemplos de esta calidad plástica el libro *Cartones de Madrid,* del que señalaremos especialmente las dos joyas perfectas "Voces de la calle" y "Canción de amanecer".

Voces de la calle al lector de hoy le habrá de parecer de sabor proustiano por su insistencia en el poder evocativo de los gritos en la calle, por su modo de filtrar diversos recuerdos visuales y auditivos por el embudo de los estímulos auditivos, reminiscentes ahora de las aventuras subjetivas de Albertine y del narrador en *La prisonnière.*[30] En realidad se trata de algo preproustiano, o al menos concebido independientemente, antes de la aparición del libro de Proust.[31]

Además de esta afinidad proustiana, el propio Reyes señala en "Voces..." un antecedente mallarmeano y un antecedente en Kipling:

Como la pipa en Mallarmé engendra un viaje, así me resucitan las ciudades en un ruido, en una tonada callejera.

En Mallarmé y en Reyes, un estímulo en un campo sensorial evoca toda una aura de vagas impresiones mixtas en otras esferas, creando el efecto de fusión. La pipa con sus impresiones

---

[28] V. el título "Todos los sentidos" para una sección del libro *Tren de ondas.*

[29] Real Academia Española, *op. cit.*

[30] V. Marcel Proust, *La prisonnière* (París: Gallimard, 1923), páginas 158-63, 172-9, 186-9.

[31] N. B. *Cartones de Madrid,* 1917; *La Prisonnière,* 1923. V. anticipaciones de Proust, Gide y Claudel discutidas por J. M. González de Mendoza, "A. R. y su 'Reloj de sol'", *Revista de Revistas,* XVII: 872 (23 de enero 1927), p. 32. También V. la observación de A. R. de fecha 9-IV-1932 en *Las vísperas de España, OC,* II, p. 265. Las voces de la calle están tratadas también en el poema de A. R., "Pregones madrileños".

olfativas-mixtas evoca todo un viaje con sus múltiples sensaciones posibles. Un solo estímulo auditivo —ruido, tonada— llevará a Reyes a través de las ondas de recuerdo y asociación a una ciudad, con sus diversos estímulos auditivos, visuales y otros:

¿No es Kipling quien habla de los olores del viaje? El tufo de camello en Arabia, el vaho de huevos podridos en Hitt, junto al Eufrates, donde Noé rajó las tablas para el arca; de pescado seco en Nurma...
El oído posee la misma virtud de evocación, los gritos de la calle contienen en potencia una ciudad como el S. P. Q. R., o como el pellejo de la res de Cartago.

En este ejemplo las impresiones olfativas son especialmente intensas, y los olores exóticos evocan los más diversos recuerdos exóticos; en los campos zoológico, culinario, etc., de distintos lugares y tiempos, pasando de lo olfativo a lo visual, gustativo, temporal, lo olfativo se parece a lo auditivo en su poder de evocación; y así pasamos plásticamente de la evocación olfativa a la auditiva y cada una se ramifica en diversas impresiones evocadas.

La evocación auditiva efectuada por Alfonso Reyes al pasar del grito a toda una ciudad (multisensorial) se fusiona luego (por dos símiles) con las posibilidades evocativas del lema heráldico S. P. Q. R. y con otro poderoso estímulo olfativo, el del cuero en Cartago.

Se efectúa al mismo tiempo una fusión temporal y geográfica con las referencias a "S. P. Q. R." y Cartago, entre el París-México-Madrid de hoy y Roma-Cartago.

—*Haricots verts!*
Miro una humanidad opulenta roja, rubia, los lomos doblados, empujando el carro de verdura por aquellas avenidas de París. Oigo las coplas de los cantadores de mi calle: el del lunes, picante, oportuno, la voz gruesa; el del jueves, escuálido, inservible, con un cuchillito de voz que taladra el tímpano:
—*On dit, on dit...!*
El del sábado, un muchacho de insolente cara, a quien lleva de la mano su madre, y que echa unos alaridos agrios como si escupiera

astillas de metal. El órgano del jorobadito que hace llorar, gimiendo en la niebla sus dulzuras. El tirolizante que vibra sus maravillosos ecos en medio de la indiferencia de París, como aquel tamborilero de Provenza que dice Daudet ("tu — tu, pan —pan!"); y el declamador patriótico de los últimos días, anciano severo, cano, barbado, verdadero miembro del Instituto, vestido de negro y con dignidad:

> *Sonnez clairons, sonnez cymbales:*
> *On entendra siffler les balles!*

En tanto que pasea la calle —la izquierda en el corazón y la diestra en alto— le abollan la chistera unas monedas de cobre arrojadas desde los balcones por invisibles manos.

El estímulo auditivo específico del vendedor ambulante de París que grita "Haricots verts!" evoca ahora un cuadro costumbrista completo, una escena de la calle, con sus distintos personajes típicos —en todas sus ricas dimensiones visuales y auditivas: desde un solo estímulo auditivo a diversas impresiones visuales hasta sucesivas impresiones auditivas muy vivas con matices de otras.

Las vivas notas auditivas intermitentes, que aquí puntúan como ecos el fondo visual, son siete: 1) el "canto" del vendedor del lunes; 2) el del vendedor del jueves —estos dos con la voz muy precisamente caracterizada (como para dar gusto especial al entonacionista don Tomás Navarro)— el segundo con la sugerencia del cuchillo que taladra; 3) los gritos agudos del chicuelo insolente (también con sugerencia ásperamente metálica); 4) el órgano del jorobadito, con tonos de sentimentalismo; 5) la voz del tirolizante con sus ecos, y el efecto paralelo del tamboril provenzal; 6) el declamador local con sus coplas; 7) el resonar de los cobres arrojados al declamador.

La fusión de todas estas impresiones visuales y auditivas en sucesión produce una sensación panorámica global de vida pululante de la calle, como una cornucopia de cosas vistas y oídas, que proceden todas de la impresión evocadora inicial. Los ritmos, las rimas y los ecos todos forman parte de este proceso general de fusión plástica. Las palabras *el oído, miro, oigo*, subrayan el cambio del plano auditivo al visual y de nuevo al auditivo.

En otro tiempo, por las calles de mi país, seguí atentamente las modificaciones de cierta tonada popular, al pasar de una esquina a otra. En mi casita del Fresno era rotunda, ondulante; en mi casita del Cedro, caricaturesca y angulosa; más allá, se opaca, se funde con otra, muere al fin.
Monterrey, toda mi ciudad de sol y urracas negras, de espléndidas y tintas montañas y de casas bajas e iguales, toda vive en aquellos gritos de sueño y mal humor, vaporizados en el fuego de las doce:
—¡Chaaaramusquerooo...!
Y aquel encantador disparate:
—¡Nogada de nueeeez...!

Flotamos mentalmente, regresando a otro tiempo y lugar, a Monterrey —siguiendo una tonada de un punto a otro en sus distintas modulaciones, sintiendo dimensiones casi escultóricas (espaciales, lineales, geométricas) en este estímulo auditivo. Luego viene una llamarada visual más amplia de la ciudad de Monterrey, con ciertos detalles que se perfilan; finalmente seguimos el sendero que regresa al doble estímulo auditivo de los gritos de los dos vendedores regiomontanos, "Charamusquero" y "Nogada de nuez". En las judías anunciadas por el vendedor parisiense y especialmente en los dulces ofrecidos por el mexicano tenemos el vínculo también con la esfera gustativo-culinaria.

San Luis Potosí es un toque de cuerno: cuando visité esta ciudad, los conductores de tranvías usaban unos cuernecillos del tamaño del puño. Oigo el cuerno y, en una curva de rieles, veo un tranvía que aparece y desaparece... San Luis, ciudad fría: la niebla sobre la alameda, confundida con las humaredas de la estación en que los pájaros se ahogan.
El último día de Veracruz me persiguió por toda la ciudad el grito de un frutero. Allí resuena la voz como dentro de una gran campana; la tierra es de cobre bajo el sol; tráfago del puerto.
Madrid está llena de canciones: por cada una de mis ventanas miro otras quince o veinte, y en todas hay una mujer en faena, y de todas sale una canción. La zarzuela de moda impone coplas, estropeando a un tiempo la espontaneidad y la tradición. Todo este año me ha rascado las orejas *El amigo Melquiades.*

Las voces de la calle han llegado a ser un prisma simbólico por el que damos una gira por asociaciones y evocaciones, de varias ciudades que Reyes ha conocido: París, Monterrey, San Luis Potosí, Veracruz, Madrid. De ahí que sigan predominando las notas auditivas, por las que la evocación de una ciudad se funde sucesivamente en otra. Sin embargo, hay fusiones y vinculaciones interiores de una sensación a otra, y vuelve a subrayarse la progresión auditiva-visual-auditiva en los verbos o combinaciones de verbos y sustantivos: *oiga, veo, miro* u *oigo, veo, resuena la voz, miro, sale una canción*. De nuevo recibimos un efecto casi sinestésico por la sugestión de estímulos en un campo y respuesta en otro campo sensorial: el estímulo auditivo del cuerno en San Luis Potosí evoca la respuesta visual de la aparición del tranvía, seguida de las sugerencias termo-táctiles de fría humedad y humo sofocante. La próxima nota auditiva —el grito del frutero en Veracruz— reverbera ("Allí resuena la voz como dentro de una gran campana"), llevando consigo otra sensación visual ("la tierra es de cobre bajo el sol": el *cobre* parece reflejo de la *campana).* La unidad auditiva final —las canciones en Madrid— es un proceso de reverberación extendida que incorpora una secuencia auditiva-visual-auditiva: afirmación auditiva ("Madrid está llena de canciones"); luego un estímulo visual ("por cada una de mis ventanas miro otras quince o veinte...") que evoca una respuesta auditiva ("y de todas sale una canción"), el reverso del estímulo auditivo con respuesta visual visto arriba.

En *Canción de amanecer* el fluir de las sensaciones sigue un proceso de filtración como a través de un embudo, o sea un proceso telescópico en que una escena central de interés psicológico-humano, acentuada auditivamente, se rodea o se encuadra en dos progresiones transicionales: 1) la primera, de visual a táctil a auditiva, 2) la final, al revés, de auditiva a táctil a visual.

El modo "musical"

Como ramificación de uno de los hilos sensoriales del modo "plástico" (el auditivo) concebimos el que ahora nombramos "el modo musical".[32] Ya se habrá notado cómo iniciamos dicho subcapítulo citando una de las múltiples imágenes musicales de Reyes (con su toque olfativo), y cómo éstas tienden a andar inmiscuidas sinestésicamente con otras diversas impresiones sensoriales.

Desde nuestras primeras tentativas por clasificar la imaginería de nuestro poeta y prosista poético, nos había impresionado siempre (junto con aquella extraordinaria sensitividad plástico-visual) el finísimo sentido acústico o auditivo, en fin el "oído musical" de Alfonso Reyes. Siguen resonando en nuestros oídos la ululante "queja de la chirimía" de la *Visión de Anáhuac* (final de la Primera Parte) y esas *Voces de la calle* de los *Cartones de Madrid*. Ya sabíamos que para Reyes al mismo tiempo "la poesía es el baile del habla" o "danza de la palabra"[33] y que literatura es poesía y poesía es cantar.[34] Baile, ritmo, música y palabra se enlazan entrañablemente.

Así es que no debería sorprendernos la aparición al vuelo, entre las páginas de *Monterrey* (su "correo literario"), de una "nueva" imagen auditiva, precisamente a propósito de la palabra acústica pura que es la *jitanjáfora*: "No me decido a abandonar mi sonaja, que cada día da nuevos sones."[35]

Y sin embargo la multidimensionalidad de la imagen cae al oído con todo el impacto de una fresca novedad, es decir con sorpresa, deleite, sugestividad.

O bien, explorando la correspondencia de Reyes con J. L. Borges, nos sorprende la naturalidad con que surge en el trato

---

[32] Nos extrañó la afirmación de un comentarista que por otros conceptos estimamos mucho, José Alvarado ("El imperativo moral de A. Reyes", en [Varios]: *Presencia de Alfonso Reyes,* México: FCE, 1969, p. 14): "A. Reyes casi nunca alude en su obra a la pintura o la música..." De ahí (en parte) este subcapítulo: que sirva a la vez de ampliación a un aspecto del "modo plástico", y de contestación póstuma en cuanto a las alusiones e imágenes musicales. (V. nuestro Prefacio a esta edición.)

[33] A. R., *La experiencia literaria, OC,* XIV, pp. 90, 99; *El deslinde, OC,* XV, p. 230.

[34] *OC,* XIV, p. 85; y *OC,* XV, p. 281.

[35] "Jitanjáforas", *Monterrey, correo literario de A. Reyes,* Nº 1, Río de Janeiro, junio 1930, p. 7.

epistolar casual esta imagen musical tan expresiva de la perfecta armonía de una amistad literaria:

Ni decirle necesito que he leído con verdadero entusiasmo la versión taquigráfica de su conferencia sobre el escritor argentino y la tradición. Desde lejos, siempre acordes como dos violoncellos.[36]

Volviendo a la idea de que poesía es cantar, y a la "sonaja, que cada día da nuevos sones", descubrimos que una de las predilectas imágenes musicales de Don Alfonso es la del cantante que "canta en do de pecho", imagen que se ramifica en sucesivas variaciones, cada una de las cuales impresiona al lector (u oyente) con una nueva fuerza de novedad.

Decimos "oyente" pensando especialmente en el *Landrú*, la opereta de Alfonso Reyes estrenada póstumamente en 1964 y representada nuevamente en varias ocasiones. Aquí el verso de Don Alfonso se funde a la música (estilo "20s") del joven compositor Rafael Elizondo para volverse canto, plena y literalmente. En la tercera escena tenemos un grotesco dúo o "Himno de amor" entre el donjuanesco Barbaazul Landrú y una de sus víctimas, convertida en cadáver y haciendo a la vez de diva operística:

Los ojos implorantes, la boca en do de pecho, / y los miembros que, flácidos, confiesan: "¡Esto es hecho!" [37]

La imagen la encontramos aquí en su máximo punto de expansión intensiva en que ha resonado con toda la fuerza de la sátira esperpéntica. Por contraste, recordamos al Don Alfonso de la poesía íntima de *Cortesía*, el recatado poeta del canto menor, poeta que se concibe como cantor esencial de diferentes matices y advierte contra los excesos del constante "do de pecho":

[36] Carta de A. Reyes a Borges de fecha 2 junio 1955, consultada en La Capilla Alfonsina, como la de A. R. a E. Anderson Imbert más adelante. V. nuestro "Borges y Reyes: una relación epistolar", en *Estudios sobre Alfonso Reyes*, Bogotá: Eds. El Dorado, 1976, p. 161.
[37] A. R., *Landrú*, en (Varios): *Cuarta antología de obras en un acto*, México: Col. Teatro Mexicano, 1965, p. 51.

Amigo mío:
...Hoy se ha perdido la buena costumbre, tan conveniente a la higiene mental, de tomar en serio —o mejor, en broma— los versos sociales, de álbum, de cortesía.
Desde ahora te digo que quien sólo canta en do de pecho no sabe cantar; que quien sólo trata en versos para las cosas sublimes no vive la verdadera vida de la poesía y las letras, sino que las lleva postizas como adorno para las fiestas.[38]

Variante que se hace eco retrospectivamente en una carta a Enrique Anderson Imbert de 12 abril 1938 (en que habla de sus propios libros), con la misma idea aliada de la higiene mental:

Pero no todo el canto puede ser do de pecho. Eso ni siquiera sería higiénico.

Volviendo a uno de sus primeros cuentos imaginativos ("De cómo Chamisso dialogó con un aparador holandés", 1913), cuento repleto de alusiones lírico-musicales, encontramos la imagen en su plena fuerza como nota culminante de un chorro de exuberante verborrea soltado por la voz fantasmal que emana del cajón del aparador holandés:

Entraba en el pormenor de los parentescos vegetales; se diluía en el consabido romanticismo de la selva y los pájaros; discutía...; cantaba la estrofa de la savia ascendente y la antistrofa de la descendente, en un imperdonable estilo *pompier;* analizaba...; celebraba...; se burlaba de mi maestro de Botánica, y acababa —en *do* de pecho— con la elegía del hacha del leñador.[39]

Luego, una reciente relectura nos ha revelado otra nueva variante, en esta caracterización de uno de los tipos de la novela policial:

pues ofrece todos los peligros de un do de pecho que se sostiene o pretende sostenerse hasta los límites del resuello...[40]

[38] Prefacio a *Cortesía* (originalmente de 1948), *OC,* X, p. 240.
[39] "De cómo Chamisso...", *El plano oblicuo, OC,* III, p. 21.
[40] "Algo más sobre la novela detectivesca", *Marginalia,* III, México: El Cerro de la Silla, 1959, p. 73.

Otra vez el "do de pecho" representa un extremo contra el cual advertirá el Don Alfonso del equilibrio clásico, aunque el Don Alfonso "poeta-cazador" o el Don Alfonso aficionado a las novelas policiales se sentiría tentado y alentado por los peligros de la aventura.

Redactadas las notas anteriores, Alicia Reyes ("Tikis") nos ofreció la siguiente observación:

Me encanta la imagen del "Do de pecho" y me ha hecho recordar aquellos días en que Abuelito se ponía a inventar óperas:
(Yo no sé italiano, pero más o menos era así):
—La signorina quiere verlo.
—Dile qui padre, dile qui padre.—Y su boca se redondeaba en "Do de pecho".

(Vemos aquí la conexión con el dúo operístico de *Landrú*.)
Pero no nos quiere dejar el tema del "do de pecho". Volviendo una vez al libro de Emmanuel Carballo, *19 protagonistas de la literatura mexicana del siglo XX*, en una "entrevista" reconstituida de varios encuentros personales con Reyes y confrontaciones con sus textos, topamos con estas palabras de Don Alfonso:

Lo que más importa es predicar la cordialidad. No sólo la cordialidad entre los pueblos... sino la cordialidad entre los hombres, la de todos los días. No quiere esto decir que haya que pasarse la vida entre abrazos efusivos. El do de pecho no es, para la voz, la mejor escuela. Basta el registro medio, equilibrado, de la buena voluntad. De la buena voluntad... y del buen humor... [41]

Finalmente, el incomparable RAMÓN (Gómez de la Serna), amigo de Don Alfonso en España, nos cita una imagen afín, de una postal recibida de Reyes desde Deva, "la del fácil recuerdo", su sitio de veraneo predilecto en la costa vasca:

Hay unas familias bilbaínas que tienen doce hijas de doce edades distintas, y todas completas, que recorren el parecido familiar en un delicioso DO-RE-MI-FA-SOL-LA-SI.[42]

[41] E. Carballo, *19 protagonistas de la literatura mexicana del siglo XX*, México: Empresas Editoriales, S. A., 1965, p. 127.
[42] Ramón Gómez de la Serna, "A. Reyes", en *La sagrada cripta*

Y no hemos empezado a agotar el repertorio de la imaginería musical alfonsina.

El modo "popular"

Como en Góngora y Lope y otros refinados espíritus hispánicos admirados por Reyes, su interés por las ideas abstrusas o su delicada sensibilidad a los valores estéticos nunca lo alejan del ambiente familiar e íntimo de los amigos que lo rodean ni del contacto con el elemento popular y diario que radica en su cultura.

Una de las manifestaciones de este contacto con lo popular es la familiaridad con que Reyes maneja el folklorismo del idioma español, inclusive el rico tesoro de dichos y refranes.

Podrá estar escribiendo de cosas de la edad ateniense en Grecia, pero cuando se mete a vivificar aquella edad gloriosa de una cultura pasada lo hace en términos humanos concretos e individuales y la siente a través del genio popular de su propio idioma, llegando a crear, por ejemplo, una cadena sanchopancesca de dichos populares para caracterizar al ciudadano ateniense mediano:

Es el hombre modelado por el roce con los vecinos... Responde a las frases hechas sobre la conducta. Sabe que "en boca cerrada no entran moscas"; se cuida de "no mentar la soga en la casa del ahorcado"; no quiere "cogerse los dedos en la puerta". Y aquello de "ni poco ni mucho", "ni el primero, ni el último", parecen ser las normas de su tranquila existencia.[43]

El modo "heráldico"

En la caracterización de la vegetación del altiplano mexicano como "heráldica" ("la vegetación arisca y heráldica"), encon-

de *Pombo,* Madrid: Imp. G. Hernández y Galo Sáez, S. F. (1924), p. 441.
[43] "Un ateniense del siglo IV a. c.", *Junta de sombras,* p. 249, *OC,* XIII, p. 330.

tramos una clave al tratamiento "heráldico" que da el propio Reyes a las plantas, los animales, los objetos, las letras del alfabeto y a otras entidades como modo de expresión estilística, por ejemplo su descripción más detallada del valle de Anáhuac:

La mazorca de Ceres y el plátano paradisíaco, las pulpas frutales llenas de una miel desconocida; pero, sobre todo, las plantas típicas; la biznaga mexicana —imagen del tímido puerco espín— el maguey (del cual se nos dice que sorbe jugos a la roca), el maguey que se abre a flor de tierra lanzando a los aires su plumero; los "órganos" paralelos, unidos como las cañas de la flauta y útiles para señalar la linde; los discos del nopal —semejanza del candelabro— conjugados en una superposición necesaria, grata a los ojos; todo ello nos aparece como una flor emblemática, y todo como concebido para blasonar un escudo. En los agudos contornos de la estampa, fruto y hoja, tallo y raíz, son caras abstractas, sin color que turbe su nitidez.[44]

El maguey y el cacto, inclusive el nopal, aunque plantas vivas, no poseen la fluida plasticidad de la mayoría de las plantas. En su sequedad, su dureza y hasta rigidez exteriores parecen fijos e inanimados, pero impresionantes en su perfil, sugerentes de emblemas, símbolos visuales estilizados, elementos de un blasón, etc. Estas plantas en particular suelen identificarse no sólo como plantas típicamente mexicanas, sino como las plantas prototípicas y emblemáticas asociadas con la divisa nacional del águila y la serpiente que se arraiga en la tradición precortesiana:

Y nosotros... conservamos y perpetuamos... la amplia y meditabunda mirada espiritual de nuestros padres ignotos, los que viajaban para fundar ciudades siguiendo las aves agoreras... hasta la despejada y serena altura y los hospitalarios lagos de Anáhuac, donde hay islotes poblados de nopales y las águilas ejercitan sus grifos, lazadas y presas en el torturante cíngulo de las serpientes...
Así... nuestra naturaleza, hecha símbolo y sello y concreción de nuestra unidad en el grupo dramático del águila y de la serpiente, luce aún sobre las insignias de la república, y fue triunfo en las banderas y señal de nuestra independencia lograda.[45]

[44] *Visión de Anáhuac, OC,* II, p. 14.
[45] "El paisaje en la poesía mex. del siglo xix", *OC,* I, pp. 195-6.

Esta idea también se concreta en el poema "La hora de Anáhuac": "Águilas y serpientes saltan, figurando blasones"; [46] y en los titulados "Blasón" y "Sonrisa del cacto".[47]

Los elementos del paisaje, como lo demuestra Reyes en *Visión de Anáhuac* y en *El paisaje en la poesía mexicana*..., son el vínculo de México con su pasado indígena. No es extraño, entonces, que el joven abogado-poeta Alfonso Reyes que venía de la ciudad de México para ponerse en contacto con el México indio y rural sienta una presencia heráldico-simbólica especial en estos magueyes y nopales, que poéticamente se ponen a vivir como si fueran divinidades aztecas:

Nunca olvidaré las emociones con que recorrí aquella calle... Por todo el camino nos fueron saliendo al paso los indios, los indios en masa. Se arrancaban precipitadamente los sombreros de palma y casi se arrojaban a nuestros pies, gritando:

—Nos pegan, jefecito; nos roban; nos quieren matar de hambre, jefecito. No tenemos ni donde enterrar a nuestros muertos.

Al acercarnos al terreno en disputa, la naturaleza se encabritó de pronto; alzó sus ejércitos de órganos, echó sobre nosotros la caballería ligera de magueyes con púas y alargó, con exasperación elocuente, las manos de la nopalera que fingían las contorsiones de alguna divinidad azteca de múltiples brazos.

Enmarcada por aquella vegetación sedienta y gritante, resaltando sobre el cielo neutro, vimos la silueta de un hombre esbelto, inmóvil, envuelto en un sarape índigo que casi temblaba de luz. No llevaba sombrero, ni lo necesitaba seguramente: un matorral negro, despeinado de viento, se le mecía en la frente y a poco le invadía las cejas. Era Juan Peña, el vagabundo.[48]

Aquí se logra un efecto muy interesante de vinculación y a la vez de contraste entre las figuras humanas y el paisaje. Los indios al principio parecen parte del paisaje, vinculados a éste por sus sombreros de palma. Juan Peña también está vinculado a ese paisaje, en que se acentúa el aspecto seco, áspero y chillón —"sedienta y gritante"— paisaje simbólico de las quejas y sufri-

---

[46] *OC*, X, p. 62.
[47] *Ibid.*, pp. 438-9.
[48] "El testimonio de Juan Peña", *Verdad y mentira*, pp. 247-8 o *Quince presencias*, pp. 62-3.

mientos de los indios, siendo el pelo de Juan como un matorral en el desierto; pero está reducido a una silueta inmóvil; el que debiera estar vivo es un perfil, un títere, una máscara, una parte congelada de ese símbolo heráldico. (N. B. la coincidencia del apellido Peña, que sugiere piedra.) Su sarape índigo tiembla de luz —pero no es él quien vibra; ha cedido el paso al sarape, al vestido exterior, otro símbolo, símbolo del indio mexicano. Poco después, Reyes caracteriza de esta manera la artificialidad de Juan Peña, parecida a la de un muñeco: "Y con una agilidad de danzante, como si representara de memoria un papel, Juan Peña se arrodilló ante nosotros . . . "

Mientras tanto, los elementos están invertidos, vueltos al revés y el paisaje heráldico —muerto y congelado— de pronto se pone a vivir dramáticamente como un ejército amenazante, símbolo de la masa de los indios tanto aquí y ahora ante nosotros como los de todos los tiempos en sus quejas contra el europeo —paisaje no menos heráldico y emblemático, pero de un modo dinámico nuevo y especial: el emblema es una llave mágica a la que ahora se ha dado la vuelta, abriendo la puerta al mundo poético simbólico *vivo* del pasado y del eterno, profundo presente de México: persiste un elemento mecánicamente grotesco en la divinidad azteca de múltiples brazos que es la nopalera vuelta ser vivo, momento culminante de una dramática pesadilla que tiene su eco anticipado en el coro griego de los indios vivos de hoy que están ante nosotros.

El párrafo final de *Juan Peña* vuelve a evocar la asociación del paisaje con la presencia de las divinidades indígenas:

Con la noche que se avecina, el campo ya echando del seno tentaciones inefables de combates y de asalto. Caemos sobre la estación como en asonada. ¿Quién que ha cabalgado la tierra mexicana no sintió la sed de pelear? Oscuros dioses combativos fraguan emboscadas de sombra, y tras de los bultos del monte parece que acechan todavía al hombre blanco las huestes errantes del joven Jicoténcatl. ¡Hondo rumoreo del campo, latiendo de pesuñas de potro, que se acompaña y puntúa tan bien con el reventar de los balazos!

Este simbolismo heráldico estilizado, que se combina con un sentido de pathos delicado y personal, cuando así se enfoca en la escena mexicana parece tan capaz de comunicar poderosamente los matices y esencias de *lo mexicano* como el arte de los escritores más obviamente autoctonistas.

Durante la publicación de *Monterrey*, el "correo literario" personal de Alfonso Reyes que imprimía y enviaba a sus amigos entre los años de 1930 y 1937, usaba siempre como "firma" o divisa un pequeño dibujo de su ciudad natal de Monterrey con su prominente Cerro de la Silla como tela de fondo perfilado por encima de una sugerencia de tejados planos y una cercana torre de iglesia, con la descripción en la propia mano de Don Alfonso:

> *Hermoso cerro de la Sía,*
> *Quién estuviera en tu horqueta,*
> *¡Una pata pa' Monterrey*
> *Y la otra pa' Cadereyta!*

Estos "versos de sabor popular" son un testimonio de nostalgia, como lo señala J. M. González de Mendoza.[49] Cuando Reyes en Río de Janeiro y Buenos Aires mandaba cada número a sus amigos esparcidos por toda Europa y las Américas, juguetonamente llamaba atención a este pequeño emblema personal haciéndolo imprimir cada vez en distinta página, con la indicación "El cerro cae en la página tantos". Esto no sólo demostraba su nostalgia por Monterrey sino que lo identificaba íntegramente con él como si dijera "Este soy yo: Alfonso de Monterrey", sirviendo esta divisa como su blasón personal al antiguo modo medieval. Esta identificación íntima de su personalidad con su ciudad natal Reyes la hizo en uno de sus tempranos poemas:

> *Monterrey de las montañas,*
> *tú que estás a par del río;*
> *fábrica de la frontera,*
> *y tan mi lugar nativo*
> *que no sé cómo no añado*

[49] J. M. González de Mendoza, "Los temas mexicanos en la obra de Alfonso Reyes", *Excélsior*, México, 17 de nov., 1945, *Páginas sobre A. R.*, I, p. 555.

> *tu nombre en el nombre mío...*
> *Monterrey, donde esto hicieres,*
> *pues en tu valle he nacido,*
> *desde aquí juro añadirme*
> *tu nombre en el apellido.*[50]

Después de usar este "blasón" personal de Monterrey como firma y rúbrica de su *correo literario,* Don Alfonso volvió a usarlo como divisa identificadora en las cubiertas y frontispicios de numerosos de sus libros publicados por la Editorial Stylo y especialmente en las ediciones Tezontle del Fondo de Cultura Económica, inclusive los siguientes: *A lápiz* (1947), *Grata compañía* (1948), *De viva voz* (1949), *Ancorajes* (1951), *Homero en Cuernavaca* (2ª ed., 1952), *Marginalia* (1952, 1954), *Árbol de pólvora* (1953), *Las burlas veras* (1957, 1959), *Los tres tesoros* (1955), *Parentalia* (1959), *Al yunque* (1960), *Albores* (1960). Este último, que apareció póstumamente, también lleva como nombre de la edición o colección "El Cerro de la Silla", y lo mismo ocurre con el tomo póstumo *A campo traviesa* (1960) y el de 1959 *Marginalia* (3ª Serie).

Ahora el mismo blasón de Monterrey con el Cerro de la Silla aparece esculpido en su tumba en la Rotonda de los Hombres Ilustres en el Panteón Civil de la ciudad de México. Y sus compatriotas regiomontanos han colocado una placa conmemorativa en la propia falda del Cerro de la Silla en Monterrey.

Simbolizados en esta representación heráldica de Monterrey, con los versos populares citados, vemos algunos elementos clave de las preocupaciones literarias de A. R.: lo Antiguo y lo Nuevo, en la eterna sierra y la moderna ciudad industrial; luego el *cerro* como mirador desde el que todo se puede contemplar, tanto su ciudad natal como el pueblo al otro lado, i.e. el resto de México y el resto del mundo. El verso popular liga a Reyes con la tradición cultural popular.

Otro elemento heráldico se insinúa en el uso por Reyes de

---

[50] "Romance de Monterrey", 1911, *OC,* X, pp. 52-4. Nótese también el comentario de E. Abreu Gómez en su artículo "Alfonso de Monterrey", *Armas y Letras,* Monterrey, III: 1 (30 enero 1946), pp. 1, 6 y véase el poema "Cerro de la Silla", 1941, *OC,* X, pp. 466-7. ("llevo el Cerro de la Silla / en cifra y en abstracción...").

letras del alfabeto como lemas o símbolos. El ejemplo más notable de esta tendencia es la "X" como símbolo de México, por el elemento diferencial en el mexicano frente al español, pues el mexicano se adhiere a la antigua ortografía *México*, mientras el español lo refonetiza a *Méjico*. La "X" como símbolo de México está desarrollada por Reyes en su ensayo, "La interrogación nacional",[51] ensayo construido en torno a una tríade de letras simbólicas: x, y, z: "la x, la y, la z: ayer, hoy, mañana; tradición, cultura, rumbo"; "Ortografía o eje de la X", "Etimología o eje de la Y" (la Y representa a Guatemala y a México en su historia unidos y luego separados), "Morfología o eje de la Z" (querella del universalismo y del nacionalismo en las letras). La X heráldica también está cantada líricamente en esta exclamación de Alfonso Reyes que da lugar al título *La X en la frente*:

¡O X mía, minúscula en ti misma, pero inmensa en las direcciones cardinales que apuntas: tú fuiste un crucero del destino! [52]

El símbolo de la "X" es una especie de blasón mexicano que lleva Reyes, "Alfonso de Monterrey", al identificarse con él y con su tierra natal de manera indisoluble como cuando dirá:

La raíz profunda, inconsciente e involuntaria, está en mi ser mexicano: es un hecho y no una virtud... Sin esfuerzo mío y sin mérito propio ello se revela en todos mis libros y empapa como humedad vegetativa todos mis pensamientos.[53]

El modo "mitológico"

Nuestro sentido simbólico trabaja hoy en torno a Don Quijote, a Hamlet, a Fausto y a Don Juan, como trabajaba ayer la mente reli-

[51] "La interrogación nacional", *A lápiz, OC,* VIII, pp. 261-5.
[52] "Don Ramón se va a México", *Simp. y Dif., OC,* IV, p. 279. *La X en la frente,* México: Porrúa y Obregón, 1952.
[53] *Parentalia,* p. 17. V. también el poema "Figura de México", *OC,* X, p. 474: "Esa persistente *equis* de los destinos..., estrella de los rumbos, cruce de los caminos."

giosa de los gentiles en torno a Prometeo y a Hércules. En estas proyecciones sobrehumanas del hombre, aprendemos a conocernos. Reflejados en los espejos del cielo, se agigantan nuestros perfiles. Y como cada uno cuenta con un horizonte, con un espacio astronómico distinto, cada uno reduce o expande a sus medidas la trascendencia espiritual de los mitos.[54]

Aquí Reyes explica al menos parcialmente la importancia que tienen para él los mitos, en una época en que Carl Jung, Malinowski y otros han insistido en su significación. Cada edad elabora sus figuras míticas que son "proyecciones sobrehumanas del hombre", en que podemos llegar a conocernos. De ahí que sean sublimaciones o prototipos que tienen valor universal como ejemplos, a veces como objetos de aspiración. Pueden tener para nosotros un sentido espiritual trascendental, según la medida de nuestros horizontes individuales. Nos sirven para epitomar o simbolizar de una manera muy abarcadora las grandes verdades y hechos de la vida.

Mitología grecorromana

Mientras Reyes señala que una edad posterior ha desarrollado sus mitos nuevos —de Don Quijote a Don Juan, Hamlet y Fausto—, los de la antigua civilización helénica quedan muy vivos con vigencia continua para un Reyes a cuyos ojos el mundo helénico es prototipo y fundación importante para la civilización occidental de hoy. Abundan en sus escritos las utilizaciones simbólicas de las figuras mitológicas griegas, inclusive las semihistóricas, semilegendarias como Aquiles, Hércules, Odiseo-Ulises (las figuras principales de las dos epopeyas, la *Ilíada* y la *Odisea*) así como las figuras sobrenaturales, religioso-míticas como los dioses y semidioses. Se incluyen algunas figuras romanas, especialmente de la *Eneida*. Algunas de las predilecciones helénicas más a menudo evocadas son Prometeo y Epimeteo, Penélope y Ulises, Ariadna y Pandora, Diótima de Mantinea.

La pareja de Prometeo y Epimeteo aparece y reaparece con

---

[54] "Metamorfosis de Don Juan", *Simpatías y diferencias*, OC, IV, p. 266.

frecuencia. Epimeteo simboliza el elemento de conservación y Prometeo el elemento de renovación, rebelión y nueva creación en el desarrollo de las culturas: ambos son casi parte inseparable del eterno conflicto y polaridad que se resolverán sólo para formar otro que sucederá al antiguo.

Penélope se evoca a menudo como figura mítica, sea como esposa perfecta o bien especialmente en su papel de tejedora y destejedora del tapiz. Aquí su función simbólica parece algo semejante a las actividades combinadas de Prometeo y Epimeteo:

En suma, la rebeldía espiritual, la crítica es la misma mano de Penélope y posee los dones opuestos: ya aniquila un mundo; ya crea un mundo artificial y gracioso.[55]

En otro caso, Penélope está al fondo como esposa fiel, y el enfoque se dirige a las tentaciones de Ulises en manos de las Sirenas, simbolización de las tentaciones sentidas por Ortega y Gasset de volver su interés hacia América.[56]

El viaje de Ulises también es un símbolo que aparece en otros muchos contextos alfonsinos para el viaje ameno o aventurero, la Odisea, como en el "Heureux qui, comme Ulysse, a fait un beau voyage...".

Ariadna y Pandora son de especial interés por las cosas con que están asociadas: el hilo de Ariadna que muestra el camino para salir del laberinto, como símbolo de la clave para encontrar la salida o solución de un problema o complicación de ideas;[57] la caja de Pandora, que contiene secretos que podrán saltar desde adentro para sorprender y sembrar espanto. Diótima, "la mujer de Mantinea", nombrada brevemente por Platón como la maestra de Sócrates, casi parece una figura legendariomítica y con frecuencia es evocada por Reyes como portavoz de la escala platónica de belleza y perfección.

Otras figuras míticas helénicas son las aludidas por los títulos de tres de los ensayos que componen *La experiencia literaria*: "Hermes o de la comunicación humana", "Marsyas o del tema popular", "Apolo o de la literatura".

[55] *El suicida*, OC, II, p. 287.
[56] "Apuntes sobre Ortega y Gasset", *Simp. y Dif.*, OC, IV, p. 262.
[57] *El suicida*, OC, III, pp. 236, 248.

Los antiguos mitos helénicos no están herméticamente contenidos en sí mismos, sin embargo. Lejos de estar remotos, temporal o espacialmente, se vinculan en su calidad universalizadora no sólo con las gentes de hoy sino con los mitos de otros tiempos y sitios, como lo vemos en este hermoso ensayo que relaciona el espíritu de Aquiles con el del gaucho argentino:

En nuestra época de vasos comunicantes..., ni la extrañeza de la lengua muerta o de las circunstancias históricas del pasado podrían estorbar este contacto inmediato entre las almas de ayer y las de hoy. Y el obstáculo de los símbolos mitológicos tampoco es irreductible, pues a poco que nos interroguemos, descubrimos en los fondos de nuestra conciencia, a manera de perduración o de larva, un hormigueo vagaroso de sombras —Aquiles, Don Quijote, Hamlet, Arlequín y hasta el Tío Sam— que siguen sirviéndonos para dar asidero a las abstracciones mentales. Este pensar por imágenes es un modo de economía a que conduce la inercia natural del espíritu.[58]

Los símbolos míticos, entonces, son para Reyes una parte importante de su "pensar por imágenes", que él declara como necesario modo de pensar, para abreviar o telescopar nuestro pensamiento, evitando que se extravíe en las ambigüedades de la abstracción. Los mitos griegos conviven ahora en nuestras mentes junto con los de otros orígenes, utilizados también por Reyes.

Mitología americana

Otra fuente importante de mitología literaria para Reyes es América, y más especialmente el México indígena. Las sombras de los dioses indios y de la figura histórica (pero vuelta legendario-mitológica) de doña Marina se evocan como símbolos clave del pasado de México y su destino:

El poeta ve, al reverberar de la luna en la nieve de los volcanes, recortarse sobre el cielo el espectro de doña Marina, acosada por la sombra del Flechador de Estrellas; o sueña con el hacha de cobre en

---

[58] "La estrategia del 'gaucho' Aquiles", *Junta de sombras, OC*, XVII, pp. 254-255.

cuyo filo descansa el cielo; o piensa que escucha, en el descampado, el llanto funesto de los mellizos que la diosa vestida de blanco lleva a las espaldas: no le neguemos la evocación, no desperdiciemos la leyenda.[59]

Una clave vital para entender a México en su dimensión indígena es el verlo a través de su mitología y su explicación del Universo. Doña Marina es el símbolo del vínculo e interrelación indígena-española. Cortés y doña Marina se ven en relación simbólico-comparativa con Eneas y las damas de la Eneida, en el "Discurso por Virgilio" y su apéndice,[60] donde Reyes también interrelaciona el mito del águila y la serpiente de México con uno parecido en la *Ilíada*,[61] así como en el ensayo de *Junta de sombras* ya aludido relaciona a Aquiles el prototipo gauchesco argentino del *Martín Fierro*.

Símbolos mitológicos judaico-cristianos

Mientras tratamos de las grandes civilizaciones y de las grandes tradiciones culturales que producen materia mítica, será interesante notar específicamente el tratamiento que dará Reyes a los símbolos derivados de las tradiciones judaico-cristianas.

Una exploración inicial del campo bastará para convencernos que Reyes utiliza los símbolos judaico-cristianos esencialmente como epifenómenos artísticos. Esta impresión se confirma con sucesivos sondeos.

Así como en ciertos tiempos, en la España del Siglo de Oro, por ejemplo, los escritores cristianos usaban símbolos mitológicos de la Grecia pagana que representaban cosas en que ellos no creían literalmente para simbolizar conceptos cristianos en que sí creían, rehaciendo temas paganos "a lo divino", así también otros escritores de una época posterior —no cristianos, descristianizados o escépticos— usarán símbolos cristianos sin contenido metafísico o teológico definitivo como materia artística o base metafórica para conceptos no específicamente cristianos.

[59] *Visión de Anáhuac, OC,* II, p. 34.
[60] "Discurso por Virgilio", *Tentativas y orientaciones, OC,* XI, esp. p. 180.
[61] *Ibid.,* pp. 180-1.

Así Reyes utiliza los símbolos tanto helénicos como cristianos, mezclando a menudo los dos. A veces descristianizará un símbolo cristiano para formar un símbolo cultural moderno de carácter abstracto:

Dicen que basta ver una vez al día, de pasada y aun sin darle importancia, la imagen del Gran San Cristóbal, para evitar accidentes y desgracias. Nuestro Gran San Cristóbal debe ser este sentido de lo universal que se llama la cultura: un vistazo diario al reino de la cultura, desde nuestra humilde ventanita, nos libertará de accidentes y desgracias.[62]

El mismo símbolo de San Cristóbal reaparece en otro enfoque, en otro ensayo, como si para sugerir que la meditación filosófica puede hacer para nosotros lo que hace San Cristóbal para el chofer:

Nunca es ocioso meditar un poco en "los universales". Unos minutos de contemplación diaria a la filosofía, aun de pasada y de mala gana, acaso ayudan a nuestra salvación, como una mirada a la imagen de San Cristobalón —patrono del *chauffeur*— basta para resguardarnos del accidente.[63]

Otro uso repetido de una referencia a un santo es su adopción juguetona de San Pascual Bailón como patrono personal, humorístico capricho estético más que seria reverencia.[64] Reyes habla de tal folklorismo del santoral como "folklore a lo divino, flor indecisa de todas las imaginaciones".[65] También elabora el símbolo mítico quijotesco de Frestón como "patrono" de los ladrones de libros.[66]

[62] "Homilía por la cultura", *Tent. y Orient., OC*, XI, p. 205.
[63] "Una mirada a San Cristobalón", *Los trabajos y los días, OC*, IX, p. 323.
[64] V. "Oración", *Minuta, OC,* X, pp. 381-3. "Nota sobre San Pascual Bailón", *Ibid.,* pp. 383-4; "Cuenta mal y acertarás. *Catástrofe del poeta", Árbol de pólvora,* pp. 61-72. Reyes nació el mismo día que este San Pascual, 17 de mayo. También relaciona la leyenda de San Pascual con la de Rip Van Winkle, otra figura mítica utilizada por Reyes.
[65] "Nota sobre San Pascual Bailón", *OC,* X, p. 384.
[66] "Huéspedes indeseables", *A lápiz, OC,* VIII, p. 291. "Frestón", *El cazador, OC,* III, pp. 157-9.

En otro caso las figuras de Adán y Eva del Antiguo Testamento respaldarán una exposición de la teoría platónica de la mitad perdida, el mito del andrógino.[67]

O la imagen trinitaria cristiana —con el concepto helenístico-cristiano del Logos— sirve para explicar el fenómeno estético del poema:

La emoción es previa en el poeta, y es ulterior en el que recibe el poema. El poema mismo, la poesía, se mantiene entre las dos personas, entre el Padre y el Hijo, igual que el Espíritu Santo, y está, como él, hecho de Logos, de verbo, de palabras.[68]

Nos impresionará aquí una nueva versión del verter *a lo divino,* reminiscente sin embargo del procedimiento de los románticos que divinizaban la función del poeta. En vez de servirse de símbolos paganos con intenciones cristianas, se usan símbolos judaico-cristianos para divinizar la misión de la poesía y del poeta. Recordamos al *Moisés* de Vigny en esta imagen de Reyes que muestra al poeta como profeta aislado espiritualmente de su pueblo:

Pero un día acontece el cisma... Moisés se remonta en el Sinaí a fraguar sus tablas. Ya no las consulta con el pueblo. A solas, las recibe de Dios.[69]

Otras figuras judaico-cristianas usadas con frecuencia por Reyes son Jacob y el Ángel (como en "Jacob o idea de la poesía" *La experiencia literaria*), y una abundante colección de ángeles poéticos que se estudiarán en otro contexto.

Reyes utiliza los símbolos judaico-cristianos como "materia mítica", del mismo modo, esencialmente, en que se sirve de figuras mitológicas de la antigüedad helénica o de otras procedencias.

---

[67] "Homilía por la cultura", *Tent. y Or., OC,* XI, p. 206.
[68] "Apolo o de la literatura", *La Exp. Lit., OC,* XIV, p. 85.
[69] "Cisma del poeta y la tribu", "Aristarco...", *La Exp. Lit., OC,* XIV, p. 107.

Mitos literarios prototípicos

La próxima categoría de figuras míticas muy utilizadas por Reyes comprende las derivadas de o conocidas por las literaturas modernas, a partir del siglo catorce aproximadamente.

La colección alfonsina de favoritos especiales entre las personalidades mítico-literarias modernas coincide en parte con la lista citada por él en el pasaje anteriormente aludido: [70] Don Quijote, Hamlet, Fausto, Don Juan. De éstos se destacan Don Quijote y Fausto y agregamos a su galería especial de prototipos literarios las figuras de la Celestina, el licenciado Vidriera, Frestón, Segismundo (el calderoniano), Rip van Winkle y Robinson Crusoe.

En un ensayo en que Ortega y Gasset en su segunda etapa de evolución es un "Ulises", en su tercera etapa aparece como un joven Fausto, opuesto al tipo donjuanesco:

Ortega y Gasset —como un Fausto todavía joven, pero ya con cierta trágica inquietud— cierra un instante el libro y alarga las manos hacia la imagen (¡ay, hacia la imagen voluble!) de la vida. Una gran sed, una noble sed, atraviesa su alma. La primavera y la flor, la mujer y la juventud, recobran su trono de honor en la conciencia; y aun la sensualidad de Don Juan resulta abolida y perdonada, porque era sincera y valerosa; porque no se daba por satisfecha con las mezquinas aventuras de todos los días.[71]

Fausto aquí parece un Don Juan sublimado, purificado, que procura saber y captar la vida toda, en consonancia con el tipo goethiano y alfonsino de busca.

La figura cervantina del Licenciado Vidriera, el hombre que se creía de vidrio, se desarrolla como símbolo muy interesante del desequilibrio psicológico, aplicado por Reyes al novelista naturalista Felipe Trigo, quien se suicidó:

Y ya no es la figura armónica y justa, sino una figura esmirriada y espiritada; un grotesco Licenciado Vidriera, con todas las quebradi-

---

[70] "Metamorfosis de Don Juan", *Simp. y Dif., OC,* IV, p. 266.
[71] "Apuntes sobre José Ortega y Gasset" ("Crisis tercera: Melancolía de Fausto"), *Simp. y Dif., OC,* IV, p. 265.

zas veleidades del vidrio... Siempre hábil razonador, siempre desequilibrado en el fondo, cual es el de Cervantes, nuestro Licenciado Vidriera parece un sacerdote que hubiera abusado de los secretos del confesionario... Médico en el fondo, el Licenciado Vidriera sabe que su carne es de vidrio, que se quiebra y corta y punza; pero no puede menos de complacerse en su propio caso patológico... Como Vidriera es frágil, y como Licenciado, arguye leyes del mundo, inferidas de su propia fragilidad.[72]

Recordamos que Azorín tomó al Licenciado, reelaborándolo tan completamente en su propio *Licenciado Vidriera* (retitulado *Tomás Rueda*) que pasó a ser una creación azorinesca bastante peculiar. Reyes no va tan lejos en ese sentido y guarda al Licenciado cristalizado como prototipo para aplicarlo a un personaje real según su deseo. El personaje de doble personalidad creada por Cervantes fue parcialmente precursor de la paradoja *locura-cordura* en el carácter de Don Quijote. Don Quijote como doble carácter está usado también por Reyes para describir al mismo Felipe Trigo, e interrogar sobre los motivos del suicida:

Aquí brota la tercera hipótesis... ¿si el suicida se suicidaría castigándose de un error? ¿Si, como Don Quijote, habrá muerto, por necesidad metafísica, al restituirse a su primer nombre de Quijano?[73]

El mito de Frestón es un antiguo mito legendario-sobrenatural, recogido por Cervantes en el *Quijote*. Reyes se sirve del mito quijotesco del "sabio encantador" a quien Don Quijote atribuye la desaparición de sus libros como símbolo de la destrucción limpiadora de los estorbos de la materialidad:

Muchos, finalmente, nos hemos salvado por haber tenido que separarnos de nuestros libros.
"Frestón es un símbolo salvador..."[74]

Otro tipo mítico predilecto de abolengo español antiguo es *La Celestina* (quien se empareja con la Trotaconventos del Ar-

---
[72] *El suicida, OC*, III, pp. 220-1, 224.
[73] *Ibid.*, p. 228.
[74] "Frestón", *El cazador, OC*, III, p. 159.

cipreste de Hita), que emerge como símbolo compuesto entre burlesco y de sentido común: símbolo de los modos del amor y de la naturaleza (contradictorios y que se evaden de la ley o de los preceptos coherentes), la sabia vieja que al mismo tiempo aconseja la tolerancia y el entendimiento práctico y engañosamente complica la vida al unir enredosamente a los amantes. El joven amante Calixto de la tragicomedia española se empareja con el Romeo shakespeareano como prototipo del amante:

La luna... asoma, vieja Celestina, fría a la vez que rozagante, pagada de sí... ¡Ay, Romeo! ¡Ay, Calixto! [75]
Con todo, la más sabia mujer, nuestra incomparable *Celestina*, hubiera absuelto a los indiscretos... [76]
No encuentro mejor imagen de la naturaleza que la de una vieja consentidora, una *vieja de amor* como la Trotaconventos o la Celestina. Es enredadora como ellas y, como ellas, anda zurciendo voluntades por toda la tierra... [77]

Segismundo, Rip Van Winkle y Robinson Crusoe se emplean especialmente como figuras perspectivistas, y serán comentados más adelante en su aspecto de núcleos para las situaciones perspectivistas en el ensayo. Interesan, sin embargo, en sí mismos como personalidades míticas. Segismundo [78] es el protohombre, el hombre interrogador sobre su situación en el Universo, y es punto de enfoque de la paradoja sueño-realidad, ficción-vida.

Rip [79] también se sitúa en el punto de enfoque de la paradoja sueño-realidad, tiempo-eternidad, e inspira simpatía por su abandono de poeta, como encarnación semi-rubendariana del tipo del poeta vagabundo.

Robinson [80] sirve para mostrar al hombre en relación con la

[75] "Diálogo de Aquiles y Elena", *El plano oblicuo, OC*, III, p. 38.
[76] "Montaigne y la mujer", *El cazador, OC*, III, p. 177.
[77] "La conquista de la libertad", *El suicida, OC*, III, pp. 255-6.
[78] "Rip", *A lápiz, OC*, VIII, pp. 237-8. "Un tema de *La vida es sueño*", *Caps. de Lit. Esp., OC*, VI, pp. 182-248; "El enigma de Segismundo", *Sirtes*, pp. 127-56.
[79] "Rip", *A lápiz, OC*, VII, p. 237-8; "De Ossendowski", *Ibid.*, pp. 235-6.
[80] "Los Robinsones", *Los trabajos y los días, OC*, IX, pp. 253-4;

civilización y la no-civilización, semejante en esto con el Andrenio del *Criticón* de Gracián, otra figura prototípica aludida por Reyes.[81] Robinson se distingue por su creatividad emprendedora, como descubridor-explorador y como tipo autodidacta.

El mito personal

Además de los cuatro tipos o campos mitológicos ya señalados como fuentes de *lengua fictiva* alfonsina —la mitología greco-romana, la judaico-cristiana, la indígena-colonial de América y la moderna mitología literaria—, encontramos un quinto tipo peculiar: una especie de flexible mitología personalmente inventada, la tendencia al mito familiar personalmente creado.

A veces estas figuras míticas personalmente inventadas son criaturas de la fantasía que parecen encarnar ciertas obsesiones o necesidades psicológicas prototípicas, como en *Los verdes*:

No soy yo el único que colecciona sus mitos. Eran una vez dos mujeres geniales: Una tenía la cabeza poética, otra tenía la cabeza científica... De su matrimonio espiritual nació una cría de fantasmas... Pronto se acompañaron, por compensación subconsciente, de unos niños extraños... Estos niños se llamaron los Verdes, porque ellas se los figuraban siempre vestidos de verde, lujosa tela de los bosques... Graves Penélopes sin Odisco que les siembre el hijo corporal.[82]

Aquí también vemos a Reyes que arraiga su moderna fantasía psicomitológica en la mitología griega, como Freud volvió a ésta para sus prototipos psicológicos, sus complejos de Edipo y Yocasta. Una variación de esta tendencia es la creación de una serie de figuras míticas personales inspiradas en parte por personajes reales vistos y conocidos, pero modificados, aumentados, exagerados, caricaturizados, etc., por la imaginación hasta

---

"Meditación para una biblioteca popular", *A lápiz, OC,* VIII, pp. 274-5, 278.

[81] "Aristarco...", *La Exp. Lit.*, nótese también el título de una obra inédita, "Andrenio y el mundo".

[82] "Los verdes", *Tren de ondas, OC,* VIII, pp. 375-6.

formar tipos pintorescos que entonces se proyectan en una humorística existencia propia, fantástico-ficcional, pudiendo ser elaborados y reelaborados. Éstos podrán volverse "típicos", "simbólicos" o "representativos" de ciertas idiosincrasias humanas. Toda una galería de tales tipos, una personal "cuadrilla de sombras", se encuentra en la serie de siete bocetos titulada *Mitología del año que acaba: 1931*, en los personajes apodados "El holandés de las botas", "Pittiflauts", "La retro", "Tijerina", "La obrigadiña" y "Melchor".[83]

Muchos de estos retratos imaginarios se acercan al arte del caricaturista, al del satirista literario, en el medio de la literatura ficcional. Reyes está plenamente consciente de sus potencialidades como materia de ficción para la elaboración más extensa:

Saldría un cuento, saldría tal vez una novela. ¿Pero para qué, lector, para qué? El costumbrismo tiene sus límites y es poesía de corto alcance.[84]

Reyes no se siente llamado al extensivo campo ficcional de la novela: irá hasta los brillantes cuentos de fantasía de *El plano oblicuo* y otros breves relatos que a veces se entrelazan con el ensayo familiar, como en *Quince presencias* y *Verdad y mentira*. En otro lugar Reyes reconoce sus limitaciones como puro narrador ficcional en el sentido convencional, debido a su constante preocupación con las ideas.[85] Sin embargo, aquí vemos la tendencia mitológica o "mitificadora" personal que se acerca a las fronteras de la pura fantasía ficcional.

Como tercera variación, considérese esta fantasía mítica personal que pinta todo un mundo interior poblado de míticos genios familiares, que desarrolla una dimensión temporal cósmica y que llega a un mito de la palabra:

[83] "Mitología del año que acaba: 1931", *Árbol de pólvora*, pp. 79-107.
[84] *Ibid.*, p. 88.
[85] "Necesito cortar constantemente mi narración con desarrollos ideológicos. Yo sería un pésimo novelista. Mucho más que los hechos, me interesan las ideas a que ellos van sirviendo de símbolos o pretextos.": "La fea", *Verdad y mentira*, pp. 315-6.

Siempre la rueda del año trae montados unos cuantos diablos giratorios. Jinetes hechos de tiempo puro. Cuajarones que la nada deja allá abajo, en el fondo de sus vasijas, de tanto posarse y aburrirse a solas. Cada uno de nosotros se derrama hasta la prehistoria, violando censuras y rompiendo candados. Somos un embudo que absorbe y junta quién sabe qué flujos mitológicos. Nos visitan larvas de que apenas somos responsables. Por ellas y a través de ellas, nos deshacemos hacia los abuelos terribles de la cueva de piedra, hacia el tierno Adán que sentía —en sueños— florecer su costilla.
Trazad, la noche de San Silvestre, una raya teórica en la conciencia, y veréis qué siega de fantasmas. Tal será nuestra mitología del año que acaba. No son ya creaciones literarias, de ésas que a guisa de pararrayos la pluma provoca, de ésas que el oficio ejercita, no. Ni figurines mandados hacer para el escaparate del poeta, no. Son huéspedes ociosos del alma, hongos de la pesadilla. A veces, en medio de la conversación sin que nadie sepa, los aludimos de pasada como a pecados conocidos. Nadie nos entiende.
Sonreímos, somos generales de un profundo ejército de sombras. No hay que disimularlo más.
En este suelo movedizo brota, como flor verbal, la jitanjáfora. A esta luz, también se la puede entender como una manifestación de la energía mitológica, nunca ahogada del todo, felizmente, por el lenguaje práctico.[86]

Son bastante frecuentes en la prosa alfonsina las excursiones antropológico-cósmicas, medio fantásticas, que se acercan a la creación de la mitología personal: por ejemplo, en la reminiscencia genealógica autobiográfica, "Nuestros gigantescos abuelos",[87] especie de preludio a su primer tomo de recuerdos, *Parentalia*.

Donde Reyes se aventura en el campo cósmico-mítico, en la fantasía seudohistórica o en la de la civilización ficticia, aproximándose más de cerca a la orilla de la pura literatura ficcional en el sentido vulgar, su visión revela afinidades con escritores

---

[86] "Las jitanjáforas" ("IV, Mitología del año que acaba"). *La Exp. Lit.*, OC, XIV, pp. 195-6. Este pasaje es enteramente distinto del de semejante título ya citado de *Árbol de pólvora*.
[87] "Nuestros gigantescos abuelos", *Árbol de pólvora,* pp. 18-21.

como Jorge Luis Borges y Juan José Arreola en su obsesionante "realismo mágico".[88]

El modo "dramático"

Uno de los modos favoritos que tiene Reyes de presentar ideas y hechos culturales, sobre todo en su dimensión histórica como proceso evolutivo, es el de dramatizarlos.

Reyes tiene varias maneras de dramatizar o presentar en términos dramáticos. A veces emplea el marco visual de un teatro, con sucesivas referencias detalladas al escenario: así en *Homilía por la cultura, El Brasil en una castaña* y *Notas sobre la inteligencia americana*.[89] A veces dramatiza de un modo más sutilmente dinámico, como en *Pasado inmediato*,[90] su crónica de las actividades del Ateneo de la Juventud.

La relación de Porfirio Díaz al pueblo mexicano se dramatiza mediante la visualización de uno y otro en términos espaciales tajantemente estilizados:

El dictador había entrado francamente en esa senda de soledad que es la vejez. Entre él y su pueblo se ahondaba un abismo cronológico. La voz de la calle no llegaba ya hasta sus oídos, tras el telón espeso de prosperidad que tejía para sí una clase privilegiada.

En el escenario estilizado del dictador a un lado de un abismo, separado por un espeso telón del pueblo, tenemos ciertas palabras subjetivamente coloridas que sugieren pathos: "abismo", por ejemplo, dramáticamente sugiere separación. La expresividad del pueblo se reduce a un solo gesto o ademán dramático, "la voz", que sugiere llamada quejosa. El telón es otra sugerencia visual de separación, más obstrucción. Cierto dinamismo se comunica al dar a cada personaje del drama una acción que efectuar: el dictador que se aleja por el sendero; el

---

[88] V. las *Ficciones* de J. L. Borges y el *Confabulario* y *varia invención* de J. J. Arreola.

[89] Contenidos, respectivamente, en los volúmenes *Tentativas y orientaciones, Norte y sur* y *Última Tule*.

[90] "Pasado inmediato", *OC*, XII, pp. 182-216.

pueblo que lamenta, sin ser escuchado; la clase privilegiada que teje el telón entre dictador y pueblo.

A esta escena se le da un nuevo giro dramáticamente culminante al disolverse la escena toda en una sola acción explosiva englobadora:

Una cuarteadura invisible, un leve rendijo por donde se coló de repente el aire de afuera, y aquella capitosa cámara, incapaz de la oxigenación, estalló como bomba.

Esta imagen provino del desarrollo adicional del concepto espacial, con la concentración en la idea de aire en una cámara, ambiente físico para simbolizar ambiente ideológico-social y aplicación de las leyes de la física.

Esta "explosión" que simboliza el inicio del drama político prepara el disparo que algunos párrafos más adelante simbolizará el inicio del drama intelectual del Ateneo de la Juventud.

Mientras tanto hay miradas retrospectivas (matiz cinemático) a la idea del ambiente cerrado de la edad porfiriana, telescopada en la doble imagen de *vivero* (o *invernadero*) y *campana neumática:*

Barreda... congregó a los hombres de ciencia y creó, como prototipo de su vivero para ciudadanos, la Escuela Nacional Preparatoria...
El loable empeño de salvar a la juventud de toda contaminación con las turbulencias que precedieron a la paz porfiriana, etc... crearon una atmósfera de invernadero y hasta una raridad de campana neumática.

Empieza ahora, para Reyes, el drama central: el drama intelectual que acompañó y hasta anticipó la revolución político-militar en México. Habiéndose colocado estilísticamente contra el telón de fondo del drama político, el movimiento intelectual se despliega plenamente. Adquiere la calidad de drama épico-colectivo al ser expresado en términos de una doble campaña militar, por una cadena unida de imágenes funcionales de la esfera militar: *campañas, batallas; ataque, reto; disparo; ocupación, sitio; falange, escuadra volante.* La revolución intelectual, aparentemente más tranquila, se dramatiza siendo vista a través de la imaginería de la acción militar físicamente más violenta. Adquiere amplitud histórico-universal por comparación con el *Sturm-und-Drang* alemán del siglo XVIII:

Tales eran, al iniciar el ataque, los caballeros del "Sturm-und-Drang" mexicano...
La primera campaña... El reto era franco, y lo aceptamos... Lo que aconteció en México el año del Centenario fue como un disparo en el engañoso silencio de un paisaje polar: todo el circo de glaciales montañas se desplomó y todas fueron cayendo una tras otra...
La segunda campaña. Y aquí se abre la segunda campaña, en cuatro batallas principales: 1º La ocupación de la Universidad...
Entre tanto que ponemos sitio a la Universidad... De paso, la falange se había engrosado con elementos de otras esferas... El 13 de diciembre de 1912, fundamos la Universidad Popular, escuadra volante que iba a buscar al pueblo en sus talleres...
Parece increíble... que... Torri aprovechara el fuego mismo del incendio para armar sus transcendentales castillos de artificio.

El cuadro más vivo y culminación dramática es la vista del imaginario paisaje polar que pasa de silencio a explosión y destrucción, reminiscente de cierto poema de Mallarmé.[91] La sublevación política se había comparado al oxígeno fresco que entraba explosivamente en la cámara o campana neumática. El silencio de este imaginario mundo polar es como el vacío del cuadro anterior y la explosión es al menos igualmente impresionante. Un acontecimiento en el mundo intelectual se dramatiza mediante su expansión hasta las dimensiones cósmico-pesadillescas del aterrorizante paisaje polar con su frío helado y su silencio simbólico de muerte intelectual, estancamiento, deshumanización. La destrucción de este mundo helado es el preludio de una nueva creación de lo que será un mundo más cálido y vivo del espíritu humano activo.

---

[91] Stéphane Mallarmé, "Le vierge, le vivace et le bel aujourd'hui".

El modo "cinemático"

El modo "cinemático" puede considerarse como segunda fase del modo dramático, o sea como puente entre lo dramático y lo plástico. Comparte con el modo dramático la idea de visualizar como espectáculo, sobre todo panorámicamente. A esto lo cinemático añade una fluidez que tiene afinidad con lo plástico: una fluidez muchas veces visual que pasa progresivamente o ininterrumpidamente de una escena a otra.

Los temas cinemáticos aparecen con frecuencia en la obra de Reyes, desde su crítica cinemática realizada con Martín Luis Guzmán en Madrid (1915-1916),[92] hasta sus pláticas y divagaciones ensayísticas en *Tren de ondas:* "Estética y estática", "Nota para el cine", "Un drama para el cine". Le interesa el cine por sus potencialidades para ampliar los medios de comunicación y de expresión estética. Le fascina por la nueva perspectiva óptico-visual que ofrece.

La inspiración del cine se siente en su visión estética cuando dice:

La prueba de que el cine es un arte (todo se demuestra por referencia a la idea platónica) está en que no es posible tratar de cine sin filosofar sobre estética.[93]

Puede, entonces, haber una estrecha relación entre el cine y otras formas de arte, sobre todo la literatura. Reyes encuentra tal relación en dos de sus narradores predilectos, Stevenson y Jules Romains.

Del arte de Stevenson en sus *Nuevas noches árabes,* dice:

Aun cuando sonrían los ligeros, he de definirlo en la forma mejor que encuentro: es un arte cinematográfico.[94]

También el Jekyll-Hyde de Stevenson le inspira a aplicar su imaginación cinemática a una obra literaria para explorar las

---
[92] V. "El cine", *Simp. y dif., OC,* IV, pp. 199-236.
[93] "Nota sobre el cine", *Tren de ondas, OC,* VIII, p. 379.
[94] "Stevenson", *Grata compañía, OC,* XII, p. 17.

posibilidades de trasladarla al medio cinemático.[95] En el *Donogoo-Tonka* encuentra una contribución de la literatura francesa a la cinematografía: un ritmo entre el lento italiano y el rápido norteamericano.[96]

Además de concebir a veces la ficción literaria en términos cinemáticos, Reyes verá la relación del mundo ficticio de un actor con el mundo "real" a través de una imagen cinemática:

Todas estas intercepciones de un plano de la realidad en otro distinto, me divierten como me divertiría una imagen animada del cine que bajara de la pantalla y saliera al mundo...[97]

Todas las formas artísticas inclusive la escultura se pueden ver en términos cinemáticos:

La escultura de lo que se va, de lo que fluye, tiene que comenzar también por parar un movimiento, por cristalizar la fluidez de uno de sus instantes.[98]

Pasando de las formas artísticas en sentido estricto al mundo visto por la sensibilidad del artista, tenemos una vista cinemática de *París cubista (film de Avant-guerre):*

Mi imagen de París... es cubista. Cierro los ojos, y miro un París fragmentario, disperso en diminutos planos que no encajan unos en otros: como dividido y entrevisto por las cuatro patas de la torre Eiffel...
Y arriba, una danza de chimeneas; y abajo, avenidas, bulevares, calles, callejas, callejones, callejuelas, escaleras, subidas, bajadas, puentes, túneles.[99]

Alejándose aún más de las formas artísticamente arregladas, Reyes hace costumbrismo cinemático mexicano al seguir con el ojo cinematográfico a una paseante:

---

[95] "Un drama para el cine", *Tren de ondas, OC,* VIII, pp. 383-7.
[96] "El cine literario", *Simp. y dif., OC,* IV, pp. 107-111.
[97] "Histrión inverosímil", *Tren de ondas, OC,* VIII, p. 413.
[98] "La escultura de lo fluido", *Tren de ondas, OC,* VIII, p. 389.
[99] "París cubista", *El cazador, OC,* III, p. 103.

Y por el campo de mi cinematógrafo interior, veo pasar a una pobre india descalza, trotando por un camino polvoso, con ese trotecito paciente que es un lugar común de la sociología mexicana, liadas las piernas en el refajo de colorines, y el fardo infantil a la espalda, de donde sobresale una cabecita redonda.[100]

Al pasar de los seres humanos a los animales, Reyes concibe la visión del perro como naturalmente cinematográfica, impresionada sólo por lo que se mueve y consciente de un objeto móvil tras otro:

Aparte del paisaje olfativo... el 'paisaje cinemático' parece ser, en efecto, la principal representación del mundo en la sensibilidad de Tiko: las velocidades del auto, de la lancha gasolinera, del *flyer,* del trineo o la *luge.*[101]

Prosiguiendo del hombre a la cultura y a esta cultura vista como continuidad, Reyes presenta la continuidad cinemática por un paralelo en la continuidad de los movimientos del hombre individual:

Aquiles, de alígeros pies, salta y no lo vemos sino antes y después del salto. No diremos de Aquiles que ha dejado de existir durante el salto: simplemente, supera nuestra sensación psicológica del momento, la decimasexta parte de un segundo. Pero Aquiles, visto en cámara lenta, es perfectamente continuo.[102]

La visión cinemática sigue estimulando la imaginación para ver nuevas perspectivas de continuidad en cada esfera de la realidad, en la progresiva transformación de la tierra por el hombre, por ejemplo:

Imaginad... lo que sería poder apreciar esta gesticulación de la tierra bajo el cincel del hombre, en una de esas cintas cinematográficas que abrevian en media hora todo el desarrollo de una planta y... convierten la flor de un día en flor de un minuto...[103]

[100] "El testimonio de Juan Peña", *Verdad y mentira,* p. 237.
[101] "Tiko", *A lápiz, OC,* VIII, p. 269.
[102] "Atenea política", *Tentativas y orientaciones, OC,* XI, p. 198.
[103] "Atenea política", *Tent. y or., OC,* XI, pp. 187-8. (V. también el resto del párrafo.)

El cine también abre nuevas perspectivas sobre el proceso cósmico entero, macroscópico o microscópico, y conduce a especulaciones bergsonianas respecto a la naturaleza de la fluidez y la continuidad en el Universo:

El "relentí" del cine nos ha familiarizado ya con la visión de estados o etapas en el flujo de lo sucesivo. Vemos al saltarín en el aire, y lo suspendemos, a voluntad, en la actitud que más nos plazca. Hay más: Compton ha logrado ya fotografiar —es decir, parar en su decurso— el choque de un electrón y un cuanto de luz. Intersticio, éste, más vertiginoso que el más profundo abismo, marea, turba, anonada por su pequeñez insuperable...
El chorro fugitivo de Bergson queda, de repente, cuajado y rígido, por efecto de una magia semejante a la de la Bella Durmiente...[104]

Finalmente, vemos que el cine incita a Reyes a intuir posibilidades futuristas en los campos de la cultura y de las artes. Visualiza, por ejemplo, un museo cinemático tridimensional del futuro:

Queremos quemar los museos y fundar el museo dinámico, el cine de bulto, el film de tres dimensiones... donde el espectador puede, si le place, ser también personaje y realizar sus múltiples capacidades de existencia.[105]

El libro del futuro, se figura Don Alfonso, podría volverse libro cinemático-televisor:

La fonografía contra la tipografía. Añadamos la televisión y el cine. Algún día, en vez de leer un libro, proyectaremos... la imagen del escritor en persona, que se mueve y habla para nosotros y nos cuenta todo lo que tiene que decirnos. Entonces sí que podrá afirmarse que el estilo es el hombre mismo.[106]

---

[104] "La escultura de lo fluido", *Tren de ondas*, *OC*, VIII, p. 388.
[105] "Contra el museo estático", *Calendario*, *OC*, II, p. 292. N. B. la fecha de publicación de *Calendario*, 1ª ed., 1924.
[106] "Máquinas", *Tren de ondas*, *OC*, VIII, pp. 398-99.

El modo "metamórfico"

El mundo, para la impresión humana, es la selva cambiante de las *Metamorfosis* de Ovidio.[107]

Hemos visto cómo Reyes ha mirado cosas e ideas por el ojo del científico; por la sensibilidad culinaria del gastrónomo; por la sensibilidad plástica del artista enamorado de las bellas formas, colores, sonidos e impresiones; por el espíritu familiar del habla popular; por los símbolos emblemáticos o heráldicos estilizantes; por la tendencia mitológica universalizadora; por la visión dramática y cinemática.

Todos estos modos estilísticos han ocasionado de alguna manera el uso de imagen y símbolo, a través de diversos repertorios complementarios de imágenes.

El modo de expresión verdaderamente culminante para el prosista artístico, el que más extrechamente lo acerca al poeta (sea poeta en verso o en prosa), es el que consta de transfundir la realidad superficial ordinaria en una realidad superior a través de la imaginación, la fantasía o la exaltación metafórica. En cierto sentido éste es simplemente la quintaesencia de todos los otros modos estilísticos ya discernidos, y no se sirve de ningún repertorio de imágenes único y peculiar a menos que sea el de lo fantástico y lo sobrenatural, pero este último no representa sino su punto terminal, donde llegaremos por ejemplo a seres sobrenaturales como ángeles, demonios o duendes. Esto esencialmente implica una sublimación o exaltación poética a través de imagen, metáfora o símbolo: una elevación desde un nivel del ser o de la existencia a un nivel espiritual y poéticamente "superior", tal vez al modo de la escala platónica de progreso hacia el ser, la idea o el prototipo perfecto.

De acuerdo con esta escala progresiva, los seres inanimados se animan, se elevan al reino humanizado o personalizado y llegan a vivir en comunión cultural e ideológica con los mejores de los seres humanos. Los seres humanos, a su vez, los dignos de admiración o de simpatía, de ser alentados o de ser

---

[107] *El deslinde*, OC, XV, p. 218.

citados como ejemplos a los demás, son exaltados al reino superior del espíritu y de los horizontes infinitos, a veces hasta la cuasi-divinidad como "ángeles".

Este proceso estilístico podrá llamarse tal vez "transfusión poética", "transfiguración poética", o "sublimación" (sin connotación freudiana): el objeto que se encuentra en el nivel inferior o más obvio de percepción se transfunde por la fluidez de visión del artista y su tendencia visualizadora en algo más hermoso y maravilloso que podrá corresponder a una verdadera realidad interior de esencia ideal. En cambio, la palabra *metamórfico* expresará mejor la idea del cambio de una forma de existencia a otra, indicando algo más inclusivo que la "metáfora" o lo "metafórico", que designan un solo tipo de figura poética. La metáfora, el símil, la hipérbole, otros tropos o figuras retóricas o sea "imágenes", todos forman parte de este proceso metamórfico que constituye la esencia del espíritu poetizante. A un extremo de la gama estilística formada por esta serie de modos estilísticos tenemos el polo *científico*, al otro el polo *metamórfico* o poetizante.

Personificación

Empecemos por la primera etapa posible de este proceso metamórfico: la sublimación desde el nivel subhumano al nivel humano, que se podrá llamar simplemente *personificación*.

Como preliminares en esta dirección, tenemos algunos ensayos familiares de Reyes en que juguetonamente atribuye cualidades morales o hasta asociaciones con lo divino a ciertas cosas como la cebolla (*Dignidad de la cebolla*),[108] o al peinetón español (*El origen del peinetón*).[109] Luego, se siente cierto cariño personal por los objetos personales, como el poncho que vino a casa de los Reyes al mismo tiempo que Alfonso y que llega a personificarse, volviéndose *alter ego* del autor:

Tan calvo está como yo mismo y de igual humor... Lo veo como parte de mi epidermis, cónyuge de mis costumbres... En él he

---

[108] "Dignidad de la cebolla", *Tren de ondas*, OC, VIII, pp. 377-8.
[109] "El origen del peinetón", OC, II, p. 325.

escondido intentos y pecados... Y hasta se llama "Poncho", como yo mismo en el diminutivo de mi tierra natal.[110]

Sin embargo, las excursiones más encantadoras que hace Reyes en el campo de la personificación son aquéllas en que personifica las ideas y los conceptos abstractos. Uno de sus talentos especiales es el de dar vida en términos personales a las ideas y a los valores intelectuales.

Véase cómo toma el fenómeno llamado "crítica" en el vocabulario del erudito y lo transforma por la personificación en la Sra. Crítica, o sea en un viejo "cobrador de alquileres":

¡La crítica, esta aguafiestas, recibida siempre como el cobrador de alquileres, recelosamente y con las puertas a medio abrir! La pobre musa, cuando tropieza con esta hermana bastarda, tuerce los dedos, toca madera, corre en cuanto puede a desinfectarse. ¿De dónde salió esta criatura paradójica, a contrapelo en el ingenuo deleite de la vida? ¿Este impuesto usurario que las artes pagan por el capital de que disfrutan? [111]

Inmediatamente humaniza la crítica con el doble epíteto personal de "aguafiestas" y "cobrador de alquileres". Primero, de la personificación femenina implícita en el género de *"la crítica"* crea *una* aguafiestas femenina, la visitante no bienvenida. Luego esta aguafiestas es como el cobrador de alquileres, probablemente el tipo del viejo usurero malhumorado, un Shylock o Torquemada galdosiano. Sin embargo, ésta es una mujer, tan malhumorada como un viejo usurero, a quien recibimos sospechosamente, aprensivamente, resistiéndonos a abrir la puerta.

Esta caracterización humorística ya está desarrollando su escenario visual y convirtiéndose en un pequeño drama en que la musa será el otro personaje: "La crítica" vuelve a cristalizarse en forma definitivamente femenina como hermana bastarda de la musa.

La musa hace gestos de consternación y trata de conjurar el

---

[110] "Matrícula 89", *Tren de ondas, OC*, VIII, p. 351.
[111] "Aristarco o anatomía de la crítica", *La Exp. Lit., OC*, XIV, p. 104.

encanto o purificarse del contacto con su hermana hechizada, enferma o contaminada. "La crítica" es una criatura monstruosa y paradójica dentro de la familia. Al fin queda deshumanizada, pero transformada en algo concreto, el impuesto del usurero que nos disgusta pagar y que es la materialización de nuestro contacto con un personaje del tipo del cobrador de alquileres.

El proceso de personificación ha pasado del concepto abstracto a la persona, volviendo a la etapa intermedia de las cosas inanimadas concretas, evocadoras de la persona. El concepto se ha personificado como un ser humano en la frontera de lo monstruoso o humano-inhumano, pero vivificado como una persona muy concreta como en las caricaturas de Quevedo y de otros escritores muy vívidos de ese género.

La "sublimación" en este caso no ha consistido en la exaltación de algo concebido como noble, sino que ha elevado algo de "muerta abstracción" a un nivel vivamente humano. Quienquiera que haya temido la deshumanización de la literatura moderna podrá encontrar precisamente la tendencia opuesta en Reyes, quien, siempre atento a los descubrimientos más finos de la erudición, no obstante se acerca con sus más perspicaces entendimientos abstractos al caluroso nivel humano vivo y visualizado.

Algunos de los ejemplos más interesantes de esta personificación de los conceptos abstractos se encontrarán en *El deslinde*, una de las monografías formales más sistemáticas de Reyes en que expresó la intención y la necesidad de desechar los adornos artísticos a favor de un estilo más sobrio.[112] Y sin embargo esta monografía formal adquiere vida estilísticamente con un raro color radiante y chispeante por medio precisamente de elementos como esta personificación de las abstracciones, en que la Señora Razón y la Señora Fantasía o Madama Matemática y Madama Literatura se vuelven animadas actrices en un drama de caracteres.[113]

---

[112] "Ya, a lo largo de una vida consagrada a las letras, nos han sobrado ocasiones para cantarlas con acento más placentero. Aquí no era caso de cantar, sino definir." *El deslinde, OC*, XV, p. 281.

[113] *Ibid.*, pp. 412, 323.

Apoteosis

En los ejemplos anteriores algún ser o abstracción inanimada se ha metamorfoseado en algo humano, es decir en alguien: una persona o personalidad. En el próximo nivel encontraremos una persona metamorfoseada en otra criatura —un ave o pájaro, por ejemplo—, una super-persona, o sea un ser etéreo y sobrenatural. Esto se ve en un solo proceso continuo en el retrato verdaderamente lírico titulado *Guynemer*.[114]

Guynemer es un rápido "retrato heroico" del aviador de la primera Guerra Mundial perdido sobre Bélgica, el cual capta la esencia de una personalidad en una serie de rasgos expresados como imágenes que sugieren lo sobrehumano, lo sobrenatural, el espíritu, lo inefable. La técnica de la transfiguración poética se encuentra en la transmutación de los gestos, de las acciones, de los rasgos de carácter que los asimila a los del pájaro, del insecto volante, del astro volante y finalmente del ser etéreo, parte de la aspiración del espíritu hasta las regiones celestes. Esta es una transmutación metafórica progresiva, que sugiere algo de la heroización mítica del estilo metamórfico calderoniano. En el epígrafe "('¡Hilas, Hilas!': gemido del viento en Tróada)" se sugiere inicialmente un vínculo con la Troya legendaria y con el espíritu del viento.

Luego vuelve el autor al pasado de su propia memoria para evocar la figura de Guynemer: "Vuelve a nuestra memoria el nombre radiante de Guynemer, as entre los ases."

Esto ha creado un fondo de dos vagos niveles de evocación en el pasado, formando un aura indefinida de leyenda como escenario para el retrato. *Radiante* sugiere irradiación o brillo y una ola de asociaciones sugestivas que podrían ser puestas en movimiento por la evocación del nombre del héroe. "As entre los ases" continúa esta idea con la sugerencia de una serie de superlativos, uno dentro del otro en círculos concéntricos, extendiéndose hasta la infinidad.

---

[114] "Guynemer", *Calendario*, OC, II, pp. 303-6.

Héroe representativo de la Gran Guerra, aviador casi niño, combatiente solitario, hijo predilecto de la victoria elegante, maestro de geometría celeste, primogénito de la raza de hombres del aire, diminuto corazón perdido de pronto en la luminosidad del éter sonoro. Y un día, hastiado del cielo material, del cielo metafórico que no le dejaba romper para siempre las ligas con la tierra, se arroja a morir entre las nubes y, en vuelo de transfiguración, desaparece.

Una cadena de siete eslabones o escala de siete escalones o sea de epítetos (reminiscente del estilo de Charles Péguy) lleva ahora desde el nivel terrestre al reino celeste y etéreo: *héroe representativo, aviador, combatiente, hijo, maestro, primogénito, corazón*.

1) El primer epíteto lo muestra al nivel de sus compañeros que luchan en la guerra. "Héroe" es un superlativo, pero todavía sólo al punto de partida rutinario donde él es simplemente "el Sr. Héroe Normal", "el Sr. Héroe Representativo, Término Medio", como los que lo rodean, uno de un grupo de tantos, en un momento cuando había muchos héroes.

2) "Aviador casi niño" sugiere ya algo extraordinario, una paradoja: adulto, pero niño.

3) "Combatiente solitario": se sugiere algo único, y otra paradoja. Él lucha, parte de un grupo, pero solitario.

4) "Hijo predilecto de la victoria elegante": he aquí un superlativo que adquiere alas. Está elevado desde el nivel rutinario del guerrero ordinario o del "Sr. Héroe Representativo" a un nivel de elegancia y virtuosidad artística, y el "hijo" da eco al "niño" con la sugestión de la precocidad.

5) "Maestro de geometría celeste": "Maestro" sugiere tal vez una ejecución más madurada, y "geometría celeste" la llegada a la frontera paradójica entre lo positivo y lo etéreo, lo finito y lo infinito. Es un paso más allá de la *geometría moral* de Juan Montalvo; es el encuentro del espíritu de geometría y el espíritu de finura de Pascal; es una expansión al infinito de la *poesía del archivo* de Reyes. Sugiere las teorías del propio Reyes sobre el sentido semántico-espiritual de las configuraciones espaciales.[115]

[115] V. "Sistema métrico universal", *Marginalia, Segunda serie (1909-1954)*, pp. 106-11.

6) "Primogénito de la raza de hombres del aire": ahora se sugiere un nuevo superlativo heroico: no meramente héroe representativo de un grupo terrestre que combate en una guerra terrestre en Europa en 1914-1918; sino el más alto de una raza de superhombres, de seres celestiales, hombres del aire que habitan las nubes (los más próximos a los ángeles). Habiendo llegado a las nubes, estamos listos a dar el salto final hasta el Infinito:

7) La pasmosa inmensidad del Infinito mejor se sugiere por un contraste o paradoja que gira en torno a la polaridad macro-microscópica: lo minuciosamente pequeño "perdido" en la inmensidad de lo Infinito. El "héroe representativo" fue como nada comparado con el Número Uno de una raza de "hombres del aire", pero aun este superhombre del aire no es nada comparado con la inmensidad del Cosmos por la que pasa, sin embargo, hacia el Inifinito. El "diminuto corazón" es ahora, comparativamente, una manchita de personalidad —el "corazón" sugiere todavía el calor de la esencia humana siempre presente— zambullida en esta inmensidad e intensidad del éter. "Éter" sugiere el aire en su dimensión más intensificada y purificada del espíritu. La intensidad vibrante de este gran mundo del espíritu de más allá se sugiere sinestésicamente en términos a la vez visuales y auditivos: "la *luminosidad* del éter *sonoro*."

La séptupla progresión por la Escala de Jacob desde la tierra hasta la esfera celeste ahora emerge en una apoteosis culminante en que se rompen completamente los vínculos con la tierra y la materia. El héroe deja atrás hasta el nivel celeste inicial que aún está ligado a la tierra, "el cielo material", "el cielo metafórico". Guynemer da el salto final que lo desliga enteramente de la tierra, hasta el cielo que está más allá del primer cielo aparente: "se arroja a morir entre las nubes y, en vuelo de transfiguración, desaparece." Ahora está transfigurado en el ser verdaderamente ultraceleste, y así desaparece de esta esfera donde en este plano podemos verlo.

El nombre mismo de Guynemer suena como a grito de guerra. Entre los versos de la Canción de Rolando, se le oiría como en su sitio: "Montjoie! Guynemer!"

El nombre es el símbolo de la persona. Su nombre resuena en un eco auditivo, zambulléndonos de nuevo en el pasado para establecer un vínculo en otro nivel todavía distinto con un héroe legendario. Lo que precedió fue una síntesis poética introductoria. Este ahora es el eslabón evocador retrospectivo a un retrato biográfico más sistemático del héroe, poetizado sin embargo:

Era celta. Raza misteriosa la celta; gran vencida de la Historia se la ha llamado. Raza de alma extremada y aventurera, capaz de melancolías heroicas y de gritos líricos inmortales. Raza de ardiente fe; la única que presta dinero reembolsable para en la otra vida, sobre el juramento de la oración.

El aura legendaria que rodea a nuestro héroe transfigurado se ensancha todavía más, volviendo a su origen racial: Troya, la Francia medieval; ahora es la Francia céltica prerromana —raza de héroes y aventureros, envuelta en una aureola de misterio, sueño, fantasía, lirismo, ardor—, otro vínculo místico-emocional con la otra vida.

Nació Guynemer la Nochebuena de 1894. El día de la movilización Guynemer tenía diecinueve años, y un aspecto frágil, femenino. Dos veces lo rechazaron: no parecía duro para la guerra.
Pero es que él no iba a hacer la guerra grosera, sino una guerra casi etérea, voladora; guerra de saeta y de insecto, de libélula, de saltarela.

La mención de su nacimiento en la Nochebuena puede implicar un vago paralelo estético con el advenimiento de Cristo, prolongado en la idea de que "fue rechazado" y en que iba a hacer la guerra, pero una guerra celeste y etérea.
La transfiguración en un ser celeste otra vez se forma por medio de contraste y paradoja: 1) Femineidad-heroicidad, 2) guerra cruda y ordinaria versus guerra etérea y volátil. El punto superior del segundo contraste nos lleva a un nivel móvil de "guerra casi etérea, voladora", donde flotamos, volamos por el éter, llegando a las sucesivas metamorfosis de 1) saeta, 2) insecto (libélula, saltarela). Guynemer es una saeta que flota, se encumbra hasta el infinito azul. O bien Guynemer es una libélula

—insecto exótico con calidades de delicada belleza— o bien, una saltarela insecto alegre y sin cuidado, según las fábulas. Todas estas son facetas de un ser superlativo.

Guynemer se va a la guerra, a la acción. "Dos días después, los obuses lo saludaban ya, en el aire, como a veterano conocido." Las bombas casi se metamorfosean en demonios familiares.

¿Era, pues, un hombre de hierro?
No: era de pluma, era un pájaro. Hijo de una familia unida, vivía entre mujeres y como en su blando regazo: la abuela, la madre y dos hermanas se ocupaban de sus materialidades, lo acariciaban, le suavizaban la senda —buenas hadas—, de modo que el niño héroe tenía esa dulzura, esa delicadeza que tanto desconcertaba, al principio de su carrera, a sus camaradas. Le llamaban "Mademoiselle".

Se ensancha todavía más la paradoja de lo masculino-femenino, "hombre de hierro" —"niño delicado"—, resolviéndose a su vez en otra metamorfosis, la de pájaro: no era de hierro sino de pluma. El pájaro es un símbolo frecuente del ser sobrenatural. En su ambiente familiar sugestivo también de femineidad, también hay un vínculo —como en su origen racial— con la esfera legendario-mítica, siendo aquí ambiente de cuento de hadas: "buenas hadas", hadas madrinas, etc., que le protegen y le dan vida encantada.

Partía en persecución del enemigo, ebrio de trepidación y retumbos, mirando estallar aquí y allá las estrellas momentáneas de la granada; se lanzaba como gavilán sobre la presa, que casi chocaba contra ella; el humo lo envolvía un instante, y las baterías lo cercaban en collares de truenos; el latido de su motor se injertaba en la palpitación de su sangre. Y súbitamente, el contrario se desgajaba entre llamas, en fantástica caída vertical de aspas y ruedas, por el camino de Luzbel.

Este cuadro dramático y cinemático con sus vivaces efectos explosivos transfigura una escena de violencia belicosa en la dimensión celeste. Las granadas son como estrellas que aparecen y desaparecen; él es rodeado de "collares" de truenos, sugerentes de coronas o adornos celestiales. El latido del motor del avión se vuelve uno con el de la sangre del piloto héroe: así por identificación con lo humano, lo mecánico y material se transfunde con él en lo celeste como parte de este drama superterrestre. Las dimensiones cósmicas extremas del drama se completan en la imagen teológica de la caída de Luzbel, con la que se identifica la caída física de la víctima del piloto. Ésta fue entonces la lucha celeste contra Luzbel, quien se ha caído hasta las infinitas profundidades inferiores. Esto recuerda el uso que hace Reyes en otras partes de "la caída" como símbolo metafísico general,[116] aunque ésta pueda trascenderse y compensarse por el nuevo impulso creador ascendente que proceda de ella.[117] En este caso la víctima de Guynemer cede al principio de la caída, mientras él lo trasciende volando hasta la esfera superior.

La imagen del pájaro se ha desarrollado todavía más como ave de presa: "se lanzaba como gavilán sobre la presa". Sin embargo, la ausencia de detalles desagradables nos impide sentirla como imagen desfavorable, a no ser como elemento de paradoja que contribuye a la idea más amplia de *noble* ave de presa que lucha noblemente en un contexto "celestial".

Y Guynemer volvía, casi saltando de entusiasmo en el aire, como un chiquillo regocijado volvía de jugar a la guerra. Y el triunfo sin crueldad, el triunfo de la velocidad, de la puntería, del ojo certero, de la visión justa como la del ave a todo vuelo, el triunfo del reflejo exacto, del pestañeo oportuno, el triunfo del movimiento único, le entraba hasta el alma en bocanadas de gozo, con un estremecimiento que se comunicaba, abajo, a la hormigueante trinchera.
Al llegar, hacía cantar su motor. Y cuando cruzaba sobre las trincheras, acostumbraba piruetear un rato, saltar de onda en onda, rizar el rizo; era un mensaje que mandaba a la infantería: "Soy yo, Guynemer. Podéis estar tranquilos. Por ahora os he barrido el cielo."

La imagen del pájaro que planea se redondea todavía más, como exuberante reiteración superlativa de la idea del triunfo volador con el salto juguetón, el salto al aire reminiscente de los

---

[116] V. "La caída", "La catástrofe", en *Ancorajes*.
[117] Como en "Meditación sobre Mallarmé", *Ancorajes*.

dos pájaros juguetones de *Las dos golondrinas*.[118] La metamorfosis continua de Guynemer como pájaro no le impide ser simultáneamente bailarín que da piruetas o casi acróbata cómico del circo que salta "de onda en onda", y quizá un trovador que canta (por la sugerencia de su motor cantante). Todas estas imágenes laterales sugeridas contribuyen a la metamorfosis multidimensional. Otras paradojas contribuyen a la calidad todosuperlativa del triunfo: "triunfo sin crueldad", "triunfo sin sangre" y el contraste *juego-guerra*. Tres niveles de la escala metamórfica están íntimamente ligadas: tierra, trincheras, los compañeros de Guynemer; Guynemer en su avioncito; y las regiones superiores del más allá, por la idea de comunión sugerida por la respiración comunicada ("le entraban hasta en el alma en bocanadas de gozo") y por la vibración ("un estremecimiento que se comunicaba, abajo, a la hormigueante trinchera").

Y en efecto, vuelve al campamento de las Cigüeñas. Pero esta vez inquieto y nervioso, poseído del dios. Expliquémoslo poéticamente: lo que así excita su pulso, lo que tanta palidez comunica a su semblante de niño, es su voluntad de transfiguración, su anhelo de saltar más allá. Su mano tiembla, y parece que el héroe empieza a volar con cierto desmaño: es que ha descubierto su camino y, como todo artista en la era de la superación, olvida un poco la técnica y hace como que se equivoca a veces. Respetamos el instante sagrado.

Reyes penetra ahora por debajo del nivel de la metaforización superficial para mostrar que este proceso de transfiguración no es tan sólo una invención artística por parte suya: sus imágenes corresponden a una realidad psicológica, una genuina aspiración al más allá, de la que encuentra evidencia en las reacciones de Guynemer.

El ensayo se cristaliza en una escena final, la del combate final de Guynemer en los cielos, en que desapareció en el aire. Otra vez se tiende un vínculo a la heroica Antigüedad:

El otro procurará desviar la patrulla, y Guynemer irá entonces cazando, uno a uno, a los contrincantes. Es la estrategia clásica de los Horacios contra los Curiacios.

[118] "Las dos golondrinas", *Las vísperas de España, OC,* II, p. 95.

Una vez más se traza y se multiplica la imagen del pájaro: "... el capitán Guynemer —¡veintidós años como veintidós águilas al viento!" Ahora se alcanza la transfiguración total, mediante la desmaterialización y la disolución, la "ausencia" que significa una "presencia" en el reino de lo inefable:

Estamos en el claro cielo de Bélgica, sobre Poelcapelle. ¿No oís una campana muy honda que se confunde, en el espacio, con el estridor de los aviones? Bozon-Verduraz evoluciona y, cuando vuelve al sitio primero, Guynemer ha desaparecido. En vano lo busca y lo busca en las asfixias del aire raro. De Guynemer no queda rastro en el aire ni vestigio en la tierra. ¡Estalló el espíritu puro sin dejar humo ni cenizas! Los soldados alemanes tampoco han podido encontrarlo. Uno de sus aviadores asegura haberlo visto muerto, la cabeza doblada, y las manos, mecánicamente, gobernando todavía el motor, hacia arriba, hacia arriba.

Una manera en que Reyes logra esta transfiguración artística es por la mezcla, combinación e integración de sus ambiguos símbolos estéticos con las manifestaciones efectuadas en el nivel de la realidad material: el sonido resonante de una campana imaginado por la fantasía poética, símbolo auditivo de la muerte, tal vez de "muerte y transfiguración" que lleva al piloto al reino etéreo, se confunde con el ruido de los motores de los aviones.

Un segundo puente o camino para efectuar la "transfiguración" es el uso de la vaguedad o "ausencia" en el plano material —mediante la coloración e interpretación subjetivas— para introducir la mente del lector en el ambiente borroso de lo desconocido e infinito. El aire se siente como "las asfixias del aire raro", posible referencia a una condición física pero expresada de manera poética. El compañero de Guynemer lo busca en este ambiente espiritual de asfixia donde difícilmente respira y existe el individuo normal ligado a la tierra, mientras Guynemer se ha transfigurado, se ha ido para habitar aquel reino superior de atmósfera enrarecida en donde respira naturalmente.

Otro paso transicional sugiere la subida progresiva de Guynemer por la escala desde la tierra hasta el cielo y hasta el reino superceleste: "De Guynemer no queda rastro en el aire ni vestigio en la tierra." Habiendo eliminado los dos niveles inferiores en la transición de materia a espíritu, estamos listos para la interpretación puramente poética del fin de Guynemer, transfundido en términos de espíritu puro:

¡Estalló el espíritu puro sin dejar humo ni cenizas!

Reyes ahora imagina esto como suceso puramente espiritual, teniendo analogía con el proceso físico de la explosión, como podría acontecer con un avión que estallara en pleno aire, desmaterializándose sin dejar huellas visibles.

Para los que pudieran encontrar forzada esta interpretación "fantástica", Reyes ofrece otra versión simplemente posible, a base de "testigo presencial", que resulta de implicación absolutamente pesadillesca: que tal vez hubiera muerto con la mano al timón, subiendo siempre el avión hacia la infinidad. Esta escena posiblemente verdadera tendría mayor probabilidad de turbar que de satisfacer al buscador de los hechos, pues sugiere una macabra confrontación paradójica de la vida con la muerte, la materia con el espíritu en la frontera de los misterios más evasivos de la vida. La reiteración "hacia arriba, hacia arriba" nos levanta poéticamente hasta el infinito y al mundo ideal de la aspiración sin límite, que era el mundo interior por el que giraba el espíritu de Guynemer:

¡Oh ejemplo de superación! "Las fuerzas humanas tienen un límite" —le había dicho su santa madre—. "Sí —contestó él—. Un límite que hay que superar. Mientras no se ha dado uno entero, no ha dado nada."

Hablamos aquí de "transfiguración poética", de la transfiguración como proceso estilístico o poético. Sin embargo, hay una íntima relación funcional entre el proceso estilístico y el proceso de la transfiguración psicológico-espiritual. La transfiguración en ambos campos descansa en un ritmo paradójico de negación-afirmación, ausencia-presencia, destrucción-nueva creación. La personalidad de Guynemer aquí no se presenta en términos teológicos ni en términos éticos cristianos, pero el principio director de su vida: "Mientras no se ha dado uno entero, no ha dado nada", corresponde exactamente al principio cristiano de motivación teológico-ética: "el que perdiere su vida... la salvará", que está a la raíz de la transfiguración mística o espiritual.

El párrafo final acaba de efectuar la transfiguración de Guynemer, mostrándolo transfundido en los elementos celestes y astrales, su espíritu y eterna presencia uno con el viento, las estrellas y los misteriosos seres del más allá, vinculado al mismo tiempo con la Bélgica y la Francia de ahora (en su paisaje), y también con la heroica Francia de los tiempos de Rolando ("¡Guynemer, Guynemer!" que hace eco al "¡Montjoie! ¡Guynemer!" de la referencia anterior):

Era el niño Guynemer como un amuleto de la infantería; meteoro trocado en constelación, vino a ser un signo estelar. El viento de Bélgica sabe articular una voz (¡Guynemer, Guynemer!) cuando va sonando por las torres. ¿Qué ha sido de Guynemer? ¿Se ha desposado con las sirenas del aire, hecho aire él mismo? ¿Desapareció hacia el sol, por la sutil tangente de luz, en el último relumbre de su nave volátil? ¿Fue a aterrizar en una estrella, castigando los ijares de su hipogrifo? ¡Oh capitán, oh héroe! De los labios de un pueblo tu nombre sube como un resuello de triunfo. Palpita tu corazón, claro astro en el fondo de las noches de Francia.

Guynemer ha pasado por una triple metamorfosis poética: 1) está transmutado en un cuerpo o cuerpos astrales específicos: meteoro-constelación, estrella. 2) Es un espíritu del aire, compañero de seres mitológicos o legendarios como sirenas e hipogrifos. 3) Es un vínculo simbólico entre sus compatriotas y compañeros de armas y el infinito: amuleto o mágico talismán que contrahace para sus compañeros los malos hechizos; "signo estelar", estrella que es signo en los cielos de alguna relación del hombre con lo divino. Su *nombre* que es su símbolo resuena en el viento por las torres; sube de los labios de su pueblo —símbolo de la aspiración de este pueblo al infinito: él es el eslabón simbólico.

La multiplicidad, la variedad de posibilidades inherentes en la transfiguración se dan expresión por un ritmo de círculos concéntricos o de ondulación en forma de parábola, expresado por las frases de este párrafo, en que el estímulo auditivo de la resonancia —como campana— de la voz imaginaria está seguido de una serie de interrogaciones que se tienden para explorar las posibilidades de fantasía y de misterio.

Demonios, duendes y ángeles

El proceso metamórfico o transfigurativo ha sido un camino a la fantasía. En este mundo de la fantasía podremos encontrar ciertos seres sobrenaturales o fantásticos, inclusive los de la mitología griega que se acaban de ver, o bien los demonios, duendes y ángeles. Tanto el gusto que siente Reyes por el elemento popular familiar y humorístico como sus estrechos enlaces con el espíritu fantástico español —como se ve, verbigracia, en García Lorca— lo llevan a un sentido (serio o generalmente juguetón) de la presencia de los demonios o duendes: sus *Tres diálogos*[119] están imbuidos de esta presencia, con el *duendecillo* del análisis, desdoblamiento del alma del poeta, que le espía. El mundo poético del artista puede estar habitado por una multitud de espíritus familiares de diversos grados de servicialidad y afirmación o de impedimento y negación.

La hermosura y la pureza, sin embargo, se ven mejor en aquellos seres sobrenaturales más transfiguradores e inspiradores, los ángeles.

Una vez más, no hay que confiarse en las excusas que ofrece Reyes por su supuesta sequedad o sobriedad de estilo en *El deslinde*, pues hasta en ese tratado formal encontramos la evocación de uno de estos seres tutelares angélicos:

Para redondear el examen, veamos ahora la literatura desde la teología, pidiendo las gafas al Ángel de las Escuelas, *salva reverentia* ... [120]

Ésta quizá no pase de ser una especie de empatía juguetona con el espíritu teológico. Una exploración más amplia por la obra de Reyes nos revela, sin embargo, que el ángel es uno de

---

[119] "Tres diálogos" ("I. El demonio de la biblioteca", "II. El duende de la casa"), *Cuestiones estéticas, OC,* I, pp. 117-43; V. esp. pp. 129-32.
[120] *El deslinde, OC,* XV, p. 409.

sus seres poéticos predilectos. En efecto, se sirve de la figura de Jacob que lucha con el Ángel para epitomar la esencia misma de la Poesía, en su ensayo así titulado: *Jacob o idea de la poesía* que cita en su epígrafe a Génesis 32:24-8, y termina:

Lucha con lo inefable: "Combate de Jacob con el Ángel", lo hemos llamado.[121]

Cuando Reyes desea expresar cómo ve él la actividad creadora de otro poeta —tal poeta de las más finas esencias como su amigo Enrique González Martínez—, lo ve prendiendo ángeles en las finas redes de su poesía:

Su poesía, ¡tan casta! ... Pasajero [sic] con una jaula llena de alas. Pero —¡qué sorpresa!— el pajarero adelgazó tanto la liga que, en vez de pájaros, fue enredando ángeles y ángeles. Sus ángeles temblaban de asombro y eran los primeros en no entender cómo había sido aquello. No imaginaban que se les pudiera cazar con palabras. Era la primera vez que pisaban tierra, que respiraban tierra ... al término de cada poema —¡qué sorpresa!— ya estaban ahí, quietos y cautivos, los ángeles.[122]

Los ángeles son las puras esencias vivas y misteriosas de la poesía, un poco en el sentido becqueriano, pero que pueden ser alcanzadas o convertidas en realidad tangible sólo por la milagrosa magia de un poeta como González Martínez. Aquí también se ve la transformación metamorfoseante de pájaro en ángel ya aludida.

Finalmente, por el filtro de la *Révolte des anges* de Anatole France, en el ensayo "Los ángeles de París" *(El cazador)*[123] de Alfonso Reyes, el lente prismático de la fantasía transfigurará en ángeles los seres humanos. Toda una ciudad se animará de seres celestes vivos, el elemento angélico vislumbrado por el enfoque impresionista de los ojos medio cerrados:

---

[121] "Jacob o idea de la poesía", *La Exp. Lit., OC,* XIV, p. 103. V. también el soneto "Jacob", *OC,* X, pp. 113-4.
[122] "Compás poético" ("2. Un orden divino"), *Ancorajes,* p. 13.
[123] "El cazador", *OC,* III, pp. 92-5.

La realidad de todos los días, contemplada apenas con los ojos entrecerrados, tras la redecilla de las pestañas... Y súbitamente, se apodera de nosotros la sospecha de que el mundo es el cielo, y de que los hombres mismos son ángeles.

Este ensayo pasa a trazar un delicado y detallado retrato fantástico de un "ángel" y de una muchacha que ha conocido a un ángel, seguido de tres excursiones poéticas de gran calidad artística por diversos reinos escénicos en París y en otra parte en busca de ángeles y del elemento angelical: escena de caza inglesa; perezosos pescadores en las orillas del Sena; los artistas rusos emigrados en Montparnasse, "ángeles disfrazados de rusos".

El ángel es un punto de encuentro de lo humano y de lo divino o sobrehumano: lo angelical puede poner en enfoque la naturaleza binaria y paradójica del hombre, que al hacerse sobrehumano podrá estar a la orilla de lo no-humano, como sugiere esta curiosa fantasía fisiológico-psicológica titulada *Hacia el ángel:*

Blando, blando el cráneo sin vicios, y el exceso de alimentos líquidos disuelto en sangre sin arenas... De manera que, blando e informe, entró, quién sabe cómo, igual que un grande rayo de acero, hasta el cielo de la libertad.[124]

El mundo del sueño

En el ensayo que se acaba de comentar, encontramos en la discusión que Reyes hace de France una clave a la entremezcla y coexistencia de realidad y fantasía en la prosa alfonsina:

Su enseñanza: la fantasía implícita en la realidad; el pulso de lo no conocido que circula por las arterias de la vida. Se han abierto a un tiempo la puerta de cuerno y la de marfil. Por un instante, hemos olvidado si estamos viviendo o recordando, viendo o fingiendo. Y entonces el mundo ha parecido brotar de nuestra ficción voluntaria.[125]

---

[124] "Hacia el ángel", *Árbol de pólvora*, pp. 47-50.
[125] "Los ángeles de París", *El cazador, OC,* III, p. 92.

Así es a través de la obra ensayística de Reyes, que con frecuencia colinda con la literatura creadora —poesía o "ficción": continuamente va abriendo ambas puertas helénicas de cuerno y de marfil —sea alternativa o simultáneamente— a su inspiración. Los sueños que pasan por la puerta de cuerno son verdaderos, según la imaginería mítica griega. Pero los sueños de "verdad" y los de la pura fantasía entrarán simultáneamente, mezclándose. El sueño es un canal de la fantasía, pero la fantasía también puede incorporar verdad, la "realidad" puede incorporar fantasía, la fantasía implícita en la realidad. La paradoja alfonsina de *Verdad y mentira* siempre se esconde al fondo.

Nótese además la observación sobre el uso que hace France de la fantasía onírica:

El libro... encierra una profunda verdad; una verdad de observación, difusa como niebla. El autor quiere hacernos creer que todo es un sueño, pero de manera que transparentemos la verdad según suele suceder en algunos sueños.[126]

Veremos que el propio Reyes se sirve de este mismo factor en sus ensayos, transformando el principio filosófico de *"La vida es sueño"* en principio y realización estéticos.

Varios de sus ensayos contienen interesantes escenas oníricas que recorren la gama desde marcos para la seria exposición de ideas hasta meras fantasías amenas que colindan con el cuento o el poema en prosa.

En *Un sueño de Teodoro Malio*, Reyes insiste en la "autenticidad" del sueño y acentúa su valor para cristalizar ideas:

Teodoro Malio speaking: ...he redactado brevemente un curioso sueño que tuve anoche. Si no fuera auténtico, no tendría valor alguno.*
Es curioso ver cómo se decantan a veces las nociones durante el sueño... Todo eso me anduvo en la cabeza, se coló por las rendijas de la censura hasta el ser profundo y luego, abusando de mi estado inerme, fue vomitado otra vez en la pesadilla.[127]

---

[126] *Ibid.*
* Fue estrictamente auténtico. Madrugada del 31 de julio de 1941.
[127] "Transacciones con Teodoro Malio" ("5. Un sueño de Teodoro Malio"), *Ancorajes,* p. 118.

Hay juguetonas insinuaciones del sistema psicológico freudiano de la interrelación de conciencia y subsconsciencia a través del "censor", pero Reyes no se entrega seriamente a la interpretación de los sueños a lo Freud, como lo hace por ejemplo el dramaturgo francés Henri-René Lenormand.

Breve visita a los infiernos,[128] supuesto relato de un sueño alucinatorio provocado por la marijuana, es parcialmente una excursión de la imaginación al azar por el mundo —influido por las drogas— de la creación libre y voluntaria, pero más especialmente el sueño es un recurso metafísico perspectivista que produce una visión relativista del mundo. La imaginación se emplea para explorar ideas y provocar nuevas perspectivas en la frontera de la psicología y de la filosofía. El poema *Yerbas del tarahumara*, ya citado en relación con la sinestesia, muestra también cierta curiosidad por los efectos psicológicos de las drogas y su función como puente entre lo real y lo fantástico, lo psicológicamente normal y anormal.[129]

El "relativismo" que se desprende de la *Breve visita* recuerda el del debate del Yelmo de Mambrino ("baciyelmo") en el *Quijote*, y concluye:

¿Qué pacto preside a este sueño, a esta alucinación, a este juego de reglas un día voluntariamente convenidas, que llamamos el mundo? ¿A orillas de qué Pactolo del alma, en qué aurora de embriaguez y conciencia cambiamos el diálogo de mentiras en que luego habíamos de creer a ojos cerrados?

En el campo de las perspectivas psicológicas, hay insinuaciones de dualidad stevensoniana (Jekyll-Hyde) y cervantina (locura-cordura), con uno de los personajes oníricos que parece "transparente" como el hombre de vidrio de Cervantes en el *Licenciado Vidriera*. A través de la alucinación aparecen algunos seres sobrenaturales, un *duende* y un demiurgo.

En *Tres diálogos* [130] aperece una compleja configuración de

---

[128] "Breve visita a los infiernos", *Ibid.*, pp. 40-6.
[129] "Yerbas del tarahumara", *OC*, X, pp. 121-3.
[130] "Tres diálogos" ("III. Las cigarras del jardín"), *Cuestiones estéticas, OC*, I, pp. 133-4.

sueño-dentro-de-un-sueño. La función de este sueño es la de expresar una rica constelación de símbolos estéticos de ambigüedad poética con efectos de refracción visual, reverberación auditiva y corazón que desangra a lo Dalí. Reyes insiste de nuevo en la unión de la fantasía con la realidad interior, reiterando la referencia a las puertas helénicas de cuerno y de marfil:

En verdad tu sueño merece haber llegado a través de las puertas de cuerno (¿o las de marfil?) que nos describen los antiguos.[131]

No hay más que un paso desde el sueño de marijuana o desde esta fantasía estético-simbólica contenida dentro del marco de un ensayo en forma de diálogo-divagación, a las puras fantasías onírico-simbólicas que pertenecen más bien al género del cuento imaginativo, como la ficción pesadillesca de sabor superrealista *Melchor en carrera*,[132] cuadro pintado en un ambiente de Rembrandt-Jerónimo Bosco, o bien el cuento onírico "La cena" en *El plano oblicuo*.

---

[131] *Ibid.*, p. 134.
[132] *Árbol de pólvora*, pp. 102-7 ("una res desollada, muy rembrandtesca", "disparates de Jerónimo Bosco").

V. LA VISIÓN TOMA FORMA

Estructuras ensayísticas

Ya se ha visto que Reyes es un buscador o cazador de valores estético-filosóficos. Tiene ideas que expresar e impresiones que gozar. Al mismo tiempo, su pensamiento tiende a tomar la forma de "ese pensar por imágenes", verdadero modo de pensar para él. Esto se podrá llamar simplemente pensamiento poético. A su visión del mundo trae una sensibilidad artística ricamente desarrollada.

Acabamos de analizar esta visión artística a través de un examen de algunos de los sistemas y grupos más significativos de imágenes por los que su estética da expresión a sus ideas e impresiones. Ahora veamos cómo la visión toma forma: cómo el Reyes ensayista canaliza su visión y su meditación en unidades artísticas formales y específicas, o sea según patrones estructurales.

Al explorar su repertorio de imágenes, hemos entrado y salido de un ensayo y otro (con referencias a otras obras) como si constituyeran una sola unidad total y continua. Ahora estudiaremos los ensayos como unidades individuales y distinguiremos tipos ensayísticos, viendo cómo responden a un sentido de forma y estructura artística.

Hay diversas maneras posibles de clasificar tipos de ensayo: según el contenido o la temática; según la extensión, grado de formalidad o tono personal, intención estética o expositiva. Ya hemos hablado de la clasificación según los tonos, énfasis o "acentos", verbigracia "el ensayo de acento filosófico", "el ensayo de acento cultural".

José Luis Martínez[1] establece una clasificación de los ensayos de Alfonso Reyes según su intención central, su énfasis y circunstancias de elaboración: 1) "ensayo como género de

---

[1] J. L. Martínez, "La obra de Alfonso Reyes", *Cuadernos Americanos*, XI: 1 (enero-febrero, 1952), pp. 109-29; y en el Prólogo a su *Ensayo mexicano moderno*, México: F. C. E., 2ª ed., 1971, I, pp. 11-15.

creación literaria", 2) "ensayo breve, poemático", 3) "ensayo de fantasía, ingenio o divagación" ("Constituyen un género ensayístico muy personal de A. R. y en el que no admite comparación alguna"), 4) "ensayo-discurso u oración (doctrinario)", 5) "ensayo interpretativo", subdividido en "literarios", "historia americana", "humanísticos", "crítica de arte", 6) "ensayo teórico", 7) "ensayo de crítica literaria", 8) "ensayo expositivo", 9) "ensayo crónica o memorias", 10) "ensayo breve, periodístico y de circunstancias", 11) "tratados".

Considerando como básicamente válida esta clasificación, así como la que hace Olguín de acuerdo con las etapas cronológicas de la obra alfonsina, la miraremos desde otro punto de vista, el del motivo y de la estructuración estéticos. Desde esta perspectiva, distinguiremos tipos sobresalientes de forma ensayística, que responderán al motivo artístico únicamente, representando la realización estructural de la sensibilidad estética ya estudiada en el repertorio de imágenes y modos estilísticos. Ahora cortamos a través de todas las categorías de temática y contenido, de énfasis o de "acento", para procurar trazar la "arquitectura" artística del ensayo alfonsino.

Sistemas estructurales

Por debajo de las múltiples formas estructurales de los ensayos individuales, encontramos cuatro tipos generales o sistemas de estructuración según los cuales parecen organizarse los ensayos de Alfonso Reyes:

1) *Estructuras simbólicas,* que incluyen una serie de variaciones del *Ensayo Metafórico,* en que una metáfora o más de una metáfora actúa como fuerza de orientación estructural.

2) *Estructuras de contraste ideológico,* inclusive variaciones del *Ensayo Paradójico,* en que un contraste de ideas crea una estructura de doble faceta.

3) *Estructuras eidéticas,* que comprenden una amplia variedad de perspectivas óptico-visuales que sirven como unidades de enfoque estructural, inclusive el *Ensayo Estereoscópico,* el

Ensayo Prismático y el *Ensayo Perspectivista,* y una serie de *Cuadros Ensayísticos.*

4) *Estructuras dinámicas,* en que las fuerzas de puro movimiento proporcionan las vértebras estructurales del ensayo, sea sugiriendo estructuras geométricas más específicas como *Círculos* y *Espirales,* sea siguiendo diversas rutas que se pueden llamar *Senderos* o *Desviaciones.*

Estructuras simbólicas

El ensayo simbólico basado en la metáfora

Si hay textos sobrios, hay otros que parecen cargados de aquellas "cañas de pescar" o metáforas, que dice Ortega y Gasset, con que alargamos nuestro corto brazo para llegar hasta el punto que queremos.[2]

Una de las expresiones estilísticas fundamentales en cualquier artista literario es el proceso imaginístico llamado metáfora. En la fluida prosa alfonsina, la metáfora es algo más que un elemento de transfusión poética de la *lengua de ficción.* También resulta ser un elemento estructural de importancia vital.

Una de las formas estructurales muy empleadas por Reyes es la metáfora sostenida que sirve de núcleo central o marco para la elaboración del ensayo entero. Cristalizándose un solo tema de discusión en torno a una sola imagen central, este tema podrá adquirir sustancia y unidad, podrá ser realzado o elevado desde el nivel del mero comentario marginal al resplandor artístico con significación pertinente. La sencilla metáfora nuclear podrá entonces ramificarse, convirtiéndose en metáfora compleja o racimo de metáforas que desempeñará la misma función básica de núcleo unificador.

El ensayo metafórico sencillo

En *Los objetos moscas,*[3] la metáfora sostenida y plenamente elaborada tiene un tono fuertemente narrativo:

[2] "Apolo o de la literatura", *La Exp. Lit., OC,* XIV, p. 96.
[3] "Los objetos moscas", *Tren de ondas, OC,* VIII, pp. 373-4.

¿Espantáis la mosca? Ella vuelve. Antes, hace un giro en el aire, dibuja letras, alardea con todas las suertes del aeroplano; pero vuelve. En Roncesvalles, recuerdo haber encontrado la especie más tenaz de la mosca, sin ser tábano todavía. La mosca de Roncesvalles, espantada, salta sencillamente sobre el mismo sitio, sube y baja como un mecanismo de resorte, sin entretenerse en vuelos volubles, sin el disimulo de la mosca civilizada. Es aquélla una mosca alargada y gris, que muerde hasta la sangre en el cuero de las reses y enloquece a los nerviosos caballos.

Esta metáfora sostenida se ha desarrollado y se ha redondeado tan pormenorizadamente que la "exposición" de la "tesis" del ensayo ya puede reducirse a una sola frase vinculadora que identifica la imagen o símbolo con el tema del ensayo: "También hay objetos moscas, que se nos pegan sin remedio." Reyes ha descrito tan bien las moscas, que sólo necesita hacer la identificación "moscas igualan objetos" para que se entienda ahora de qué clase de objetos quiere tratar. Sin embargo, se intensificará la expresividad de la comparación con la narración de dos anécdotas adicionales que ilustran la existencia de los tenaces objetos que se nos pegan como esas moscas: primero los cuellos usados que un hombre en vano trató de tirar; luego, las viejas hojas de afeitar que Babbitt no pudo desechar.

En este ensayo metafórico, la metáfora sostenida es el punto de partida; luego se enriquece, adquiere más perspectiva y se vuelve dinámica mediante un triple procedimiento narrativo: una narración dentro de la metáfora, seguida de dos relatos ilustrativos adicionales que sirven para desarrollar la tesis, conduciendo el último relato —por alusión— a una observación final de contraste.

El racimo de metáforas como estructura ensayística

Otro ejemplo del ensayo construido en torno a una metáfora central es el retrato que Reyes hace del poeta provenzal Frédéric Mistral.[4] Este breve ensayito está formado en torno a una sola metáfora globalizadora, enriquecida aún más, sin embargo,

---

[4] "Las hazañas de Mistral", *El cazador, OC,* III, pp. 111-2.

por una serie de metáforas subsidiarias todas ligadas, además de un doble "estribillo" que le da otra forma de unidad.

La metáfora globalizadora central es la de la *cigarra* aplicada a Mistral, pues éste fue el insecto escogido como emblema por los *Felibres* de la Provenza moderna.

Reyes visualiza a Mistral, jefe del *Félibrige,* como esencialmente el poeta siempre cantante cuya naturaleza es de cantar, como vive, respira, vibra; cuyo canto nunca se alejará de nuestro oído. Esta esencia de Mistral *"el* cantante" se cristaliza en la metáfora de la cigarra, que dará unidad al ensayo entero y a cualesquiera líneas laterales que el ensayista quiera desarrollar.

Al "plantar" inicialmente la metáfora, Reyes pasa ya a explorar sus posibilidades, descubriendo otros puntos de analogía entre Mistral y la cigarra: "¿Luego las cigarras también mueren, a pesar de lo que nos cuenta Platón?" sugiere la afirmación contraria de que el insecto seguirá cantando eternamente, siendo incongruo e inconcebible que pudiera morir.

La metáfora ahora se presenta formalmente: "Una cigarra fue Mistral, bebedor de sol. Cantó en el estío: murió en el invierno", sugiriendo otra característica asociativa: Mistral como el insecto vivió, amó y floreció al sol. Así traza el fondo escénico de Provenza, la Francia meridional asoleada, medio geográfico y cultural que habitó Mistral y cuyo espíritu encarna.

"Cantó en el estío: murió en el invierno": aquí Reyes extiende la metáfora aludiendo a la fábula de La Fontaine, *La cigarra y la hormiga,* para hacer resaltar por contradicción otra faceta de Mistral, el cantante de la asoleada Provenza. Invirtiendo los términos del elogio de la hormiga industriosa y providente y del escarmiento de la cigarra holgazana (La Fontaine la confundió con el saltamontes), se sugiere que el cantante es tan noble como el providente trabajador y que hay grandes almas cuya índole y misión es de cantar, inspirando a los demás.

"Una sola nota canta la cigarra; es una vieja canción materna": aquí se produce una cuarta analogía entre Mistral y la cigarra. "La cigarra no querrá cantar más que esa canción." Como el insecto canta una sola nota o una sola canción, Mistral concentrará su sensibilidad lírica en un solo canal, en su herencia provenzal de folklore, idioma y canción, y en un solo poema que escribirá, el idilio amoroso de *Mireio* o *Mireya,* épica elaboración sobre una vieja canción "materna" que su madre le traspasó del pasado tradicional.

Finalmente, después de un desarrollo central de la historia de Mistral, vuelve Reyes a una última reiteración de la misma metáfora clave: "No se sabe bien si era un hombre o una cigarra", punto de partida ahora para una cadena de tres metáforas transfusoras que llevan a Mistral a una apoteosis culminante: "No se sabe bien si era un hombre o una cigarra... No se sabe bien si era una cigarra o un geniecillo del lugar." Mistral se ha transfigurado de hombre en cigarra, de cigarra en demonio familiar eternamente ligado a Provenza.

"Pero los filólogos advierten que, según su nombre, pudo ser tan sólo una representación mitológica del viento que canta en los emparrados. Mistral, minstral o maestral: el viento noroeste en el Mediodía." El último eslabón de la cadena es la evolución de Mistral, desde *geniecillo* que habita solo uno u otro rincón de Provenza, en espíritu como el viento que barre toda Provenza, espíritu cósmico y abarcador, verdadero símbolo del Mediodía francés.

En el desarrollo central, hay tres símbolos menores entretejidos en la tela del discurso para sugerir otras facetas más del espíritu de Mistral. Al aludir a los poetas reunidos por Mistral en el viejo castillo de Fontségugne para resucitar la tradición provenzal, Reyes los llama "los caballeros de esta nueva Tabla Redonda". El vetusto castillo provenzal hace la transición a esta imagen, en que vemos a estos poetas *felibres* como resucitadores del pasado medieval provenzal y del antiguo espíritu de la caballería en la esfera poético-cultural.

Desde ahí pasamos a otra asociación medieval: "Gaston Paris, abuelo de los romanistas, encontraba al trovador Mistral por las playas, enriqueciendo su vocabulario en el trato de pescadores." Ahora Mistral es un trovador moderno que recorre las playas en busca de los que literalmente perpetúan la herencia medieval del trovador —sus tesoros de canto y de fábula. Además, la implicación etimológica de *trovador* es la de *descubridor* de nuevas palabras, proviniendo precisamente de los pescadores que turban el agua.

Una tercera imagen en esta serie es la alusión a la gloria de Mistral como poeta de *Mireya,* por medio de las seis letras de su santa patrona María como aparecen en esta leyenda:

Como en los *Milagros de Nuestra Señora* (que Anatole France... gusta de contar otra vez) de su boca brotarán seis rosas, y son las seis letras del nombre de Mireya.

Estas tres metáforas nos han llevado al pasado medieval, pero con las rosas también estamos en la esfera de la belleza inefable que vivirá eternamente. La vinculación con las seis letras de "Mireya", heroína del canto de Mistral, nos devuelve al tema del Canto que es el tema del ensayo en general. El aparente serpenteo de la línea de asociaciones resulta ser un procedimiento de metaforización globalizadora.

El símbolo de la cigarra ha conducido a diversas esferas: a la de la fábula con La Fontaine, a la del puro espíritu y de la mitificación, y siempre al reino de la poesía y del canto. Al fin el ensayo mismo se vuelve canto, como si el poeta-ensayista Reyes se hubiera metamorfoseado en trovador, en cigarra que canta el canto de Provenza.

El párrafo final evoca a la vez la introducción típica de un romance antiguo y la del poema de Mistral: "Canto umo gato *de Provença.*" Dice Reyes: "Cantemos las hazañas de Mistral *de Provenza.*" Y todo el resto del ensayo está sembrado de estribillos: —"¡Oh Mireya, mis amores!", dicho y redicho; "La vida ha acabado; su fábula comienza"— invertido, al final: "No se sabe bien si era un hombre o una cigarra. (Acabó su vida, comienza su fábula)", simbolizando en otro plano los dos niveles (terrestre y poético-mitológico) en que existe Mistral.

Vemos que la metáfora sencilla, empleada como núcleo de la estructura ensayística, tiende a menudo a echar retoños y crear un racimo de metáforas y otros procedimientos simbolizantes como los estribillos de este ensayo, formando una unidad estructural infinitamente más compleja.

El ensayo del símbolo enlazador

En *Huéspedes indeseables*,[5] ensayo jocoserio que trata de los gusanos de libros, se utiliza un solo símbolo enlazador que encamina al lector a través de una serie de ángulos laterales hasta la exposición formal del tema entonces puesto en su enfoque final mediante un mito o fábula inventada para el caso. El tema formal podría tal vez expresarse: "la (in)destructibilidad de los libros", o sea: "destructibilidad *versus* indestructibilidad; animal *versus* hombre: ¿cuál es el peor destructor de los libros?".

El gusano de libros es escogido como símbolo de la destructibilidad de los libros. Jocosamente personificado, presta un carácter animado al ensayo. Por medio de una trayectoria cronológica, basada en auténticos datos sobre las primeras apariciones en los Estados Unidos de tales gusanos emigrados de Europa, se crea un efecto panorámico con cierto interés narrativo. Seguimos los primeros gusanos desde Italia en un tomo de la *Divina Commedia* hasta la Universidad Cornell en EE.UU.; luego otros gusanos aparecen en sitios como la ciudad de Washington (en la Universidad de Georgetown y la Biblioteca del Congreso). Esto da a Reyes la oportunidad de echar una serie de miradas laterales o retrospectivas, hacer alusiones semirrelacionadas por el camino, crear diferentes perspectivas y hacer breves divagaciones subrepticias: Colón y los descubridores de América, descubridores pre-colombinos; Dante, el Infierno, el Purgatorio y el Paraíso; la actitud norteamericana un poco materialista hacia la cultura; y sátira de las investigaciones científicas —llegando finalmente a la cuestión de la (in)destructibilidad de los libros y los tres enemigos del libro: inanimado, animal y "moral" (humano).

Este ensayo de composición un poco caótica se vuelve aceptable en su carácter jocoserio porque un solo símbolo enlazador ha vinculado una serie de temas originalmente sin conexión entre sí, creando una insospechada unidad.

---

[5] *A lápiz, OC*, VIII, pp. 291-3.

El ensayo metafórico-perspectivista

En *Haz de provincias*[6] tenemos un ensayo constituido por una sola metáfora que sirve de agente a la vez sintetizante y perspectivista.

Aquí la metáfora tiene que ver con las relaciones internas del cuerpo humano: la interacción de la sangre entre corazón y arterias. Esta metáfora biológica prolongada se emplea para dilucidar un fenómeno cultural, el del necesario entrejuego de capital y provincias en cualquier país: "Las naciones tienen que ser, o no podrán ser, un *Haz de provincias*."

El fenómeno cultural se perspectiviza metafóricamente con facetas laterales de tipo geométrico-arquitectónico, agrícola, etc., con ejemplos lingüísticos, fondo histórico, un ángulo político, todos los cuales enriquecen la imagen biológica central. La metáfora básica lo pone todo en perspectiva por analogía al cuerpo humano:

Pero, en esa palpitación de sangre, la bomba del corazón no elabora el riego. El riego ha de venir de todas las zonas del organismo.

Tipos metafóricos misceláneos: El ensayo del símbolo dilatable

En el breve ensayito de dos párrafos, "La catástrofe",[7] un sólo símbolo sirve de punto de partida que pone en movimiento una concentrada y dinámica meditación, que regresa a la imagen original en forma dilatada. Aquí el párrafo inicial:

Cuando la piedra de la honda viene en camino, algo que es mineral en nuestra carne la presiente por imantación. Un vago temor nos invade. Porque la vida, y no la alegría, quiere la eternidad, ignorante de que sólo es vida por ser muerte en viaje. El soplo de las narices divinas que animó al muñeco de barro era ya el soplo del aniquilamiento. A su grave término se acercan, si a paso distinto, lo mismo

---

[6] "Haz de provincias", *A lápiz, OC*, VIII, pp. 288-90.
[7] "La catástrofe", *Ancorajes*, p. 28.

la efímera que el diamante; y el fuego que a todos consume, implícito en el empuje inicial, es como deshielo que nadie ataja. Porque da lo mismo, al cerrar la cuenta, fundirse o derretirse.

Y la frase final:

Pero el corazón, siempre profético, adivina que el tiempo, el espacio y la causa son endebles, y que una amenaza, llena de explosiones de astros, está suspendida, zumbando, sobre nuestras frentes.

La honda inmediatamente se hace símbolo de una fuerza cósmica puesta en marcha por una serie de polaridades: *vida-muerte, tiempo-eternidad, amenaza-atracción*. La honda misma simboliza tensión y polaridad y se vuelve fuerza cósmica en tensión magnética con el alma humana o el corazón en su relación con el misterioso Universo. El ensayo entero se crea por la expansión de esta sola imagen.

El ensayo de esquematismo simbólico

Si una sola metáfora orgánica puede dar básica unidad a un ensayo, un esquema o red organizada de diversos signos y símbolos también puede servir de esqueleto o andamiaje para un ensayo: así en *La interrogación nacional*.[8] Aquí se traza un esquema de símbolos para sintetizar y unir en un solo ensayo coherente tres facetas distintas de un tema muy amplio, a saber, tres aspectos de la cultura mexicana. Reyes sintetiza sus impresiones de las preocupaciones mexicanistas del momento, reflejadas en los diarios, en términos de una triple y múltiple serie de símbolos gramaticales, geométricos y alfabéticos, con extensiones en las esferas del tiempo y de la evolución histórica, todos ligados en un concepto geométrico-algebraico de ejes que se entrecortan: "Ortografía o eje de la X", "Etimología o eje de la Y", "Morfología o eje de la Z", son los títulos de las tres secciones. En una explicación inicial se ve la predilección alfonsina por los juegos de palabras y conceptos y por la exploración de los vericuetos semánticos:

[8] "La interrogación nacional", *A lápiz, OC,* VIII, pp. 261-5.

Examinando los diarios de México..., entresaco tres preocupaciones que, epigramáticamente, podemos reducir a tres órdenes de la gramática: ortografía, etimología y morfología; o bien, epigeométricamente, a las tres coordenadas en el espacio: el eje de la X, el eje de la Y, y el eje de la Z.

La vinculación de las palabras y letras simbolizantes con los conceptos espaciales parece reminiscencia ilustrativa de la "Teoría semántica del espacio" discutida con el personaje Teodoro Malio en *Sistema métrico universal*.[9]

Cada uno de los lemas alfabéticos tiene un sentido o valor simbólico específico: la X representa la controversia sobre si se debe escribir México con "X" o con "J". Recordemos la exclamación lírica de Don Alfonso, "oh 'X' mía..."[10] seguida del uso de la X en el simbólico título *La X en la frente* para representar su sentido de mexicanismo. En esta sección del ensayo Reyes juguetonamente hace otras simbolizaciones alfabéticas, animando las mismas letras "J" y "X" en un sentido nuevo, creando retruécanos y convirtiéndolos en gestos y movimientos:

Pronto se demuestra que, indistintamente, liberales y conservadores han bailado al son de la jota o se han santiguado con la cruz de la equis.

con una humorística variación sobre un modismo común, "pongamos los puntos sobre las jotas".

Pasando a la *Y*, ésta simboliza el destino originalmente común de México y Guatemala que luego se separaron en dos. La *Y* se resuelve en un símbolo sustituto de árbol y ramas:

El árbol de la Y nace unido, y luego se separa en dos ramas. Una de las ramas sería Guatemala y la otra México. Y allá, en el tronco común...

lo cual nos lleva a la celebración del aniversario del poeta jesuita Rafael Landívar, autor de la *Rusticatio mexicana*, nacido en Guatemala.

[9] *Marginalia, Segunda serie (1909-1954)*, p. 109.
[10] "Don Ramón se va a México", *Simp. y Dif., OC*, IV, p. 279.

La Z también contiene otro símbolo: el callejón sin salida que es el punto terminal de la nueva "Querella de los Antiguos y de los Modernos", como titula Reyes el debate mexicanista-cosmopolitista de *circa* 1932:

Y he aquí: con la última letra damos de cabeza contra el muro: es la "impasse", el callejón sin salida.

Al mismo tiempo, a las tres secciones "X", "Y" y "Z" o "ejes de la X, Y, Z" corresponden respectivamente los lemas "ortografía", "etimología", "morfología". Cada uno de éstos tiene su propio valor semántico figurativo. "Ortografía" corresponde al tema de la "X", cuestión de ortografía literalmente, pero a su vez sólo simbólico de un aspecto del problema de "¿qué es *lo mexicano?*" "Etimología" corresponde al tema de la "Y" que simboliza raíz o tradición *cultural*, llevando a la pareja de símbolos "Y" y "árbol": "Etimología, raíz, tradición. El árbol de la Y nace unido, y luego se separa en dos ramas. Una de las ramas sería Guatemala y la otra México..." Al tema de la "Z" corresponde "morfología", simbolizando la formación no de palabras sino del carácter literario mexicano (el griego *morphe* = forma, y *morphología* — modo de formar), larga ruta o rumbo zigzagueante representado por la Z:

Ahora se trata de la morfología, de la formación misma de nuestro carácter literario.

La frase final eslabona los temas de las tres partes, alineando todos los símbolos y conceptos para sintetizarlos en un doble mensaje:

Estas tres posturas —la X, la Y, la Z: ayer, hoy, mañana: tradición, cultura, rumbo— se encierran en dos: en investigar el alma nacional y en empezar, como el buen juez, por la propia casa.

Si añadimos los lemas "ortografía, etimología, morfología", ya indisolublemente ligados a la "X, Y, Z", aparece un esquema perfecto de cuatro niveles de sentido simbólico: 1) "Eje de la X, eje de la Y, eje de la Z"; 2) "Ortografía, Etimología, Morfología"; 3) "Ayer, hoy, mañana"; 4) "Tradición, cultura, rumbo", o sea: 1) Esquema geométrico, con simbolismo alfabético; 2) Símbolos "gramaticales"; 3) Conceptos temporales; 4) Conceptos de evolución cultural, o conceptos temporales convertidos en términos de una trayectoria cultural. El resultado es algo casi equivalente a las redes intrincadas de conceptos espaciales y geométricos construidos por Jorge Luis Borges en sus cuentos enigmáticos de fondo metafísico.

Del símbolo a la divagación

("Divagación en torno al símbolo")

Quizá la forma más desarrollada de la estructura creada por el estímulo de una metáfora o símbolo sea lo que podríamos llamar "Divagación en torno al símbolo". Esto combina dos propensiones alfonsinas, la de la metáfora o símbolo y la de la divagación. El ensayo que escogemos para ilustrar esta estructura, *Por mayo era, por mayo*... [11] se enlaza entonces con otro tipo que más adelante llamaremos "Paseo circular". Se diferencia del "Símbolo enlazador" (donde el sentido del símbolo quedaba constante) en que aquí el símbolo de la flor se muda por diferentes gradaciones figurativas, pasa por distintos objetos simbolizados o simbolizantes a una serie de asociaciones que regresará al punto de partida.

"La flor" es el punto de partida para este ensayo que fue una alocución para la cuarta "Exposición de la flor" en Chapultepec, el 5 de mayo de 1946. La flor es una de las imágenes y uno de los temas predilectos de Reyes: símbolo de la perfección artística en su poema *Arte poética:* [12]

>   *Asustadiza gracia del poema:*
>   *flor temerosa, recatada en yema...*
>   *Y se cierra, como la sensitiva,*
>   *si la llega a tocar la mano viva,*

[11] "Por mayo era, por mayo...", *Ancorajes*, pp. 72-7.
[12] "Arte poética", *OC*, X, p. 113.

o tema predilecto en relación con la poesía indígena mexicana, discutida en *Visión de Anáhuac* y aludida en *Por mayo era, por mayo*...

Los dos primeros párrafos del ensayo son una exploración de varias de las potencialidades metafóricas de la flor. La flor es símbolo de las artes y las letras, o inversamente: artes y letras, cuadros y poemas son transmutaciones de la flor en forma permanente:

Pero hay una flor perdurable, y es la de las artes o las letras.

Por otro lado, la flor podrá simbolizar la "belleza instantánea", perecedera belleza de un instante pero que por su esencialidad de belleza es eterna:

Pero si es bello "es" para siempre: "Es un goce eterno", ha dicho otro poeta.

(Esta alusión a Keats ha culminado una serie de alusiones a diversos poetas desde Rioja a Mallarmé, Díaz Mirón, Ronsard, Goethe.)

Sin embargo, la flor en su sensitividad evanescente (como la de la flor llamada precisamente "sensitiva") es símbolo de la poesía y también del amor:

Imagen de amor y de poesía, la flor, como la sensitiva, se cierra apenas se la toca, apenas se la disfruta.

Ésta es como la glosa en prosa del poema que se acaba de citar. La flor, entonces, simboliza artes, letras, belleza —perecedera pero eterna— poesía y amor.

De ahí el símbolo se muda y el ensayo prosigue por un camino de expansión, luego de contracción: de "flor" a "ramillete", "jardín", "campo" y un sendero alternativo desde "flor" a "planta" a "agricultura".

El tema de la agricultura se extiende todavía más, llevando a los temas más amplios de la civilización, la conservación de la especie, relaciones entre hombres y animales, interrelación del ser con el ambiente, del hombre con la naturaleza. Luego la curva se contrae o damos la vuelta completa para empezar el regreso al punto de partida, pasando a la importancia de la agricultura en el destino de México, al papel del individuo en la agricultura —en el jardín o en el patio—, al parterre y al tiesto:

Se puede hacer agricultura en el jardín o en el patio de la casa, en el parterre de la escuela y hasta en el tiesto del balcón... Que, como en el *Cándido* de Voltaire, cada cual cultive su propio jardín.

Hemos regresado al jardín, que se telescopa de nuevo en flores, emparejadas con los versos como al principio del ensayo:

El poeta latino Ausonio... se consagra a cultivar... sus vivas rosas bordelesas, junto con sus versos, que son otras rosas menos perecederas.

Y además, éstas son rosas, haciendo eco a la cita de Rioja que abrió el ensayo: "¿Y tú la edad no miras de las rosas?"
Habiendo trazado un círculo completo, estamos de vuelta en el mismísimo punto de partida con la simbólica identificación de versos y flores, frente a la belleza imperecedera. Esta es una estructura perfectamente circular provocada por un solo símbolo o imagen con sus ricas posibilidades de múltiple metaforización y asociación...

Metáfora sobre metáfora

Finalmente, en *Cocteau, enredador*,[13] breve ensayo de análisis estilístico literario, vemos una metáfora o racimo de metáforas utilizado por otro poeta —el uso reiterado por Cocteau de imágenes de "cuerpos enredados"— aprovechado por Reyes como metáfora para caracterizar el estilo de este poeta en general. Es una especie de remetaforización que constituye el núcleo estructural de este ensayo. Se trata a la vez de una "empatía metafórica", pues Reyes entra en el espíritu de las metáforas de Cocteau, usándolas como punto de partida para caracterizar al

---

[13] "Cocteau, enredador", *A lápiz, OC,* VIII, pp. 227-9.

propio Cocteau. Reyes presenta la metáfora inversamente, creando una estructura hecha de una metáfora dentro de otra metáfora.

Estructuras de contraste ideológico

El ensayo basado en contraste o paradoja

Uno de los procedimientos estructurales más sencillos que encontramos a la base de un breve ensayo es la oposición de dos conceptos que forman contraste y dan un patrón estructural binario al ensayo en su conjunto. Si la oposición es de carácter dinámico, se puede hablar de una polaridad; o bien si se confrontan dos elementos que a la vez se oponen y fusionándose se igualan, tenemos una Paradoja. Así lo que podemos llamar *Ensayo de oposición* o *Ensayo paradójico* como tipo estructural fundamental, refiriéndose no sólo a una dualidad psicológica sino a una forma estructural binaria —o más compleja— que de ahí resulta.

El uso de la palabra "procedimiento" al principio del párrafo anterior no implica un procedimiento calculado de parte del ensayista-poeta. "Le style ne saurait être un point de départ. Il résulte", según Cocteau.[14] Esta forma estructural de contraste proviene muy naturalmente de la tendencia alfonsina de pensar en términos de oposiciones, contrastes, polaridades y paradojas: una faceta fundamental de su vista del mundo.

La estructura binaria de contraste

Un ensayo sumamente breve que ilustra "en una nuez" y en su esencia este tipo de ensayo de oposición o paradoja es el titulado *Realismo*.[15] Aquí se crea un efecto paradójico por el método muy sencillo de colocar lado a lado la historia fantástica de

---

[14] "El estilo no puede ser un punto de partida. Es un resultado": Jean Cocteau, "Le secret professionnel", *Le rappel à l'ordre* (París: Librairie Stock, 1926), p. 179.
[15] "Realismo", *A lápiz, OC*, VIII, p. 232.

Jules Supervielle (acerca de un hombre del Uruguay que llevó un volcán a París en su maleta) con el comentario de los uruguayos que se sintieron aludidos y ofendidos por dicha historia, vinculando los dos elementos contrastantes con este comentario sintetizante:

Y —¡oh paradoja estética, o símbolo provechoso para los realistas del arte!

Una frase concluyente acaba de cristalizar el contraste *vida-arte, realismo-antirrealismo*.

Y después de esto, que vengan los teóricos a hablarnos de la literatura fotográfica y de la imitación de la realidad en los libros.

El ensayo paradójico

La lectura estética [16] ejemplifica una elaboración más compleja del contraste o paradoja central: la idea de que la lectura oral monótona sea verdaderamente más satisfactoria estéticamente que la lectura enfática. La paradoja implica que las cosas están al revés de lo que parecen. La interrelación auditivo-literaria se ve paradójicamente en estos términos: la lectura monótona es lectura "estética", opuesta a la lectura "expresiva" o enfática que es lectura oratoria o retórica, equivalente a "anti-estética" o hasta "inmoral".

Aunque el ensayo responda a una estructura externa ternaria, su composición interna es binaria, arraigada en la sola oposición ya señalada. Cada una de las "tres" partes componentes se puede ver como otra afirmación de la misma oposición binaria. La "primera parte" concreta desde luego la paradoja fundamental en dos ejemplos:

Hacía bien Flaubert en recitar con voz estentórea los párrafos que iba escribiendo. Esto puede parecer imprudente, pero Montaigne que era tan discreto lo hubiera encontrado razonable.

[16] "La lectura estética", *El cazador, OC*, III, pp. 151-3.

Sigue una elaboración general de la cualidad paradójicamente estética de la lectura monótona:

Los escritores que cantan sus frases acaban por ser lectores monótonos... La lectura, para ser fiesta del espíritu puro, ha de ser monótona. Reducirla al ritmo monótono es traerla a la temperatura propicia para que la obra revele todos sus matices.

La "segunda parte" opone la lectura monótona a la lectura enfática, o el ideal oratorio al ideal estético, y se cierra con un "antiejemplo", el de Goethe a quien le gustaba la lectura enfática.

La "tercera" parte es una reafirmación de la paradoja fundamental en un ejemplo final, dramatizado en la persona de Oscar Wilde luego de su visita a Nueva York en 1882, quien vino llamativamente vestido pero leyó monótonamente algunas de las cosas más chocantes. El ensayo concluye con una cita que sirve para reformular el contraste secundario (de la Parte II) entre lectura artística o enfática:

Cierto periodista de Inglaterra... puso el dedo en el enigma: la manera de Wilde —dijo— puede ser muy artística, pero no es la más eficaz.

Ésta es una inversión de la formulación de Reyes, pues Reyes acentúa que la lectura "estética" no debe ser "eficaz" de una manera práctica o persuasiva.

La estructura de contraste múltiple

Finalmente, desde el ensayo formado en torno a un contraste sencillo, pasamos a ensayos formados por una serie de oposiciones distintas, combinadas a veces con otros elementos. Por ejemplo, el ensayo *Sobre la estética de Góngora* [17] presenta tres modos de crítica gongorista seguidos de tres pares de conceptos: los dos primeros son oposiciones —Lope y Góngora parecen

---

[17] "Sobre la estética de Góngora", *Cuestiones estéticas*, OC, I, pp. 61-85.

oponerse—, pero luego resultan ser dos expresiones del mismo espíritu básico. Segundo, se contrastan "gongorismo" y "conceptismo" y éstos a su vez se revelan como dos expresiones de la misma cosa. Terceramente, el tratamiento que hace Góngora de los colores se coloca al lado de su tratamiento de los ruidos y se ve cómo se fusionan en su poesía. Las oposiciones pueden entonces volverse fusiones, resolviendo todo elemento posible de paradoja. Esto preludia una nueva categoría que se verá más adelante ("El ensayo estereoscópico").

Definición por contraste

Con la clase ociosa [18] es un ensayo que desempeña una función de definición o deslinde por el uso de una serie de tres contrastes principales. Se podría llamar un "ensayo de deslinde" o hablar de "deslinde por oposiciones". Este ensayo logra en escala menor para el concepto "la clase ociosa" lo que hace Reyes en escala mayor para el fenómeno literario en su tratado *El deslinde*.

Aquí el deslinde de "el ocio" se lleva a cabo, y se exalta la vida del pensamiento, por la serie de oposiciones *ocio-industria* (más *industria* versus *trabajo*), *clase ociosa* versus *clase parásita*, *deporte-juego*. Se subraya ya en la observación introductoria la índole paradójica del deslinde mismo:

¡Oh, eterno enigma de los deslindes! ¿Dónde acaba el ocio, donde empieza el trabajo?

Estructuras eidéticas

De la sensibilidad alfonsina tan agudamente artística y visual, atenta a los fenómenos ópticos, con su tendencia a pensar en imágenes, proviene una amplia variedad de estructuras ensayísticas basadas en técnicas de enfoque visual u óptico.

Específicamente, la visualización del ensayista-poeta Alfon-

---

[18] *Ancorajes*, pp. 58-62.

so Reyes se expresa "estereoscópicamente", prismáticamente, pictóricamente, panorámicamente y calidoscópicamente. Primero, esto se aplicará a la descripción literalmente visual. Segundo, se extiende figuradamente a la presentación ensayística de ideas abstractas. Un concepto, idea o perspectiva será colocado al lado de otro —como las dos imágenes en un estereoscopio— para producir una nueva fusión o síntesis multiperspectivista: de ahí una configuración estereoscópica. O bien, dos o tres o más temas, motivos o conceptos serán vistos uno contra otro; o a través de un "prisma" toda una serie de ideas o conceptos será desplegada, como tintes de luz que se refractan de un solo rayo de luz blanca. De estos modos de visualización provienen estructuras trinarias o más complejas. La visión pictórica, en términos de cuadros sencillos o múltiples, forma entonces lo que llamaremos "Galerías de cuadros ensayísticos", en que un solo cuadro constituye el elemento estructural nuclear o una serie de cuadros o escenas forma una unidad estructural más compleja.

La estructura estereoscópica básica

Un ejemplo muy sencillo de esta configuración estereoscópica como estructura del ensayo se verá en *La Andalucía eficaz*.[19] Aquí se coloca la idea azoriniana de "La Andalucía trágica" contra la idea trillada de "la Andalucía pintoresca" a fin de formar una nueva idea sintética de Andalucía que Reyes ve emerger como "la Andalucía eficaz". Este es el esqueleto o espina dorsal, la estructura, de esta crónica vuelta ensayo interpretativo. Hay al fondo un colorido de tipo estrictamente visual, que no sigue un procedimiento literalmente "estereoscópico" pero que reviste la estructura básica, sección por sección: colorido brillante, contrastado por un descoloramiento, seguido de un resurgimiento de color y brillo de índole más profunda: —algo como tesis, antítesis, síntesis en el plano estético.

Primero, la "Andalucía pintoresca" se presenta en términos literalmente pintorescos o coloristas, dramatizada pintorescamente:

[19] *Aquellos días*, OC, III, pp. 337-9.

No se puede hablar de Andalucía sin que acudan a nuestra mente todos los lugares comunes del amarillo y del rojo, mantones, rejas y claveles, guitarras, ferias y bailes. Está toda Andalucía en aquella mula que sacude las colleras en mitad de la plaza; toda Andalucía en aquel gesto de apurar la copa, encorvando después la espalda y encogiendo los hombros; toda Andalucía en los mismos nombres de "Charito" y "Consolación".

Luego viene el descoloramiento, que acompaña "la Andalucía trágica":

Poco a poco se decolora el color: ... Andalucía se queda en cenizas; los claveles se han vuelto cardos. Los cantos de los mozos del pueblo ya son gritos de rabia. Charito y Consolación lloran todas las noches.

Finalmente aparece la nueva imagen de una nueva Andalucía, con un resurgimiento de color, brillo y fuerza (menos multicolor, pero más hondamente arraigada):

Y del fondo de aquel dolor surge, rebelde y bíblica, con su roja sabiduría de supersticiones y adivinanzas, con el brillo de sus navajas y la fina cólera de sus hijos, una nueva Andalucía: La Andalucía eficaz, la que ya sabe exigir su bien al mundo.

Un ensayo crítico de tipo estereoscópico

La "Cárcel de amor" de Diego de San Pedro, novela perfecta,[20] ilustra cómo el plan estereoscópico trinario puede aplicarse hasta al desarrollo de un ensayo de crítica literaria.

El plan básico es el siguiente: 1) Elaboración de la teoría del "Impersonalismo" en la novela (refutada por Reyes), 2) Descripción de la novela *La cárcel de amor*. 3) *La cárcel de amor* en vista de la inaceptabilidad del concepto de una "novela impersonal": la "novela perfecta". Dentro de este plan de conjunto, hay una serie de subdesarrollos de ideas en términos de oposiciones o parejas de ideas comparadas o contrastadas produciendo a veces un resultado "estereoscópico".

[20] *Cuestiones estéticas*, OC, I, pp. 49-60.

Que los elementos estructurales de los ensayos paralelen de alguna curiosa manera ciertos fenómenos óptico-visuales, ya no parecerá extraño cuando tenemos en cuenta tantas presentaciones directas de tales modos de enfoque ópticos, como en el siguiente caso encontrado en el mismo ensayo sobre *La cárcel de amor:*

Causalidad es el mundo que miran los ojos y que utilizan nuestras manos, y en series de causas van viviendo las cosas. Cada instante en que las miramos, interceptamos con el plano de nuestras conciencias los haces de causalidad en curso; ... Así, para ilusión, al menos ..., miramos el mundo por de fuera; vemos, sobre la pantalla, las proyecciones de la linterna, pero no percibe el sentido, aun cuando la mente lo infiriese, el aparato de lentes que trabaja en la parte opuesta, ni los haces luminosos que se rompen sobre la pantalla.[21]

El ensayo prismático

Cástor y Pólux[22] se puede llamar "ensayo prismático" en que este doble retrato literario de Anatole France y Rémy de Gourmont los diferencia filtrándolos por el "prisma" común de Béranger: el tratamiento realmente dado por Gourmont a Béranger en sus *Promenades littéraires* y el que Reyes imagina sería el tratamiento dado a Béranger por Anatole France, si le dedicara todo un ensayo crítico.

Reyes primero ajusta el enfoque para su propio tratamiento de Anatole France y Gourmont, cambiando de *La révolte des anges* de A. France (el libro entonces nuevo que tenía a la mano) a su *Vie littéraire* para compararla a *Promenades littéraires*. Luego, con la perspectiva del verdadero tratamiento que da A. France a Maupassant, dedicando la mayoría de su tiempo a todo desde los *fabliaux* a través de la literatura del Renacimiento y de los siglos XVII y XVIII y principios del XIX, Reyes ve imaginativamente a France que escribiría así de Béranger: los nueve décimos de su tiempo los dedicaría a elogiar a los cantores populares de la Edad Media y finalmente aludiría a

[21] *Ibid., OC,* I, pp. 49-50.
[22] *El cazador, OC,* III, pp. 115-7.

Béranger como pálido sucesor de aquéllos cuya desaparición lamenta. Gourmont, en cambio, en su verdadero tratamiento de Béranger, se ciñe a su tema y lo explica de acuerdo con los datos interiormente relacionados.

La final cristalización alfonsina es una doble metáfora prismática por excelencia:

Gourmont: Anatole France. Vino seco y vino dulce. Héroes de la misma constelación: Cástor y Pólux, para que juren por ellos los hombres y las mujeres.

La imagen de Cástor y Pólux es especialmente significativa por sus características ópticas: las dos estrellas gemelas que se funden en una, en el ojo de la mente, pareciendo una aunque son distintas. La metáfora del vino se ve como doblemente apropiada si se piensa, por ejemplo, en un jerez seco y dulce: dos modulaciones distintas del mismo vino; dos rayos de luz de diversos colores que vienen a formar uno solo de luz blanca. Así esta estructura prismática recibe un enfoque final con una imagen que es doblemente prismática. Prismatismo sobre prismatismo, con una sugerencia de fusión sinestésica.

Algo análogo a la técnica de "Cástor y Pólux" se encontrará a la base de toda una serie de ensayos alfonsinos que podremos denominar con el lema temático de "la serie —y América" y que incluirá "Goethe y América" (*Grata compañía*), "St. Simon y América" (*A lápiz*), "Chateaubriand en América" (*Retratos reales e imaginarios*), "Valle-Inclán y América" (*Simpatías y diferencias*), además de las variaciones como "Rousseau el aduanero y México" (*A lápiz*), "José Moreno Villa en México" (*Marginalia, Primera serie*) y "Paul Morand en Río" (*A lápiz*). ("Montaigne y la mujer", *El cazador*, ilustra otro tipo de confrontación binaria que adopta el plan estereoscópico.)

El concepto y método común subyacente en todos estos ensayos es la confrontación de América con un no-americano en una doble interrelación prismática: por ejemplo, vemos a Garibaldi a la luz de su relación con América, y al mismo tiempo una perspectiva de América a través de Garibaldi.[23] De esta manera

[23] "Garibaldi y América", "Garibaldi y Cuba", *Norte y sur, OC*, VIII.

estructural traduce Reyes su interés por abrir los vasos comunicantes culturales, ayudando a México y a América a encontrar su sitio legítimo en la cultura universal: esto lo hace revelando o llamando la atención a las infinitas interrelaciones e interinfluencias entre las grandes personalidades de Europa y el suelo, la cultura y el destino de América.

Estos ensayos podrán variar en sus estructuras específicas, pero tenderán por su índole conceptual a formar alguna configuración "estereoscópica" o múltiplemente "prismática".

Goethe y América,[24] por ejemplo, parece seguir una línea cronológica básica o cadena de progresión lógica, que llega a producir dos aproximaciones o cristalizaciones "estereoscópicas", la primera en el plano histórico o de la vida real, la segunda en el plano literario-simbólico.

La introducción de este ensayo es un comentario sobre las infinitas posibilidades inherentes en la serie de temas sobre "*Goethe y—*" relacionando a Goethe con casi cualquier cosa. Esto a su vez nos recordará las infinitas posibilidades de la serie "*—y América*" de que esto forma parte.

Luego vemos abrirse los horizontes de Goethe a las "visiones de América" mientras vive en Weimar, crucero cultural del Universo para él, pues allá va y viene gente casi de todas partes, trayendo noticias, informes y experiencias para ser compartidos. La curiosidad de Goethe por América se ve estereoscópicamente como combinación de interés científico y estímulo a la imaginación.

El aspecto científico se epitoma por la caracterización de Weimar por Reyes como laboratorio:

En Weimar, el laboratorio se organiza, y la captación de noticias de todo el mundo comienza a desarrollarse en regla.

El elemento romántico-imaginativo impresiona dramáticamente a Goethe:

Entonces, por entre el tumulto de las demás, rompen las visiones de América.

[24] *Grata compañía, OC,* XII, pp. 71-82. Apareció primero en *Monterrey* (N° 9, Río de Janeiro, VII-1932), que sirvió de vehículo para muchas de estas confrontaciones "Europa-América".

con el afecto personal en Goethe indicado en términos emocionales:

Sus poemas… "perturban la imaginación de Goethe…"… con quien Goethe departió a su sabor, apasionándose tanto por las cosas del Nuevo Continente… Cinco años más tarde, soñando todavía en lo mismo…, dice a Eckermann:…

Ahora seguimos la "trayectoria" [25] del interés de Goethe por las cosas de América, desde el estudio de la mineralogía brasileña hasta un detalle que Reyes sin duda ha recogido con especial placer, ligando a Goethe de una manera minuciosa a México y a Anáhuac:

Así como poseía granitos del Brasil y conocía los diamantes y las monedas brasileñas, también poseía, en su propia colección numismática… unas graciosas moneditas de Colombia y otras con las armas de Iturbide, emperador de México, en que se veían el cacto y el águila de Anáhuac. (Muller, 8-III-1824).

Así, por el uso de materiales puramente documentales, Reyes ha establecido un vínculo simbólico de Goethe a la representación heráldica de Anáhuac desarrollada en la *Visión de Anáhuac* y en otros ensayos alfonsinos sobre México *(El testimonio de Juan Peña)*. Esta es una ejemplificación viva del concepto de la "poesía del archivo",[26] discutido por Reyes en otros contextos.

La "trayectoria" culmina en la asociación de Goethe con Alejandro de Humboldt, el menor de los dos hermanos:

Pero la verdadera influencia de América sobre Goethe… está representada en Alejandro de Humboldt, hombre también de estirpe goethiana… Farinelli ha dicho muy bien que Goethe viajó por España en la persona de Guillermo de Humboldt, el hermano mayor. Nosotros podemos asegurar que Goethe viajó por América en la persona de Alejandro, el hermano menor… Alejandro es como una

---

[25] N. B. El título *Trayectoria de Goethe*, aplicado por Reyes a la biografía espiritual —de 1954— del maestro alemán.
[26] V. "La poesía del archivo", *Simp. y Dif., OC*, IV, pp. 74-7.

proyección de Goethe hacia nuestra América, y en él vislumbramos algo de lo que Goethe hubiera encontrado en nuestra América.

Tenemos una pequeña proyección lateral o confrontación prismática de Goethe-Humboldt el mayor (España) que se contrapone a la confrontación principal de Goethe-Humboldt el menor (América).[27]

Goethe y Alejandro de Humboldt se yuxtaponen, entonces, resultando estereoscópicamente en "el sitio de Goethe en la corriente del pensamiento utópico americano".

Reyes sintetiza rápidamente la corriente de pensamiento que ve a América como representación de Utopía y futuro destino para europeos y para el mundo, tema extensamente tratado en su *Última Tule*:

Siempre fue América una utopía, la esperanza de una república mejor, y en seguirlo siendo está su sentido.[28]

Ahora Goethe se sitúa en esta corriente:

Goethe no podía sustraerse a esta imantación general de América que perdura de siglo en siglo. América le parecería, sin duda, tierra más abierta que Europa, más dispuesta a recibir la obra del hombre.

Con una mirada lateral a los motivos de Goethe por pensar más en la América anglosajona que en la ibérica o latina en este sentido, Reyes implica eventualmente un fluir de la corriente del destino de América desde el norte más al sur, "porque a todos nos va tocando la vez en la gran marea de la historia".

Esto nos lleva a una segunda y final cristalización prismática en los dos símbolos literarios del Don Quijote de Cervantes y el Wilhelm Meister de Goethe:

América representaba, pues —tras el fracaso de la primera— la segunda salida de Don Quijote, la segunda y la definitiva:

[27] Este ensayo también se eslabona con otro que presenta esta misma confrontación desde el punto de vista inverso de A. de Humboldt, "Alejandro de Humboldt (1769-1859)", 1959, *A campo traviesa*, páginas 91-110.

[28] "Goethe y América", *Grata compañía, OC*, XII, p. 78.

Soñemos en Wilhelm Meister, dispuesto a rehacer su felicidad en el Nuevo Mundo... La barca se desliza río abajo... De pie en la proa, Wilhelm Meister —Goethe— cruza los brazos, y lleno de confianza en América, contempla el horizonte.

El símbolo mítico-literario de Don Quijote también se vincula con el tema del "Destino de América" como misión hispánica por excelencia, pero Goethe nuevamente se vincula con él por el filtro de su propio *alter ego* literario, Wilhelm Meister.

La serie "—y América" representa temática y técnicamente un tipo de ensayo comparativo tan típicamente alfonsino, que convendrá examinar brevemente al menos una variación más de este grupo: *Saint-Simon y América*.[29] Tanto éste como el ensayo sobre Goethe aparecieron primero en *Monterrey*, el "Correo literario" de A. Reyes, publicado desde Río y Buenos Aires (1930-1937), el cual sirvió de punto de encuentro e intercambio para el compartimiento de sus ideas y de su misión cultural con los demás. Meros apuntes acumulados y transmitidos por Reyes con frecuencia adquieren calidad literaria por su organización, interpretación y transfusión artística.

En Saint-Simon y América, Saint-Simon es la ocasión de una triple confrontación prismática de él con los Estados Unidos y con la América Latina; o bien, estos dos últimos se ven estereoscópicamente por la lente o el prisma de Saint-Simon para producir un cuadro global de América, de las dos Américas:

$$\text{NORTE} \rightarrow \text{Saint-Simon}$$
$$\text{Saint-Simon} \rightarrow \text{SUR}$$

"Norte y sur", que simboliza el eje longitudinal o las dos partes de América, es el título a su vez de una de las colecciones ensayísticas de Reyes, la cual contiene discursos, notas y ensayos sobre temas americanos. La síntesis sansimoniano-americana desarrollada por Reyes se encapsula en su penúltima frase:

El Norte es inspirador de Saint-Simon, y no es inspirado precisamente por Saint-Simon, sino que por sí mismo realiza una imagen

---

[29] *A lápiz, OC*, VIII, pp. 299-301. (Originalmente en *Monterrey*, N° 3, Río de Janeiro, X-1930).

sansimoniana de la vida industrial. El Sur nada inspira a Saint-Simon, pero recibe de él una influencia de sociología mística que lo mismo informa a los tiranos que a los libertadores, lo mismo a las oposiciones que a los gobiernos.

Llegó a esta conclusión por un arreglo e interpretación de materias documentales (junto con otras interrelaciones conocidas por Reyes), que ha producido varias perspectivas individuales: perspectivas sugeridas por la aproximación de otras personas a Saint-Simon o al sendero ideológico sansimoniano:

Saint-Simon ⟶ Augusto Comte ⟶ Porfirio Díaz y "los científicos".
Descartes ⟶ Saint-Simon (⟶ A. Comte).
Saint-Simon: — se asoció con Lafayette.
— combatió con Bouillé y Washington.
— conoció a Franklin.
— Saint-Simon se interesa por la Revolución Norteamericana.
— escribe "utopías políticas" basadas en ideas norteamericanas.
Saint-Simon — México: Interés por un Canal de Tehuantepec.
   (También, Saint-Simon ⟶ de Lesseps, un sansimoniano.)
Saint-Simon ⟶ Lamennais, Leroux ⟶ "misticismo socializante nebuloso" hispanoamericano.
(+ Saint-Simon ⟶ hermanos Pereira ⟶ Vizconde de Mauá: una extraordinaria realización práctica sansimoniana en el Brasil.)

La índole infinita de estas exploraciones se insinúa por la "terminación abierta" que emplea Reyes para el ensayo: su frase final que sugiere que queda más para ser investigado por otros:

Sigo esperando que algún investigador mexicano busque la huella de Saint-Simon.

Ramificaciones de la forma estereoscópica:

Del ensayo estereoscópico al ensayo escénico

Al margen de Meredith [30] es un ejemplo muy típico de la técnica estereoscópica como esqueleto principal del ensayo, llegando a producir una escena final de tipo pictórico, visualizante.

[30] *A lápiz*, OC, VIII, pp. 253-4.

La novela de Meredith *El egoísta* se ve a través de la "lente estereoscópica" o enfoque de 1) la visión del propio Meredith de la comedia española como "comedia de máscaras", comedia de gestos y movimientos. 2) un típico ejemplo de enredo lopesco-calderonesco y escena final, ofrecidos por Reyes. 3) Resultado: "El egoísta" visto como "comedia de enredo", cristalizado por Reyes en esta evocación escénica estilizada:

En un ambiente de eléctrica elegancia, oiréis las meditaciones del sabio sobre el porto añejo, que dejan la sensación de armonías en oro giratorio; veréis desfilar, por entre las mujeres que lo admiran y aquellas que se admiran en él reflejamente, al Héroe de la Colina Inglesa. En vuestros parques se crió su abuelo, ¡oh fincas inolvidables de Jane Austen! Es el héroe estéril e inútil. De él no puede hacerse mejor elogio ni darse definición más perfecta que la que ha echado a volar, desde el otro extremo de la sala, la señora Monstuart Jenkinson: —Vosotros diréis de él otras laudes. Yo sólo os digo una cosa: ese hombre "tiene pierna".

Del estereoscopio al ensayo perspectivista

Tiko,[31] clasificable quizá también en un subgrupo que llamaríamos "ensayo de perspectiva zoológico-humana"[32] es un buen ejemplo de la forma básicamente estereoscópica del ensayo que se ramifica en multiperspectivismo, sensorial e ideológico. El plan de conjunto es una confrontación estereoscópica de dos vistas del mundo —la del hombre y la del perro, dejando la síntesis para formarse en la mente del lector, según la sugerencia orteguiana de sumar los diversos puntos de vista para producir la perspectiva más amplia.

Partiendo de las "memorias de un perro letrado" de Consuelo Pani, Reyes analiza la vista canina del mundo, 1) en términos óptico-espaciales, 2) en términos olfativos y cinéticos, 3) en términos de actividades y actitudes cardinales (deporte,

[31] *A lápiz*, OC, VIII, pp. 269-70.
[32] Y que incluiría otros ensayos como "Casta del can" (*Ancorajes*). N. B. la analogía de este tipo ensayístico con el tipo novelístico de la "fantasía psicozoológica" desarrollada por R. Arévalo Martínez, H. Quiroga *(Juan Darién)*, Kafka, J. J. Arreola, J. L. Borges, E. Ionescu.

moral). El "estereoscopio" básico se divide en una serie de cinco "estereoscopios" variados, una serie de cinco pares de conceptos entretejidos: pares vinculantes y pares contrastantes (oposiciones).

El derecho a la locura[33] es otro buen ejemplo de multiperspectivismo creado en torno a un eje prismático central como espina dorsal del ensayo.

Habiendo visto cómo de una variedad de maneras la forma característicamente "estereoscópica" o prismática —como núcleo estructural del ensayo— se ramificará en infinitas variaciones de perspectivismo lateral, llegamos a otras variaciones que nos sugerirán un nuevo título para este tipo de ensayo: "Ensayo perspectivista", con algunas subclasificaciones posibles.

Ensayo perspectivista

El ensayo de perspectiva invertida

Un ensayo de los más interesantes de este tipo es el titulado *Estética estática*,[34] construido en torno a una inversión de perspectiva en el cine, llevada entonces a dos proyecciones escénicas literarias y aplicadas finalmente a la esencia metafísica del fluir de la vida.

La inversión de la perspectiva produce un nuevo efecto de fluidas relaciones dinámicas, llevándonos en este caso desde el mundo del cine a través de la pintura y la literatura hasta intuiciones estéticas y metafísicas.

El punto de partida:

Quien haya llegado al cine al final de un drama, de modo que le toque ver el desenlace antes de la exposición, ha tenido ya la oportunidad para descubrir una ley estética:
La exposición, con sus posibilidades alerta, le interesa más que el desenlace...

[33] *Las vísperas de España, OC,* II, pp. 66-9.
[34] *Tren de ondas, OC,* VIII, pp. 355-6.

Una de las imágenes alfonsinas prismáticas más apropiadas aparece precisamente al fin de este ensayo:

El haz de luces invisibles quiebra un instante sobre el prisma, tiene un sobresalto en su camino, y sólo entonces deja ver sus tintes y primores secretos.

El ensayo de situación perspectivista

Otra variación del ensayo perspectivista es el que podremos llamar el "ensayo de situación perspectivista". Aquí toda una situación mítico-simbólica literaria se emplea como núcleo de un ensayo, o en otros casos como elemento incidental adicional por alusión.

Tres de estas situaciones literarias nucleares que a Reyes le gusta emplear para perspectivizar, son las de Rip Van Winkle, Robinson Crusoe y Segismundo, especialmente como los vemos en "Rip" *(A lápiz),* "De Ossendowski" *(A lápiz),* "Los Robinsones" *(Los trabajos y los días)* y "Meditación para una biblioteca popular" *(A lápiz).* Cada una de éstas es una situación intrínsecamente "perspectivista" que coloca a un hombre o al hombre prototípico en un enfoque extraordinario y significativo en relación con la vida, el mundo, la civilización, su prójimo, etcétera. Pero el enfoque "extraordinario" nos permite ver algunas de las realidades ordinarias y aceptadas, bajo una nueva luz reveladora. Estas son situaciones mítico-literarias bien conocidas, que Reyes puede aplicar y reenfocar, elaborar y reelaborar a su gusto. Un poco análogamente, los dramaturgos franceses de Corneille y Racine a Giraudoux, Cocteau, Gide, Sartre, elaborarán y reelaborarán los mitos griegos en forma dramática, siempre mostrando nuevas luces. El propio Reyes, como se ha visto, hace frecuentes alusiones a los tipos mitológicos griegos. O pensamos en las recreaciones azorinescas del *Licenciado Vidriera* o del tema de Calixto y Melibea en *Las nubes.*

Tanto la situación de Rip Van Winkle como la del Segismundo calderoniano proporcionan perspectivas sobre *sueño y realidad, sueño-vida* y *tiempo-eternidad,* temas que han seguido siempre fascinando a Reyes. Segismundo también nos da perspectivas sobre animal y hombre y otras. Robinson ofrece una perspectiva *hombre-sociedad* u *hombre-civilización*, como también la pareja Andrenio-Critilo de Gracián a que alude Reyes en varios ensayos.[35]

Galerías de cuadros ensayísticos

En un visualizador como Reyes, apenas sorprende encontrarle pensando a menudo en términos de cuadros, unidades escénicas y series de cuadros o escenas. En efecto, un cuadro central o serie de cuadros con frecuencia constituirá la principal unidad estructural en torno a la cual se formará un ensayo de meditación, comentario o interpretación.

El uso de cuadros (o series de cuadros) como unidades básicas para la proyección ensayística de ideas toma numerosas y variadas formas en el fluido repertorio proteico de este ensayista más que completo. Tenemos la básica posibilidad de una escena empleada para ilustrar o enfocar o proyectar algún aspecto especial de un tema, simplemente para darle vida o para proyectarlo hasta otro plano de tiempo, espacio o perspectiva. Luego, a veces se juntarán dos escenas para presentar dos aspectos o perspectivas distintas. Una tercera posibilidad es el tríptico, un triple agrupamiento o articulación de escenas o cuadros. El triple agrupamiento podrá extenderse a una quíntupla "galería de cuadros". Otras combinaciones serían posibles, pero Reyes utilizará especialmente estas agrupaciones dobles, triples y quíntuplas.

Cualquiera que sea el elemento estático inherente en una unidad pictórica, veremos que casi siempre tenderá a volverse dinámico de una manera o de otra en Reyes. Será raro encontrar un solo cuadro estático, aun en las evocaciones paisajísticas tan puramente pictóricas y plásticas, de las que tenemos abundantes muestras en los *Cartones de Madrid, Horas de Burgos* y

---

[35] e. g. "Aristarco...", *La Exp. Lit., OC,* XIV, p. 105, empleado de otra manera.

otros ensayos de *Las vísperas de España*. Aunque sí encontramos en Reyes alguna inclinación al orden clásico y al reposo decorativo, hay una fuerte contratendencia a la tensión moderna, a las polaridades, los equilibrios mal resueltos, las perspectivas infinitas. Los agrupamientos triples rara vez forman marcos cerrados: dentro de los mismos "marcos" triples y quíntuplos, encontraremos muchas veces una proyección tridimensional hacia la infinidad y los horizontes abiertos. La escena sencilla tenderá a ensancharse en un panorama infinito o continuo.

El cuadro sencillo o la serie de cuadros, ya se ha dicho, podrá tomar muchas formas. Podrá ser una escena o escenas, interior(es) o exterior(es) de actividades humanas, paisajes, etc. Podrá ser un retrato de un hombre, doble retrato, tríptico de retratos o toda una galería de cuadros.

El cuadro sencillo como único elemento estructural que ocupa todo el espacio del ensayo será raro. Sin embargo, el cuadro sencillo como punto de partida o sea como punto culminante final o elemento de enfoque estratégico es un elemento muy frecuente. Otros elementos se incorporan, entonces, a éste. Un ejemplo de la primera de estas situaciones es el ensayo goethiano de *Cuestiones estéticas*, "Sobre la simetría en la estética de Goethe",[36] distinguida pieza de crítica literaria creadora.

En este ensayo pasamos del ojo a la palabra hablada, de un cuadro a un diálogo. El cuadro o relampagueo visual, seguido del diálogo, constituyen los dos elementos de enfoque en la caracterización que hace Reyes de la simetría de Goethe.

El ensayo se abre con una escena panorámica, que es la escena imaginaria de un jardín clásico formal. Esta es la representación visual alfonsina del elemento de simetría clásica que encuentra Reyes presente a través de todas las obras creadoras de Goethe:

Cada vez que quiero evocar, panorámicamente, a las criaturas de Goethe, creo ver un jardín simétrico, distribuido con la precisión de contornos con que nos aparecen las posesiones bajas del barón Eduardo, miradas desde su castillo, o como lo habría planeado aquel extravagante que, dice Hoffmann, viajaba por el mundo a caza

[36] *Obras completas*, I, pp. 86-8.

de bellas perspectivas y, corrigiéndolas a su capricho, hacía talar un bosque, o plantar nuevos árboles o cegar un arroyo, o abrir una fuente, según conviniese a la concepción ideal, a la que, como un arquetipo, quería ajustar los paisajes de la tierra.

Esta es una elaboración imaginativa hecha por Reyes de la especie de jardín bien cuidado y geométricamente dispuesto, típico del periodo clásico de los siglos XVII y XVIII, basada en la alusión por Goethe a la propiedad ajardinada de uno de sus personajes, combinada con un ejemplo que recoge Reyes de E. T. A. Hoffmann. Reyes visualiza a los personajes de Goethe encajándose lógica y casi inevitablemente en tal escenario. Estamos en el campo de las correspondencias entre las artes. La nitidez de perfil que encontraríamos en las formas literarias clásicas la vemos aquí en los perfiles del jardín. Vemos la dominación clásica de la naturaleza por el hombre que corta, talla y arregla las cosas de acuerdo con patrones ordenados, según el ideal arquetípico.

Hasta aquí el cuadro o la escena está fría, congelada, estática. El ojo se ha paseado panorámicamente, pero el jardín forma un decorado inmóvil. Ahora, sin embargo, se vuelve escena dinámica, y vive de seres humanos móviles a medida que Reyes la puebla mentalmente de personajes de diversas obras novelísticas y dramáticas de Goethe. Se vuelve cuadro móvil, adquiriendo el carácter fluido y rítmico de un baile del siglo XVIII, pero sin abandonar la tendencia simétrica:

Paseando en el jardín, y con la rigurosa indumentaria de la época... creo mirar también a Fausto y a Margarita enamorándose con juegos, y, después, a Mefistófeles y a Marta diciéndose cosas deshonestas, según aparecen en la escena. Esto pasa en lo penumbroso del huerto. En lo más sombrío, y mirando a las campesinas llenar sus cántaros en los pozos, distingo a Werther, quien hojea las páginas de Homero o las del que entonces era Ossian, según que esté alegre o que se aflija. Y, en coro agitado, la danza alternada de los amantes y de los indiferentes (motivo de una *Lied* del poeta) deja ver, por tiempos sucesivos, para ocultarles luego tras de la verdura y la arboleda, la pareja de los amantes, la pareja de los indiferentes. Por fin aparece todo el cuadro central de las *Afinidades electivas,* que yo no concibo sino como en danza, también de los personajes impares —Eduardo, Carlota, Otilia, el Capitán, el Arquitecto—, donde cada uno, igual que en un baile conocido, se fuera, por turno, quedando solo y sin compañía. Es decir que todo me parece como un ejercicio de simetría en función de la naturaleza.

Reyes parece haberse contagiado —por empatía con Goethe o de otra manera— de esta predilección por el cuadro del baile simétrico, pues veremos otras variaciones alfonsinas de esta idea como elemento de simbolización onírico-fantástica, etc.: "El Coro de señoras que nos admiran y el Coro de señoras que nos aman se dividen por mitad el salón", en *La danza de las esfinges*;[37] también en *Al margen de Meredith*[38] (donde también alude a Goethe).

Los personajes todos ahora forman grupos simétricos de parejas y ejecutan movimientos simétricos de la danza, con un solo personaje solitario, Werther, que "simétricamente" alterna entre alegría o tristeza, entre inspiración clásica y romántica, simbólico del cambio de la primera a la segunda etapa en Goethe. Werther sigue también un paralelismo entre las emociones de alegría, tristeza, muerte; y las estaciones primavera, otoño, invierno, reminiscente de las *Sonatas* de Valle-Inclán.

Ahora pasamos al diálogo, parte íntegra de la escena, que sigue una triple progresión desde 1) la escena de decorado estático, hasta 2) la escena dinámica de baile, con movimiento simétrico de los personajes, y 3) dos diálogos que están a caballo. El diálogo también es elemento dinámico, en una tercera dimensión. La triple progresión es la progresión natural "impresionista" o cinemática, pues primero el ojo está atraído por el jardín, luego repara y se detiene en las figuras, finalmente las oye hablar.

Hasta el diálogo forma una configuración simétrica o paralelística:

En la escena del jardín de *Fausto* no puede haber más simetría: las figuras nobles pasan hablándose de amor; las innobles les siguen,

---

[37] "La danza de las esfinges", *El cazador*, OC, III, p. 96.
[38] "Al margen de Meredith", *A lápiz*, OC, VIII, pp. 253-4.

insinuando cosas vulgares...; la pareja de amantes puede ser la misma de Fausto y Margarita: la de indiferentes la podrían formar Marta y Mefistófeles.

Sobrevienen los dos diálogos, con "los Indiferentes" seguidos de "los Amantes", luego "Marta", "Mefistófeles", "Marta", "Fausto", "Margarita": formando una doble disposición "colectiva-individual" entrelazada.

Las palabras del primer diálogo, especialmente de "los Indiferentes", siguen un ritmo sugerente del movimiento del baile:

Llega, hermosa mía, y ven a danzar conmigo, pues la danza conviene a la fiesta. Si no eres aún mi tesoro, lo serás un día; y si esto no llega ¿qué importa? ¡Dancemos! Llega, hermosa mía, y ven a danzar conmigo: la danza decora las fiestas.

El cuadro se ha vuelto más que un relampagueo visual, habiéndose convertido dinámicamente en una evocación imaginativa tridimensional: visual, cinética y auditiva.

Al triple desarrollo pictórico sigue ahora una triple sección concluyente que trata de la simetría como elemento clásico: 1) "La simetría en las tragedias clásicas venía a ser como la ley moral." Esto se sigue entonces a través de Sófocles, Shakespeare, Ibsen hasta Goethe. 2) Se emparejan los conceptos de Superstición y Simetría. 3) El ensayo termina con otra evocación visual más breve de tipo anecdótico-biográfico, citada de las memorias de Goethe:

Y que Goethe fuera supersticioso, como alemán, lo comprobará fácilmente quien busque en sus memorias aquel trozo en que cuenta cómo yendo a caballo por el campo, *se vio venir* con rumbo opuesto, también a caballo, y vistiendo traje de botones dorados. Y dice que, años después, con ese traje y con ese rumbo, cruzaba por el propio camino.

El propósito del cuadro evocado en este ensayo podemos decir que fue dramatizar un principio estético-estilístico abstracto. La triple progresión dinámica de la evocación pictórica fue paralelada por una triple discusión final más breve, dando a su vez en un reenfoque estereoscópico que llevó a un nuevo relampagueo pictórico final, dando un nuevo giro o dirección al tema.

La improvisación,[39] uno de los números más brillantes en el repertorio alfonsino de breves ensayitos chispeantes y familiares, ejemplifica lo que podremos llamar la técnica del "relampagueo escénico". Este ensayo sigue el plan de un tríptico, compuesto de dos rápidas escenas "cinemáticas" de impresionante efecto teatral, intercaladas por una elaboración discursiva central en íntimo tono de plática.

La "plática" va dirigida a los amigos de Alfonso Reyes, José Vasconcelos, entonces Ministro de Educación mexicano, y Pedro Henríquez Ureña el compañero filólogo-humanista preocupado por los problemas del estilo puro y correcto. Está escrita precisamente como si él les estuviera charlando en un café. Expone las ideas que están a su vez dramatizadas en el par de episodios escénicos que preceden y siguen: el concepto de la creación y realización artística que resulta de la "improvisación" a través de numerosas interrupciones, pero contra el fondo de un extenso entrenamiento previo, ardua disciplina y adquisición de conocimientos, etc.:

Amigo José Vasconcelos: educar es preparar improvisadores... No quiere esto decir que debamos emprender las cosas sin conocerlas. Todo lo contrario... [Aquí un breve ejemplo.]... Y de aquí, también, un gran respeto a la memoria, la facultad retentiva que transforma en reacción instantánea las conquistas de varios siglos de reflexión...
Todo arte consiste en la conquista de un objeto absoluto, lograda en medio de las distracciones que por todas partes nos asaltan, y contando sólo con los útiles del azar...
Pero, ¿qué no es improvisación? Oh, Pedro Henríquez, tú me increpabas un día:
—No corriges —me decías—; no corriges, sino que improvisas otra vez.
La documentación, es necesario llevarla adentro, toda vitalizada hecha sangre de nuestras venas.

[39] *Calendario, OC,* II, pp. 298-300.

Ésta en sí es una viva discusión de la relación del entrenamiento con la creación artística y con los auténticos propósitos de la educación. Sin embargo, queda aún infinitamente realzada por los dos relampagueos escénicos que le sirven de marco y que dan lugar a la discusión: dos escenas que nos presentan en plena obra a dos inspirados genios, el maestro de ballet Diaghilev y el compositor Stravinsky.

La primera escena muestra un individuo que resulta ser Diaghilev (presentación impresionista), quien sirve de anfitrión a un grupo de doce personas reunidas en torno a una mesa en un restaurante de Londres. Como si no hiciera nada de particular, invisiblemente, en un breve aparte por aquí o por allá, el maestro va completando arreglos para su próxima gran representación:

Después, se levanta, sale tranquilamente como si no estuviera haciendo nada. Y no lo volvemos a ver hasta el ensayo general, en un escenario revuelto, junto a la divina Karsavina, que protege sus zapatillas de reina con unos calcetines de lana.

El propio ensayo general está asediado de innúmeros estorbos:

Y así, todo sucede entre estorbos, entre paréntesis, al lado de las actividades accesorias, mientras se recibe a las visitas, en el comedor y hasta en el baño.
Y con todo, la maravilla se realiza, y el bailete nace —puro— como la flecha de su arco.

La gracia y agilidad con que Diaghilev milagrosamente realiza la perfección se sugiere por la imagen de la veloz flecha que parte de su arco.

La última escena, la de Stravinsky y Diaghilev que apresuradamente se reúnen para unas cuantas horas de trabajo, se presenta en términos de sugestividad teatral, con la referencia a las cortinas que se levantan:

Se levanta una cortina; es Stravinsky, otra vez: llega de Suiza, por unas horas. Trae consigo el manuscrito de *Nupcias*...
Se levanta otra cortina: es Diaghilev, que vuelve de Londres, por

unas horas. Trae en la mente, en el ánimo, en el ritmo de la respiración, esas danzas cruzadas que concibió el maestro coreógrafo.

Una imagen fisiológica con que terminó la sección discursiva:

La documentación, es necesario llevarla adentro, toda vitalizada: hecha sangre de nuestras venas,

se eslabona con otra de la sección final, que también liga espíritu y cuerpo,

[Diaghilev] trae en la mente, en el ánimo, en el ritmo de la respiración, esas danzas...

para expresar cómo toda la esencia de la obra creadora del artista se vuelve parte entrañable de él.

Ahora estamos "en escena", pues un párrafo traza una rápida y fluida síntesis pictórica del mentado ballet, seguida de la visualización de la escena del fin del ensayo:

... Salta el corazón, entre pulsaciones de marimba. Y, de pronto, se oscurece la luz.
Stravinsky y Diaghilev están en mangas de camisa, al piano; en tanto, el coreógrafo Massine anota y anota, vibra junto al velador, trepida por dentro, baila con el alma. Circulan el "cherry" y el té. Los gajos de limón aplacan la sed.

"Salta el corazón" sugiere la perfecta identificación de intérprete y espectador con la obra de arte. Ahora Reyes telescopa todo esto en un momento escénico final y significativo:

Silencio: estos hombres improvisan. Movilizan, por unas horas, todas las potencias de su ser. Todo lo traen consigo, porque no se viaja con bibliotecas. La memoria enciende su frente. Y, al dar las ocho, todo debe estar concluido. Se besan el bigote, a la rusa, y uno vuelve a Londres y otro a Suiza.

La frasecilla "por unas horas" —para subrayar la efímera brevedad de cada encuentro— se ha utilizado tres veces, una vez para Stravinsky, otra para Diaghilev y una para la síntesis final. La dramática conclusión repentina, que se verifica como en un verdadero "relampagueo", se insinúa en el nivel temporal por referencia al reloj ("Y, al dar las ocho") y, pictóricamente, con un gesto final, "Se besan el bigote...".

Formalmente, uno de los elementos más eficaces de este ensayo es la sugerencia hasta en su propia estructura del carácter interrumpido de las actividades de Diaghilev y Stravinsky, en la *interrupción* de las dos continuidades escénicas por la discusión central en otro plano.

En *La improvisación* hemos visto la eficacia del uso de una doble escena-relámpago para visualizar una situación llena de implicaciones culturales fascinadoras. Entre las que llamamos "galerías de cuadros ensayísticos" habrá numerosísimos casos del retrato doble como el ya analizado *Cástor y Pólux* y otros como *Dos centenarios* (Cisneros y Lutero) y *Américo Vespucio*[40] (doble retrato de Vespucci y Colón), ambos en *Retratos reales e imaginarios*.

Se acaban de ver ejemplos de la hábil maniobra de un solo cuadro estilizado o de un par de cuadros animados. En el caso de *Roncesvalles*,[41] vemos la típica articulación de tres escenas dinámicas.

Roncesvalles es al mismo tiempo insigne ejemplo del ensayo vuelto impresión de viaje. La impresión de viaje en manos hábiles puede ser un medio muy eficaz para la exposición personal e informal de temas e impresiones típicas del ensayo, sobre todo el de alta sensibilidad artística. *Roncesvalles* pertenece a la impresión de viaje que es combinación de costumbrismo fragmentario y evocación lírico-simbólica, plástico-poemática.

Además, aquí Reyes da la mano a los españoles del 98 como Azorín y luego Ortega, en el libro de viaje que se convierte en peregrinaje espiritual a través del paisaje hasta el pasado cultural de España, epitomado en la *Ruta de Don Quijote* de Azorín y las *Notas de andar y ver* de Ortega. La *Visión de Anáhuac*

---

[40] Después incorporado en el ensayo *El presagio de América, Última Tule*.

[41] "Roncesvalles", Sección XI de *Fronteras,* una serie dentro de la colección *Las vísperas de España (OC,* II, pp. 184-7).

de Reyes será el equivalente específicamente mexicano de esta preocupación y este modo de escribir.

Roncesvalles resulta una serie de tres escenas panorámicas que forman una gradación de general a específico; desde horizontes infinitos con la simbólica vinculación al pasado de la *Chanson de Roland;* hasta el pueblecito; hasta un rincón interior junto al hogar con típicos personajes humanos; más un final eslabón evocativo al paisaje exterior y al pasado heroico. Dejamos al lector el análisis detallado.

En *Las tres 'Electras' del teatro ateniense*,[42] tenemos un tríptico de tres figuras literarias (mítico-ficticias) evocadas, contrastadas y discutidas críticamente en relación con las características fundamentales de la tragedia griega. Sin embargo, la triple "galería de retratos" aquí se ensancha formando un plan quíntuplo con un par de retratos comparativos secundarios. Resultan cinco capítulos o "actos" que paralelan el plan estructural de la típica tragedia clásica: otra vez aparece una forma de simbolismo estructural, pues de tragedia se habla en forma de tragedia. Al mismo tiempo, el ensayo sigue un plan circular: empieza y termina con la evocación de la Electra de Esquilo, en términos de imágenes de luz y sombra. El preludio inicial culmina en esta caracterización:

Y sola una sombra blanca, Electra, discurre, azorada, por la escena trágica, a manera de casta luz.

Y la Parte V culmina en una evocación prismática de luz y sombra, aún más rica, que se refiere a los personajes trágicos helénicos en general y luego se reduce de nuevo a la Electra de Esquilo como la más típica de las Electras:

Los personajes de la tragedia helénica son como pantallas que paran y que muestran a los ojos las imágenes que el haz luminoso de la cámara oscura se llevaba, invisiblemente, por el aire. Los hombres de la tragedia helénica no alientan con vida real: son contornos y son sombras de seres, conciencias que cavilan, y voluntades que obran fatalmente... Así es la Electra de Esquilo: por eso se desvanece al teñirse de realidad.

[42] *Cuestiones estéticas, OC,* I, pp. 15-48.

Todo el plan de los cinco capítulos o actos también se conforma a la ordenación circular: I.–La Electra de Esquilo, II.–La Electra de Sófocles, III.–El coro griego, IV.–La Electra de Eurípides, V.–Retorno a la Electra de Esquilo, extendiéndose a generalizaciones sobre la tragedia helénica (idealismo-universalismo, catarsis y *Moira*) y retelescopándose en la final reevocación de la Electra de Esquilo.

Esta rica visualización prismática del desfile de los personajes trágicos helénicos en el pasaje final —*pantallas, imágenes, haz luminoso, cámara oscura, contornos, sombras* con el contraste y polarización de *luz-sombra, presencia-ausencia, aparecer-desaparecer, realidad-idealidad*— se equilibra anticipadamente por la imaginería visual y auditiva que se enfoca hacia Electra en la Parte I:

quien tal haya leído repetidas veces, si tiene la virtud de sorprender el nuevo matiz de impresión que a cada nueva presencia provocan las cosas conocidas de antes, ya habrá advertido cómo, al finalizar la lectura, se queda, unas veces, poseído de real emoción dramática, otras, con ansia de llorar, y otras aún, con grata placidez risueña, como inspirada por un vago y perdido concierto de arpas. Esta sugestión múltiple, este poder trinitario de la emoción, ya tremenda, ya melancólica o bien jovial, es el más hondo secreto de la belleza inefable de Electra...
Electra no es un ser, sino un contorno de ser, en el cual, si a teñirlo fuéramos con los colores de la vida, cabría una infinidad de seres particulares...; podéis imaginar que, en un "vitrail" de iglesia gótica, las figuras fuesen reducidas a un vago diseño proyectado sobre el descolor y la transparencia del vidrio: podéis así concebir e imaginar la Electra de Esquilo.

En *Algunas notas sobre la 'María' de Jorge Isaacs* [43] encontramos un plan quíntuplo que corresponde a cinco facetas, las cuales se integran para formar un "cuadro atmosférico" en cinco dimensiones, del mundo novelístico de Jorge Isaacs.

Aunque los párrafos llevan números de 1 a 6, el sexto es una variación del tema del número 5, que le da mayor fuerza de cul-

---

[43] *A lápiz, OC,* VIII, pp. 271-3.

minación sintetizante. Nuestro agrupamiento abarcará estos dos párrafos como Sección 5. Las secciones 2) y 3) son específicamente pictóricas y de ellas la tercera central representa un verdadero cuadro con marco. En las otras secciones resaltan otros elementos que los puramente visuales, formando los grupos siguientes: Sección 1): La nota sentimental toda abarcadora en el temperamento iberoamericano y en Jorge Isaacs. Secciones 2) y 3): Ambiente exterior de las cosas que rodean a los personajes —Naturaleza (fuera), luego dentro de la casa. Secciones 4) y 5): Ambiente "interior" (psicológico) en que actúan los personajes. O las cinco secciones podrían denominarse como sigue, según las cinco diversas notas o matices de percepción y de sensibilidad: 1) músico-sentimental. ("Llueven lágrimas... se han puesto a sollozar las guitarras.") 2) Panorámico-visual (La riqueza de la naturaleza.) 3) Decorativo-visual. (Disposición ornamentada, "oriental", de los interiores de casa.) 4) Psicológico-sensual. (La "sensualidad alerta" de los personajes.) 5) Táctil-sensual-psicológico. (Variación sobre 4, con una nueva perspectiva de identificación psicosomática en las reacciones de los personajes.)

En los ejemplos anteriores se ha visto una disposición quinaria para una galería de tres retratos, luego para una vista quíntuple de una sola escena o ambiente. En *Compás poético*,[44] encontramos una cadena quinaria de retratos literarios familiares y artísticos, retratos estilizados de cinco distintos y diversos poetas hispanoamericanos: Juana de Ibarbourou, Enrique González Martínez, Ángel Aller, Eugenio Florit y Ricardo Molinari.

¿Hay alguna conexión entre estos cinco poetas? ¿Qué unidad abarcadora se establece para agrupar a estos poetas bajo un solo techo?

Primero, hay el englobante toque personal y tono familiar con que Reyes trata toda la serie de cinco ensayitos o secciones, dirigiéndose íntimamente (y generalmente por nombre) a cada poeta, con esa combinación alfonsina de *simpatía* y *cortesía*: "De manera, Juana...", "Dije, amigo Enrique...", "Poeta

[44] *Ancorajes*, pp. 12-8.

del Uruguay, campero diestro: ¡Lazo con él y músculos de domador!", "Y salimos, Florit, de las doce más doce décimas...", "Y todo esto... lo vuelvo a decir para usted, Ricardo E. Molinari". Y "No importa perderlo, Molinari...".

De modo que los cinco están ligados por un vínculo común de amistad o interés personal con Reyes, como si él estuviera sentado a una mesa de tertulia con ellos, dirigiéndose sucesivamente a cada uno.

Miramos el título *Compás poético*, y eso parece sugerir algún ritmo global para el conjunto de los componentes de la serie.

Los subtítulos de las cinco secciones son aún más sugeridores: 1) "Un divino desorden" (J. de Ibarbourou). 2) "Un orden divino" (González Martínez). 3) "Trote y galope" (Aller). 4) "Soberbio juego" (Florit). 5) "Ofrenda de palabras" (Molinari). Los dos primeros títulos obviamente están ligados por un juego de palabras invertidas, pero sugieren, además, temas afiliados de orden y esencia. Los dos próximos sugieren temas más enérgicos o activistas. El último sugiere quizá una síntesis que resulte caracterizar todo el grupo de creaciones poéticas.

Algunos otros eslabones aparentemente superficiales resultan tener algún sentido estructural sintetizante. En los cinco poetas como quedan escogidos y dispuestos, tenemos un ritmo de alternación geográfica entre la Hispanoamérica meridional y septentrional: Sur, Norte, Sur: un poeta uruguayo, un mexicano, un uruguayo, un cubano, un argentino. Al examinarlos, encontramos una uruguaya y un mexicano estrechamente vinculados, luego un uruguayo y un cubano. El que sale sobrando, el argentino, está más cerca geográficamente de los dos uruguayos (estéticamente ligados a los dos "nortistas") y él es la ocasión para la exposición alfonsina de un tema relacionado con la Poesía en general, la relación de palabras a poesía. El grupo entero forma entonces una especie de red poéticosintética de Norte y Sur y toda hispanoamericana con interiores vínculos panhispánicos en las Secciones 3) y 4), entre Hispanoamérica y España.

Examinando los miembros individuales del conjunto quíntuplo, vemos que cada sección funde al poeta y su obra en una visión de su espíritu y estilo poético cristalizada por Reyes en unas cuantas imágenes clave. Son numerosas las vinculaciones internas de tipo temático y estilístico entre las secciones.

Juana de Ibarbourou y Enrique González Martínez están ligados no sólo inversamente, por el "desorden" de Juana *versus* el "orden" de González Martínez, sino afirmativamente por su común pureza y su respectivo encuentro con lo Divino, cada uno a su manera. Ella es "terriblemente pura", y la poesía de él es "¡... tan casta!" La liberación de las disciplinas convencionales que experimenta Juana es el resultado de un encuentro con "*el Dios*":

De manera, Juana, que sola en tu barca ebria, y despeinada en el viento, eres, terriblemente pura, un testimonio fehaciente de la catástrofe: la catástrofe que la presencia del Dios desata en las cosas, cada vez que se acerca a ellas.

González Martínez con palabras prende ángeles como prendería pájaros, y por este medio realiza el milagro de traer el cielo a la tierra:

Pasajero [sic] con una jaula llena de alas. Pero —¡qué sorpresa!— el pajarero adelgazó tanto la liga que, en vez de pájaros, fue enredando ángeles y ángeles. Sus ángeles temblaban de asombro y eran los primeros en no entender cómo había sido aquello. No imaginaban que se les pudiera cazar con palabras.

(La referencia a "palabras" es una preparación para la Sección 5): "La poesía: ente posterior a la palabra.")

Juana se embarca en una aventura estética de tipo "navío ebrio" (quizá más casta que la de Rimbaud). González Martínez participa de otra aventura estética, sometiéndose a disciplinas pero planeando por el aire y prendiendo ángeles, creando "escultura de aire".

Los dos próximos poetas, Aller y Florit, están ligados primero por su común vinculación con España, la tradición española, Góngora y el romance octosílabo, dando a Reyes la ocasión de desarrollar uno de sus temas hispánicos predilectos, el del auge de Góngora en Hispanoamérica y el carácter "naturalmente" cultista de América, hasta en la exuberancia de su flora. Trata el primer aspecto de este tema en relación con Aller, el segundo bajo Florit.

De Aller dice, identificando el ritmo de los cascos del caballo del gaucho con el ritmo octosílabo del *romance:*

El Romance del gaucho perdido de Angel Aller suena, desde que asoma, sus buenas espuelas castellanas del Uruguay. Espuelas tocadas, aquí y allá, de platería andaluza y oro cordobés, de aquéllos de Góngora. Porque la penetración de Góngora es, en nuestra América —como otro imperialismo más ...—, una realidad que está en el aire ... Y varios siglos de romance español, a trote ligero, corren los campos americanos desde que, a la vista de San Juan de Ulúa, Hernán Cortés y Hernández Puertocarrero comentaban, de caballo a caballo, aquello de: "Cata Francia, Montesinos."

De Florit, dice:

Tampoco tiene miedo a España Eugenio Florit, porque es suya; porque ya es nuestra, americanos. ... [Vinculación con González Martínez, pues ambos siguen precepto y disciplina: (Florit) "Tampoco tiene miedo al Rengifo, a la Preceptiva ..."] ... Y otra vez, entre las ocho y las ocho sílabas ... la insinuación de don Luis de Góngora, "como entre flor y flor sierpe escondida" ...
Y yo no estoy cierto de que el campo americano haya dejado jamás de ser cultista. Caña, banana, piña y mango, tabaco, cacao y café son ya palabras aromáticas, como para amasar con ellas otro confitado *Polifemo.*

Otra vinculación lateral a España es una alusión a Valle-Inclán, el español que vino a México y escribió *El tirano Banderas* usando un léxico de español panamericano sintético.

Otro vínculo interesantísimo entre Florit y el poeta uruguayo Aller —una interrelación más de Hispanoamérica con España— es la presentación de Florit por una interfusión de los símbolos de Don Segundo Sombra y Don Quijote:

¿No nos encontramos una vez a Don Segundo de la Mancha conversando con Don Quijote Sombra? (Dicho sea con toda proporción, y acentuando símbolos.) Tampoco tiene miedo a España Eugenio Florit...

Aunque Florit, cubano de nacimiento español, no es poeta gauchesco, este símbolo usado con valor puramente estético-cultural le vincula con Aller que es un rioplatense que sí pinta el ambiente gauchesco. Otro eslabón final entre Florit y Aller y la estancia uruguaya (estético, no realista) es esta caracterización de Florit:

Si "al mar le salen brisas", Florit, a esas décimas le nace solo, a pesar de tanto cultismo congénito, un punteo de guitarra, vibrado a la espina de la espinela: un son de ingenio, de rancho, de estancia, de quinta o como se diga en nuestras veinte repúblicas.

Las enérgicas sugerencias de los dos títulos de estas secciones se traducen por los vivos cuadros de jinete y gaucho y por las asociaciones rítmicas de la sección de Aller:

Galopa —que es multiplicar dos veces sus cuatro pesuñas— y ya tenemos los ocho pies del romance, desamparado por ahí en los campos de América.
Poeta del Uruguay, campero diestro: ¡lazo con él, y músculos de domador! Y otra vez lo oigamos piafar a nuestra puerta, rechinando arneses.

y también por la vigorosa caracterización del arte poética de Florit:

como se sale de un ejercicio austero, de un ejercicio militar: quién sabe qué fiesta de espadas, qué esgrima de florete —parada y respuesta al *tac-au-tac*— ... Divina juglaría de cuchillos, soberbio juego la poesía.

La última sección no tiene tantas vinculaciones específicas, temáticas o metafóricas, con las secciones anteriores: la más estrecha sería con González Martínez y su creación con palabras. Sin embargo, contiene el tema más abarcador de todos, respecto a todo el fenómeno de la Poesía como expresión *versus* sentimiento:

Como verdadera creación, la poesía está fuera de su creador. Y viene a ser la otra creación, la que fue delegada en la persona de Adán, cuando puso nombres a las bestias. La poesía: ente posterior a la palabra... Ahora ya estoy por jurar que no sólo es palabra, sino palabra impresa, bien impresa...

Esta concepción algo anti-becqueriana de la poesía la vemos expresada en otras ocasiones por Reyes. Aquí se presenta como comentario amistoso a Ricardo Molinari, quien viene a Reyes en Buenos Aires trayéndole una "ofrenda" de sus poemas, y así puede concebirse como un mensaje de Reyes a los poetas más jóvenes. (Molinari tenía nueve años menos que Reyes.) Don Alfonso en su colección *Cortesía* tiene dos poemas dirigidos a Molinari, en que le agradece otros de sus poemas.

Lo que a primera vista habrá parecido una colección reunida al azar de breves retratos de poetas sin conexión entre sí resulta ser una quíntupla entidad orgánica preñada de sentido estético.

Partiendo de la quíntupla "galería de retratos" y del agrupamiento de cinco escenas, encontraremos extensiones del plan quinario con muchas variaciones, resultando un patrón altamente satisfactorio.

Alguna vez hasta se extenderá a una especie de plan séptuplo, como se verá con *Los siete sobre Deva*, aunque ahí sea de una manera simbólica muy suelta. La colección *Ancorajes* es especialmente rica en los ensayos quíntuplos, conteniendo el "Compás poético" ya analizado, más "Fragmentos del arte poética" (presentación de cinco facetas de la vida del poeta), y "Transacciones con Teodoro Malio", una serie de seis secciones compuestas de una Introducción y una cadena de cinco diálogos. Escenas, retratos, diálogos, aspectos o perspectivas: todos éstos podrán agruparse en unidades de tres o cinco. ¿No encontramos a Don Alfonso que caprichosamente pregunta —a propósito de los cinco dedos de la mano, "¿El cinco es número necesario en las armonías universales?".[45] Ecos del *tres* románico, patrón simbólico trinitario, y del *cinco* gótico.

---

[45] "La mano del comdte. Aranda", 1949, *Quince presencias*, p. 175.

El ensayo panorámico

En vez de una sola escena pictórica o cierto número de cuadros individuales que sirvan de marco para el ensayo, la estructura podrá descansar en un panorama escénico continuo. Esto viene a ser la expresión estructural de la visión cinemática alfonsina, ya analizada en el estudio de las imágenes de Reyes.

El entierro de la sardina, uno de los ensayos costumbristas madrileños de los *Cartones de Madrid,* ejemplifica perfectamente el uso del panorama como unidad estructural del ensayo.

El elemento central de este cuadro de costumbres es la procesión panorámica de un grupo de gente que toma parte en el rito del fin de carnaval llamado "el entierro de la sardina", pintado, incidentalmente, en un cuadro de Goya:

el Carnaval se despide, hoy miércoles de ceniza, con el simbólico entierro de la sardina... Acuden de todas partes los alegres grupos, las comparsas, en cómica peregrinación que evoca los cuentos de Chaucer... Tañendo un cencerro, pasa el viático de la sardina, con un figurón a la cabeza que no se sabe si es hombre o bulto de harapos...

Este espectáculo panorámico sirve de eje para una serie de proyecciones simbólicas, de perspectivas y comentarios sobre el carácter español y la tradición y el destino de España, algo a la manera de un Larra, o de los del 98 español, terminando con una visión pesadillesca de la humanidad monstruosa, recordando los *Sueños* de Quevedo y las pinturas de Jerónimo Bosco.

La visión cinemática o panorámica estructurada en el ensayo panorámico desempeña un papel importante en el repertorio ensayístico alfonsino. A través de la serie de *Las vísperas de España,* se utiliza en numerosas combinaciones, como en el tríptico *En el Ventanillo de Toledo,* compuesto de dos ojeadas panorámicas —una en tiempo presente, otra en el pasado— con un símbolo de múltiple fusión en medio. El gran ensayo *Visión de Anáhuac* se puede ver como un vasto panorama cinemático, subdividiéndose en una serie de 14 panoramas sucesivos ligados por efectos clave de enfoque y de evocación.

Estructuras dinámicas

Se ha visto que diversos arreglos o maneras de enfocar un concepto, o el uso de diferentes elementos nucleares en torno a los cuales se puede construir el ensayo, resultarán en diferentes tipos estructurales ensayísticos. Mirando la forma ensayística en términos aún más flexibles y dinámicos, se despliegan otras numerosas posibilidades. Nos encontramos con una gran variedad de ensayos alfonsinos que siguen un patrón definitivo respondiendo a puras líneas de movimiento: una ruta que no necesariamente se pueda expresar en términos de visualización directa, pero posiblemente trazable como línea o serie de líneas geométricas. Una idea, un concepto, una sugerencia, una imagen o una asociación podrá lanzarse y adquirir ímpetu como una bola que rueda, o sea como el *canto rodado* expresivamente usado como metáfora por Reyes: [46] atrayendo otras ideas y formando cadenas de ideaciones, tomando muchas direcciones posibles, siguiendo mil senderos o derroteros y así cayendo en una variedad de formas estructurales diferentes.

Círculos y espirales

Un individuo que sale de paseo podrá —en vez de ir a un sitio para quedarse allí o en vez de regresar directamente por la misma ruta— dar una vuelta circular regresando al mismo punto sin volver sobre sus pasos. Durante su paseo verá una cosa tras otra, algunas de las cuales serán muy distintas y no obstante visiblemente contiguas, formando una cadena que lo llevará a su punto de partida. Algunas de estas cosas muy distintas podrán sin embargo estar relacionadas unas con otras de alguna manera, y las asociaciones mentales del paseante encontrarán tal vez otras in-

---

[46] V. "Marsyas o del tema popular", *La Exp. Lit.*, OC, XIV, pp. 57, 64, etcétera.

terrelaciones, formando un camino mental de conexiones. Asimismo sin dar un paseo y sin trasladarse físicamente, una conversación o monólogo o meditación interior podrá tomar tal camino y volver al punto de partida. La meditación, si toma forma escrita para compartirse con otras personas, se vuelve ensayo en la dimensión informal.

Así una de las formas más comunes que podrá asumir el ensayo familiar es el de un paseo mental a través de una serie de ideas más o menos relacionadas. Si regresamos al punto de partida original, esto forma una cómoda unidad para un solo ensayo, cerrándolo y formando así una estructura circular.

La forma circular, sirviendo el ensayo en función de "paseo circular" de ideas, es uno de los patrones estructurales muy frecuentes en los ensayos de Reyes. Ya hemos visto el plan circular en ensayos como *Las tres 'Electras'* y *Por mayo era, por mayo*. Uno de los ensayos más típicos de plan circular, dando la sugerencia explícita de un paseo, es *Las grullas, el tiempo y la política*.[47]

Si trazamos el esquema de las principales ideas o conceptos presentados en este breve ensayo de plática familiar, veremos muy claramente cómo forman una línea circular:

1) Hacía mal *tiempo* un domingo por la mañana cuando Reyes salió.
2) La gente no hablaba más que del *tiempo*.
3) *Las conversaciones sobre el tiempo* son una actividad fundamentalmente humana.
4) Para algunos, es una actividad profesional, e. g. Ulises, Hesíodo.
5) Hesíodo, Dante, Virgilio —todos hablaron del Tiempo, y estos últimos además de Garcilaso asociaron las *grullas* con algún fenómeno meteorológico.
6) "Ya se ve que, de cierta manera literaria, podemos decir que hablar del tiempo es 'hablar de las *grullas*'."
7) Para la mayoría de nosotros, el Tiempo es sobre todo un medio común de *intercambio conversacional:* "el tiempo es, simplemente, una moneda de la conversación".
8) Las *conversaciones políticas* tienden a desempeñar una función semejante.

[47] *El cazador, OC,* III, pp. 85-8.

9) Las *conversaciones políticas* nos introducen en el mundo de "la superstición laica", en donde el adicto a estas discusiones se vuelve pronosticador de catástrofes o descubridor de complots y motivaciones ocultas detrás de los sucesos aparentemente normales e inocentes.
10) Luego, hay los que imponen charlas políticas en otras personas, acechándolas como supuesta fuente de informes arcanos.
11) *Horacio* fue víctima de tales importunadores que pensaban que su intimidad con Mecenas le haría canal de informes confidenciales.
12) ¿De qué hablaban Horacio y Mecenas en la intimidad? Del *Tiempo:*

¡Del tiempo y solamente del tiempo! Es decir: de nada. Se inclinaba a su oído, y le dejaba caer cosas tan insustanciales como ésta:
—¿Qué hora es?... ¡Vaya una mañanita fría que nos ha amanecido!

El ensayo empieza con una ojeada escénica o paisajística que introduce el tema del Tiempo, luego el de las Conversaciones sobre el Tiempo. Esto pone en marcha una excursión al pasado por vía de referencias, dando con la asociación virgiliana de las grullas con el verano. He aquí la imagen clave que liga las aves al tiempo: "hablar del tiempo es 'hablar de las grullas'". Luego la imagen del tiempo como "moneda de la conversación". Así llegamos al tema de la charla trivial en general, que sirve para pasar el rato: llevando a la Política como elemento temático de parecida función; hasta algunos otros aspectos de las charlas políticas —regresando al pasado clásico con Mecenas y Horacio, que hablan del Tiempo.

Hemos vuelto al punto de partida: el Tiempo y una mañana fría, parecidísima a la evocada por Reyes en su escena inicial. Todo se ha ensartado en una cadena de asociaciones, desde una cosa a otra parcialmente relacionada con ella, con ilustraciones que aquí nos transportan al múltiple pasado clásico de Alfonso Reyes en un vaivén con el presente, de manera muy análoga a la de la plática normal y espontánea, con la diferencia de que chispea con un brillo artístico y sigue una secreta línea artística especial que corresponde a la destreza y sensibilidad del poeta que es Don Alfonso.

Dentro de la línea estructural que hemos visto recorrer doce puntos, encontramos aproximadamente a medio camino dos imágenes clave: 1) "hablar del tiempo es 'hablar de las grullas'", y 2):

el tiempo es... una moneda de la conversación. El trueque es a la moneda lo que el verdadero cambio de ideas a las conversaciones sobre el tiempo. Los que hablan entre sí del tiempo no son amigos todavía, no han hecho más que el gasto mínimo del trato humano, en el valor acuñado de la conversación.

La primera serie de alusiones literarias es una cadena que ha precipitado cuatro evocaciones visuales —muy desarrolladas— de grullas —convertidas por Reyes en un emblema de alto valor artístico-metafórico: un símbolo ornitológico estético que se puede agregar a la galería de aves literarias elaboradas por Reyes en *De volatería literaria* (en el mismo *El cazador*), donde figuran el cisne, el águila, el cóndor, la cigüeña y el fénix. Esto evoca el reino de la naturaleza con los cambios de estaciones y a veces violentos cambios meteorológicos.

Siguiendo muy de cerca con el aspecto social del tiempo (como materia de conversación), tenemos la metáfora muy distinta del tiempo como "moneda" o medio de intercambio de la conversación, actividad de intercambio social por excelencia.

Hacia el fin del paseo circular, hay otra alusión clásica que precipita el regreso al punto de partida, enfocado en un breve y vivo diálogo.

Toda la sugerencia de un paseo conversacional está realzada por la manera alfonsina de desarrollar el ensayo desde el núcleo de esta escena realista personal en que vemos al autor que se asoma a la puerta para dar un paseo en la calle:

El domingo veintitrés de enero de mil novecientos trece, el día amaneció gris. Un sol tímido se asomaba y se escondía por intervalos. El viento remecía los árboles, barría las calles. Las hojas rodaban por el suelo. (En los cuentos de Peter Pan, se dice que nada tiene un sentimiento tan vivo del juego como las hojas. Así es.) Abríamos cautelosamente nuestra puerta, esperábamos a que pasara la ráfaga y nos echábamos a la ciudad. El tiempo convidaba a marchar militarmente, hendiendo el aire y soportando el chispear del agua: caen unas agujitas frías, dispersas. En cada bocacalle hay que desplegar un plan estratégico para escapar a los torbellinos de polvo. En suma: el tiempo amaneció despeinado y ojeroso.

La personificación poética del sol, de las hojas y del tiempo * de aquella fea mañana nos preparan para la íntima asociación del hombre con el tiempo que será comentada. Quedamos absortos en el progreso de las ideas en el monólogo interior y no seguimos un paseo en sentido físico y literal, aunque la referencia a la gente que habla en los tranvías:

Las conversaciones del tranvía sobre la política se parecen... a las conversaciones sobre el tiempo: son una manera de salir del paso.

contribuye a la impresión subconsciente de estar prosiguiendo con un viajecito. Cuando al fin llegamos por otra vía —por la curva circular— a las palabras del diálogo, "¡Vaya una mañanita fría que nos ha amanecido!" (imaginadas como dichas por Mecenas hace siglos), nos parece que éstas son las mismísimas palabras que habría dicho Reyes al sacar el pie por la puerta al principio: —heis ahí el eslabón perfecto para cerrar el círculo.

Reyes ha hilado una cadena circular de asociaciones, estableciendo una vinculación estética desde el diálogo final en un plano temporal y espacial hasta la escena inicial en otro plano temporal y geográfico. El paisaje o escena inicial reverbera en otro nivel por la cuádruple serie de ojeadas de grullas y paisaje, brotando así el gran símbolo estético del ensayo, contrapesada por la imagen de la moneda (intercambio social) que introduce una serie de charlas entre individuos, culminando en Horacio-Mecenas, vinculados inesperadamente con la escena meteorológica inicial. La expansión imaginística ha dado ritmo e ímpetu para intensificar el mero encadenamiento de ideas.

* N. B. "el tiempo amaneció despeinado y ojeroso", anticipadamente reminiscente tal vez de R. López Velarde en su *Suave patria* ("Sobre tu capital, cada hora vuela ojerosa y pintada, en carretela"), recordada por A. Yañez en el título de su novela, *Ojerosa y pintada*.

Con un poco de licencia interpretativa, hasta podemos ver la expansión de la forma circular para convertirse —al menos en un caso— en una forma de "círculo concéntrico".

Esto necesita entenderse en un sentido especial más internamente analógico que en el caso de la estructura circular básica. Aquí no se trata de toda una cadena circular de ideas dentro de otra cadena. Hay más bien una analogía general con la figura estética de una piedra lanzada al agua que arroja sucesivos círculos concéntricos de ondulación, a la manera de los *Reflejos en el agua* de Debussy en la esfera musical. Ya hemos notado en Reyes su fascinación estética por estas ondas reverberantes o "trenes de ondas" de sensaciones, impresiones o ideas, sugeridas en frecuentes imágenes. O véase la misma metáfora de los "reflejos en el agua" usada como referencia a los "temblorosos círculos concéntricos" de Zorrilla de San Martín,[48] para caracterizar las sucesivas ondulaciones de sentido e interpretación que seguirán en la estela de una creación literaria como el *Quijote* y que se prolongan más allá de la concepción original de su creador.[49]

El breve ensayo *Análisis de una metáfora*[50] sigue estructuralmente el concepto sugeridor de los círculos concéntricos. Aquí tenemos una especie de técnica de interpretación cumulativa que consta de una interpretación crítica construida en torno a otra, sugiriendo también la posibilidad de otras interpretaciones sucesivas *ad infinitum*. La serie de círculos concéntricos se vuelve entonces serie indefinida, y salimos de la forma cerrada a una forma infinitamente abierta como veremos también en la *Metafísica de la máscara* que se ha de discutir más adelante. Reyes toma la interpretación de una metáfora por Jean Epstein —la ultrapasa con su propia interpretación adicional— y acaba dejando entendido que ni la suya ni la de Epstein es la palabra final: otro podrá ir más allá, hacia la infinidad.

[48] V. J. Zorrilla de San Martín: *Tabaré*, 3ª ed., Barcelona: Ed. Cervantes, 1927; Libro I, Canto II, I (p. 39).
[49] "Metafísica de la máscara", *Ancorajes*, p. 52, V. ejemplo siguiente. También N. B. el título "Los círculos concéntricos", en "Un paso de América", *Sur*, I: 1 (verano 1931), pp. 151-4; y en *OC*, XI, pp. 88-9.
[50] *A lápiz*, *OC*, VIII, pp. 225-6.

Hemos encontrado ensayos formados de una cadena de ideas que sigue un sendero circular, volviendo al punto de partida que provocó la meditación. Esto resulta en una forma más o menos cerrada: al producirse el cierre del círculo, nada más se puede agregar.

En *Metafísica de la máscara*,[51] la estructura circular se multiplica y se ensancha de tal manera que se dan varias vueltas circulares que regresan al mismo punto de partida, acabando por apuntar en un arco sin terminar hacia la infinidad, creando una configuración espiral, forma completamente abierta.

Metafísica de la máscara también es uno de los numerosos ensayos de Alfonso Reyes en que una meditación, una excursión divagadora que aborda una serie de temas proyectados por asociación en distintas direcciones, está puesto en movimiento por un estímulo artístico inicial, como por ejemplo un objeto específico de interés artístico y de ricas potencialidades evocadoras:[52] aquí es una colección de antiguas máscaras indígenas mexicanas que pone en marcha un tren de asociaciones y comentarios, siguiendo un sendero espiral que repetidamente vuelve al estímulo inicial, la o las máscaras, en cinco puntos sucesivos, saliendo de órbita finalmente hacia infinitos horizontes que pudieran proporcionar temas para algunas series más de ensayos o de tomos de meditación metafísica.

El propio título *Metafísica de la máscara* posee calidades rítmicas que sugieren una doble línea espiral, en dos grupos esdrújulos pentasílabos: "Metafísica de la máscara"...

El esdrújulo —predilección de *modernistas* y antes de gongoristas— aquí acentúa rítmicamente la sensación de curva parabólica sugerida por las sucesivas zambullidas o saltos hacia el más allá[53] que culminan en el fin de este ensayo.

Los grupos pentasílabos del título no son el único elemento estructural quíntuplo de este ensayo, que dará cinco espirales o vaivenes desde las "máscaras" a una serie de ideas y ejemplos entrelazados, dentro de dos temas comprensivos: 1) el tema de la

---

[51] *Ancorajes*, pp. 51-7.
[52] Otro excelente ejemplo de esto es "La caída", *Ancorajes*, pp. 7-11.
[53] V. también la imagen de la zambullida y del salto del nadador, en "Meditación sobre Mallarmé", *Ancorajes*, p. 38.

crítica literaria y artística (la relatividad de la crítica del arte y su independencia de la intención del artista), 2) un tema de proporciones filosófico-cósmicas (el efecto de espejeo de las máscaras —lleva a una vista "existencialista" de la *nada*, a la imagen de la "caída" que vemos también en el ensayo de este título en *Ancorajes).*

El punto de partida es la exposición de antiguas máscaras mexicanas de la Sociedad de Arte Moderno.

1) La primera observación formulada por Reyes procede de la confrontación de las máscaras antiguas con el arte moderno:

aunque la materia sea arqueológica, ella corresponde al arte moderno, por cuanto tiene un valor perenne.

Estos objetos podrán tener una nueva vida en un nuevo nivel temporal. Las nuevas perspectivas son una fuente inagotable de inspiración para Reyes:

Tal desvío, tal anacronismo son a veces una prenda de fertilidad: el casquillo de una granada se convierte en pisapapeles; o los calzones bordados de la bailarina armenia, en un gracioso adorno del piano.

Recordamos cierta inclinación en la dirección cubista y hasta superrealista en los ensayos alfonsinos parisienses y madrileños.

2) Lo que hoy nos dice una vetusta máscara puede ser muy diferente de lo que ella dijo explícitamente al artista que la modeló a sus contemporáneos.

En esta posibildad de provocaciones inéditas está la vida de las artes y las culturas.

(Volvemos momentáneamente a la máscara: primer regreso al punto de partida.)

Según esta concepción relativista e impresionista de la crítica o apreciación estética,* cualquiera que haya sido la intención del

---

* Como lo veremos en otro contexto, las afinidades con Azorín son evidentes: cf. E. I. Fox, *Azorín as a literary critic,* New York: Hispanic Institute, 1962, especialmente pp. 71-7. V. nuestra conclusión en que relacionaremos a Reyes con Azorín y O. Wilde.

artista (la cual no necesitamos intentar recrear), todo gran arte es capaz de producir nuevos efectos estéticos en distintas personas en diferentes momentos o épocas, y de esto mismo nuestra vida y cultura se enriquecen. Este concepto Reyes en otro momento lo aplicará a Cervantes.

3) Por el momento, Reyes salta de ahí a la aplicación de este principio a la historia:

Algún día podrá interpretarse la misma historia como un gran error de visión lejana. Pero hay que confesarse que sin tal error no habría perspectiva, no habría ese deslizamiento, ese buscar siempre algo más, característico de la humana conducta.

La historia podrá ser una "ilusión de perspectiva", y no obstante, sin estas perspectivas, sin estirarse hacia adelante, no tendremos nada.

4) Pero digamos con limpia fe que esta constante investigación... se reduce a examinar las obras del arte y del ingenio a la nueva luz de cada día; y que esto a su vez se reduce al lícito anhelo de descubrir toda esa cantidad de creación inconsciente escondida en el seno de nuestras creaciones y que escapa a nuestros mismos propósitos.

Reyes ha vuelto al arte y a su creencia de que el proceso creador en el artista puede ser en gran parte un fenómeno implícito y subconsciente. El artista esencialmente actúa intuitivamente, dejando que su obra reverbere para crear sus múltiples efectos en sus diversos lectores, espectadores, etc., y críticos. Reyes ahora enfoca esta idea en Cervantes y la gran creación cervantina:

5) Después de todo, sin esa dosis de inconsciencia, de aturdimiento divino, la creación humana sería imposible, en éste como en otros órdenes más materiales y modestos. Si Cervantes se detiene a cavilar y a prever todas las exégesis posibles a que había de prestarse en más de tres siglos su novela inmortal, a estas horas no contaríamos con el *Quijote*. Lo que importa es lanzar la piedra al agua dormida. Ya se encargarán después de ir propagando la ondulación, a su modo, "los temblorosos círculos concéntricos" de que nos hablaba el *Tabaré*.

Pasa a dedicar un párrafo al ejemplo de la interpretación de un exégeta respecto a un detalle sobre D. Quijote que remienda su yelmo. Esto nos abre todo el campo de las ricas perspectivas de sentido nuevo infinitamente descubribles en el *Quijote*.

6) Reyes se detiene en otro ejemplo, el de un cuadro de Picasso: ¿qué habrá llevado en la mente Picasso al elaborar su *Minotauromaquia?*

7) Segundo regreso a la máscara:

De manera semejante, ante las antiguas máscaras mexicanas nos entregamos a meditar en ciertas singularidades que saltan a la vista, aun cuando esta meditación carezca de valor para el arqueólogo o el crítico de arte.
Sucede, pues, que las máscaras mexicanas ofrecen un curioso rasgo común... Este rasgo común... consiste en la tendencia a componer la fisonomía mediante una combinación de otras fisonomías menores y circunscritas en el conjunto. La nariz de una máscara es, a su vez, otra máscara. Los ojos de una cara están hechos con otras caras pequeñas. Las orejas son figuras humanas que, a su turno,[54] prestan sus orejas para que sirvan al efecto final...

Reyes ha vuelto a las máscaras, mirándolas literal y visualmente; está impresionado por un aspecto muy peculiar suyo, lo cual lo arroja por una tangente hacia el reino psicológico-metafísico para vislumbrar todo un principio subyacente:

8) Podemos imaginar que preside a estas concepciones un sentimiento o teoría del universo en mantos o series yuxtapuestas.

9) Esto lo lanza girando por una cadena de analogías y asociaciones en torno a la idea de la "serie infinita" en diversos campos, desde el folklorismo popular hasta la teoría científica:

Algo del folklore del "cuento de nunca acabar" o "cuento de la buena pipa", en esta ejecución donde el pescador se pesca a sí mismo; donde se demuestra el movimiento continuo de la serpiente

---

[54] Se diría que Reyes hábilmente disfraza su "método" espiral, evitando la repetición de *a su vez* con *orejas* como dijo con *nariz*, prefiriendo el galicismo *a su turno*.

que se muerde la cola, del tornillo sin fin, del "ciclo del azoe", viajero incansable entre las capas terrestres y las atmosféricas, donde nada se crea ni se pierde, y todo se transforma como en el viejo adagio científico.

10) Otra serie: desde aquí hasta frascos medicinales, cajas japonesas dentro de cajas, coplas mexicanas "que se ensartan en sí mismas", y la teoría atómica de los antiguos:

la doctrina de los átomos (Demócrito, Epicuro y Lucrecio), según la cual cada objeto bombardea sobre nuestros sentidos, para hacerse perceptible, una andanada de diminutas reproducciones de sí mismo. Si yo veo el árbol, es debido a que el árbol me arroja a los ojos un puñado de arbolitos pequeñísimos, irradiados incesantemente de su propia sustancia.

Ahora nos encontramos fascinados por las teorías científicas que corresponden a los conceptos estéticos de reverberación y de irradiación, tan fundamentales en el sistema de imágenes alfonsinas.

11) Aún una tercera serie nos lleva por caminos de la psicología, con el concepto existencialista del desdoblamiento y con modernos efectos de espejeo:

Las sugestiones son tantas, que apenas podemos esbozarlas aquí. Los psicólogos nos dicen que, mientras yo escribo estas líneas, me doy cuenta de que escribo, como si yo mismo estuviera desdoblado en otro yo que me observa. Y este segundo yo, a su vez, es observado por un tercero, que parece estar a sus espaldas. Y éste, por otro: avenida ilimitada de universos seriales. De manera que yo observo que me observo que estoy escribiendo. ¿No puede representarse este enigma con una escultura en que yo me cargo en hombros a mí mismo y el segundo yo carga a un tercero, y éste a otro, hasta donde lo admite la capacidad del artista? En el film de Orson Welles, el personaje se reproduce infinitamente entre dos espejos paralelos.

Ahora sí que estamos en el reino de las perspectivas infinitas. En las tres series anteriores se diría que dimos tres giros laterales o desviaciones del espiral central, pero que de nuevo estamos en el espiral central, volviendo ahora a las máscaras:

12) Tercer regreso a las "máscaras":

¿No soy, pues, como una máscara hecha con las máscaras de mí mismo, las cuales a su vez contienen otras mascarillas menores?

Hemos tomado un giro un poco pirandelliano hacia la máscara de la personalidad. Pero damos otra vuelta al espiral, hasta la esfera del estilo literario:

13) ¿Y qué sería transportar este caso a la metáfora literaria? Las literaturas indígenas no dan de ello testimonio. Pero es divertido imaginar que, aplicando el arte del mascarero, los remotos abuelos de la poesía mexicana hayan usado expresiones como ésta: "Lo vi con los ojos de mis ojos", o alguna otra por el estilo. Lo cual, después de todo, es mucho más bello que decir, como solemos: "Lo vi con mis propios ojos."

14) Quinto y sexto regresos a la máscara. Pero Reyes está tan arrebatado por el vertiginoso girar de las ideas provocadas por este concepto que sigue volando en una pesadilla metafísica, asomándose al abismo de la nada:

Pero he aquí que este universo en series, en dimensión de multiplicaciones hacia adentro (la máscara de la máscara de la máscara, los ojos de los ojos de los ojos), nos produce una impresión de vértigo: tonel de las Danaides, pesadilla sin palpable fondo. Por aquí llegamos a sospechar que la existencia puede ser (casi) un mero amontonamiento de la nada, cuyas leves coagulaciones se van espesando al encimarse y acaban por darnos el engaño de una sustancia verdadera, en la que nuestros sentidos se detienen y que nuestra mente cree asir con esas sus garras invisibles. Anda por ahí cierta metafísica para la cual el ser es, también, un espesarse del no ser, visto en perspectiva. El tiempo real de Bergson es, para esta metafísica, algo como el sabor de la nada, remansado en los cimientos de nuestra conciencia. ¿Hasta dónde caló el mascarero indígena, en esta vertiginosa caída rumbo al centro del universo? Detengámonos: Mallarmé temía precipitarse con sus dos alas desplumadas, "por miedo de caer durante toda la eternidad". ¿No es esto lo que aconteció a Satanás, Señor de la Caída?

Apenas hemos vuelto a la máscara por cuarta vez antes de entrar en barrena o en el último giro espiral por el abismo metafísico con el alarmante espectáculo del ser como mero efecto de espejo del no ser, siendo la materia una mera acumulación de camadas de la nada. Echamos una quinta y última mirada retrospectiva a la máscara, o al mascarero indígena, al detenernos para mirar adelante con Mallarmé y Satanás hacia lo terrible desconocido, hacia la infinita perspectiva de abajo.

Hasta cierto punto, este ensayo ha seguido configuraciones trinarias y quinarias (triple reiteración de "máscara de la máscara de la máscara"; espiralización quíntupla) pero toda tendencia a la simetría ha cedido el paso a la espiralización y al vértigo existencialista con sus polaridades y tensiones, sus perspectivas infinitas.

Este ensayo ejemplifica perfectamente la forma estructural más funcionalmente expresiva de su contenido temático, o de un concepto que crea su propia forma artística de acuerdo con su funcionalidad estética: el ensayo que discute la teoría universal de la serie infinita toma estructuralmente la forma de una espiralizante serie infinita de ideas y conceptos, imágenes y motivos.

Al discutir perspectivas y perspectivismos, este ensayo enriquece la exposición de ideas con toda una serie de imágenes visuales de reflejo y de refracción prismática, de visionarismo diverso: 1) la sugerencia de la perspectiva por el Tiempo, expresada en imágenes visuales: *visión lejana, perspectiva, ilusión de perspectiva, a la nueva luz de cada día,* 2) la sugerencia artística de la multiplicación por ondulación: los "reflejos en el agua", círculos concéntricos que reverberan de dentro a fuera en el agua: "Lo que importa es lanzar la piedra al agua dormida"... 3) La índole reflexiva y repetitiva del fenómeno de la visión: "Si yo veo el árbol..., el árbol me arroja a los ojos un puñado de arbolitos pequeñísimos, irradiados incesantemente..." 4) Psicología de la personalidad desdoblada, expresada visualmente: "avenida ilimitada"... "dos espejos paralelos". 5) Sustancia cósmica expresada en términos espaciales y arquitectónicos. 6) Conceptos puramente dinámicos, cinéticos o direccionales de zambullida, caída y resonancia, etc., como *caló vertiginosa caída, rumbo al centro, precipitarse, caer, caída.* 7) El marco pictórico-escultórico de las máscaras conduce a los reinos de la psicología y de la metafísica. 8) El ejemplo pictórico de Picasso y Goya presta otra perspectiva plástico-visual artística. 9) La intensificación de la serie infinita se sugiere por la expansión verbal de "máscara" a "máscaras" a "mascarillas":

¿No soy, pues, como una máscara hecha con las máscaras de mí mismo, las cuales a su vez contienen otras mascarillas menores?

Este ensayo de seis breves páginas, ricamente complejo, en vez de resultar heterogéneamente difuso, produce un efecto de estimulante chispeo, construido como está según el plan de una cadena espiral de ideas, vueltas tridimensionalmente en distintas direcciones y expuestas a múltiples perspectivas. Esta compleja forma estructural proporciona una estrecha coherencia y realza las potencialidades ideacionalmente estimulantes del ensayo.

Senderos y desviaciones

Hemos visto el ensayo estructuralmente como una cadena o sendero de ideas que ha tomado un camino circular o espiral. Explorando más allá, vemos que el ensayo podrá seguir otros distintos caminos de ruta o configuración diversamente ordenados: el sendero derecho sencillo; el sendero visual panorámico (ya examinado en otro contexto); la vuelta o mirada retrospectiva *(flashback)* a una experiencia o acontecimiento anterior; un movimiento de vaivén; la aparente divagación al azar; o finalmente el entretejimiento más complejo de senderos que formará quizá un laberinto o mosaico laberíntico. La mayoría de éstos resultan en terminaciones o estructuras abiertas, dejando la vía libre para desarrollos o exploraciones adicionales, aunque algunos llegarán a cómodos puntos de descanso o al fin de una lógica sucesión de ideas o acontecimientos.

Si empezamos con el sendero derecho sencillo, encontramos que ésta es una forma muy naturalmente adoptada por numerosos ensayos de historia literaria, donde se traza o se repasa una serie cronológica o sea una trayectoria. Este tipo lo denominaremos *Ensayo de trayectoria*. Como este concepto se aplica fácilmente a casi toda historia de la literatura u obra de parecida categoría, es el plan general del libro de Alfonso Reyes, *Letras de la Nueva España*. También se aplica a su biografía espiritual de Goethe en un volumen, titulada precisamente *Trayectoria de Goethe*. Estas dos obras son más extensas que el "ensayo" usual. Para ver la "trayectoria" como estructura ensayística básica, convendrá examinar uno de los breves ensayos de historia literaria, *Los orígenes de la guerra literaria en España*.[55]

Este breve ensayo presenta la historia de un fenómeno socioliterario de notable trascendencia en España. Sigue una trayectoria directa y sencilla, formada por una serie de etapas cronológicas desde la Edad Media, pasando por el siglo xv y xvi hasta el xvii. Lo que lo eleva de la categoría de mero reportaje documental es una especie de acentuación y colorismo progresivamente dramático —expresivos de las etapas significativas del proceso.

El punto de partida es un planteamiento del problema que sintetiza la importancia del fenómeno y acentúa la importancia de fijar su primera aparición en la corriente de la historia literaria:

La aparición de la maledicencia literaria es una etapa de la cultura tan significativa como la fijación de la lengua en los albores de la poesía vernácula. Ella indica una temperatura social sin la cual sería imposible explicarse la producción de ciertos géneros y aun de ciertos módulos mentales.

Una pregunta enfoca el tema y pone en marcha la trayectoria: "¿En qué momento de la literatura española aparece la maledicencia?"

Se trazan los antecedentes negativos antes del siglo xv, luego en contraste se presenta ese siglo como fondo del que emerge la verdadera "guerra literaria". La progresión de la primera etapa se subraya en la serie de verbos "se va destacando" a "aparece", "aparece", "entra", "se mezcla", "se crea", y al mismo tiempo se vivifica pasando de la abstracción de "la maledicencia" a la personificación de "el poeta". Luego se pinta detalladamente la es-

[55] *El cazador, OC*, III, pp. 180-3.

cena del siglo xv, mostrando el *Cancionero de Baena* como "campo de batalla". Se citan poetas específicos que se atacan, con detalles vigorosos como "desgarra a dentelladas a sus rivales". Siguen acentuándose en los verbos las fases de la acción... "Agrióse la disputa...", "La pugna literaria anula..." el sentimiento de clase, y "La guerra está declarada".

El siglo xvi contrasta "como un paréntesis", pero dentro de esto hay un anticontraste o anticadencia en C. de Castillejo.

Con el siglo xvii una renovada intensificación —con el entronamiento del procedimiento de "comer prójimo"— llega a una culminación explosiva: "y la canalla irrumpe, triunfalmente... Y el mundo se puebla de murmuraciones y envidias". Y se multiplica con esta imagen matemática:

Góngora, Lope, Tirso de Molina, Ruiz de Alarcón, Quevedo y otros andan en constante pelea. Pueden intentarse, entre los principales nombres de la época, todas las permutaciones, combinaciones y cambiaciones —que dicen los matemáticos— con la seguridad de que todas se dieron alguna vez en aquella sorprendente maraña de disputas.

Varios contrastes ayudan a poner de relieve los diferentes personajes del drama, y el párrafo final del ensayo pone el tapón en la caja, luego abre una perspectiva adicional:

Tal es la tradición de la *mala entraña* literaria. ¿Cómo se ha desarrollado después? ¿Quién la representa hoy en día? A su tiempo lo diremos todo, todo.

que con dos preguntas se proyecta hasta el futuro, dando un fin abierto hacia el infinito.

Otros ensayos bastante breves que siguen en general una sencilla trayectoria, con ocasional vaivén, son "Pasado inmediato" y "De poesía hispanoamericana" (ambos en el volumen *Pasado inmediato, OC,* XII). En "De volatería literaria" (*El cazador*) tenemos primero una trayectoria al revés, pues ahí Reyes traza la historia de los símbolos ornitológicos literarios desde el siglo xx hasta el xvii (con retorno al xix, formando una ruta de "vaivén").

El ensayo retrospectivo

En vez de seguir en adelante cronológicamente por un sendero derecho, el ensayo puede dar un salto atrás a un periodo, episodio o fenómeno previo, echando una mirada retrospectiva. La fascinación que siente Reyes por la visión bergsoniana y proustiana del tiempo, de la memoria y del recuerdo asociativo, su predilección por la exploración de los rincones de la conciencia, todo esto se cristaliza en el "flashback" o mirada retrospectiva en el tiempo que utiliza el recuerdo asociativo, lo cual constituye un procedimiento estructural esencial en el repertorio ensayístico alfonsino. Esto lo llamaremos aquí el *ensayo retrospectivo* o *ensayo de recuerdo asociativo*.

Un excelente ejemplo de este tipo ensayístico en su forma sencilla es *Domingo siete*,[56] ensayo basado en un viejo cuento de hadas o fábula.

Este ensayo depende del estímulo mnemónico inicial de una hoja de calendario con la fecha "Domingo 7" que sirve de palanca o Caja de Pandora para soltar todo un mundo de recuerdos de infancia, con el viejo cuento que viene a la memoria, revelando un nuevo mensaje adulto de verdad-en-la-ficción.

Empieza con la visión de Reyes que mira su calendario, al punto de arrancar una hoja, y se pone a meditar sobre la agonía del pasaje del tiempo:

Cada noche arranco una hoja de mi calendario, temiendo que el tiempo me deje atrás. Hora metafísica la de matar el día, el gallo de los zapateros la delata; y apresuramos la marcha, temerosos de perder el ritmo solidario.

Este tipo de calendario es un símbolo natural y muy concreto del tiempo y su carácter efímero. A Reyes se le llama dramáticamente la atención cuando, al arrancar una hoja, le aparece la nueva hoja con la combinación de "Domingo siete":

Hoy —sábado 6 de diciembre de 1913— me sorprende al matar el día, cual un punto fijo en la mitad del tiempo, una combinación pitagórica: Domingo 7.

[56] *El cazador, OC,* III, pp. 89-91.

La combinación "Domingo 7" registra inmediatamente un efecto especial de significación asociativa: simétrico punto medio de tiempo, armonía, ritmo, "número perfecto" pitagórico, etc. Se abre como resorte una puerta al pasado y estamos con Reyes en su experiencia infantil de aprender de memoria cosas que se entenderán después: las experiencias del niño que aprende, el papel de la memoria en ellas, produciendo una reflexión sobre el proceso de aprender en relación con la memoria, la voluntad, el entendimiento:

¡De niño cuántas cosas me enseñaban que yo no entendía!... Así, me sorprendo frecuentemente recitando frases que desde la infancia me están resonando en la cabeza, pero que entonces no tenían sentido para mí. Poco a poco la vida me va descubriendo su misterio.

La memoria, pues, podrá ser una clave al entendimiento, mediante una alineación del residuo subconsciente del pasado con la capacidad actual para razonar y discernir perspectivas simbólicas. Hay una inherente sucesión temporal mental a que responde esto:

Hay cosas que se deben aprender aunque no se entiendan, cosas que deben estar en la memoria primero, y después en la voluntad, aun antes de estar en el entendimiento.

Se recuenta ahora el cuento de hadas recordado por la vista del "Domingo 7" en el calendario, el cuento de las brujas que se opusieron a la alteración de su combinación rítmica.

      Lunes, martes, miércoles, tres;
      Jueves, viernes, sábado, seis.

por la adición de

      ¡Domingo siete!

Reyes de niño no había entendido el cuento, no había aceptado la solución de las brujas y más bien había simpatizado con el muchacho Juanito, comido por las brujas.

Ahora que el cuento relampaguea ante él, Reyes lo ve bajo una nueva luz y se despliega una nueva verdad, una vista perspectivista de la verdad misma, formando una tercera porción del ensayo, dando por resultado este plan trinario: 1) Tiempo-Memoria y el Vínculo Asociativo, 2) La Fábula, 3) La "Lección".

En dos puntos estratégicos Reyes se sirve de alineación "estereoscópica" o prismática de dos referencias consigo mismo para producir una perspectiva más completa: 1) al pasar del cuento a la discusión del tema principal de la Verdad (Lamb-Ibsen, más la reacción infantil de Reyes), 2), al pasar del análisis del tema a la conclusión (Bergson-Don Quijote).

La conclusión emerge provisoriamente por anticipación, como interrogación, en medio del primer "prisma" de Lamb e Ibsen: "Pero la verdad ¿puede alguna vez no ser oportuna?"

Lamb coincide con la reacción infantil alfonsina, pero Ibsen la contradice, desviándole de ella hacia la nueva visión de la verdad: "La verdad" se refracta en dos clases de seudo-verdad: "La verdad admite matices de mentira": 1) "Verdad a medias." 2) "Verdad innecesaria."

El estereoscopio o prisma Bergson-Quijote niega toda verdad absoluta: Bergson dice y Don Quijote demuestra que la búsqueda de la verdad final y absoluta es equivalente al "desequilibrio cómico". Una triple negación de la "verdad por la verdad":

el arte por el arte, el estilo por el estilo, la verdad por la verdad, son todos una misma clase de errores.

introduce la conclusión en que la verdad se ve en términos relativistas, vitalistas, existencialistas:

Y no: la verdad es, en su origen, una necesidad vital; como el arte, la crea la vida... La verdad es, en esencia, un modo de oportunidad.

El ensayo termina con una sospecha de diálogo con un *alter ego* alfonsino, insinuando en el tema un nuevo giro irónico y dejándonos con una perspectiva abierta:

—Y, vista por adentro, un estado de ánimo, como la alegría o la pena —oigo decir al otro escéptico.

En este ensayo una mirada retrospectiva provocada por el recuerdo ha generado una nueva perspectiva sobre la verdad filosófica, por contacto con el elemento mítico-ficcional infantil.

Un tipo ensayístico que se enlaza o coincide con este ensayo retrospectivo es el que prodremos llamar el "ensayo de estímulo artístico", en que un objeto de arte o pieza de interés artístico —pintura, escultura, arquitectura, música, etc.— es un punto de partida para la evocación de una serie de asociaciones, que pueden estar situadas en un plano temporal previo como en el "ensayo retrospectivo" o en algún otro plano espacial, etc., alejado de cualquier otra manera. En este grupo del "estímulo artístico" colocaremos ciertos ensayos muy sobresalientes como "La caída" (*Ancorajes*), "Metafísica de la máscara" (*Ancorajes*, ya analizado) y "Un nuevo templo" (*A lápiz*).

"Vaivén"

Hemos visto el ensayo que sigue un sendero sencillo que va cronológicamente en adelante. Lo hemos visto dar un salto atrás en el pasado por evocación retrospectiva. Otra variación posible es el movimiento de vaivén.[57]

Una trayectoria cronológica que sigue esencialmente en adelante podrá variarse con un ligero "vaivén" cronológico para comparar y seguir movimientos o desarrollos en la historia literaria, como en *De poesía hispanoamericana*. Una modificación más radicalmente interesante de la línea recta, para formar una trayectoria que va y viene, se encuentra, sin embargo, en *La casta del can*.[58]

Este ensayo ni siquiera trata de procesos cronológicos: sólo se sirve de un acontecimiento —el nacimiento de diez cachorros cuyo padre es un perro aristocrático de abolengo diplomático—

---

[57] N. B. la fascinación que siente Reyes por el elemento psicológico de vaivén en su ciclo poético, *Romances del Río de Enero*, que incluye un poema titulado "Vaivén de Santa Teresa".

[58] *Ancorajes*, pp. 63-65.

como punto de partida para una disquisición compuesta del vaivén de ideas asociadas. Aquí no tenemos la sensación de un sendero circular ni espiral sino de un frecuente ir y venir entre lo particular y lo general, entre el animal y el hombre: [59]

1) El perro "Kola" y sus diez cachorros. 2) Los perros en general, como tema de conversación.→Schopenhauer —y los perros, los caballos y las mujeres como trillados tópicos de conversación de los oficiales ingleses.→Los perros y los caballos evocan la Edad Media, las mujeres el Renacimiento.→Visión de ambiente medieval castellano. 3) Los cachorros de Kola en términos eugénicos, de pureza de raza. 4) Tema general de la pureza racial (aplicado a los seres humanos) según Gobineau, Le Bon, F. García Calderón, enfocándose en Latinoamérica, México. 5) Kola y el problema de encontrarle una pareja: resultado, hibridismo. 6) La mezcla de las razas en la historia, como fuente de grandes civilizaciones.→La vida como mestizaje, creación de nuevas formas: La Celestina es su símbolo. 7) Los cachorros y su destino futuro, sus probabilidades de sobrevivir.

Un elemento sumamente interesante de este ensayo tan artísticamente rico, y que forma parte del movimiento de vaivén que lo caracteriza, es lo que podremos llamar su "técnica de la ventana" o "técnica de ventaneo", donde hay la sensación de mirar por la "ventana" de una imagen o asociación hacia una viva evocación del pasado cultural, aquí en dos ocasiones —al pasado de España, Edad Media y Renacimiento.

La primera "ventana" proporciona una vista de la Castilla medieval:

Como Kola irradia hebrillas blancas, sutiles..., ha habido que instalarlo en un corral que nos cuidan por ahí los siervos feudales... Hablamos de perros. Schopenhauer, que comía siempre en cierto figón (Englischer Hof), había ofrecido una pieza de oro a la Caja de Pobres el día que los oficiales ingleses de las mesas vecinas hablaran de algo que no fuera perros, caballos y mujeres. Los primeros temas

[59] (Las frecuentes analogías entre animal y hombre colocan este ensayo también en una categoría marginal ya mencionada, la de "Ensayo de perspectiva zoológico-humana".)
(V. "Del estereoscopio al *Ensayo perspectivista*".)

son más bien medievales. El último, renacentista más bien. Nosotros, herederos de ambas fortunas, ¿qué hemos de hacer? Tratamos de canes, y ya estamos viendo castillos, caballos blancos, casacas rojas, trompas, jaurías, y al castellano que, arremangado y un tanto carnicero, se entretiene en ahogar uno a uno los cachorros sobrantes.

(Nótese de paso la serie aliterativa *canes, castillos, caballos, casacas... castellano, carnicero→cachorros,* tomando pie del título "La *ca*sta del *can*".)

Otra "ventana" hacia el pasado de España es la vista de la Celestina como símbolo español de un principio vital básico del Universo.

Esta "técnica de la ventana" también estará visible en numerosos ensayos alfonsinos de marcado acento plástico-visual-costumbrista como en las escenas callejeras de *Las vísperas de España*.

La divagación: orden y desorden

El próximo paso en la exploración de los posibles "senderos" ensayísticos es la consideración del ensayo que parece errar completamente al azar, o sea la *divagación* como tipo ensayístico.

El extenso ensayo divagador en forma dialogada, *Los siete sobre Deva,*[60] en que tres personajes platican de todo desde los términos del golf en español hasta Rasputín y Talleyrand, está claramente designado por Reyes como cumplimiento de su predilección por la exploración al azar y a rienda suelta de la mayor variedad de temas —tendencia que él mismo suele denominar la divagación, tipo de ensayo conocido, además, desde Montaigne y así llamado (*divagation,* divagación) por Mallarmé y por otros muchos.

Al presentar este ensayo, Reyes acentúa su índole heterogénea de *pot-pourri*, describiéndolo como "este sueño, comenzado por agosto de 1923, que hace unos siglos hubieran llamado *Silva de varia lección,* y poco después *cajón de sastre".*

A medida que los personajes se embarcan en su discusión, la primera entre ellos, Oceana, insiste en el carácter pausado y

---

[60] *Verdad y mentira,* pp. 339-431.

casual de sus charlas —la ausencia de propósito u objeto específico en la mente de los interlocutores—, y asocia la conversación libre con la idea de un paseo de esparcimiento:

No haya prisa, no haya fin ni finalidad. Pensar, hablar y pasear.

La discusión ha de proseguir libremente sin el freno de ningún sistema impuesto, de ningún tema único y consecuente para ser seguido hasta sus conclusiones lógicas; más bien, dejando soplar el viento o rodar las ondas sucesivas como quieran:

AMÉRICO: Que cuente lo que quiera. Estamos hablando como va corriendo ese río: sin recoger otra vez la onda que acaba de rodar.
OCEANA: Yo he prometido una tarde de libres divagaciones. Para otra cosa, no valía la pena de echar pie a tierra.

Esta presentación del ensayo de divagación "libre" como experiencia exuberante forma parte de la concepción alfonsina más amplia de la *divagación* como escrito sin forma, transmutación directa de la actividad de la conciencia, y que en escala mayor se vuelve el "libro amorfo" que podrá ser novela o ensayo o poema, o ninguno de ellos o combinación de los tres. Llegamos a la moderna interpenetración de los géneros literarios, tan evidente en escritores como Pérez de Ayala, Unamuno, Azorín; o bien Jorge Luis Borges o Alfonso Reyes.[61]

Los siete sobre Deva puede tomarse a la luz de los comentarios de Reyes en *El suicida*, a propósito de los *Motivos de Proteo* de Rodó, libro ensayístico más o menos amorfo que encanta a Reyes por estas mismas cualidades. Sus observaciones sobre el libro de Rodó son perfectamente aplicables a cierto número de ensayos y colecciones ensayísticas de Don Alfonso. Mientras en *Los siete sobre Deva* lo vemos perseguir él mismo una ruta al azar en donde "no haya fin ni finalidad", en *El suicida* caracteriza de modo muy parecido la calidad proteica en Rodó como proceso que fluye o planea "sin finalidad aparente":

[61] V. también "Las nuevas artes", *Los trabajos y los días* (*OC*, IX, pp. 400-3).

Justo ha sido llamar *Motivos de Proteo* al libro "abierto sobre una perspectiva indefinida", al libro entendido como trasunto fiel de los múltiples estados de ánimo, expresión sucesiva del movimiento de la conciencia; es decir: el libro sin más arquitectura que la arquitectura misma de nuestras almas, musicalidad infinita que hubiera deleitado a Wagner. Un Proteo es el ánimo, nadie lo sujeta, y vuelve a todas partes, sin finalidad aparente, por el gusto de su ejercicio: motivos de ese Proteo serán, pues, los libros hechos como por mero desahogo; motivos de ese Proteo, pues encierran el vario y mudable revolar del pensamiento en todos los rumbos de su espacio sin dimensiones. Pero no sólo se trata aquí de una manera de bautizar los libros, sino de una cuestión estética, de una completa teoría del libro que, emanada de Rodó, está produciendo en la viña de América una floración de obras, buenas y malas. Esta nueva teoría del libro merece capítulo aparte.

El libro amorfo

El libro como trasunto fiel e inmediato de los múltiples estados del ánimo es cosa absolutamente distinta del libro entendido a la manera clásica. Es algo completamente psicológico, pero ya no artístico...
El artista, como el creador del mundo, debe ante todo crear *formas*...
Pero nuevas corrientes cruzan la lente alterable del espíritu, y...
En fin, se juzga que la manifestación literaria es, como la materia misma, cosa dinámica... Los libros dejan de tener principio y fin: son una perspectiva indefinida adonde el espíritu causa su versatilidad esencial...
Bien está: queda el libro amorfo bautizado y justificado. Había que escribirlo en todo caso, puesto que los límites de la conversación no nos satisfacen y quisiéramos hablar con todos a un tiempo. ¿No es esto sentirse escritor? [62]

En el curso de *Los siete sobre Deva*, Reyes sigue reiterando su aspecto libre y descosido, no sólo en expresiones del deseo de la "libre divagación" como la ya vista, sino al llamar atención a los huecos en la conversación de sus personajes y a las interrupciones por algún personaje sin otro motivo que el anhelo de

---

[62] *OC*, III, pp. 294-7.

contar su anécdota predilecta, la cual parecerá tal vez totalmente sin relación con el tema planteado.

Por ejemplo, Epónimo interrumpe a Américo en pleno medio de una frase para desviar la plática en otra dirección bastante diversa, y le sigue Oceana, aparentemente a propósito de nada, deseando contar un cuento suyo:

[Américo...] otra a Eugenio d'Ors, preguntándole sobre el problema catalán...
EPÓNIMO: *(Con notorio propósito de atajarlo.)* Problemas que aún no han llegado a lo que sería, para el hombre, la edad que va de los 40 a los 50: ...
OCEANA: Pero mejor voy a contar la historia del sillón de sorpresas que ese hombre tenía en su casa.

Más tarde, Epónimo se deja extraviar en los detalles sobre el albanés Faik Beg Konitza y entonces desea llegar a la anécdota que de veras quería contar sobre él:

Pero voy a mi anécdota, si se me conceden tres minutos.
AMÉRICO.—Que cuente lo que quiera...

Américo y Oceana se detienen un rato sobre toda la idea de la *divagación,* echan una ojeada a los cuatro "de la merienda" (que mastican mientras conversan los otros tres) y finalmente Epónimo los manda volver a su cuento:

EPÓNIMO: Pido un momento de atención para el albanés Faik Beg Konitza, ...
OCEANA y AMÉRICO: Y ¿cómo fue eso?

Epónimo continúa con su historia pero le interrumpe a medio camino, aún más bruscamente, Oceana, quien toma el escenario para interpolar su propio cuento más o menos pertinente, "El pollo Gómez", y Epónimo necesita llamarla al orden una vez más para poder concluir finalmente el suyo:

EPÓNIMO: ¿Prosigo con mi cuento del albanés?

Una lectura u ojeada casual de *Los siete sobre Deva* con toda probabilidad impresionará al lector como una divagación sin forma o una sucesión inconexa de discusiones sobre temas sin relación entre sí. Sin embargo, un reexamen más cuidadoso revelará algunas sospechas de estructuración poética, de marco artístico que le da algún sentido de coherencia, llevándolo más allá del desorden puramente casual.

Primero, a la cadena del diálogo enhebrado por tres personas se le ha dado un marco geográfico en el escenario de un pueblecito vasco, "Deva, la del fácil recuerdo", como Reyes lo ha llamado en otro lugar,[63] sinónimo para él del ambiente del dulce e idílico existir. Éste forma un marco estructural básico aunque muy suelto —marco si no plan para el ensayo: el ensayo se abre con la pintura de esta escena y se cierra con una repintura más breve de la misma después del decurso del tiempo desde la tarde hasta la noche, con dos breves "anclajes" intermedios en el paisaje aproximadamente a un cuarto y a tres cuartos del camino entre principio y fin (después de la cuarta y de la duodécima de las veintiuna disquisiciones breves, véanse abajo). Éste es un marco pictórico y también vinculación simbólica del hombre a la naturaleza, al tiempo y a la atemporalidad, "realidad" y superrealidad. Es el modo literario más antiguo de pausar y de enlazar cuentos ficticios no íntimamente relacionados, como en el *Decamerón* de Boccaccio. Pero hay más:

Los siete personajes (apenas esbozados en sentido novelístico) forman un tejido estructural simbólico que sustenta todo el ensayo. Reyes los divide en dos grupos, uno de cuatro personas (sin nombre), que representan claramente el elemento material en el hombre, quienes comen sin hablar; el otro, de tres personas que representan el elemento intelectual y espiritual en el hombre, quienes llevan toda la conversación y tienen nombres simbólicos de la distribución geográfica del hombre: Oceana, Epónimo, Américo: "las Indias y Europa y el mar cambiante que las junta y separa. Estas figuras son ideas; es decir, que piensan, mientras los otros cuatro mastican". Los dos grupos son interdependientes, o al menos lo espiritual depende del funcionamiento de lo material. Se entretejen simbólicamente para formar un conjunto de siete, compuestos de tres dentro de cuatro:

---

[63] "Deva, la del fácil recuerdo", *Las vísperas de España*, OC, II, pp. 177-9.

Piensen a saber, que los otros cuatro, masticando, mantienen el motor del mundo. En las pausas de los cuatro que comen, los otros tres dejan de pensar. Los cuatro y los tres son siete: los Siete sobre Deva. Los siete elementos indispensables, según aseguran los físicos, para todo suceso puro. Suceso puro: encuentro y saludo entre dos electrones: tres elementos de espacio para cada uno de los dos, y un séptimo elemento, el tiempo, que todo lo funde en el acontecimiento. En Deva acontece algo: hay siete sobre Deva.

Además de las vinculaciones internas de los personajes al marco paisajístico, hay (sin hablar de principio y fin) tres vinculaciones de los tres personajes habladores con los cuatro silenciosos que están al fondo. Una de éstas acentúa el "anclaje" del mundo "superreal" de las ideas en el mundo "real" y material que de veras es mera apariencia:

OCEANA: ...De lejos, como divinidades pudorosas, escondidas entre los árboles, custodian nuestro esparcimiento, sin saberlo ellos mismos, los cuatro vascos de la merienda. Ellos ni siquiera nos ven. Su paz se derrama en todo el aire. Podemos abandonarnos, estamos seguros: ellos cuidan de la realidad.
AMÉRICO: ¡Qué pronto se contamina uno de lenguaje mortal! Has querido decir, sin duda: "Ellos cuidan de la apariencia."

El segundo de estos vínculos llama atención simplemente a la mecánica continuidad de la actividad de los cuatro:

(Con una mirada al soslayo, los tres se convencen de que los cuatro molinos nutricios continúan sin descanso su labor de ruedas dentadas. Tranquilos ya, siguen divagando.)

El tercer vínculo, que precede inmediatamente la excursión final de la charla, recalca de nuevo cómo lo ideacional depende de lo físico y apunta a una retardación que anuncia el próximo fin de la entera "divagación", tan naturalmente como se pone el sol y un día llega a su fin, con el reloj que sirve de consabido símbolo del tiempo contra el fondo de la eternidad:

Pero los otros dejan un momento de escuchar a Américo para observar a los cuatro de la merienda. Los cuatro marchan como el mecanismo del reloj, y los tres sólo representan, moviéndose sobre el registro de ideas, la función de las manecillas. El masticar de los cuatro se ha hecho lento, y al mismo paso se retarda la capacidad mental de los tres. Hay un evidente hiato en la charla, que hasta hoy no hemos podido llenar. Cuando otra vez oímos las voces, la conversación ha vuelto a los temas de la metapsíquica.

Hemos visto ya dos elementos que dan cierto sentido de coherencia artística a este ensayo: el marco del paisaje y el entretejimiento de dos grupos de personajes simbólicos. Examinemos ahora el variado repertorio de temas ventilados en esta charla divagadora.

Reyes ha dividido su ensayo-relato en 21 secciones, cada una con su título individual. Éstas no corresponden exactamente a los diferentes temas tratados, pues dos títulos y parte de la tercera sección se utilizan para los preliminares introductorios: "La escena y los cuatro", "Ahora, los tres", "Rompe el diálogo". Según nuestro propio examen interno de los diversos temas tratados, formamos el siguiente esquema de los mismos (aprovechando los propios títulos de Reyes donde vienen exactamente al caso):

1. El misterio de los lugares determinados.
2. Las causas regionales.
3. El hombre y sus limitaciones.
. . . .
4. La historia de "el sillón de sorpresas".
. . . .
5. Pueblos del maíz y pueblos del trigo.
6. "Las naciones crepusculares."
7. El cuento de "el 'gachupín' y el gallo".
. . . .
8. El albanés Faik Beg Konitza.
9. El cuento del albanés y sus gallinas.
    "El pollo Gómez" (otra anécdota intercalada, por otro personaje, dentro de la primera).
10. Virtudes del juego del golf.
11. "Palabras del golf."
12. Semántica con ilustraciones.
. . . .

LA VISIÓN TOMA FORMA   257

13. "La juventud de la tierra."
14. "La ley de constancia vital."
15. "Las 'fuentes' de Rasputín."
......
16. El sueño de la eugenesia y el sueño del superhombre.
17. Trasmisión directa del pensamiento.
18. El cuento de "el nido de víboras".
19. Adivinación y exhibicionismo.
20. "Talleyrand."
21. "La premonición total."
......

El catálogo de 21 temas no podría parecer más heterogéneo, y no obstante son discernibles unos cuantos elementos de unidad bastante tangibles, además de otros más ambiguos. Lo que más se acerca a un hilo conectivo de materia temática para el ensayo entero es cierta prominencia de una serie de temas más o menos clasificables bajo el título general de "el Hombre y su lugar en la tierra". Sin embargo, esto se fragmenta en numerosas ramificaciones divagantes y en diversos niveles desde el Hombre (y hombre-animal) hasta las Naciones, la Sociedad, los Climas, la Geografía y múltiples campos de experiencia; más una constante alternación entre lo trascendental y lo aparentemente trivial, de una manera semijuguetona típicamente alfonsina. Se sienten ahí ciertas vagas polaridades: Hombre-Tierra, Individuo-Sociedad, y las ya mentadas: Tiempo-Eternidad, Realidad-Superrealidad, lo Físico-lo Espiritual. Entre las 21 unidades, cuatro son relatos (y entre éstos, tres tienen que ver con animales, inclusive dos con aves gallináceas); tres acentúan hombres individuales muy extraordinarios: el albanés, Rasputín, Talleyrand. Dentro del total de 21, hay algunos agrupamientos evidentes, especialmente de tres: los números 1-3, 5-7, 8-9, 10-12, 13-15, 16-21 forman continuidades definitivas, produciendo como un esquema de agrupaciones 3, 1, 3, 2, 3, 3, 6: o sea, 3 alternando con 1, luego 2, luego 3, hasta 6. Estos agrupamientos no tendrán una significación específica y literal, pero sí de una manera suelta parecen sustentar otros elementos para componer un sistema estructural de 7 s, 3 s con el total de 21.

Hay abruptas interrupciones entre ciertos de estos grupos,

pero algunos eslabones vagamente sugeridos los ligan en un orden suelto. El estímulo inicial para la conversación entera, ya se ha visto, viene del paisaje, al reunirse los Tres, ojeando el campo vasco, con Epónimo que se pregunta:

¿Por qué aquí, en este lugar determinado? ¡Qué misterio, siempre esto del lugar determinado!

Es precisamente donde el coloquio más parece rezagarse y caer, casi morir, que (después de los temas 4 y 12) nuevo estímulo para la discusión viene de nuevo del paisaje: las ondulantes mazorcas que sugieren el tema "los pueblos del maíz y los pueblos del trigo", y una descendiente manada de nieblas que suscita una meditación sobre el enfriamiento de la Tierra. Aunque éstos son cortes abruptos, al mismo tiempo son vinculaciones con el mismo elemento todo-unificador de la tierra y el paisaje.

Luego, hay unos entrelazamientos de temas de un grupo con los de otro, por vaga insinuación o caprichosa asociación, o sea por mero retroceso a una previa línea de pensamiento.

El N.º 4, cuento del "sillón de sorpresas", el sillón en que los miembros de una cierta familia seguían perdiendo o escondiendo objetos misceláneos, no tiene ninguna conexión obvia con nada que preceda o siga —pero un pequeño esfuerzo de la imaginación lo verá como una vaga parábola del hombre y su actitud para con los elementos de una tradición cultural, encajándose con algunas de las discusiones del hombre y la cultura. También se puede concebir como un paralelo en miniatura de este ensayo "cajón de sastre", *Los siete sobre Deva*, el cual, como el "sillón de sorpresas" con su rico contenido de objetos, podrá sorprender al lector en cualquier momento con la aparición de algún tesoro escondido. Se ven dos posibles vínculos simbólico-asociativos: 1) desde la Pandora de la Unidad N.º 3: "Antes de esta edad . . . , somos Pandora, que esconde en el pecho el cofre entre inútil y vacío" hasta la idea de tesoro oculto que podrá en el momento menos pensado saltar como resorte del viejo sillón; luego, desde la "gallina de los huevos de oro" a la que se compara el sillón, hasta los diversos cuentos de gallinas que siguen, en las unidades 7 y 9.

El N? 7 se enlaza con el N? 9 mediante el común elemento de las gallinas *(gallo-gallina-pollo).*

Luego el N? 10 recibe su ímpetu de un estímulo ajeno al asunto, desde el cuento del N? 9: Epónimo al recontar la historia del albanés por Apollinaire no hace más que incluir el detalle incidental "y juntos paseaban por el campo, viendo jugar al golf"; y eso le basta a Oceana, luego al terminarse el relato, para provocar una discusión del juego del golf, convirtiéndose en disquisición lingüística que trata de nombrar las clavas y forjar términos de golf en castellano. Estas son típicas vinculaciones "fuera de propósito" o puentes conversacionales como las comunes en el diálogo cotidiano.

El N? 16 recibe su estímulo retrocediendo al N? 14, después que el N? 15 ha tomado otra desviación lateral.

Finalmente, la frasecilla "¿Y cómo fue eso?" que aparece siete veces a través del ensayo como séptuplo estribillo, aunque sugiera la idea de ir y venir de un tema a otro, simbólicamente es un elemento de unidad, como ley-motivo estructural del mismo espíritu de toma y daca de la charla corriente. Su séptupla aparición podrá relacionarse con el esquema de 21 temas y títulos que arriba trazamos, aunque no aparece con regularidad matemática exacta.

Concluimos que este ensayo se caracteriza en el conjunto por un "orden desordenado", o inversamente, "desorden ordenado"; eso es, es una expresión estructural del juego polárico entre las dos contratendencias alfonsinas del libre vagar y de la ordenación artística, las dos encontradas en viva suspensión animada. Aquí los patrones estructurales son mucho más sueltos que en otros ensayos, pero hay suficiente ordenación para constituir un marco artístico o mínimo andamiaje estructural a pesar de la deliberada heterogeneidad, vestida del encanto de cierta ambigüedad poética. A lo largo de sus otros ensayos de variadísimos temas y tipos, Reyes con frecuencia se llama al orden con frasecillas como "Pero no divaguemos": en este ensayo, donde intencionalmente se entrega al lujo de la libre divagación, queda siempre presente el sentido de la forma del artista que sigue esbozando configuraciones estructurales ocultas. A un extremo del polo "El deslinde"; al otro, *la divagación.*

Además de la meditación sobre el tipo proteico de ensayo al modo de Rodó, ya comentado, la teorización alfonsina más iluminadora de su propio concepto del ensayo como *divagación* es la discusión de los "títulos" en *Tres diálogos*. Partiendo de la idea de que el libro perfecto es "un hermoso título y nada más" y que el *título* es la reducción de un concepto a su perfecta esencialidad indispensable, siendo el nocivo desarrollo de los razonamientos lógicos nada más que innecesario relleno o dilución, Reyes descubre que los grandes escritores helénicos no escribían en silogismos sino que suprimían transiciones y brincaban de *título a título:*

...¿Los griegos?... Ellos no procedían por silogismos. Frecuentemente, hasta suprimían la cadena intermediaria de título a título. Por manera que sus escritos nos impresionan como una serie de antorchas luminosas, plantadas entre la noche y de trecho en trecho... y así... Teócrito remata una serie de asociaciones de ideas que poco o nada tienen de común entre sí para el objeto lógico del discurso, pues a veces son meras asociaciones verbales... Este arte (también es el de Píndaro) consiste en seguir un desarrollo ciertamente (si le quieres llamar así). Pero bien distinto del desarrollo lógico; antes caprichoso, inesperado; que no sirve para *explicar,* lo cual sería ocioso, sino para *distraer,* para que la mente del lector pasee y divague en amplios rodeos mientras va de título a título.[64]

Este modo de escribir, que Reyes ofrece como modo ideal de escribir y que nos constará ser para él el modo ensayístico ideal, distinguiendo el *ensayo-divagación* del ensayo expositivo o *tratado,* se apoya en la idea de que las ideas y conceptos esenciales se ligan no por continuidad lógica sino por asociación de ideas básicamente espontánea y alógica.

Como Reyes, ya lo hemos visto, cree que la forma más natural del pensar es "ese pensar por imágenes", se puede agregar que este saltar de idea a idea podrá consistir en saltar de imagen a imagen. Las imágenes podrán ligarse, pues, por toda suerte de asociaciones "caprichosas", "inesperadas", dejando campo abier-

---

[64] "Tres diálogos", *Cuestiones estéticas, OC,* I, pp. 122-3; la discusión completa pp. 119-26.

to al juego de la ambigua sugestión poética y a la ordenación artística. Ésta se vuelve, en su sentido más amplio, una definición del "ensayo artístico" y abarcará la mayoría de los ensayos de Alfonso Reyes a excepción de la crónica documental y del tratado. En su sentido más estrecho y extremo, sin embargo, acentuando el elemento de caprichosidad errante, define sólo el punto final del proceso, la *divagación* extrema representada por *Los siete sobre Deva*, sin que esto implique que dicho ensayo corresponda necesariamente al más perfecto tipo ensayístico alfonsino.

La descripción anterior incluye algunas caracterizaciones clave, aplicables muy expresivamente a la vez a la *divagación* extrema y a algunos de los tipos ensayísticos alfonsinos intermedios. La imagen del modo ideal de escribir como serie de relampagueos, como "antorchas luminosas, plantadas entre la noche y de trecho en trecho" es supremamente aplicable al "ensayo artístico", y más específicamente recuerda los relampagueos u ojeadas visuales notadas en la estructura de los ensayos alfonsinos de tipo pictórico. La idea del "pasear y divagar" vuelve a recordar el "hablar y pasear" de *Los siete sobre Deva* así como nuestra caracterización de otros ensayos en términos de "paseo", como en el *paseo circular* de *Domingo siete*. Los "amplios rodeos" sugieren varias graduaciones que hemos descrito, desde las configuraciones circulares y espirales hasta los meandros y extravíos más excéntricos de *Los siete*...

Otro ensayo que parece ilustrar óptimamente la polaridad entre orden y desorden, la divagación amorfa y ahora la exploración sistemática de un tema, es *El suicida,* serie que podrá considerarse un solo ensayo prolongado a pesar de su designación como "libro de ensayos".

En este ensayo como en *Los siete sobre Deva,* Reyes sigue subrayando que va vagando, recreándose en su propensión por la *divagación libre,* con la sugerencia adicional de las sinuosidades de un laberinto:

Sin pedanterías metódicas... valdría la pena de emprender una serie de libres ensayos éticos sobre la materia, con todas las facilidades y holguras de una divagación...

...Y para sugerir siquiera la vaga posibilidad de demostrar este aserto... no veo más remedio que arrojarme en varios capítulos de divagaciones, a reserva de continuar el razonamiento cuando sea oportuno.
Planto aquí una cruz, y me alejo —el hilo de Ariadna entre los dedos...
...Nueva excursión nos solicita. Vamos a seguir al desaparecido por sus misteriosos caminos, e iremos urdiendo nuestro libro como un razonamiento oriental, en cuyo hilo se ensartan las cuentas de sus diversas fábulas...
...Siento que mis fábulas se entrecruzan, y el hilo de Ariadna, que ha de conducirnos por el laberinto, tiembla entre mis dedos. Resumamos, pues, nuestras principales conclusiones...
...Tanto divagar, ¿ha sido inútil?

(Aquí sigue la disquisición sobre el "libro amorfo", el "libro dinámico" y la "perspectiva indefinida", ya citada.)

Imposible dedicar estas caprichosas divagaciones a los amigos nuevos... Pero yo no puedo dedicar a nadie este libro de divagaciones... Yo no puedo dedicar a nadie mis pesadillas líricas: corran por el aire de la noche como una onda de inquietud o un grito de sed.

Reyes ha discurrido sobre la fácil soltura de la *divagación*. Nos ha advertido que se va extraviando del camino estrecho y derecho para entrar en un laberinto, y que se van cruzando y enmarañando los senderos. Ha negado toda pretensión de resultado sólido y sistemático, despachándolo todo como una serie de caprichos personales y de "pesadillas líricas".

A pesar de todo esto, intuimos una subcorriente de sistemática exploración de las sucesivas facetas de un solo tema central, aunque tenga éste sus complejidades: el de las actitudes de aceptación y rechazo de la vida por el individuo, tema filosófico suscitado por el suicidio de Felipe Trigo (cuyo nombre no se menciona).

Reyes se ha aventurado a entrar en un laberinto, pero concibe una línea guiadora —el hilo de Ariadna— para dirigirle; y deja señales ("planto aquí una cruz") para poder volver a un previo punto de digresión para reanudar su viaje por el camino central. Va pasando por rutas misteriosas, pero tejiendo siempre algún tejido sistemático —"como un razonamiento oriental"— y ensartando una serie de cuentas que al menos forman alguna sucesión u orden secreto. Al enredarse la serie de hilos, se detiene a ordenar las cosas resumiendo sus conclusiones: hay dos de estos resúmenes, y de éstos el segundo y más extenso contiene la interesantísima imagen de Penélope que teje y desteje, prestando una vinculación simbólica desde el propio juego entre orden y desorden hasta dos polaridades fundamentales en torno a las que giran los temas centrales del ensayo: destrucción y creación (crítica y creación), y vida y muerte (día y noche, aceptación y rechazo):

Así, pues, la misma pericia que servirá, de día para tejer la tela, sirvió para destejerla de noche... En suma, la rebeldía espiritual, la crítica, es la misma mano de Penélope y posee los dones opuestos: ya aniquila un mundo; ya crea un mundo artificial y gracioso.

Los diversos temas interrelacionados del ensayo se agrupan como sigue, de acuerdo con las once secciones o capítulos del ensayo:

I. Suicidio de F. Trigo y el problema de su personalidad: Tres tipos de suicidio (Muerte).
II. Tres actitudes frente a la Vida:
   (—Dos modos de aceptación: Material, Espiritual.)
III. La Sonrisa (como actitud ante la Vida).
   —conduce a la idea de *Libertad*.
IV. Fugas (desde la Vida — conducen a Creatividad.
   —llevan a Renovación, *Libertad*.
V. La *Libertad*.
VI. Actitudes Fundamentales ante la Vida:
   Conformismo Materialista.
   (—El mejor tipo es la Conversación, en la frontera entre material y espiritual.)
   Conformismo Espiritual.
   Rebeldía Espiritual.—Dualidad.—Diálogo.
VII. Rebeldía Espiritual (Aspecto 1): "Misticismo activo."
   (Misticismo "Activo" *versus* Misticismo "Pasivo")

VIII. Rebeldía Espiritual (Aspecto 2): la Crítica.
      El Escéptico (Creador) *versus* El Filósofo.
      Crítico = escéptico, egoísta, Proteo, padeciente.
      Crítica: Destrucción — conduce a Creación.
IX. Rebeldía Material.
      (El tipo donjuanesco, hombre mecánico sin alma, etc.) — conduce al vacío.
X. El Artista y su Creación.
      Polaridad: Huída — Contacto con los Hombres.
XI. La Obra Literaria (resultado de esta "divagación"): una *onda de inquietud*.

A primera vista se presenta una estructuración engañosamente obvia: agrupamiento 2-3-4-2 de las diversas secciones. Sin embargo, hay más. La sección II inicia el desarrollo de dos tipos de Aceptación de la Vida, el cual (tras una digresión de tres capítulos) se recapitula y se rehace con otros ejemplos en la Sección VI, luego se desarrolla más extensamente a través de las Secciones VI-IX con dos tipos de Rebeldía contra la Vida (inclusive dos subtipos de "Rebeldía Espiritual").

Una impresión que se desprende de todo esto es la de una serie de "cajones", constando cada uno de un desarrollo parcialmente ordenado, que el ensayista saca y devuelve a su sitio a su gusto para mirar otro, y lo que resulta es una especie de "ensayo en series selectivas", más ordenado que el "cajón de sastre" titulado *Los siete sobre Deva*.

Pero todavía hay más. La digresión de tres capítulos parece formar una serie de líneas centrípetas: conduciendo cada una a "la Libertad" como punto final, tema luego desarrollado por el tercer capítulo. La Libertad, a su vez, como "Renovación", etcétera, se vuelve otro aspecto de "Creación" y "Re-creación". Al reanudarse en las Secciones VI-IX la serie principal de las exploraciones, descubrimos que la "Creación" o algún tipo de actividad creadora es a su vez el punto terminal de la primera y de la tercera de las cuatro "Actitudes": 1) El Conformismo Materialista en su mejor forma, la conversación (en la frontera de lo materialista y lo espiritual), es una actividad creadora. 3) La "Rebeldía Espiritual" en sus dos formas de "misticismo activo" y crítica también conduce a la Creación.

El plan de conjunto, entonces, es el de un sistema de líneas centrípetas que van cambiando de dominante entre ellas: el sistema de dominantes que se cambian y vuelven a aparecer emana finalmente en el tema central de la Sección X, "El Artista y su Creación" (con la sub-polaridad de "huída de los hombres —contacto con los hombres" que trae un nuevo retorno y afirmación del elemento creativo), a la vez epitomación de la situación filosófica más amplia y universalización del caso particular de F. Trigo al principio del ensayo, sugestiva de las configuraciones auditivas de una sinfonía y así de la "Sinfonía como forma literaria" ideada por José Vasconcelos.[65]

Reyes ha emergido del laberinto, o ha llegado a su centro adonde quería llegar, después de explorar vericuetos laterales y de pasar por una serie de contradicciones o polaridades —los obstáculos de este *steeple-chase*— pero regresando siempre al centro, desde donde se abre y sube hasta las infinitas perspectivas. Desviaciones, vaivenes, digresiones, la constante tentación de dejarse ir a la *divagación:* éstos todos los encontramos en Reyes en grado pronunciado, pero rara vez lo vemos perderse a no ser que quiera hacerlo; y, a través de todo, su sentido del orden contrapesa y equilibra su inclinación de seguir el camino libre de la asociación, con el sentido de la forma del artista que sigue tejiendo formas y dando significación artística a lo aparentemente amorfo.

Cadenas de ensayos

En una carta a sus amigos Enrique Díez-Canedo y Genaro Estrada en 1926,[66] Reyes clasifica sus obras anteriores desde el punto de vista de su organización, en categorías como "libros verdaderos, que hay que respetar como están; poemáticos, cíclicos" versus "libros de agregación casual, más o menos hábilmente aderezados y organizados para la publicación".

[65] V. J. Vasconcelos, "La sinfonía como forma literaria", en *El monismo estético.*
[66] "Carta a dos amigos", *Simpatías y diferencias;* con algunas notas recientes, *OC,* IV, pp. 475-82.

En la primera categoría, la de los libros que tienen alguna unidad que no debe alterarse en las futuras reordenaciones de su obra, incluye las unidades o colecciones ensayísticas *Cuestiones estéticas, El suicida, Cartones de Madrid, Visión de Anáhuac* y *Calendario*.

Visión de Anáhuac obviamente es una sola unidad ensayística, no susceptible de reordenarse.

El suicida, a pesar de su designación como "libro de ensayos" y su aparente composición a retazos (a la que llama atención Reyes),[67] lo hemos considerado como un solo ensayo, extenso, continuo y divagante, con ciertas estructuraciones emergentes que hemos intentado trazar en la sección anterior. En efecto, nos inclinamos a ver aquí una confirmación y realización de la sugerencia de Reyes:

Es posible que, con el tiempo y visto a la distancia, todo eso se borre, y el polvo de los años acabe por rellenar los huecos. Los críticos dirán entonces: "Este libro tenía más unidad de lo que su autor se figuraba."

Cuestiones estéticas es una colección de ensayos sobre temas literarios, todos elaborados durante el periodo 1908-1910, que deben estar juntos por su afinidad de tema y tratamiento. Sin embargo, no forman ninguna ordenación orgánicamente indisoluble, constituyendo un patrón estructural de conjunto para la colección como unidad integral. Sólo hay una disposición suelta, aunque apropiada, que divide los doce ensayos en seis denominados "opiniones" (que tratan de figuras literarias u obras específicas) y seis "intenciones" (que tratan de temas más generales).

Muy semejante es el caso de *Calendario* y de *Tren de ondas,* dos colecciones de breves ensayos familiares. *Calendario* comprende varias agrupaciones de acuerdo con el tono, tema o campo temático general: "Tiempo de Madrid", "Teatro y museo", "En

---

[67] "Debo a la austera verdad la confesión de que es un libro no del todo cocido"; [*Simpatías,* 2ª ed., dice "cosido"] "donde los diversos ingredientes no acaban de casar entre sí: se notan suturas y remiendos". (*Ibid.,* p. 477.)

la guerra", "Desconcierto", "Todos nosotros", "Yo solo". Ésta es una colección de breves ensayos muchas veces poemáticos, pero no cíclico en ningún sentido orgánico e integral. Reyes indica la flexibilidad de sus dimensiones en su observación: "El *Calendario*, libro simpático, ni está bien ni está mal. Podría ser más, podría ser menos. Lo mejor será dejarlo así." [68]

El cazador está dispuesto en grupos —un poco como los de *Cuestiones estéticas*—, que incluyen siete "divagaciones", ocho "comentarios", doce "ensayos" y tres piezas líricas denominadas "unos manuscritos olvidados". El elemento que distingue las "divagaciones" de los "ensayos" es que aquéllas son las más definitivamente desarrolladas en la dirección artístico-imaginativa de la "crónica novelada", aunque este elemento no está del todo ausente en los "comentarios". Con todo es una ordenación suelta, y Reyes varió el orden de unos cuantos de los ensayos individuales al revisar el libro para la 2ª edición. Tal vez sea más apropiado ahora tener *Las grullas, el tiempo y la política* como ensayo inicial del volumen, ya que presenta todo el tema de la conversación al azar, base de la *divagación* como ensayo informal errante. La interrelación funcional estética de las *grullas* y la *volatería literaria* ya aludida, sugiriendo aspectos de la estética caza de aves dentro del símbolo abarcador del título *El cazador*, queda válida, pero no forma parte de ninguna estructura integrante para todo el volumen.

Lo dicho en general de *Cuestiones estéticas, Calendario* y *El cazador*, sigue siendo el caso en la obra de Alfonso Reyes para la mayoría de sus colecciones de ensayos, los cuales casi siempre fueron compuestos y publicados fragmentariamente, habiéndose recogido y dispuesto en volúmenes algo después, usualmente en grupos de afinidad general.

Típico de los tomos "de agregación casual" es *Última Tule*, que forma sin embargo una fuerte unidad por afinidad de temas. Este libro incluye una serie de ensayos que primero fueron ofrecidos como discursos o conferencias y que tratan de temas culturales *americanistas* muy relacionados entre sí. Como van dispuestos en este volumen, la serie da la sensación de un vago ritmo

---

[68] *Ibid.*, p. 478.

"cíclico", o sea un "tema con variaciones", debido al entrelazamiento temático y a la acentuación de distintos aspectos de los mismos temas en los diversos ensayos. Sin embargo, no hay ninguna configuración estructural orgánica y global.

El ensayo inicial, *El presagio de América*, que es el más extenso y se compone de 21 secciones, tiene en sí una unidad orgánica sostenida. Este ensayo es el prototipo de la preocupación alfonsina por el "sentido de América": Sigue un desarrollo trinario en el tiempo y en la sucesión lógica de ideas desde 1) el Sueño de América antes del Descubrimiento, al 2) Sentido del Descubrimiento, con Colón, los Pinzones y Vespucci (algo de esto fue incorporado de *Retratos reales e imaginarios),* hasta 3) América como Utopía y el Sueño del Futuro para América: "América como Utopía" siendo un ritornelo o punto de retorno ocasional para la mayoría de las piezas siguientes, cada ensayo o discurso acentuando otra fase del mensaje y de la misión cultural de Reyes, desde *En el día americano* que aboga por una mayor comunicación espiritual entre los intelectuales de las Américas, y pasando por *Capricho de América, El sentido de América, Notas sobre la inteligencia americana*, etc., hasta *Valor de la literatura hispanoamericana,* que aplica a la literatura, "expresión más completa del hombre", el concepto (afín de la "Raza cósmica" de Vasconcelos en plano más etnológico) de que América representa la raza sintetizante del futuro.

El carácter circunstancial y ocasional de la composición de los diversos ingredientes de *Última Tule* es un factor naturalmente responsable de que éstos no estén integrados en una sola estructura unificadora, hasta el punto manifestado por *El suicida*. Sin embargo, resulta una aproximación más suelta a la misma idea general de la serie de líneas dominantes cambiantes.

La serie de ensayos que forma la unidad orgánica más clara y estrechamente eslabonada, una cadena de ensayos que responde perfectamente a un concepto estructural artístico, es *Cartones de Madrid*. De esta colección, dice Reyes:

Hay en este librito una unidad de afinación que, por lo demás, pesa sobre otros libros. Yo, de reeditarlo, dudaría si debía añadirle "Los huesos de Quevedo" —que anda perdido en *El cazador*— y el

"Codera" oculto entre los *Retratos reales e imaginarios*. Pero es muy probable que, tras de dudar un poco, lo dejara al fin como está.[69]

Reyes en efecto dejó sin cambiar la disposición original de los *Cartones* al redactarlos para las *Obras completas* (Vol. II). Así como queda el libro, parece formar una unidad orgánica más interesante, que habría podido perturbarse o desequilibrarse con la adición de dos ensayos, pues hay más que una unidad suelta de afinidades como en el caso de numerosos otros volúmenes de ensayos: aquí aparece como una red estrechamente tejida y cosida de temas y motivos compuesta de 17 ensayos, cuadros-bosquejos o capítulos relacionados, titulados como sigue: "I. El infierno de los ciegos", "II. La gloria de los mendigos", "III. Teoría de los monstruos", "IV. La fiesta nacional", "V. El entierro de la sardina", "VI. El Manzanares", "VII. Manzanares y Guadarrama", "VIII. Estado de ánimo", "IX. El derecho a la locura", "X. Ensayo sobre la riqueza de las naciones", "XI. Voces de la calle", "XII. Las roncas", "XIII. Canción de amanecer", "XIV. La prueba platónica", "XV. El curioso parlante", "XVI. Valle-Inclán, teólogo", "XVII. Giner de los Ríos".

Cualquiera de estos ensayos podrá leerse separadamente (y así hemos considerado y analizado algunos de ellos), pero las 17 unidades tomadas juntas en el orden en que aparecen en los *Cartones* forman un esquema orgánico de "A-B-C-B-A", constituido por cinco agrupamientos sucesivos de 3-4-3-4-3 ensayos: hay 3 "personas" (tipos), seguidas de 4 descripciones de costumbres (aspectos de España), 3 meditaciones, 4 "costumbres", 3 "personas" (retratos de individuos).

Las secciones 1), 2), 3) presentan tres tipos humanos, característicos y simbólicos de Madrid y de España, tipos sociales estrechamente interrelacionados y entrelazados: 1) los Ciegos, 2) los Mendigos, y 3) los "Monstruos". Éstos están tan estrechamente interrelacionados que pueden ser considerados como tres diversas facetas, sólo parcialmente individualizadas, de una sola entidad genérica. El Nº 1 acentúa los mendigos *ciegos* (con alguna atención a los lisiados de otras maneras). El Nº 2 en realidad es otro

[69] *Ibid.*, p. 477.

análisis del mismo prototipo caracterológico, viéndolo a otra luz, como normal en vez de anormal, de acuerdo con la técnica alfonsina de la Perspectiva Invertida. Luego el Nº 3 da dos perspectivas sobre la normalidad y la anormalidad en interrelación mutua ("el monstruo", "la monstruosidad", "los deformes", *versus* la normalidad) —vistas por los ojos de dos pintores (Velázquez, Goya, enfocando visualmente las referencias literarias del fin del Nº 1 y del Nº 2 respectivamente, el Arcipreste de Hita y Ruiz de Alarcón)— y a través de dos periodos de tiempo, asimilados en un solo proceso psicológico.

La próxima división —de cuatro "costumbres" o "aspectos"— se subdivide en dos parejas, en que las "costumbres" se ven sucesivamente a través de dos "Fiestas" y luego dos paisajes. La primera "Fiesta" (Sec. IV) es una fiesta en sentido irónico, "fiesta de la muerte", pues Reyes mantiene que para los españoles "ir al cementerio es como una fiesta popular". Esto culmina en una visión goyesca, vinculándose con la evocación goyesca y velazqueña de la Sec. III.

La segunda "Fiesta" (Sec. V con su título goyesco *El entierro de la sardina*) paralela la escena de la procesión fúnebre con una escena panorámica carnavalesca. Ésta pudiera parecer la "procesión de la vida" en contraste con la "procesión de la muerte", pero contiene su propio contraste polárico entre la Máscara y la Realidad, la paradoja de la Risa y la Mueca, y acaba en una evocación pesadillesca estilo Jerónimo Bosco vinculándose otra vez con las notas pictóricas goyescas de las dos secciones anteriores. También hay un momentáneo reenfoque sobre el tipo del mendigo y una ojeada retrospectiva final al monstruo, en una perspectiva más universalizante: "nos ha parecido mirar la escala que liga el monstruo al hombre y a éste lo confunde con el misterio".

La procesión de la Sec. V había conducido hasta la otra orilla del río Manzanares. Éste resulta un puente estético a las Secs. VI y VII, *El Manzanares, Manzanares y Guadarrama,* que evocan el paisaje madrileño: primero el río como símbolo del pueblo: "imagen de una vida que se ha desangrado, pero que no quiere acabar", luego todo el escenario geográfico que rodea a Madrid: meseta, aire, sierra, fango. En la Sec. VI, las referencias a la burla, a Quevedo y a la picaresca son vínculos a varios capítulos anteriores, como lo es también otra breve evocación goyesca. La Sec. VII también evoca de nuevo a Velázquez y a Goya y alcanza alturas de tonalidad lírica que parecen servir de preparación acumulativa para la sección central, más teorizante, de tres capítulos.

Los capítulos VIII-X ocupan el sitio central en la cadena y son los más abstractos. El Nº VIII, *Estado de ánimo,* evoca la Residencia de Estudiantes, las aspiraciones de los jóvenes de España, y las ideas morales de Ors, Zulueta, Onís, Luis de León, y la presencia de Ortega. El Cap. IX, *El derecho a la locura,* que ocupa la posición central Nº 1 de la Serie, expone primero por perspectivas pictórico-pintorescas —Picasso, Zuloaga, Diego Rivera, el Greco— luego literarias —Quevedo, Gracián, Góngora, Mateo Alemán, Bernard Shaw y otros— el elogio alfonsino del perspectivismo y de la renovación creadora ("locura" y "el nuevo escalofrío"). La conexión con España y el capítulo anterior se ve en el estribillo "Pero Madrid no quiso recibir la comunión de la locura". Cap. X, *Ensayo sobre la riqueza de las naciones,* es la única de estas piezas llamada "ensayo", y es más ostensiblemente que los demás un ensayo discursivo sobre un tema abstracto: menos costumbrista-geográfico, pero estrechamente ligado a ellos en su tema, explorando las ramificaciones de la cuestión: "España ¿por qué no está rica?", con una nueva mirada retrospectiva al mendigo, en la observación: "No, limosna no es propina. El mendigo se come la limosna." La mayor abstracción de este ensayo está avivada, sin embargo, por tres refranes y tres anécdotas ilustrativas familiares.

Los Caps. XI-XIV presentan costumbres por vía de evocaciones plásticas muy personales y detalladas, equilibrando los panoramas visuales de los Caps. IV-VII con un multisensorialismo que acentúa sobre todo la nota auditiva. Este grupo también ofrece un retorno a lo concreto después del acento más abstracto de la sección central, constituyendo una progresión general de Concreto (Secs. I-VII) a Abstracto (VIII-X) a Concreto (XI-XVII).

El Nº XI, *Voces de la calle,* se aleja volando de Madrid por recuerdo asociativo en la esfera auditiva para eslabonarse con

París y con México (notablemente Monterrey), pero vuelve para afirmar que "Madrid está llena de canciones".

El Nº XII, *Las roncas,* retrata una forma de belleza femenina española, que se distingue por la calidad ronca de la voz —un tipo, y así una vaga vinculación con el primer grupo de ensayos, formando (paradójicamente) suave contraste contra los tipos grotescos de los mendigos ciegos y los "monstruos".

El Nº XIII, *Canción de amanecer,* hace eco al esquema general de A-B-C (Concreto-Abstracto-Concreto) en el campo sensorial, pasando de lo Visual a lo Acústico a lo Visual. Se eslabona con XI y XII al acentuar las características vocales, y con XII también por enfocarse en una atractiva figura femenina, la de la excepcional madre de la dulce voz.

El Nº XIV, *La prueba platónica,* es el contrapunto abstracto para este grupo que acentúa lo concreto, pero contiene también lo "concreto dentro de lo abstracto", una evocación de mujeres hermosas específicas de Madrid, recordando las Secs. XII-XIII y equilibrando la exposición (aunque sea exposición muy plástica) de la Teoría Platónica de la belleza abstracta. Los ejemplos para esta teoría culminan también en "canción" *(flor, crepúsculo, mujer, canción),* otro vínculo con XI y XIII en particular.

El grupo final de tres, XV. *El curioso parlante,* XVI. *Valle-Inclán, teólogo,* y XVII. *Giner de los Ríos,* son tres retratos de individuos que equilibran los tres retratos iniciales de tipos genéricos de España. Estos son tres individuos que a la vez son símbolos —clave de la España de los siglos xix-xx. Como al mendigo, en el Capítulo I, se le veía en las calles de Madrid ("un solo cuerpo arquitectónico... La calle sin él fuera como un rostro sin nariz"), así a Mesonero Romanos, el costumbrista del siglo xix, se le ve como clave a la ciudad de Madrid y a todo el temperamento nacional español. Mesonero equivale al "hombre municipal", el que anda "callejeando como los perros", una expresión de "españolería andante", el prototípico mirón. De modo que ahora el individuo se ha elaborado en tipo simbólico.

Ahora se ve a Valle-Inclán como un individuo único, estrafalario y grotesco con su "manga vacía", pero arquetípicamente español en su contacto con el otro mundo, "el teologismo nativo de su discurso", uno de "esta nación de teólogos armados". Lo grotesco nos vincula con los "monstruos" de los Caps. II-III, por diferente que sea Valle-Inclán por pertenecer a la refinada esfera intelectual en contraste con el mendigo callejero.

Giner de los Ríos se vincula con Valle-Inclán y con el eterno carácter español (visto en diversos aspectos por los tipos y retratos anteriores) por su relación con la idea del misticismo y de la santidad. Este retrato se presenta en forma "estereoscópica", aplicando el concepto de místico o *santo* en un sentido psicológico profundo y enfocando dos edades juntas: "En otro siglo, a este viejecito ágil le hubieran llamado San Francisco Giner." A los santos españoles Teresa e Ignacio de Loyola se les incluye por asociación, pero estilísticamente el ensayo está ligado a los tipos grotescos del principio de la serie por una referencia al *Buscón* de Quevedo.

El ensayo, *Los huesos de Quevedo,* seguramente habría podido incluirse en esta colección en cuanto a su mera afinidad de tema, pero quizá hubiera desequilibrado la serie en la dirección grotesca o fúnebre. Así como está, el elemento de sabor quevedesco ya fuertemente presente en la colección está mejor equilibrado por los retratos de Mesonero, Valle-Inclán (grotesco a su modo) y Giner.

Otra cadena de ensayos que presenta una unidad estrechamente entretejida es la serie poemática muy compacta, *Horas de Burgos,* compuesta de 16 unidades individuales con una extensión total equivalente a un tercio, aproximadamente, de la de los *Cartones*. Así como de éstos el tema unificador central es la exploración estético-costumbrista del alma de Madrid, en esta otra serie el eje temático es la exploración del alma de la ciudad de Burgos, con el aspecto lírico-plástico aún más acentuado. Aquí no hay un tejido tan completo de interrelación estructural de los capítulos (en el sentido más estricto de "estructura"), y sin embargo la rápida sucesión de escenas e impresiones adquiere una estrecha unidad interna, sobre todo mediante el sentido de movimiento continuo de capítulo a capítulo en diferentes modulaciones: En el Capítulo I *(El secreto del caracol),* es el movimiento del tren a medida que el lector sigue de modo impresionista al escritor hasta dentro de la ciudad, más una personificación imaginística de la Catedral que presta a toda la serie siguiente un impulso de fluido movimiento interno sugestivo de la vida secreta de la ciudad:

al saberse otra vez secreta y sola, la Catedral deja chorrear hacia afuera una vida fluida, abundante; una exhalación que va más allá de las veletas y ciega, al rodar, los ojos de los puentes: el alma de Burgos.

En el N.º II, *Metamorfosis,* es el movimiento de andar por las calles de la ciudad. El N.º III, *La luz roja interior,* acentúa el bailar y jugar de los niños por las calles, mientras el narrador se deja llevar por el aire como una veleta. El N.º IV *(Las tres hipóstasis)* continúa este movimiento con una ligera variación: "divago por las calles con alegre miedo". De nuevo, en el N.º V *(Jardines carolingios),* "Me lleva el lazarillo del viento", llevándole a una nueva escena, una plaza con jardín. El N.º VI *(El catolicismo pagano)* entra en una iglesia, donde el movimiento es sobre todo el de conversar y de mirar una pintura. En el N.º VII *(El trato),* la actividad es especialmente la de la comunicación —conversación con una vendedora en la calle; correspondencia, seguida de un contraste entre hablar y callarse. El N.º VIII *(El mayor dolor de Burgos)* presenta la procesión del Cid por la ciudad callada: nuevo contraste entre hablar (emoción) y callar. El N.º IX *(Las mariposas),* como el N.º III, hace resaltar a los niños que pasan jugueteando y revoloteando por las calles. En el N.º X *(En el campanario),* es un chico que voltea con las campanas de la torre, llevando el movimiento hasta el aire para ofrecer un panorama visual sobre la ciudad, de los otros campanarios, etc. En el N.º XI *(Las cigüeñas)* sigue el panorama aéreo y la vista de las torres, y "las cigüeñas telegráficas" se empeñan en movimientos comunicativos de alas, con reverberaciones auditivas que culminan en una vibración que recuerda la de un motor en el aire. El N.º XII *(El castillo)* nuevamente lleva al lector de paseo por las calles, entrando y saliendo de una iglesia. El N.º XIII *(Pausa en San Juan de las golondrinas)* vuelve al cielo y al movimiento de aves, ahora golondrinas. El N.º XIV *(En el hotel)* acentúa el movimiento rítmico-musical de sonidos: piano, flauta y ranas que "dialogan". El N? XV *(Los monasterios)* ofrece un paseo visual por un monasterio, pasando por miradas y caras, parecido al del N? VI. El N? XVI *(Envío a José María Chacón y Calvo)*, que ocupa cuatro renglones, realiza un solo movimiento breve de vaivén, terminando en una absorción o identificación psicológico-interior: "Alhajita es la Catedral... Juntos fuimos a verla, y nos la trajimos para siempre —juguete labrado— oculta en la palma de la mano, apretada contra el corazón". Con la imagen final de la joya, que se eslabona especialmente con las Secs. III ("la lucecita es rubí perfecto, coágulo luminoso de sangre") y X ("Recobro el sentimiento de que estoy en la Catedral, joya diminuta en el recuerdo porque la concibo bajo especie de amor").

Las circunstancias necesariamente fragmentarias de la composición de la mayoría de los ensayos de Alfonso Reyes, muchos de los cuales son producto de una forma superior de periodismo, dan por resultado que rara vez ha tenido ocasión de concebir todo un tomo de ensayos de antemano como unidad orgánica. Sin embargo, donde sí ha tenido ocasión de visualizar un conjunto de ensayos, su visión artística sintetizante ha tendido a moldearlos en una estructura integrante.

Se había visto el principio de una cadena de ensayos conectados en ciertos ensayos individuales más complejos como el quíntuplo *Compás poético* y el divagante ensayo en cadena, *Los siete sobre Deva*. Luego tenemos el agrupamiento cíclico de trece piezas originalmente separadas, que tratan de temas afines y entrelazados, *Última Tule*. *El suicida* representa la sutura de una serie de meditaciones algo divagantes en una sola línea de desarrollo, aunque con digresión y reiteración. Finalmente, *Cartones de Madrid* y *Horas de Burgos* presentan cada uno la unidad artístico-poemática completa de un solo fluir sostenido de impresiones y meditaciones relacionadas.

SÍNTESIS Y CONCLUSIÓN

Este estudio ha empezado con la premisa —apoyada por un estudio de Leo Spitzer— de que un ensayista que posee una sensibilidad artística probablemente tendrá también un estilo literario que podrá analizarse y caracterizarse, así como se puede estudiar el estilo de un novelista, de un dramaturgo, de un poeta u otro "escritor creador". Esto implica la suposición relacionada de que el mejor ensayista *es* un escritor creador, así como la crítica (que puede expresarse a través de la forma ensayística) puede y debe ser una especie de actividad creadora o recreadora superior, concepto compartido por Reyes con otros críticos creadores como Oscar Wilde y Azorín.

Otro punto de partida coincidente con el anterior ha sido la perspectiva de Stender-Petersen del estilo como producto efectualizado o "instrumentalizado" por el medio catalítico de la *langue fictive,* la cual es el conjunto de los elementos verbales no para comunicar informaciones intelectuales o de hecho sino para trasmitir emociones estéticas, elevando el discurso normal a una dimensión especial de existencia artística donde funcionan las ideas como temas artísticos y pueden formar estructuras artísticas semi-independientes de las relaciones lógicas.

Como tercera premisa fundamental, se ha concebido el estilo como algo más que un adorno exterior ocasional: antes bien, con Amado Alonso, se considera que abarca la totalidad del sistema de expresión artística del escritor.

Al acercarnos al sistema expresivo de Alfonso Reyes, se decidió seguir una dirección centrífuga, pasando desde los temas a los motivos, a través de las imágenes hasta la estructuración de estas imágenes en formas artísticas del ensayo. Se estudió en plena acción la *langue fictive* que instrumentalizaba la materia de la ruda crónica, convirtiéndola en motivo artístico. Se veía a los motivos tomar forma como imágenes individuales, formando un extenso repertorio de símbolos poéticos predilectos. En el centro del *arte poética ensayística* de Reyes se percibieron ciertas series orgánicamente ligadas de imágenes que correspondían a una razón de ser estética, más que a un sistema lógico-discursivo: a éstas las hemos llamado sus ejes "imaginísticos". Siguiendo adelante, se vio que la *langue fictive* funcionaba no sólo en términos de imágenes individuales, ni siquiera tan sólo en series de imágenes orgánicamente arraigadas y ligadas, sino también multiprismáticamente en el sentido de diez modos, cuando menos, de enfocar la visión artística. Finalmente, se analizó la visión artística instrumentalizada por estos ejes imaginísticos, tomando forma en diseños estructurales del ensayo en la realización estética total. A lo largo del camino, hemos visto interrelaciones con la obra poética, narrativa y monográfica de Alfonso Reyes.

¿Cuáles son los hallazgos esenciales que nos permitan caracterizar el estilo y el mundo estilístico de ese ensayista polifacético?

El eje filosófico de Reyes parece, más que formar un sistema ideológico coherente, seguir una línea oscilante que zigzaguea entre un polo de orden clásico, armonía artística y aspiración utopista y un polo opuesto de angustia metafísica ante el misterio, la ambigüedad y la inmensidad de lo desconocido.* Descansa en una base de relativismo, escepticismo y rechazo explícito de los sistemas. Hay una tensión fundamental entre los dos polos de atracción, y sin embargo en cierta medida la tensión se resuelve, al menos en una forma dinámica superior de suspensión animada que incluye cierta porción de paradoja aceptada en forma de *burla*. El escepticismo es un escepticismo creador, que siempre se esfuerza por resolver las fuerzas destructivas y contradictorias en nueva creación existencial. Es un proceso de crecimiento creador, nunca estático. Reyes encuentra salvación en el idealismo cultural, en el trabajo, en la creación, en el proceso creador creciente. Sus raíces motivadoras o existenciales están en 1) el Hombre y la fraternidad del hombre como ideal supremo, 2) la Lengua y el lenguaje —la Palabra— como suprema y cabal expresión de la esencialidad del hombre, 3) la Comunicación como medio de realización de esta fraternidad del hombre, 4) *Simpatía* como la sangre vital o ele-

* En esta versión final se ha omitido un tratamiento más detallado de la ideología filosófica alfonsina, que aparece aquí resumido.

mento aglutinante de esta comunicación completa. Fundamental en su concepto de las ideas es que poetizar es filosofar y *viceversa*. Conocimiento es estética. Filosofía y psicología son estética. La estética de Reyes es su metafísica.

Por lo tanto, el verdadero pensar llega a ser inevitablemente, parcialmente al menos, un proceso estético, pues el único modo efectivo y expresivo de pensar es *pensar por imágenes,* siendo las imágenes la forma concreta que hemos de dar a las ideas para evitar que se deslicen de su enfoque, volviéndose vaga abstracción sin sentido. El repertorio imaginístico alfonsino incluye una rica serie de figuras humanas simbólicas interrelacionadas, que equivalen a "tipos heroicos" estéticos, comparables, como instrumentos de la *lengua de ficción* stenderpeterseniana en el ensayo, a la galería de héroes ficcionales del repertorio novelístico de un escritor como Pío Baroja. El cazador, el acróbata, el nadador, el jinete y el conquistador todos son cristalizaciones artísticas de las aspiraciones de Alfonso Reyes como aventurero intelectual y buscador de la experiencia creadora. Hay poetas —como Espronceda con su tipo del pirata— que así han cristalizado sus héroes imaginarios de aspiración estética en símbolos generales de esta índole, pero son relativamente pocos los ensayistas que hayan traducido esta manera poetizadora al medio genuinamente ensayístico.

La naturaleza, la geografía y los objetos inanimados se ponen a vivir para Reyes con vibrante significado de símbolo estético: las flores son la belleza que nunca perece; las plantas son expresiones vivas del crecimiento. Los miembros menores del reino animal son los más expresivos del matiz simbólico: los insectos musicales como la cigarra, los insectos de color, luz y movimiento —la libélula, la mariposa, la luciérnaga —todos dan expresión atractiva a las emociones estéticas; y las moscas, las hormigas, las mariposas negras y los gusanos expresan sensaciones desagradables o simplemente cómicas o grotescas. Asimismo los pájaros y las aves son expresivos de una variedad de emociones estéticas relacionadas con la belleza, la brillantez, la nobleza, la sensibilidad romántica, los recuerdos, una tradición y un destino nacional, el tiempo y los cambios de las estaciones, la Poesía y la exuberancia creadora, la comunicación, así como la caricatura de los seres humanos. Los caracoles son símbolos geométrico-psicológicos de una ciudad o de un ser humano. Los elementos geográficos son expresivos de fuerzas creadoras o forman un vasto escenario de imágenes para los viajes figurados de aventura y de exploración. Las imágenes de senderos y de viajes dan una constante sensación concreta de movimiento a las cadenas de ideas. Los objetos simbólicos predilectos —joyas, rosarios, campanas, relojes, cámaras y telescopios, veletas, navíos y barcos— no sólo son una especie de colección de bibelós estético-simbólicos sino que expresan las emociones estéticas más profundas, provocadas por la curiosidad visual, la belleza plástica, el misterio del tiempo, representativas de la riqueza de emociones estéticas poética y ensayísticamente comunicadas por Alfonso Reyes.

Aún más significativa es la brillante serie progresiva de imágenes que forman un sistema íntegro o *espectro alfonsino* de imágenes desde *explosión* por *irradiación, reverberación, refracción* e *irisación* hasta *ondulación* —un eje estético, coherente y significativo subyacente en la visión poética total que ilumina versos y prosa de Reyes. Aquí echa Reyes un puente imaginístico desde la sensibilidad artística indígena de México a las del Siglo de Oro español y de la Francia moderna —el esplendor gongorino ligado a la evolución creadora bergsoniana y a la visualización proustiana y simbolista. Un eje complementario, que extiende una serie imaginística desde *refracción* por *perspectivismo, ilusionismo* y *vislumbramiento,* establece un eslabón lateral adicional entre el modo gálico y el modo hispánico de sensibilidad, como se encuentran en el tipo orteguiano de perspectiva y en el eterno visionarismo español. La presencia vitalizadora de este doble eje imaginístico y red coherente de imágenes constituye la observación individual más interesante que tenemos que ofrecer respecto a la visión artística alfonsina.

El resultado es una síntesis europeo-americana del instrumento imaginístico, personal y distintiva del propio Alfonso Reyes, interesante especialmente en vista de que forma la médula y espina dorsal no de la estética de un escritor dedicado exclusivamente al verso o de un dramaturgo poético o de un novelista, sino la de un ensayista y de un ensayista a quien a menudo se ha contentado uno con caracterizar mediante el lema inadecuado de "humanista-crítico", el cual apenas empieza a sugerir los dones del artista creador que encontramos en Reyes el poeta, cuentista y ensayista.

Explosión será quizá la imagen más nuclear de todas: mecanismo tan dinámico dentro de la serie de imágenes, y tan expresivo de la esencia del proceso creador, que es el verdadero centro de radiación de la estética de Reyes: creación, destrucción, renovación y re-creación. La interreacción de las chispas de crítica y de vieja creación para producir la nueva creación; exuberancia explosiva de crecimiento y renovación.

La *irradiación* es significativa no sólo como fenómeno visual de gran fuerza sino también por sus relaciones con la actitud psicológica de sorpresa, admiración, la propensidad muy hispánica al *asombro* y con una actitud estética clave en Reyes de curiosidad, suspensión, entusiasmo, exuberancia aventurera.

La *reverberación* es especialmente sugeridora de los acentuados ritmos auditivos en la sensibilidad de Reyes y se relaciona también (en su fase visual, además) con su uso artístico del fenómeno de evocación mnemónica por una ojeada retrospectiva mental que parte de un estímulo sensorial, mecanismo dinámico que efectúa el cambio de un nivel temporal y espacial a otro.

La *refracción* es el fenómeno visual totalmente abarcador que sugiere la rica gama de colores en el espectro de las imágenes de Reyes, con sus múltiples matices delicados. Pero, mucho más aún, sugiere los otros muchos aspectos del "prismatismo" alfonsino de visión y de método (llevando por un sendero lateral a varios "perspectivismos", y teniendo su equivalente estructural muy importante). En efecto, si nos esforzáramos por hacer servir un solo adjetivo para caracterizar el estilo de Reyes, aunque necesariamente resultaría inadecuado, tendría que decirse "el estilo prismático de Alfonso Reyes".

La *irisación* se produce en el punto culminante de la exuberancia estética y agrega al espectro prismático la vibración de los tintes cambiantes.

Ondulación es el principio rítmico fundamental subyacente en el *impulso lírico* y que liga la Poesía a la Danza.

Perspectivismo es la multidimensionalización de la visión

y del pensamiento mediante la agregación de dos o de más perspectivas desde las que se ve la misma cosa.

Ilusionismo y *vislumbramiento* son tendencias visualizadoras que nos llevan a las fronteras de realidad y fantasía, el mundo del sueño y las apariencias ambiguas.

Una tercera manera en que se organizan las imágenes de Reyes es mediante diez modos o modalidades, poco más o menos, de enfocar la visión artística: el *científico,* el *culinario,* el *plástico,* el *musical,* el *popular,* el *heráldico,* el *mitológico,* el *dramático,* el *cinemático* y el *metamórfico.*

El modo *científico* es una demostración estética de la convicción de Alfonso Reyes de que hasta el punto de vista científico podrá ser fuente de poesía; que ciencia y poesía podrán ser una, y que detrás de cada documento polvoriento o de cada procedimiento mecánico se asoma "la poesía del archivo".

El modo *culinario* es la proyección del saborear gustativo en la visión artística. El modo *plástico* es la fluidez dinámica de "todos los sentidos". El modo *musical* revela que en el poeta hay siempre un cantante y un oyente. El modo *popular* es el arraigo del espíritu artístico refinado en la tradición común y terrígena, humorístico-folklórica, de su pueblo. El modo *heráldico* es el uso de los emblemas como vivo procedimiento estilizador.

El modo *mitológico* abarca el uso de símbolos prototípicos imaginarios, semi-imaginarios y legendario-históricos de tradiciones tan diversas como la greco-romana, la judaico-cristiana, la hispanoamericana indígena-colonial y la literaria moderna, así como una galería de figuras míticas creadas por el propio escritor y un mundo mítico también de su propia invención —otra puerta a la pura fantasía y a los escritos de creación imaginativa del tipo generalmente llamado "ficción".

El modo *dramático* es una manera de visualizar especialmente los movimientos de grupo y los procesos históricos en términos del teatro, dándoles un dinamismo vitalizador y una continuidad significativa y sintetizante. Si se intensifica la fluida movilidad, tendremos el modo *cinemático.*

El modo *metamórfico* empieza con el proceso metafórico básico y lo desarrolla convirtiéndolo en una transfusión o transfiguración poética todavía más alta, elevando cosas y personas desde niveles inferiores de existencia ordinaria o sin vida a reinos superiores de sublimación por las vías de personificación y apoteosis hasta el mundo sobrenatural o el mundo del sueño y de la fantasía. Este es el proceso poetizante más completo, que nos lleva muy cerca de la esfera de la "poesía pura" (aunque generalmente aún hay eslabones con la esfera "impura" de la prosa). Este es el tercer camino que lleva del mundo de los hechos hasta el mundo de la fantasía. (Los dos otros eran "Ilusionismo" y "Mito").

Las ideas se habían vuelto entidades artísticas como imágenes en la visión artística. Siguiendo ahora desde la visión artística hasta su realización estética en la estructura del ensayo, aparece la siguiente observación importante:

No sólo piensa Reyes en imágenes, sino que en el ensayo sus series de pensamientos tienden a formar estructuras artísticas, cristalizándose en unidades ensayísticas que se pueden dividir en distintos tipos estructurales ensayísticos de cuatro categorías generales: 1) *Estructuras simbólicas* (el Ensayo basado en Símbolo y Metáfora), 2) *Estructuras de contraste ideológico* (el Ensayo de Paradoja y Oposición), 3) *Estructuras eidéticas* (inclusive el Ensayo Estereoscópico, el Ensayo Prismático y el Perspectivista, así como las "Galerías de Cuadros Ensayísticos"), 4) *Estructuras dinámicas* (inclusive las Estructuras Circulares y Espirales, y varios Senderos y Desviaciones Ensayísticos).

El ensayo metafórico es un ensayo construido en torno a una sola metáfora o símbolo sostenido y globalizador, o a un haz o racimo de metáforas que actúa como núcleo estructural para el desarrollo ensayístico total. La metáfora central podrá ser punto de partida, punto final y culminante o elemento enlazador sucesivo, o el racimo de metáforas podrá constituir una red sintetizante más compleja.

El ensayo paradójico es un ensayo construido sobre el plan binario básico de un contraste u oposición, creando el efecto de una paradoja; o sobre una serie de tales contrastes.

El ensayo estereoscópico está basado en la confrontación y armonización de dos perspectivas para formar una tercera perspectiva múltiple y unida. Este puede volverse *ensayo prismá-*

tico, donde uno o dos elementos se ven a través del "prisma" de un segundo o tercero. O el perspectivismo de la estructura estereoscópica podrá ramificarse en un multiperspectivismo produciendo una serie de posibles estructuras, que se pueden incluir todas bajo una categoría general de *ensayo perspectivista* pero que abarcarán varios subtipos y sub-efectos como los de "perspectiva invertida" y de "situación perspectivista".

Los tipos anteriores de estructura eidética u óptico-visual se complementan además por una *galería de cuadros ensayísticos:* amplia categoría de tipos ensayísticos pictóricos construidos en torno a series de retratos o escenas dinámicas, de escenas sencillas o retratos dobles, trípticos y quíntuplos. Éstos rara vez son estáticos, y son frecuentes en cambio las series de cuadros cinemáticos de relampagueo; o bien la sucesión de escenas podrá producir un efecto panorámico continuo.

Entre las estructuras dinámicas, *las estructuras circulares y espirales* son un fenómeno frecuente en el ensayo alfonsino. Forma básica de este tipo es el "ensayo de paseo circular". Una variación más rara aunque típica es el "ensayo de círculos concéntricos". El ensayo espiral es una de las formas más ricas de este tipo estructural, ya que combina la impresión de unidad y orden circular con la emergencia final en la infinitud.

Otros numerosos ensayos siguen diversos planes de *sendero o desviación*. El sencillo sendero derecho es el "ensayo de trayectoria". Éste se complica para volverse "ensayo retrospectivo" que salta retrospectivamente de un nivel temporal y espacial a otro, luego se vuelve "vaivén". Finalmente, nos acercamos al ensayo plenamente errante o *divagación* que podrá parecer andar libremente sin plan ni ruta ni estructura, al azar, a la deriva o por un laberinto.

Sin embargo, cuando llegamos a la frontera y al punto de encuentro alfonsino de orden y desorden, encontramos que se polarizan la inclinación de divagar y el propósito de crear estructuras artísticas. Reyes se deja llevar hacia el desorden momentánea o superficialmente, como especie de contracorriente tentadora, pero sólo para permitir que se afirme algún tipo de plan o de estructura, interna o externa.

Estos tipos estructurales tienen una íntima relación funcional, claramente visible, con las básicas preocupaciones estéticas y los básicos componentes de la visión artística de Reyes como se ven en sus ideas y en sus imágenes. El "pensar por imágenes" produce la metáfora nuclear como unidad estructural. La visión paradójica del mundo, junto con el pensamiento perspectivista, nos dan estructuraciones en el "ensayo paradójico", el "ensayo estereoscópico-prismático". La acentuada sensibilidad óptico-visual cristaliza los ensayos en torno a series de cuadros. Las tendencias de explorar y de ordenar con el pensar en asociaciones (antes que silogísticamente) resultan en estructuras como la circular, la espiral, la del sendero derecho, la ojeada retrospectiva, el vaivén.

Esto nos lleva a ciertas conclusiones generales:

A) Cualesquiera que sean los múltiples aspectos de Alfonso Reyes en su diversa creatividad (y no pasaríamos por alto su importante papel de misionero cultural acentuado por Manuel Olguín), como ensayista ha sido y sigue siendo siempre el ensayista-artista esencial.

Parece abrumadora e incontrovertible la genuina evidencia estilística para esta afirmación. El conjunto de sus numerosos ensayos sobresalientes lleva hondamente impresa la estampa del artista, como la "X en la frente" sentida por el propio Don Alfonso, y manifiesta en dos esferas:

1) Un sistema artístico coherente de imágenes poéticas relacionadas, que penetran y se infiltran en la médula de su obra entera, constituyendo sus ejes estéticos, 2) una serie de relacionadas estructuras artísticas que son su espina dorsal y sus vértebras.

Idea y forma en el ensayo alfonsino se unen tan íntimamente que se puede hablar de una fusión casi siempre perfecta del ensayo de ideas y del ensayo de iluminación artística. Todos los ensayos más efectivos de Reyes y sus mejores colecciones de ensayos desde *Cuestiones estéticas* hasta *El cazador, Visión de Anáhuac, A lápiz* y *Ancorajes,* son notables por la combinación de ideas centelleantes y de consumado arte formal de imagen y estructura, por "informal" que sea el tono personal.

A lo largo de la extensa trayectoria del ensayo alfonsino, no encontramos ahora ninguna variación esencial, ningún desviarse del énfasis artístico: sólo diferentes maneras de realizarlo. Aunque sea verdad que se presente mayor exuberancia de imágenes artísticas en ciertas colecciones tempranas como *Cuestiones estéticas;* en cambio algunas de las estructuras artísticas más interesantes se encuentran en los ensayos posteriores de *Ancorajes* y *A lápiz,* siendo éste muy extraordinario en tal sentido para una serie de breves "esbozos" periodístico-informales.

Las tempranas colecciones poemáticas como *Calendario* y *Las vísperas de España* se equilibran con los posteriores grupos creadores e imaginativos. *Quince presencias* y *Árbol de pólvora,* que se entrelazan con el cuento caprichosamente imaginativo. Todas las colecciones más recientes contienen un progresivo muestrario de materias más tempranas, y demuestran la continuidad esencial de la motivación y expresión artística de Reyes desde los principios hasta sus obras más recientemente editadas.

B) Las características esenciales de la voluntad artística de estilo en Alfonso Reyes parecen ser las siguientes: un humanista literario de rica sensibilidad poético-artística, interesado sin excepción por todas las preocupaciones filosóficas y socio-culturales de su siglo y de su mundo, sin entregarse a ningún sistema metafísico fijo pero convencido del importante papel que ha de desempeñar Hispanoamérica para la cultura futura, se comunica en un nivel directo y personal con sus lectores en el poema y en la forma de prosa de infinita variedad que es el ensayo. Tres notas sobresalientes caracterizan el estilo de su prosa (con equivalencias muy afines en sus versos): 1) Su *enfoque prismático* de casi cualquier idea o concepto a la luz y desde la perspectiva de otras ideas y otros conceptos, con el constante enfoque de abstracciones en términos de lo concreto por las esferas visual, auditiva y otras esferas sensoriales, tomando forma las ideas como imágenes. 2) La total *fluidez dinámica* de su prosa, siempre ágil y móvil, que pasa libremente de un nivel temporal, de un nivel espacial o de un nivel de experiencia a otro por cadenas de ideas asociadas y por los canales de la memoria y del recuerdo asociativo. 3) La feliz fusión de la visión y del temperamento europeos e hispanoamericanos: el visionarismo y perspectivismo hispánico está unido al esteticismo franco-italiano, la serenidad y lucidez helénicas y la sencillez franco-inglesa, el modo personal del ensayo inglés, la *cortesía* hispanoamericana y la comunicabilidad continental, las preocupaciones americanista y universalista.

Finalmente, vemos en Alfonso Reyes al artista ensayístico más completo y más perfecto de Hispanoamérica desde José Enrique Rodó; quedando fiel a lo mejor del americanismo arielista rodiano, lo ha universalizado totalmente, llevando a nuevas alturas de desarrollo y superación las variadas potencialidades de la flexible forma del ensayo.

BIBLIOGRAFÍA SELECTA

A) OBRAS PRINCIPALES DE ALFONSO REYES

I. Verso: Poesía Lírica

Huellas. México: Botas, 1922.
Pausa. París: Société Générale d'Imprimeurs et d'Editeurs, 1926.
Cinco casi sonetos. París: Poesía, 1931.
Romances del Río de Enero. Maestricht, Holanda: "Halcyon" (A. A. M. Stols), 1933.
A la memoria de Ricardo Güiraldes. Río de Janeiro, 1934.
Golfo de México. Buenos Aires: Francisco A. Colombo, 1934.
Yerbas del Tarahumara. Buenos Aires: Francisco A. Colombo, 1934.
Minuta. Maestricht: "Halcyon", 1935.
Infancia. Buenos Aires: Asteria, 1935.
Otra voz. México: Fábula, 1936.
Villa de Unión. México: Fábula, 1940.
Algunos poemas. México: Nueva Voz, 1941.
Romances (y afines). México: Stylo, 1945.
La vega y el soto. México: Editora Central, 1946.
Cortesía. México: Cvltvra, 1948.
Homero en Cuernavaca. México: "Abside", 1949, 2ª edición (revisada y aumentada), México: Tezontle, 1952.
Obra poética (1906-1952). México: Fondo de Cultura Económica, 1952. (Letras Mexicanas, Nº 1.)
Nueve romances sordos. Tlaxcala: Huytlale, 1954.
Constancia poética. (Tomo X de las Obras completas: edición definitiva de su obra poética.) México: Fondo de Cultura Económica, 1959.

II. Verso: Poesía Lírico-dramática

Ifigenia cruel. Madrid: Calleja, 1924. (Recogido en *OC*, X.)
Cantata en la tumba de Federico García Lorca. Buenos Aires: Luis Seoane, 1937. (Recogido en *OC*, X.)
Landrú (opereta). Buenos Aires, 1929; México, 1953. Revista de la *Universidad de México*, XVIII: 8 (abril 1964),

pp. 4-8. En *Cuarta antología de obras en un acto,* México: Rafael Peregrina, Editor (Colección "Teatro Mexicano"), 1965, pp. 45-57.

III. Obra Narrativa: Cuentos, Relatos, Ficciones, Novelas Cortas

El plano oblicuo. Madrid: Tipografía "Europa", 1920.
El testimonio de Juan Peña. Río de Janeiro: Villas Boas, 1930.
La casa del grillo. México: B. Costa-Amic, 1945.
Verdad y mentira. Madrid: Aguilar, 1950. (Incluye *El plano oblicuo.*)
Árbol de pólvora. México: Tezontle, 1953.
Quince presencias. México: Obregón, 1955.
Los tres tesoros. México: Tezontle, 1955.
Vida y ficción. (Edición y Prólogo de Ernesto Mejía Sánchez.) México: Fondo de Cultura Económica ("Letras Mexicanas", 100), 1970.

IV. Prosa Ensayística (Ensayos, Monografías, Memorias)

Los "Poemas rústicos" de Manuel José Othón. México: Conferencias del Centenario, 1910. (Recogido en *OC,* I.)
Cuestiones estéticas. París: P. Ollendorff, 1910-1911.
El paisaje en la poesía mexicana del siglo XIX. México: Díaz de León, 1911. (Recogido en *OC,* I.)
El suicida. Madrid: Colección Cervantes, 1917. 2ª ed., México: Tezontle, 1954.
Visión de Anáhuac. San José de Costa Rica: El Convivio, 1917. 2ª ed., Madrid: Índice, 1923. 4ª ed., México: El Colegio de México, 1953. 7ª ed., México: Colección Epyolotli (Edic. Cult. Mex. de la Academia Cultural A. C.), 1962.
Cartones de Madrid. México: Cvltvra, 1917.
Retratos reales e imaginarios. México: Lectura Selecta, 1920.
Simpatías y diferencias. 5 vols. Vol. 4: *Los dos caminos.* Vol. 5: *Reloj de sol.* Madrid: E. Teodoro, 1921-1926. 2ª ed., 2 vols., México: Porrúa, 1945.
El cazador. Madrid: Biblioteca Nueva, 1921. 2ª ed., México: Tezontle, 1954.

Calendario. Madrid: Cuadernos Literarios, 1924. 2ª ed., *Calendario y Tren de ondas,* México: Tezontle, 1945.
Cuestiones gongorinas. Madrid: Espasa-Calpe, 1927.
Fuga de Navidad. Buenos Aires: Viau y Zona (F. A. Colombo), 1929.
Discurso por Virgilio. México: Contemporáneos, 1931. 2ª ed., Buenos Aires: Boletín de la Academia Argentina de Letras, 1937.
A vuelta de correo. Río de Janeiro, 1932. (Recogido en *OC,* VIII.)
En el día americano. Río de Janeiro, 1932.
Atenea política. Río de Janeiro, 1932. 2ª ed., Santiago de Chile, Pax, 1933.
Horas de Burgos. Río de Janeiro: Villas Boas, 1932.
Tren de ondas. Río de Janeiro, 1932. 2ª ed., *Calendario y Tren de ondas,* México: Tezontle, 1945.
Voto por la Universidad del Norte. Río de Janeiro, 1933.
La caída. Río de Janeiro: Villas Boas, 1933.
Tránsito de Amado Nervo. Santiago de Chile: Ercilla, 1937.
Las vísperas de España. Buenos Aires: Sur, 1937.
Monterrey, "Correo Literario de Alfonso Reyes", Río de Janeiro-Buenos Aires, 1930-1937, 14 números.
Homilía por la cultura. México: El Trimestre Económico, 1938.
Aquellos días. Santiago de Chile: Ercilla, 1938.
Mallarmé entre nosotros. Buenos Aires: Destiempo, 1938. 2ª ed., México: Tezontle, 1955.
Capítulos de literatura española (primera serie). México: La Casa de España en México, 1939.
La crítica en la edad ateniense. México: El Colegio de México, 1941.
Pasado inmediato y otros ensayos. México: El Colegio de México, 1941.
Los siete sobre Deva. México: Tezontle, 1942.
La antigua retórica. México: Fondo de Cultura Económica, 1942.
Última Tule. México: Imprenta Universitaria, 1942.
La experiencia literaria. Buenos Aires: Losada, 1942. 2ª ed., Buenos Aires: Losada (Biblioteca Contemporánea), 1952.
El deslinde: prolegómenos a la teoría literaria. México: El Colegio de México, 1944.
Tentativas y orientaciones. México: Nuevo Mundo, 1944.
Dos o tres mundos. México: Letras de México, 1944.
Norte y sur. México: Leyenda, 1944.
Tres puntos de exegética literaria. México: El Colegio de México (Jornadas, Nº 38), 1945.

Capítulos de literatura española (segunda serie). México: El Colegio de México, 1945.
Los trabajos y los días. México: Occidente, 1945.
Por mayo era, por mayo... México: Cvltvra, 1946.
A lápiz. México: Stylo, 1947.
Grata compañía. México: Tezontle, 1948.
Entre libros. México: El Colegio de México, 1948.
De un autor censurado en el "Quijote": Antonio de Torquemada. México: Cvltvra, 1948.
Letras de la Nueva España. México: Fondo de Cultura Económica, 1948.
Sirtes. México: Tezontle, 1949.
De viva voz. México: Stylo, 1949.
Junta de sombras. México: El Colegio Nacional, 1949.
Tertulia de Madrid. México-Buenos Aires: Espasa-Calpe (Colección Austral), 1949, 1950.
Cuatro ingenios. México-Buenos Aires: Espasa-Calpe (Col. Austral), 1950.
Trazos de historia literaria. México-Buenos Aires: Espasa Calpe (Col. Austral), 1950.
Medallones. México-Buenos Aires: Espasa-Calpe (Col. Austral), 1951.
Ancorajes. México: Tezontle, 1951.
La X en la frente. México: Porrúa y Obregón (Serie "México y lo Mexicano", N? 1), 1952.
Marginalia (primera serie, 1946-1951). México: Tezontle, 1952.
Memorias de cocina y bodega. México: Tezontle, 1953.
Dos comunicaciones. México: Memoria del Colegio Nacional, 1953.
Trayectoria de Goethe. México: Fondo de Cultura Económica (Breviarios), 1954.
Parentalia. México: Los Presentes, 1954. (Edición parcial y limitada.) *Parentalia: primer libro de recuerdos.* México: Tezontle, 1958-1959. (Edición aumentada y definitiva.)
Marginalia (segunda serie, 1909-1954). México: Tezontle, 1954.
Las burlas veras (primer ciento). México: Tezontle, 1957.
Estudios helénicos. México: El Colegio Nacional, 1957.
La filosofía helenística. México: Fondo de Cultura Económica, (Breviarios), 1959.
Marginalia (tercera serie, 1940-1959). México: "El Cerro de la Silla", 1959.
Las burlas veras (segundo ciento). México: Tezontle, 1959.
A campo traviesa. México: "El Cerro de la Silla", 1960.

Al yunque (1944-1958). México: Tezontle, 1960.
La afición de Grecia. México: El Colegio Nacional, 1960.
Albores: segundo libro de recuerdos. ("Crónica de Monterrey, I.") México: El Cerro de la Silla, 1960.
El Polifemo sin lágrimas. Madrid: Aguilar, 1961.
Oración del 9 de febrero. México: Ediciones Era, 1963.
Anecdotario. (Prólogo por Alicia Reyes.) México: Ediciones Era, 1968.
Diario (1911-1930). (Prólogo de Alicia Reyes. Nota del Dr. Alfonso Reyes Mota.) Guanajuato: Universidad de Guanajuato, 1969.

V. OBRAS COMPLETAS DE ALFONSO REYES

México: Fondo de Cultura Económica (Serie "Letras Mexicanas"), 19 vols., entre 1955 y 1968:

Vol. I (1955): *Cuestiones estéticas, Capítulos de literatura mexicana, Varia*.
Vol. II (1956): *Visión de Anáhuac, Las vísperas de España, Calendario*.
Vol. III (1956): *El plano oblicuo, El cazador, El suicida, Aquellos días, Retratos reales e imaginarios*.
Vol. IV (1956): *Simpatías y diferencias, Páginas adicionales*.
Vol. V (1957): *Historia de un siglo, Las mesas de plomo*.
Vol. VI (1957): *Capítulos de literatura española, De un autor censurado en el "Quijote", Páginas adicionales*.
Vol. VII (1958): *Cuestiones gongorinas, Tres alcances a Góngora, Varia, Entre libros, Páginas adicionales*.
Vol. VIII (1958): *Tránsito de Amado Nervo, De viva voz, A lápiz, Tren de ondas, Varia*.
Vol. IX (1959): *Norte y sur, Los trabajos y los días, Historia natural das Laranjeiras*.
Vol. X (1959): *Constancia poética*. (Obra poética recogida.)
Vol. XI (1960): *Última Tule, Tentativas y orientaciones, No hay tal lugar*.
Vol. XII (1960): *Grata compañía, Pasado inmediato, Letras de la Nueva España*.
Vol. XIII (1961): *La crítica en la edad ateniense, La antigua retórica*.
Vol. XIV (1962): *La experiencia literaria, Tres puntos de exegética literaria, Páginas adicionales*.
Vol. XV (1963): *El deslinde, Apuntes para la teoría literaria*.

Vol. XVI (1964): *Religión griega, Mitología griega.*
Vol. XVII (1965): *Los héroes, Junta de sombras.*
Vol. XVIII (1966): *Estudios helénicos, El triángulo egeo, La jornada aquea, Geógrafos del mundo antiguo, Algo más sobre los historiadores alejandrinos.*
Vol. XIX (1968): *Los poemas homéricos, La Ilíada, La afición de Grecia.* Ilustraciones de Elvira Gascón.
(A partir del Nº XIII, cada volumen lleva una Nota Preliminar de Ernesto Mejía Sánchez.)

VI. Antologías de la Obra de Alfonso Reyes

Antología. México: Fondo de Cultura Económica (Colección Popular), 1963. (Contiene: *Visión de Anáhuac, La cena, Apolo o de la literatura, De la lengua vulgar, Ifigenia cruel,* selección de poesías.)
Antología de Alfonso Reyes. Selección y Prólogo de José Luis Martínez. México: B. Costa-Amic (Secretaría de Educación Pública, Colección "Pensamiento de América"), 1965. (Contiene: ensayos sobre temas americanos.)
Alfonso Reyes: *Prosa y Poesía.* Edición de James Willis Robb. Madrid: Ediciones Cátedra, 1975. (Contiene: Tres narraciones. Selección de poesías. Ensayos y divagaciones.)

VII. Epistolarios Publicados

Libros

Larbaud, Valéry y Alfonso Reyes: *Correspondance (1923-1952).* Edition de Paulette Patout. Avant-propos de Marcel Bataillon. París: Librairie Marcel Didier, 1972.
Epistolario Alfonso Reyes - José Mª Chacón. Edición de Zenaida Gutiérrez-Vega. Madrid: Fundación Universitaria, 1976.

VIII. Grabación de la voz de Alfonso Reyes

Alfonso Reyes. Serie "Voz Viva de México". México: Universidad Nacional Autónoma de México, 1960. Presentación por José Luis Martínez. (Folleto ilustrado, con los textos de las obras leídas por Alfonso Reyes: *Visión de Anáhuac, Ifigenia cruel.*) (Dos discos.)

B) ESTUDIOS Y ESCRITOS VARIOS SOBRE ALFONSO REYES

(Selección de bibliografía reciente)

Bibliografías

Treviño González, Roberto; y Rangel Frías, Raúl. *Alfonso Reyes. Datos biográficos y bibliográficos.* Monterrey, N. L.: Universidad de Nuevo León, 1955. 36 pp.

Robb, James Willis. *Repertorio bibliográfico de Alfonso Reyes.* México: UNAM (Instituto de Investigaciones Bibliográficas, Biblioteca Nacional de México), 1974. x, 294 pp. (Cubre el periodo 1910-1970. Se han preparado dos Suplementos, hasta 1977, que se han de publicar en el *Boletín del Instituto de Investigaciones Bibliográficas.*)

Volúmenes de homenaje a Alfonso Reyes

Estos volúmenes contienen numerosos artículos completos sobre Reyes y su obra. (Algunos serán mencionados más adelante, por título abreviado solamente, en relación con ciertos artículos individuales incluidos en la bibliografía que sigue.)

Rangel Guerra, Alfonso; y Rendón, José Ángel. *Páginas sobre Alfonso Reyes.* Monterrey: Universidad de Nuevo León, 2 vols., 1955, 1957, 592, 643 pp.

Universidad Nacional Autónoma de México (Edición de Augusto Monterroso y Ernesto Mejía Sánchez). *Libro jubilar de Alfonso Reyes.* México: UNAM (Dirección General de Difusión Cultural), 1956. 416 pp.

El Colegio Nacional a Alfonso Reyes (uno de sus miembros fundadores) en su cincuentenario de escritor. México: El Colegio Nacional, 1956. 256 pp.

Iduarte, Andrés; Florit, Eugenio; y Blondet, Olga. *Alfonso Reyes: vida y obra - bibliografía - antología.* New York: Hispanic Institute in the United States, 1956-57. 113 pp.

Presencia de Alfonso Reyes (Homenaje en el X aniversario de su muerte, 1959-1969). Introducción de Alicia Reyes. México: Fondo de Cultura Económica, 1969. 171 pp.

Estudios sobre Alfonso Reyes (libros)

Olguín, Manuel. *Alfonso Reyes, ensayista: vida y pensamiento.* México: Ediciones de Andrea (Col. Studium, N? 11), 1956. 230 pp.

Robb, James Willis. *El estilo de Alfonso Reyes (imagen y estructura).* México: Fondo de Cultura Económica, primera edición, 1965. 272 pp.

Aponte, Barbara B. *Alfonso Reyes and Spain.* Austin: University of Texas Press, 1972. 206 pp.

Meléndez, Concha. *Moradas de poesía en Alfonso Reyes.* San Juan, Puerto Rico: Editorial Cordillera, 1973. 246 pp.

Robb, James Willis. *Estudios sobre Alfonso Reyes.* Bogotá: Ediciones El Dorado, 1976. 165 pp.

Morales, Jorge Luis. *España en Alfonso Reyes.* Río Piedras, Puerto Rico: Editorial Universitaria (Universidad de Puerto Rico), 1976. 181 pp.

Reyes, Alicia. *Genio y figura de Alfonso Reyes.* Buenos Aires: Editorial Universitaria de Buenos Aires (EUDEBA), 1977. 335 pp.

Otros estudios, artículos, críticas, crónicas, poemas sobre Alfonso Reyes

Se incluyen unos cuantos estudios fundamentales anteriores a 1970, con esta selección de los más recientes.

Anderson Imbert, Enrique. "La mano del Comandante Aranda de Alfonso Reyes", *Nueva Narrativa Hispanoamericana,* Garden City, New York, II:2 (sept. 1972), pp. 25-31. Y en (Varios): *El cuento hispanoamericano ante la crítica,* Madrid: Ed. Castalia, 1973, pp. 81-91.

Aponte, Barbara B. "Vigencia de Alfonso Reyes", Boletín *Capilla Alfonsina,* México, N? 19 (enero-marzo 1971), pp. 5-10.

Arciniegas, Germán. "El segundo Don Alfonso el Sabio", *El Nacional,* México, Supl. Dom., N? 452 (27 nov. 1955), p. 3.

Ayala, Juan Antonio. "Alfonso Reyes, *Obras Completas,* Vol. XIX", *Humánitas,* Universidad de Nuevo León, Monterrey, XI (1970), pp. 795-798.

Babín, María Teresa. "Alfonso Reyes ante los escritores americanos de hoy", Boletín *Capilla Alfonsina,* México, N? 18 (oct.-dic. 1970), pp. 14-18.

Balseiro, José Agustín. "Mis recuerdos de Alfonso Reyes", en *Expresión de Hispanoamérica, 2ª serie*. Madrid: Gredos, 2ª edición, 1970. pp. 129-147.

Bermúdez, María Elvira. "Alfonso Reyes y su obra de ficción", *Cuadernos Americanos,* México, Año XIV: Nº 5 (sept.-oct. 1955), pp. 250-263; y en (Varios): *Páginas sobre A. Reyes,* II, pp. 511-527. "*Vida y ficción* de A. Reyes", *La Gaceta,* FCE, México, 3ª época, XVII:34 (dic. 1970), pp. 5-6.

Borges, Jorge Luis. "In memoriam A. R." (poema), en *El hacedor*. Buenos Aires: Emecé, 1960. pp. 81-83.

Bosco, María Angélica. *Borges y los otros*. Buenos Aires: Los Libros del Mirasol (Cía. Gen. Fabril Editores), 1967. pp. 64-66. (Sobre Borges y Reyes.)

(Boletín) *Capilla Alfonsina*. Boletín de la Biblioteca de Alfonso Reyes, Ave. Benjamín Hill 122, México 11, D. F. Dirección de Alicia Reyes. Fundador: Dr. Alfonso Reyes Mota. Distribución privada. Nº 1, 27 dic. 1965, 11 pp. —Nº 30, enero-dic. 1975, 80 pp.

Carballo, Emmanuel. "Alfonso Reyes", en *19 protagonistas de la literatura mexicana del siglo XX*. México: Empresas Editoriales, S. A., 1965, pp. 101-137. (Y Prólogo, pp. 11, 16.)

———. "Alfonso Reyes a la luz de una fecha" (9 de febrero de 1913), *El Sol de México,* Supl. Dom., Nº 33 ("Edición Homenaje a A. R."), 18 de mayo 1975, pp. 2-4. (Ilustraciones, pp. 1-6, 8-9, 11.)

Carranza, Eduardo. "Alfonso Reyes: humanismo y clasicismo", *Noticias Culturales,* Instituto Caro y Cuervo, Bogotá, Nº 136 (1 mayo 1972), pp. 10-11; "A. Reyes: la sonrisa como actitud", Nº 138 (1 julio 1972), p. 33. "Poesía en voz baja", *Excélsior,* México, 12 marzo 1973.

Earle, Peter G. (con Robert G. Mead, Jr.) "Alfonso Reyes", en *Historia del ensayo hispanoamericano*. México: Ediciones de Andrea, 1973, pp. 103-107.

Ellison, Fred P. "Los amigos brasileños de Alfonso Reyes", Boletín *Capilla Alfonsina,* México, Nº 21 (julio-sept. 1971), pp. 8-15.

Florit, Eugenio. "Alfonso Reyes: vida y obra. II. La obra poética", *Revista Hispánica Moderna,* New York, XXII:3-4 (julio-oct. 1956), pp. 224-248. Y en monografía aparte (con A. Iduarte), N. Y.: Hispanic Institute in the United States, 1956-57, pp. 35-59.

Fuentes, Carlos. "Radiografía de una década: 1953-1963", en *Tiempo mexicano*. México: Joaquín Mortiz, 1971. Pp. 56-58.

Galindo, Carmen. "La narrativa en 1970: el cuento" (A. Reyes,

Vida y ficción), La Vida Literaria, México, I:10-11 (nov.-dic. 1970), p. 24.

Gariano, Carmelo. "La utopía humanística según Alfonso Reyes", Revista de la *Universidad de México,* XXVII:1 (sept. 1972), pp. 19-24. Y en *Humánitas,* Monterrey, N° 14 (1973).

González de Mendoza, José María. "Algunos libros de Alfonso Reyes" y "Alfonso Reyes, anecdótico", en *Ensayos selectos.* México: Tezontle (FCE), 1970. Pp. 234-249, 250-259.

Gutiérrez García, Ofelia. "Notas sobre *Ifigenia cruel",* en (Varios): *Algunos aspectos de la obra de Alfonso Reyes.* Guadalajara, Jalisco: Ediciones Et Caetera, 1971. Pp. 55-66.

Henestrosa, Andrés. "Alusiones a México en la obra de Alfonso Reyes", Boletín *Capilla Alfonsina,* México, N° 20 (abril-junio 1971), pp. 6-7.

Varios (V. Bravo Ahúja, S. Novo, J. Rojas Garcidueñas): "Homenaje a Alfonso Reyes en la Capilla Alfonsina (17 de mayo de 1972)", Boletín *Capilla Alfonsina,* N° 24 (abril-junio 1972), pp. 5-13, 27-28.

Varios (Alicia Reyes, José L. Martínez, L. Sédar Senghor, Bernardo Reyes, Octavio Sentíes *et al.):* "Homenaje a Alfonso Reyes" (18 de mayo de 1975), Boletín *Capilla Alfonsina,* México, N° 30 (enero-dic. 1975), pp. 3-23.

Iduarte, Andrés. "Alfonso Reyes: el hombre y su mundo", en *Tres escritores mexicanos.* México: Ed. Cvltvra, 1967. Pp. 25-64.

Leal, Luis. "Alfonso Reyes", en *Historia del cuento hispanoamericano.* México: Ediciones de Andrea, 2ª edición, 1971. Pp. 71-72, 74, 75, 81, 82, 115.

―――. *"La caída* de Alfonso Reyes", *El Rehilete,* México, N° 4 (feb. 1962), pp. 5-8; en *Nivel,* México, 2ª época, N° 94 (oct. 1970), p. 2; y en Boletín *Capilla Alfonsina,* N° 15 (enero-marzo 1970), pp. 22-25 (Ilustración de Elvira Gascón).

―――. "La *Visión de Anáhuac* de Alfonso Reyes: tema y estructura", en (Varios): Instituto Internacional de Literatura Iberoamericana: *El ensayo y la crítica literaria en Iberoamérica* (Memoria del XIV Congreso). Toronto, Canadá: Universidad de Toronto, 1970. Pp. 49-53.

Lima, Alceu Amoroso. "Alfonso Reyes, homem de proa", en *Companheiros de viagem.* Río de Janeiro: José Olympio, 1971. Páginas 145-149. Y pp. viii, xvii, 79, 131, 187, 188, 236, 273.

Magaña Esquivel, Antonio. "Se dice de Alfonso el Sabio", *Novedades,* México, 4 dic. 1965, p. 4. "Reyes y su 'Capilla Alfonsina' ", *Vida Universitaria,* Monterrey, XXII:1176 (7 oct. 1973), p. 7.

Mañach, Jorge. "Rosa náutica de Alfonso Reyes", *Asomante,* San Juan, Puerto Rico, XVI:2 (abril-junio 1960), pp. 9-19.
Martínez, José Luis. "Alfonso Reyes", en *El ensayo mexicano moderno.* México: Fondo de Cultura Económica, 2ª ed., 1971. Vol. I, pp. 289-293. (Selecciones de A. R., pp. 293-342.) (Y V. pp. 10, 13, 14, 19, 21, 22, 24.)

―――――. "Los ciclos en la obra de Alfonso Reyes", *Armas y Letras,* Monterrey, 2ª época, III:3 (julio-sept. 1960), pp. 35-40.

―――――. "Homenaje a Alfonso Reyes" (18 mayo 1975), *Diálogos,* México, Vol. II: Nº 4 (64), julio-agosto 1975, pp. 26-28; *Revista de Occidente,* Madrid, 3ª época, No. 2 (dic. 1975), pp. 28-30; y en Boletín *Capilla Alfonsina,* México, Nº 30 (enero-dic. 1975), pp. 10-15.

―――――. "La obra de Alfonso Reyes", *Cuadernos Americanos,* México, Año XI: Nº 1 (enero-feb. 1952), pp. 109-129; en *Universidad,* Monterrey, Nº 14-15 (abril 1957), pp. 9-29; y en *Páginas sobre A. Reyes,* II, pp. 580-604.

Mejía Sánchez, Ernesto. "Los amigos de Alfonso Reyes", *Anuario de Letras,* México, Vol. IX (1971); y ("Selva de recuerdos"), en (Varios): *Presencia de Alfonso Reyes,* México: FCE, 1969, pp. 71-84.

―――――. "Ensayo sobre el ensayo hispanoamericano", en Instituto Internacional de Literatura Iberoamericana: *El ensayo y la crítica literaria en Iberoamérica* (Memoria del XIV Congreso de Literatura Iberoamericana), Toronto, Canadá: Universidad de Toronto, 1970, pp. 17-22. Y como Prólogo a E. Mejía Sánchez y Fedro Guillén (Comunidad Latinoamericana de Escritores): *El ensayo actual latinoamericano* (Antología), México: Eds. de Andrea, 1971, pp. 5-13 (Sobre A. Reyes, V. pp. 8, 9, 11, 12, 286; y selección de A. R., "México en una nuez", pp. 167-185).

―――――. "Menéndez Pidal y Alfonso Reyes", *Anuario de Letras,* México, Vol. VII (1968-69), pp. 25-42.

―――――. "Vida y ficción en la obra narrativa de Reyes", Prólogo a A. Reyes, *Vida y ficción,* México: Fondo de Cultura Económica, 1970, pp. 7-34.

Meléndez, Concha. "Ficciones de Alfonso Reyes", en (Varios): *Libro jubilar de A. Reyes,* pp. 265-286; y en *Figuración de Puerto Rico y otros ensayos,* San Juan, Puerto Rico: Instituto de Cultura Puertorriqueña, 1958, pp. 193-212.

―――――. "Visita a la Capilla Alfonsina...", Boletín *Capilla Alfonsina,* México, Nº 18 (oct.-dic. 1970), pp. 7-8; y en Revista *Sin Nombre,* San Juan, Puerto Rico, II:2 (1971), pp. 5-6.

Miller, David. "El problema de la comunicación en *La cena* [de A. Reyes]", en (Varios): *Algunos aspectos de la obra de Alfonso Reyes*. Guadalajara, Jalisco: Ediciones Et Caetera, 1971. Páginas 39-54.

Mojarro, Tomás. "Visión de Reyes: lo hizo todo, y todo bien", *El Sol de México,* Supl. Dom., N? 33 ("Ed. Homenaje a A. Reyes"), 18 mayo 1975, p. 6.

Mora, Raúl H. *Présence et activités littéraires d'Alfonso Reyes à Madrid.* ("Thèse soutenue par M. Raúl H. Mora L., le 12 février 1969.") Paris, 1970. (Ejemplar en La Capilla Alfonsina, México, D. F.)

Navarro (Tomás), Tomás. "Glosa", en *Arte del verso.* México: Cía. General de Ediciones, 3ª ed., 1965. Pp. 156-158. (Sobre A. Reyes, *Glosa de mi tierra.*)

———. "Prosa y verso de Alfonso Reyes", en *Los poetas en sus versos.* Barcelona: Ediciones Ariel, 1973. Pp. 327-335.

Novo, Salvador. "Visita a Alfonso Reyes", Boletín *Capilla Alfonsina,* México, N? 24 (abril-junio 1972), pp. 7-8.

Osiek, Betty Tyree. "XI Aniversario del fallecimiento de Alfonso Reyes: *Aspectos de Alfonso Reyes"*, Boletín *Capilla Alfonsina,* México, N? 18 (oct.-dic. 1970), pp. 5-6. (Sobre Simposio de la Modern Language Association of America, New York, 29 diciembre 1970.)

Panabière, Louis. (Traducido por Alicia Reyes.) "Alfonso Reyes y el cine", Revista de la *Universidad de México,* XXXI:4-5 (dic. 1976-enero 1977), pp. 1-8.

Patout, Paulette. "Teófilo Gautier y Alfonso Reyes, prosista y poeta", en *Actas del Tercer Congreso Internacional de Hispanistas.* México: El Colegio de México, 1970. Pp. 679-683.

Rangel Frías, Raúl. "Monterrey de Alfonso Reyes", en *Cosas nuestras.* Monterrey: Fondo Editorial Nuevo León, 1971. Pp. 148-150.

Reyes, Alicia ("Tikis"). "Amado Nervo y Alfonso Reyes", *Vida Universitaria,* Monterrey, XIX:1021 (18 oct. 1970), pp. 6-7. "Antonio Caso y A. Reyes", *Vida Universitaria,* XIX:1047 (18 abril 1971), p. 3. "José María Chacón y Calvo (y A. Reyes)", Boletín *Capilla Alfonsina,* México, N? 16 (abril-junio 1970), pp. 11-12. "Salvador Novo y A. Reyes", *Vida Universitaria,* XXII:1196 (24 feb. 1974), pp. 1, 6-7.

Robb, James Willis. "A caza de las imágenes": "1) el oído musical de Alfonso Reyes", Boletín *Capilla Alfonsina,* México, N? 28 (abril-dic. 1973) *(sic),* pp. 50-53. "2) una cornucopia variada", Boletín *Capilla Alfonsina,* N? 5 (30 sept. 1967) *(sic),* pp. 20-

22. "3) el poeta cazador", Boletín *Capilla Alfonsina,* N? 18 (oct.-dic. 1970), pp. 12-13.

―――. "Alfonso Reyes, al cruce de los caminos", *Norte,* Amsterdam, Holanda, V:2 (marzo-abril 1964), pp. 25-31; y en *Nivel,* México, 2ª época, N? 52 (abril 1967), pp. 1, 9, 11, 12.

―――. "Alfonso Reyes, el Brasil y la lengua portuguesa", *Kentucky Foreign Language Quarterly,* Lexington, Kentucky, EUA, XI:1 (1964), pp. 33-39.

―――. "Alfonso Reyes, narrador de lo vivido (En torno a un juicio de Amado Alonso", *La Palabra y el Hombre,* Xalapa, Veracruz, N? 42 (abril-junio 1967), pp. 319-337. "La amistad de Amado y Alfonso (Por el epistolario de A. Alonso y A. Reyes)", Boletín *Capilla Alfonsina,* México, N? 25 (julio-sept. 1972), pp. 6-19.

―――. "Borges y Reyes: algunas simpatías y diferencias", *Norte,* Amsterdam, Holanda, VIII:1 (enero-feb. 1967), pp. 17-21; y en *Nivel,* México, 2ª época, N? 63 (marzo 1968), pp. 6, 11. "Borges y Reyes: una relación epistolar", *Humánitas,* Monterrey, VIII (1967), pp. 257-270; y en Jaime Alazraki *(et al.), Borges: el escritor ante la crítica,* Madrid: Taurus, 1976, pp. 305-317.

―――. "Doble retrato vivo de Don Alfonso el Bueno (Excursión por el arte de la memoria en Alfonso Reyes)", *Diálogos,* México, Vol. 5: N? 30 (nov.-dic. 1969), pp. 4-12; y en *Humánitas,* Monterrey, XI (1970), pp. 325-341.

―――. "En el camino de Topilejo con José Vasconcelos y Alfonso Reyes", *Armas y Letras,* Monterrey, 2ª época, IV:4 (oct.-dic. 1961), pp. 7-24; y en *Nivel,* México, 2ª época, N? 79 (julio 1969), pp. 5, 8, 9; N? 80 (agosto 1969), p. 6.

―――. "Estilización artística de temas metafísicos en Alfonso Reyes", *Revista Iberoamericana,* México, XXXI:59 (enero-junio 1965), pp. 95-100; y en (Varios): *Homenaje a Alfonso Reyes,* México: Ed. Cultura, 1965. También en *Humánitas,* Monterrey, VI (1965), pp. 277-281. (Nueva versión ampliada para *Studies in Honor of Luis Leal,* México-Madrid: José Porrúa Turanzas, S. A., por aparecer en 1978.)

―――. "Imágenes de América en Alfonso Reyes y en Germán Arciniegas", *Humánitas,* Monterrey, V (1964), pp. 255-269.

―――. "El *Landrú,* opereta póstuma de Alfonso Reyes", *Norte,* Amsterdam, Holanda, VII:1 (enero-feb. 1966), pp. 11-18. "El revés del calcetín: A. Reyes, Landrú y el teatro", *La Palabra y el Hombre,* Xalapa, Veracruz, 2ª época, N? 37 (enero-marzo 1966), pp. 25-42; en Instituto Internacional de Literatura Iberoamericana: *El teatro en Iberoamérica* (Memoria del XII Congreso), México: Ed. Cultura, 1966, pp. 91-109; y en *Nivel*, México, 2ª época, N? 52 (abril 1967), pp. 5-7, 10. "Nueva ojeada a Ifigenia y Landrú", Boletín *Capilla Alfonsina,* México, N? 30 (enero-dic. 1975), pp. 69-73.

———. "Siete presencias de Alfonso Reyes" (versión abreviada), Prólogo a Alfonso Reyes: *Prosa y Poesía,* Madrid: Eds. Cátedra, 1975, pp. 9-24. (Versión completa en [Varios]): *Presencia de Alfonso Reyes,* México: FCE, 1969, pp. 119-131.

Rodríguez Urruty, Hugo. "Para las relaciones Reyes-Reyles: diálogo y ausencia." Montevideo: Cuadernos Aries, 1970, 6 pp. (Y en [Varios]: *Presencia de Alfonso Reyes,* pp. 132-139.)

Rojas Garcidueñas, José. "Saudade alfonsina", Boletín *Capilla Alfonsina,* México, N? 24 (abril-junio 1972), pp. 9-11.

Supervía, Guillermina M. (con J. O. Maynes y R. H. Sweet). "Reunión en la Capilla Alfonsina", en *Actualidad hispánica.* Boston: Allyn and Bacon, 1972. Pp. 281-294. (Y pp. 43, 302-303.)

Valbuena Briones, Ángel. "El camino de América", en *Literatura hispanoamericana.* Barcelona: Gustavo Gili, 1962. Pp. 516-520. (4ª edición ampliada, sin fecha, pp. 550-557; y pp. 538-540, 547, 549.)

Xirau, Ramón. "Cinco vías a *Ifigenia cruel*", en *Poesía iberoamericana contemporánea.* México: Col. SEP/Setentas, 1972. Pp. 11-21. (Y en [Varios]: *Presencia de Alfonso Reyes,* pp. 163-168.)

Zendejas, Francisco. "Alfonso Reyes, *Vida y ficción*" ("Yet"), *Excélsior,* México, 4 nov. 1970; y en *La Vida Literaria,* México, I: 10-11 (nov.-dic. 1970), p. 38.

ÍNDICE

Advertencia 9
Prefacio a la segunda edición 11

Introducción 13
    Sabor y simpatía: el ensayista-artista 13
    Puntos de partida 15
    Definiciones y límites 21

  I. *La crónica se vuelve "motivo" artístico* 25

 II. *De la idea a la imagen* 30

    A) Figuras simbólicas humanas 32
        El cazador, 32; El acróbata, 34; El nadador y el buzo, 38; El jinete, 39; El conquistador, 39

    B) Eslabones vivos entre hombre y universo: la flor y la planta 41
        Insectos, 44; Aves, 47; Serpientes y caracoles, 51

    C) Se anima lo inanimado 53
        La geografía dinámica, 54; Manantiales, ríos, mares, islas, 54; Vientos, nubes, estrellas, 56

    D) Procesos físicos vitalizados 57
        Aire, agua, sangre, 57

    E) Direcciones seguidas 60
        Senderos y caminos, viajes, redes, laberintos, 60; Senderos y caminos, 62; Cuerdas, eslabones, cadenas, 62; Redes y tejidos, 62; Laberintos, 63; Viajes, 63

    F) Objetos predilectos 65
        Joyas, 66; Rosarios, 66; Campanas y cascabeles, 67; Relojes, 68; Cámaras y telescopios, 70; Veletas, 70; Navíos, 71; Ánforas griegas, 72; La caja de Pandora, 72

III. *Los ejes imaginísticos* 74

    A) El espectro alfonsino: de explosión a ondulación . 74

Explosión, 74; La explosión estructurada, 78; El eco explosivo, 79; Explosión destructiva y constructiva, 80; Polaridades negativas y positivas en la explosión, 80; Fuego y juego explosivos, 81; Explosión eléctrica, 82; Fuerza generadora de la explosión, 83; Deslinde de los conceptos: "irradiación", "reverberación", "refracción" e "irisación", 84; Irradiación, 85; De irradiación a reverberación, 86; Irradiación y sorpresa, 90; Reverberación visual y auditiva, 91; Refracción, 91; Sorpresa e irisación, 93; Irisación y refracción, 94; Exuberancia iridiscente, 94; Irisación y la sensibilidad indígena, 97; Expansión y contracción, 99; Visualización y la recreación del pasado, 99; Visualización iridiscente y la animación de las ideas, 100; Ondulación, 100; Ondulación y círculos concéntricos, 102; Ondulación, baile y poesía, 103; La escala del espectro, 106; Estructuración verbal del espectro, 107

B) A través del prisma mágico 109

De prismatismo a ilusionismo y vislumbramiento, 109; Por el prisma del ilusionismo, 110; Vislumbramiento, 114; Los dos ejes, 116

IV. *Facetas del prisma* 117

Modos estilísticos 117
El modo "científico" 117
El modo "culinario" 119
El modo "plástico" 123
El modo "musical" 129
El modo "popular" 134
El modo "heráldico" 134
El modo "mitológico" 140

Mitología grecorromana, 141; Mitología americana, 143; Símbolos mitológicos judaico-cristianos, 144; Mitos literarios prototípicos, 147; El mito personal, 150

El modo "dramático" 153
El modo "cinemático" 156
El modo "metafórico" 160

Personificación, 161; Apoteosis, 164; Demonios, duendes y ángeles, 174; El mundo del sueño, 176

V. *La visión toma forma* 180

Estructuras ensayísticas 180
Sistemas estructurales 181
Estructuras simbólicas 182

ÍNDICE

El ensayo simbólico basado en la metáfora, 182; El ensayo metafórico sencillo, 182; El racimo de metáforas como estructura ensayística, 183; El ensayo del símbolo enlazador, 187; El ensayo metafórico-prespectivista, 188; Tipos metafóricos misceláneos: el ensayo del símbolo dilatable, 188; El ensayo de esquematismo simbólico, 189

Del símbolo a la divagación 192

("Divagación en torno al símbolo"), 192; Metáfora sobre metáfora, 194

Estructuras de contraste ideológico 195

El ensayo basado en contraste o paradoja, 195; La estructura binaria de contraste, 195; El ensayo paradójico, 196; La estructura de contraste múltiple, 197; Definición por contraste, 198

Estructuras eidéticas 198

La estructura estereoscópica básica, 199; Un ensayo crítico estereoscópico, 200; El ensayo prismático, 201

Ramificaciones de la forma estereoscópica . . . 207

Del ensayo estereoscópico al ensayo escénico, 207; Del estereoscopio al ensayo perspectivista, 208

Ensayo perspectivista 209

El ensayo de perspectiva invertida, 209; El ensayo de situación perspectivista, 210; Galerías de cuadros ensayísticos, 211; El ensayo panorámico, 228

Estructuras dinámicas 229

Círculos espirales, 229; Senderos y desviaciones, 242; El ensayo retrospectivo, 245; "Vaivén", 248; La divagación: orden y desorden, 250; El libro amorfo, 252

Cadenas de ensayos 265

Síntesis y conclusión 276

Bibliografía selecta 287

Este libro se acabó de imprimir el día

teno núm. 109, México 13, D. F.
Se imprimieron 5 000 ejemplares y
en su composición se emplearon tipos
Caledonia de 12 y Times Roman de
11:12, 10:11 y 9:10 puntos. La edición estuvo al cuidado del autor.

Nº 4391